La Lignée Sacrée d'Émania

TOME 2 **le Temple des Secrets**

Du même auteur aux Éditions Beaurepaire

La Lignée Sacrée d'Émania

Tome 1 – L'Ange Blanc

Nicolas Janel

La Lignée Sacrée d'Émania

TOME 2 le Temple des Secrets

Éditions Beaurepaire

ISBN : 978-2-35767-201-7
Dépôt légal : décembre 2014

Chapitre 1

Sur les hauteurs du sud de la Cassandrie, une cité s'érigeait au beau milieu des neiges éternelles. La citadelle de Franchort, construite à l'extrémité d'un chemin peu praticable, se voulait volontairement coupée du monde. Paradoxalement, la proximité des terres chaudes nyssaliennes faisait de sa situation climatique une énigme. Le seigneur et ses sujets s'étaient cependant accoutumés à ces pénibles conditions de vie. La population offrait à la forteresse son caractère indépendant, écartée de toutes les décisions royales. Bien sûr, le souverain de Cassandrie étendait sa lointaine influence sur cette région reculée, mais son manque d'intérêt pour cette cité isolée aux confins de ses frontières le rendait naturellement peu populaire. Ce n'était pas le cas du seigneur protecteur de la ville. Le comte Edward Bordemer était aimé de son peuple. Il lui apportait un réconfort traditionnellement apprécié et était remercié à sa juste valeur par une loyauté que lui enviait même son propre frère, le roi Philippe.

En cette nuit aux accents de quiétude, la neige qui recouvrait le sol était éclairée par une lune brillante mais au demeurant distante en ces temps sombres. Le silence des étoiles rendait l'atmosphère féérique pour les quelques sentinelles qui veillaient sur les chemins de ronde de la forteresse. Tout était calme et timidement embelli par le manteau blanc qui recouvrait la montagne côtière. L'écho des vagues se cognant contre la lointaine falaise n'était pas aussi puissant que les nuits précédentes. Ce calme relatif et apaisant contrastait en tout point avec le cauchemar éprouvant que subissait le fils du comte.

Dans les profondeurs de la cité, et reclus dans sa chambre lugubre, Gérald se réveilla en sursaut. Sa lucidité l'empêcha par réflexe de pousser un cri de terreur. Le visage en sueur, il effectua plusieurs grandes inspirations pour accompagner son dramatique retour à la réalité. Assailli par un mauvais pressentiment, il alla chercher une sécurité là où il savait indéniablement la trouver.

— Engar, à moi ! hurla-t-il en s'asseyant promptement dans son lit.

Un colosse se présenta aussitôt en travers de la porte de sa chambre. C'était un puissant homme du Nord, barbu, et exilé de ses lointaines terres pour servir un maître étranger qui ne lui accordait que peu de faveurs. Sur le qui-vive, il ne donnait pas l'impression de sortir de son sommeil. Il était d'aplomb, habitué à se faire réveiller en pleine nuit par les caprices du jeune seigneur. C'était là une besogne qu'il n'appréciait guère, mais son statut d'esclave ne lui donnait aucune opportunité de pouvoir s'en plaindre.

— Que se passe-t-il, monseigneur ? demanda-t-il avec un respect forcé.

Gérald s'extirpa promptement de ses draps pour se saisir des vêtements qui l'attendaient comme chaque matin au pied de son lit.

— J'ai l'impression qu'on attaque le château ! s'écria le jeune homme en s'habillant avec hâte. Prépare-toi, il faut aller voir ce qu'il se passe !

Engar resta sceptique. Il était peu motivé à l'idée de faire une nouvelle promenade nocturne qui, comme d'habitude, n'allait aboutir à rien. Ce n'était pas la première fois et, comme à chaque fois depuis plusieurs jours, il tenta vainement de le faire renoncer à cette idiotie.

— Je n'ai rien entendu, assura-t-il, et je peux vous jurer que je ne dormais pas.

— Suis-moi quand même, lui ordonna sévèrement le jeune seigneur, je préfère en avoir le cœur net.

Engar ne discuta pas davantage, il n'en avait d'ailleurs pas le droit. Il se saisit de sa hache et suivit son maître en prenant bien soin de ne plus prononcer un seul mot. La moindre plainte supplémentaire de sa part pourrait justifier une sévère punition. Son dos présentait encore les stigmates de ses anciennes vaines rébellions.

Les deux hommes marchèrent d'un bon pas dans les vastes couloirs du palais, à peine éclairés par des chandelles accrochées aux murs et maintenues allumées grâce aux incessantes rondes des sentinelles. Étonnamment, ils ne croisèrent personne cette fois-ci. Gérald osait espérer qu'il ne s'agissait là que d'une simple négligence.

Rapidement, ils arrivèrent près de la salle de garde. Gérald était déjà prêt à adresser aux gardiens une remontrance méritée, mais les ardeurs du jeune homme furent stoppées par une vision qui manqua de peu de le faire hurler de frayeur. Dans un souci de discrétion, il mit sa main devant la bouche et fit signe à Engar de passer devant lui. Le Nordique obéit et manqua de peu de buter sur un cadavre. Il s'agissait de la sentinelle en faction, à coup sûr. C'était cet homme qu'ils auraient dû croiser quelques couloirs plus tôt. Étrangement, aucune blessure n'était apparente sur son corps. Seule sa bouche ouverte et baveuse attira l'attention de l'esclave. Il ne s'attarda pas trop sur ce détail troublant, car une tout autre découverte accentua son inquiétude.

— La salle de garde est ouverte, murmura-t-il, ce n'est pas normal…

D'un simple geste de la main, Gérald ordonna au colosse de pénétrer à l'intérieur de la pièce. Avant d'obéir, celui-ci empoigna plus fermement sa puissante hache. Prudent, il glissa sa tête dans l'ouverture pour s'assurer que la voie restait bien libre. Après un petit balayage visuel, il finit par entrer, déconcerté par ce qui l'attendait. À l'intérieur de la pièce gisaient de nombreux autres cadavres, massacrés.

— C'est de la sorcellerie ! s'écria fébrilement Gérald. Qui a pu faire une chose pareille ?

— Et sans le moindre bruit, ajouta Engar avec perplexité.

Les deux hommes se lancèrent à la recherche d'un éventuel survivant, en vain. Visiblement, tous avaient péri dans un silence énigmatique. Soudain, un bruit léger se fit entendre dans la cour intérieure qui était séparée de la salle de garde par une énorme porte. Elle aussi était restée entrouverte. Les deux hommes s'en approchèrent en faisant le moins de bruit possible, puis regardèrent discrètement.

L'obscurité ne permettait pas de voir distinctement, mais visiblement, de petites bêtes sombres et poilues, courbées et peinant à marcher sur deux pattes s'agrippaient aux soldats endormis et répandaient une vapeur étrange dans leur bouche. Au milieu de cette scène infernale se dressait une inquiétante jeune femme. Ses cheveux sombres étaient attachés à la manière d'une sauvage de l'Est. Son visage, recouvert par une couche de cendre, était porteur d'une terrifiante jeunesse. Le sourire aux coins des lèvres, elle se montrait réjouie par le spectacle morbide que lui offraient les créatures qui l'entouraient. Elle semblait en être la maîtresse, telle la gardienne d'une meute infernale.

Gérald ne connaissait pas cette mystérieuse jeune femme. Habillée comme un homme, elle exhibait avec fierté une lance au bout de sa main ferme. À son extrémité se déployaient trois lames baignées de sang. Des gouttes fraîches tombaient encore sur le sol et accentuaient encore un peu plus l'atrocité dont elle s'était rendue coupable. Soudain, elle porta son regard vers la porte entrouverte. Ses yeux noirs repérèrent la robuste carrure d'Engar. Elle le pointa du doigt sans prononcer le moindre mot pour se faire comprendre. Engar, sans attendre, ferma la porte et la verrouilla.

— La porte ne tiendra pas ! fit-il rapidement. Il faut filer en vitesse. Rejoignons l'entrée principale par la galerie nord, c'est notre seule chance !

Terrifié par tout ce qu'il venait de voir – notamment des cadavres sanglants –, Gérald s'enfuit aussitôt en courant sans un regard derrière lui. Engar se lança à sa suite, laissant la porte se briser sous les assauts. Ils furent aussitôt pris en chasse. En pénétrant dans un couloir annexe, ils tombèrent sur de nombreux autres cadavres. Derrière eux, les créatures semblaient avoir été semées, elles n'étaient visiblement pas aussi rapides qu'eux. Un petit sursis leur était donc accordé. Gérald en profita pour reprendre son souffle. Engar l'invita à repartir immédiatement. Pour la première fois de sa vie, le jeune homme obéit à « l'ordre » de son esclave.

Au détour d'un nouveau couloir, un homme ensanglanté se dressa soudain devant eux. Un instant méconnaissable, il fut identifié de justesse par son fils qui stoppa in extremis le coup de hache rageur que s'apprêtait à asséner Engar.

— Père, cria Gérald, vous êtes blessé !

Le visage recouvert de sang, le comte Edward garda ses distances avec son fils. Il ne voulait pas que l'on touche à ses blessures et n'avait de cesse de regarder derrière lui et par-dessus les épaules du jeune homme avec anxiété. Il se savait suivi et voulait simplement s'assurer qu'aucun danger immédiat ne les menaçait. Dans sa main, son épée rouge démontrait explicitement qu'elle avait déjà fait des victimes.

— Où alliez-vous ? demanda-t-il finalement, le souffle court.

— Nous voulions quitter le château par la grande porte, lui expliqua Gérald, affolé.

— Elle grouille d'écorcheurs armés jusqu'aux dents, les prévint-il gravement. La voie ouest est coupée également.

— Nous sommes pris au piège, s'alarma le jeune homme.

— Non, je connais une autre issue. Suivez-moi !

Le comte mena son fils et Engar vers un lieu dont lui seul connaissait l'existence, ainsi que l'accès. Le donjon était gardien de quelques secrets qu'il était désormais temps de révéler. Ils y parvinrent sans rencontrer le moindre ennemi. Ils s'y enfermèrent, tandis que des cris sauvages se faisaient entendre non loin derrière eux.

— Les écorcheurs arrivent ! murmura Engar.

Le seigneur Edward traversa la sombre pièce à l'aide d'un chandelier qui ne lui offrait que peu de visibilité. Au passage, il s'arrêta devant une effigie d'Arguserus, l'esprit de la mer. Il était représenté par des vagues, dont les courbes formaient subtilement le corps d'un homme antique. Son origine demeurait floue, comme beaucoup d'autres divinités, mais certains sages affirmaient qu'il s'agissait là d'un ancien Calisard. Arguserus symbolisait la divinité préférée des Cassandriens, mais à ce jour, elle n'était plus vénérée que par une minorité d'entre eux, notamment dans les nombreuses cités portuaires. Le comte de Franchort lui avait totalement dévoué son âme en délaissant le culte d'Émania et son relatif déclin. Il se recueillit durant quelques précieuses secondes devant son idole. De ses prières ne sortit malheureusement aucun espoir. Pour lui, c'était ici que s'arrêtait sa course, mais cependant, il se devait de sauver son fils et, par la même occasion, sa lignée.

Il enclencha un mécanisme mystérieux qui déplaça lentement un pan du mur. C'était une porte ouvrant sur un long et sombre tunnel. Gérald n'en revenait pas. Durant toutes ces années, son père lui avait caché ce secret. Il ne le lui reprocha cependant pas, l'esprit obnubilé par le danger qui s'approchait à grands pas. Un bruit sourd se fit entendre, les écorcheurs étaient arrivés derrière la porte et tentaient de la défoncer à coups de bélier. Le comte se voulut rassurant, même si ses paroles ne reflétaient aucunement son réel état d'esprit.

— Ne vous inquiétez pas, la porte est solide et elle tiendra durant quelques précieuses minutes. Le temps pour vous de vous enfuir. Partez, vite, car c'est toi qu'ils veulent, mon fils !

— Vous ne venez pas, père ? gémit Gérald.

— Je dois protéger votre fuite ! Va trouver protection auprès de ton oncle, le roi Philippe. Préviens-le du danger et dis-lui que je suis mort en défendant ma cité.

— Je refuse de vous abandonner, père ! souffla le jeune homme.

Le comte détourna son regard vers Engar pour éviter de céder à son fils. Il connaissait déjà le sort qui l'attendait et devait garder tout son courage pour affronter cette ultime épreuve. Il s'adressa directement au Nordique d'une voix faible mais néanmoins autoritaire.

— Emmène-le loin de Franchort, en sûreté !

Le bélier cessa soudainement son vacarme. Le silence revenu un instant laissa rapidement place à des clameurs enragées. Le comte fut pris de panique.

— Les voilà ! Il faut vous dépêcher !

Il poussa violemment Engar vers le passage secret.

— Engar, fais ce que je t'ai dit ! Vite !

Sans discuter, le géant nordique prit le jeune homme par un bras et l'entraîna à sa suite. Ils s'engouffraient dans le tunnel, tandis que la porte se refermait lentement derrière eux. Le seigneur de Franchort se recueillit une dernière fois sur l'effigie d'Arguserus avant de se saisir de son épée et d'attendre de pied ferme ses bourreaux.

Un homme vêtu de noir fit son apparition. Boitillant et le visage dissimulé sous un long manteau, il s'approcha lentement du comte en maintenant son regard rivé vers le sol. Ce dernier le dominait de plus d'une tête, mais la peur qu'il cherchait à camoufler derrière son visage fermé était trahie par une sueur abondante et des lèvres tremblantes.

— Où est-il ? demanda l'apparition funeste d'une voix rauque.

— Il est loin ! répondit le comte en faisant appel à ses dernières ressources de courage. Vous ne le rattraperez jamais ! Pensiez-vous vraiment que j'allais laisser mon fils se faire tuer ?

Le sorcier releva alors son visage marqué de plaies.

— Le problème, rétorqua-t-il calmement, c'est que vous n'avez pas compris que je ne voulais pas sa mort.

Puis sans ajouter un mot, il se retira, loin de se douter que le passage par lequel s'étaient enfuis Gérald et Engar se trouvait astucieusement dissimulé derrière le comte. Ce dernier regardait le sorcier partir. Cependant, il n'eut pas le temps d'espérer avoir été épargné par une utopique bonté. Un geste du bras de la part de son ennemi suffit pour lui faire comprendre qu'il allait mener là son dernier combat.

— Allez-y ! ordonna le sorcier à ses hommes sans porter le moindre regard vers celui qu'il venait de condamner à mort. Il est à vous, tout comme cette forteresse…

Gorferst s'éclipsa, l'âme songeuse, tandis que les deux fuyards étaient déjà bien loin dans la galerie secrète. Celle-ci était très étroite et très sombre. Les deux hommes étaient seulement éclairés par la torche qu'Engar avait pris soin d'allumer. À ses côtés, et regardant sans cesse derrière lui, Gérald avait repris un peu le dessus. L'urgence de la situation le lui imposait. Il acceptait le sacrifice de son père, même si celui-ci emportait avec lui de nombreuses interrogations. Soudain, devant eux, la lumière du jour perça l'obscurité et un petit air se fit sentir sur leurs visages marqués par le drame. Ce fut un relatif soulagement qui accompagna leurs derniers pas vers la sortie.

— Qu'Arguserus soit loué, s'écria le jeune seigneur, nous voici hors de danger !

Dès dehors, les deux hommes se laissèrent tomber lourdement sur le sol enneigé. Déjà, le froid faisait trembler le corps de Gérald, il claquait des dents. Ils n'avaient pas de manteau et la seule manière de retrouver un peu de chaleur aurait été de marcher. Engar était bien conscient de cela, mais il n'osait pas émettre d'avis de peur que le chagrin de Gérald ne se retourne contre lui.

Il resta donc à sa place et se contenta de poser une question digne de son statut d'esclave.

— Où devons-nous aller, maître ?

Il connaissait déjà la réponse, d'autant que le comte leur avait indiqué la direction à suivre. En réalité, il voulait simplement faire réagir le jeune homme. Chaque minute supplémentaire réduisait un peu plus ses chances de pouvoir se relever.

— Nous allons rejoindre Formurail, murmura Gérald, mais je ne sais pas quelle route emprunter. Tu la connais, toi ?

— Non, répondit le Nordique, mais quelle que soit la route que nous allons prendre, je serais d'avis de partir maintenant. Des patrouilles sont sans doute déjà sur nos traces. J'ose vous rappeler que votre père nous a dit que c'était vous qu'ils recherchaient.

— C'est vrai, souffla le jeune homme, mais pourquoi ?

— Croyez-moi, nous le saurons bien assez tôt ! Mais pour le moment, il faut se mettre à l'abri...

Gérald se laissa convaincre. Ils marchèrent toute la journée.

À la nuit tombée, les deux fuyards trouvèrent refuge dans une grotte enfouie parmi les arbres. Ils étaient à l'abri des regards indiscrets et de la neige. Le jeune homme trouva rapidement le sommeil, pendant qu'Engar montait la garde durant la nuit. Il réchauffa son maître avec un feu difficilement allumé et dangereusement susceptible de les faire repérer des lieues à la ronde.

Au petit matin, le feu s'était éteint et Engar plongé dans un profond sommeil. Lorsqu'il ouvrit les yeux, il eut la mauvaise surprise de se retrouver nez à nez avec un archer. Ce dernier tendait son arc en direction de sa tête. La hache à proximité de sa main, Engar se tenait prêt à frapper pour protéger son maître. Cependant, une main posée sur son bras l'empêcha de commettre cette folie suicidaire. Gérald s'était enfin réveillé. Encerclés par une patrouille entière, le jeune homme se montra cependant moins fébrile que face aux écorcheurs et aux autres créatures. Il avait reconnu ceux qui leur faisaient face : des soldats réguliers nyssaliens. Une chose seulement pouvait expliquer leur présence en ces lieux : ils s'étaient rapprochés de la frontière sud sans le savoir. Néanmoins, même en compagnie de gens plus civilisés, le sort des deux fuyards n'en demeurait pas moins incertain. Les relations entre la Cassandrie et les cités nyssaliennes restaient sous tension. Ils ne devaient leur montrer aucune hostilité, d'autant que leurs origines avaient été rapidement démasquées.

Le chef de la patrouille – un sergent – s'adressa à eux.

— Il est bien imprudent pour deux étrangers de s'aventurer par ici. La région regorge de créatures maléfiques. D'ailleurs, c'est vous, les Cassandriens, qui les avez amenées ici. Les sorcières viennent bien de chez vous, non ?

Il ne s'adressait qu'à Gérald, car Engar avait été identifié comme un esclave, et donc, dépourvu du moindre intérêt.

— Nous sommes égarés, répondit le jeune homme avec son noble accent cassandrien.

Il suscita l'amusement des archers.

— Qui êtes-vous donc ? demanda le sergent en gardant pour sa part un regard sérieux.

— Je me nomme Gérald, je suis le fils du seigneur Edward Bordemer, le comte de Franchort. Lui, continua-t-il avec un air supérieur, c'est Engar, mon garde du corps personnel.

— Oh ! s'écria l'archer, rien que ça ! J'ai donc l'honneur d'avoir devant moi le neveu du roi de Cassandrie ? Eh bien, que faites-vous dans cette contrée dangereuse, monseigneur ? Vous avez envie de finir comme celui-ci ?

Le jeune homme ne comprit pas immédiatement cette dernière question, mais il regarda dans la direction que le sergent avait indiquée du regard. Il aperçut avec horreur un pendu en état de décomposition avancée.

— Qu'a-t-il fait ? demanda-t-il dégoûté.

— Il nous a manqué de respect, sans doute, fit son hôte avec un sourire inquiétant. Bref, j'attends votre réponse, fils de comte ! Que faites-vous ici ? Je doute que vous vous soyez réellement égaré, car il est bien rare de voir un homme de votre rang sortir de son château en si petite compagnie.

— Mon château vient d'être dévasté par des écorcheurs. Il y avait des créatures étranges avec eux. Elles ont massacré toute la garnison. Nous sommes les seuls survivants, je pense, et sommes poursuivis. Je croyais faire route vers Formurail, mais je crains m'être trompé. Enfin, je veux dire, ajouta-t-il, mon esclave s'est trompé de route.

— On ne peut rien vous cacher, se moqua gentiment le sergent. Mais vous dites que des créatures ont attaqué votre château ? Quel genre de créatures ?

— De créatures voûtées, plus petites qu'un homme, avec une femme à leur tête ; une sorcière, je pense. Je pense aussi que le culte de Vulcania est derrière tout ceci, mais j'en ignore encore la raison.

— Les rumeurs étaient donc vraies, souffla gravement l'archer.

— Quoi ? questionna Gérald. Quelles rumeurs ?

— On raconte que le culte de Vulcania rassemble une puissante armée d'écorcheurs au sud-est de l'empire. Il ne serait pas étonnant d'en voir se perdre jusqu'ici. Les montagnes du Sud sont envahies, paraît-il, et ce sera bientôt notre tour. Cagliari est déjà en état de guerre et s'apprête à se défendre. À mon avis, l'attaque de votre cité n'est que le début d'une grande invasion. Bon sang, ils vont attaquer par l'est et le nord en même temps !

— C'est horrible ! gémit Gérald. Êtes-vous assez armés pour vous défendre ?

— La ligue de défense nyssalienne se rassemble, mais je crains que le nombre ne soit pas en notre faveur. Et votre roi, rétorqua le sergent, ne peut-il rien faire ? Car vous êtes apparemment autant concernés que nous…

— Je crains de ne plus pouvoir le rejoindre aujourd'hui. Si je retourne au nord, les écorcheurs seront sur ma route. Je dois trouver refuge sur les terres nyssaliennes.

— Et vous pensez que vous y serez longtemps en sécurité ? Nous sommes si peu nombreux. Seigneur, vous avez commis une lourde erreur en venant ici, car désormais, vous ne pouvez plus reculer. Cependant, il est de mon devoir d'escorter un homme de votre rang, qu'il soit nyssalien ou cassandrien. Nous avons le même ennemi, me semble-t-il, et c'est là tout ce qui importe… Où désirez-vous aller ?

Le regard dépité de Gérald croisa celui de son garde du corps. Celui-ci n'avait pas plus d'idée que lui, visiblement.

— Maintenant que nous sommes ici, se résigna Gérald, je pense qu'il serait plus sage d'aller au plus profond des terres, là où nous serons peut-être oubliés ou épargnés par cette menace.

— Dans ce cas, je vous conseille Vinaledad, la ville du roi Antonio Rimez de la Rivera. Une oasis au milieu du désert.

— Cela me semble bon. Pourriez-vous nous y escorter, noble archer ?

— Noble archer ? gloussa le chef de la patrouille. Si j'étais noble, je serais à l'abri derrière les murailles de mon château, mais bon… Nous allons vous escorter jusqu'à Cagliari. Je dois y retourner pour donner un compte-rendu à mon capitaine. Là-bas, je pense que nous pourrons trouver des archers du roi Rimez. Ils pourront alors vous escorter jusqu'à Vinaledad. Cela vous va-t-il ainsi, monseigneur ?

— C'est parfait !

— Eh bien, suivez-nous. Mais je vous préviens, la route est encore bien longue, d'autant que nous devons nous faire discrets. Les premières bandes armées ont déjà franchi la frontière.

— Quand arriverons-nous à Vinaledad, selon vous ? s'inquiéta Gérald.

— Oh, souffla l'archer, je n'en sais rien, je n'y suis jamais allé. Mais si tout va bien, dans trois jours, nous serons à Cagliari. Pour le reste...

Gérald grimaça à l'idée de devoir entamer un si long voyage, car celui qui l'avait amené jusqu'ici lui avait déjà paru interminable.

Chapitre 2

Les terres chaudes et desséchées nyssaliennes ne connaissaient que peu de saisons. Le soleil y était permanent et ne laissait seulement place à l'ouest, lors de quelques courtes apparitions, qu'à un épais et mystérieux brouillard matinal venant de la mer. L'ombre du culte de Vulcania planait déjà dans le ciel encore bleu de ces contrées libres. À l'est, un étroit passage traversait les montagnes frontalières du territoire de la cité état d'Apolosa. Menant aux voûtes côtières du Sud, celui-ci fut emprunté par un voyageur nyssalien qui revenait d'un long périple. Les hautes collines sur lesquelles il chevauchait étaient le sanctuaire des créatures les plus hideuses et dangereuses que le monde d'Émania pouvait compter. L'éloignement des premiers signes de civilisation favorisait le développement d'entités mystérieuses et oubliées pour la plupart. Même issues des imaginations les plus fertiles, leur existence demeurait menaçante en ces temps incertains. Lui n'en avait que faire. Dans les airs, les mouvements des prédateurs étaient continuellement surveillés, et le sens du déplacement de ce pisteur, ainsi que sa connaissance parfaite des terres du Sud, lui permit d'éviter les nombreux pièges susceptibles de se dresser sur son chemin.

Ce voyageur s'appelait Ricardo Ramenez. Durant son long voyage, il fut seul pour affronter l'inconnu et les dangers d'un monde en plein déclin. Son interminable périple était sur le point de prendre fin. Après de longs mois d'exil, il ne cachait pas sa joie de retrouver le chemin qui le menait chez lui. Vinaledad, foyer de son royaume marchand, n'était plus très loin. Il s'impatientait déjà de revoir les nombreuses amantes qu'il y avait laissées.

Longeant la pente d'un dénivelé, l'archer fut interpellé par un vacarme peu commun. Il laissa sa fidèle monture sur le bas côté du chemin et s'engouffra tel un voleur vers de plus estimables hauteurs. Il parvint lentement jusqu'au sommet accessible de la crête. Il y trouva une vue imprenable sur la vaste plaine des terres nyssaliennes de l'Est, démesurément grandes. Son cheval affichait une anxiété prononcée, comme si son instinct animal sentait un danger imminent. L'archer n'y prit pas garde, mais ce qu'il découvrit en aval de sa position l'époustoufla. En face de lui se dressaient des dizaines de milliers de guerriers. À perte de vue, ils étaient inlassablement vomis par les montagnes frontalières, marchant en colonnes étroites. Venant directement du territoire neutre d'Apolosa, cette troupe gigantesque semblait se fondre lentement au sein d'un pays jusque-là épargné par la guerre. Il reconnut aisément les armures traditionnellement sombres des légions de Kasdalar. Il avait passé de nombreux mois dans ce royaume en tant qu'émissaire de paix et avait côtoyé bon nombre de ses braves soldats et de ses puissants seigneurs. À la tête de cette inquiétante armée se dressait un chevalier à l'armure aussi sinistre que majestueuse. Hérissée de nombreuses pointes, celle-ci était en partie recouverte de peaux de bêtes. Ce seigneur portait un heaume cornu qui témoignait de la noblesse de son rang. L'ensemble le faisait ressembler à un dragon. Un seul homme dans le monde avait le droit de porter cette armure, il s'agissait du connétable du royaume guerrier de Kasdalar. Seule son identité restait à déterminer, car depuis la mort d'Uras Marienthal, Kasdalar avait subi un bon nombre de bouleversements.

Ricardo Ramenez était admiratif devant ce somptueux défilé, mais il resta discret pour ne pas attirer l'attention des nombreuses patrouilles d'éclaireurs. Certaines devaient sans doute passer non loin de sa position pour protéger la progression du gros des troupes. Il jeta un regard furtif vers sa monture qui, à son image, se montrait de plus en plus nerveuse. La signification d'une telle démonstration de force demeurait évidente. Depuis sa lourde défaite devant les murs de Mitralianos, le grand royaume guerrier s'était rapidement relevé pour entamer de nouvelles conquêtes. Cependant, il était difficile pour un voyageur, si longtemps séparé de sa terre natale, de pouvoir expliquer une telle situation. La priorité était de prévenir le roi de Vinaledad de cette nouvelle menace. Aucun doute n'était possible : cette armée pénétrait lentement en plein cœur des terres nyssaliennes pour les envahir.

Ricardo galopa toute la journée. À la tombée de la nuit, il fut surpris par une terrible averse. En plus d'assister à un phénomène irréel, il ne parvenait pas à croire que tant d'eau pouvait ainsi tomber du ciel. À l'image d'un torrent, cette chute était si puissante qu'elle martyrisait la terre et les chemins devenus boueux qu'il empruntait. Son cheval ne parvenait plus à se déplacer aisément. Jamais les terres arides nyssaliennes n'avaient connu un tel déluge. C'était la première fois de sa vie que l'archer assistait à une telle attaque de la nature.

Conscient des dangers d'enlisement qu'encourait sa monture, Ricardo mit pied à terre et partit hâtivement à la recherche d'un abri pour le reste de la nuit. Par chance, il trouva refuge dans une caverne cachée parmi la frêle résistance de la végétation. La pluie s'abattant avec violence sur les branches des arbres morts faisait un bruit insupportable.

Le Nyssalien prit son mal en patience, déjà préparé à passer la totalité de la nuit dans cet endroit lugubre. Il s'y s'installa et profita des derniers rayons de lumière pour récupérer de quoi allumer un feu. Des morceaux de bois épargnés par la pluie furent trouvés dans le renfoncement de la grotte. Désormais, les flammes qui se dressaient devant lui étaient ses seules protections contre l'humidité et la nuit.

Dans l'obscurité la plus totale, les créatures de l'ombre n'hésiteraient pas à sortir de leur tanière pour l'attaquer. Certaines, peut-être, habitaient déjà l'endroit où ils venaient de trouver refuge. Anxieux, l'archer regarda le fond de la grotte. Il lui était impossible de se rendre compte de sa profondeur et il n'avait pas le courage de s'y enfoncer seul. Son couteau à portée de main, il se tenait prêt à défendre chèrement sa vie et celle de son cheval. La nuit s'annonçait longue et le sommeil naturellement proscrit.

Cependant, le relatif calme de sa monture le rassurait. Il savait qu'en cas de danger, Illiac serait le premier à le sentir. Ricardo ramassa d'autres branches sèches et raviva son feu. Il ne faisait plus froid, mais il détestait être mouillé. La lumière que les flammes faisaient jaillir autour de lui permettait de distinguer les alentours. Hormis sa monture, il paraissait définitivement seul dans cette grotte. La faim lui taraudait l'estomac, mais le voyageur se fit sagement à l'idée de passer le reste de la nuit dans ces détestables conditions.

La pluie ne semblait toujours pas vouloir faiblir et faisait un bruit incessant au-dehors. Épuisé, il s'installa le plus confortablement possible, assis, le dos appuyé sur une roche. Il n'était pas question de se coucher, le risque de s'endormir aurait été trop grand.

Le hennissement soudain d'Illiac le réveilla en sursaut. Il se saisit immédiatement de son arme et se leva pour rejoindre son cheval. Celui-ci semblait nerveux et il le caressa longuement en lui parlant à voix basse sur un ton rassurant. Visiblement, quelque chose effrayait l'animal. L'archer jeta du bois sur le feu en regardant vers l'extérieur de la grotte, ce n'était que de cette direction que pouvait venir le danger. Il ne distinguait rien à travers le rideau de pluie.

Soudain, le son d'un craquement de branche se fit entendre à quelques mètres seulement de lui. Sur ses gardes, le Nyssalien banda aussitôt son arc en direction du bruit. Aux aguets, il sentit son souffle s'accélérer lors de cette attente crispante, mais il ne tremblait pas. Il était sûr de son adresse à l'arc. Soudain, une ombre se dessina sous la pluie. Ricardo crut discerner un animal. Pour tenter de l'effrayer, il poussa un hurlement puissant. La bête ne broncha pas et, au contraire, s'approcha lentement et en silence vers lui. Elle franchit l'entrée de la grotte. À la lueur des flammes apparut une tête cornue sous les yeux incrédules de l'archer. C'était un isard. Ce dernier se dressa devant le Nyssalien et le fixa placidement sans craindre visiblement la flèche qui le menaçait toujours. L'archer ne savait que faire, ni comment réagir. Ce surprenant visiteur était trempé et sale mais ne montrait aucun signe d'agressivité. Il portait à la ceinture un gibier. Ce fut vers lui que se porta un instant le regard du Nyssalien affamé.

— Tout doux, lui dit l'isard, je ne suis pas ton ennemi.

Ricardo ne bougea pas.

— Que me veux-tu ? demanda-t-il sans baisser son arme.

L'isard posa son regard sur la monture de l'archer. Celle-ci était maintenant étrangement calme.

— Je cherche la même chose que toi, l'ami, lui dit posément Rawg en reportant à nouveau ses yeux sur lui. Je veux juste un endroit pour me protéger de cette pluie horrible, rien de plus… Lorsque j'ai vu ton feu, j'ai su qu'il y avait un abri ici. Je me suis dit qu'à deux le temps passerait plus vite, car à mon avis, nous ne sommes pas près de sortir de cette grotte…

— Mon feu se voit de si loin ? fit l'archer, peu rassuré.

— Oui, bien entendu. Tu devrais le savoir, non ? Du feu, dans la nuit, rien de tel pour se faire repérer… Visiblement, tu ne connais pas la discrétion, voyageur. Allez, abaisse donc ton arc !

Il obtempéra, mais il restait cependant sur ses gardes.

— Je n'ai pas besoin de me faire discret, je sais me battre. Et puis, j'avais surtout besoin de me sécher, ajouta-t-il avec un peu plus d'honnêteté. Que fait un isard ici ? Il n'y a pas de forêts et les montagnes sont loin d'ici.

— N'ai-je pas le droit d'aller où bon me semble ? répondit Rawg.

— Si, effectivement, lâcha enfin l'archer.

— Et puis, je pense que le désert ne sera plus aussi aride que cela dans ces prochains jours…

À ces mots, ils sourirent tous deux.

— Je suis ridicule… Eh bien, soit, l'ami, un peu de réconfort autour d'un feu ne sera pas de refus, n'est-ce pas ? Et apparemment, Illiac t'a déjà accepté.

— Merci, se contenta de répondre l'isard blanc. Puis-je utiliser ton feu pour cuire ce gibier ?

— Bien sûr. Et pourrais-je en profiter ? Car je meurs de faim !

Rawg hocha amicalement la tête en guise de réponse positive.

— Et il n'est pas commun de manger en plein milieu de la nuit, n'est-ce pas ? s'amusa le Nyssalien.

L'isard acquiesça. Ils s'installèrent autour du feu pour profiter de sa douce chaleur. L'humidité rendait la nuit plus froide que prévu. Pendant que Rawg dépeçait habilement son futur repas, Ricardo tentait de se réchauffer. Sa terre natale ne l'avait pas habitué à un tel climat. Son retour aux sources se révélait bien loin de ce qu'il avait imaginé et il avait hâte de renouer avec le climat aride qui bordait Vinaledad.

— Quel temps pourri ! se plaignit-il. Je n'ai jamais vu cela. Mais que se passe-t-il donc ?

— J'ai déjà vu ce temps, affirma l'isard en regardant son hôte, mais je ne pensais pas le voir ici. Je ne savais pas qu'il pouvait pleuvoir à ce point dans cette partie du monde…

— Cela n'est jamais arrivé jusqu'à maintenant, souligna l'archer. Ce climat n'est pas naturel. Je suis né ici et j'y ai vécu toute mon enfance. Je n'y ai jamais vu une seule goutte d'eau tomber du ciel. Seules les rivières viennent abreuver les champs qui bordent les cités pour que les récoltes soient fructueuses. Je donnerais cher pour savoir ce qu'il se passe.

Rawg restait concentré sur la préparation de son repas.

— C'est l'œuvre d'un chevalier de foudre, annonça-t-il simplement.

Ricardo regarda Rawg en fronçant les sourcils. Il ne semblait pas vouloir croire ce qu'il venait d'entendre.

— Un chevalier de foudre ! répéta-t-il avec scepticisme. Ils existent donc réellement, selon toi ? Je croyais qu'il ne s'agissait que d'une légende rapportée par les marins. Ils nous racontent tellement d'histoires étonnantes et farfelues. La plupart d'entre elles sont fausses ou du moins exagérées…

— Tu as d'autres explications ? rétorqua gentiment Rawg.

L'archer ne sut que répondre.

— Ce n'est pas une légende, continua Rawg. Ce sont les Calisards qui nous en avaient débarrassés. Sache que, moi-même, j'ai eu le malheur d'en rencontrer un en pleine mer, il y a bien longtemps. Mais je m'en souviens encore comme si c'était hier… Ce que je peux te dire, c'est qu'ils se font de plus en plus nombreux de nos jours.

Ramenez grimaça. Il n'était pas convaincu.

— Tu m'as l'air bien renseigné, vieil isard ! Tu crois vraiment en l'existence des Calisards ? Eux aussi font partie de nos légendes…

— Je m'appelle Rawg.

— Rawg. Moi, c'est Ricardo Ramenez, fit aussitôt l'archer pour ne pas lui manquer de respect. Alors, d'où tiens-tu ces informations ?

— De moi-même, expliqua-t-il simplement. J'ai fait un long voyage, bien au-delà de Jaspalès, sur les terres andraliennes. J'étais engagé dans une compagnie de mercenaires. Juan Magienez était mon capitaine.

— Tu connais Juan Magienez ? s'écria Ricardo avec admiration.

L'isard hocha la tête.

— Il est connu ici, reprit l'archer, mais peu apprécié à ce qu'on dit. On raconte partout qu'il a rencontré la reine des glaces et l'aurait affrontée. Personnellement, je n'y crois guère, mais je suis d'accord pour affirmer que c'est un excellent marin.

Rawg laissa passer un long silence. Il songeait à son ancien compagnon et ami qu'il avait vu pour la dernière fois sur le grand glacier d'Émania, juste avant son combat contre le dragon des glaces. Depuis, il n'avait plus de nouvelles.

— Hélas ! très peu d'entre nous sont revenus de ce voyage… Juan Magienez était de ceux-là.

La mélancolie de Rawg perturba l'archer qui sentit qu'il venait d'engager le dialogue sur un sujet douloureux. Pourtant, l'envie irrésistible d'en savoir plus l'incitait à continuer cette discussion. À sa grande satisfaction, ce fut l'isard qui relança la conversation.

— Mais bon, tout ceci est loin désormais. De nombreuses années se sont écoulées depuis et je lutte quotidiennement pour remonter la source de mes souvenirs.

Il tendit à son hôte un morceau de viande. Ricardo se jeta dessus et mordit dans la chair à pleines dents.

— Ce n'est pas possible, fit l'archer la bouche pleine, j'ai l'impression que la grotte va s'écrouler sous le poids de cette averse. C'est fou !

— Cela n'arrivera pas, répondit l'isard blanc avec sérénité, car nous ne sommes pas la cible de ce monstre.

L'archer ne fut en aucun cas soulagé.

— Et ces chevaliers de foudre ? Pourrais-tu m'en dire davantage ?

— Oh, soupira Rawg, au départ, nous croyions qu'il ne s'agissait ni plus ni moins que des incantations provoquées par de puissants magiciens. L'un d'eux, ce Malaguar, était vraiment puissant…

— Malaguar ?

— C'est le magicien qui nous a attaqués. Nous l'avons rencontré après avoir quitté Jaspalès, précisa Rawg. Il planifiait même de conquérir la ville côtière. Alors que nous nous enfuyions, il a réveillé un orage. C'est ainsi qu'on appelle les chevaliers de foudre là-bas…

— Vous l'avez échappé belle, constata l'archer.

— Oui, c'est vrai, et notre défaite fut très douloureuse et coûteuse en vies. Nous ne pouvions rien faire, murmura Rawg.

Ricardo se montra très intéressé par cette histoire.

— Raconte-moi ta rencontre avec ce Malaguar.

Rawg laissa passer un court silence avant d'accéder à cette requête. Il lui était difficile de tout pouvoir se remémorer, et la plupart de ses souvenirs restaient chronologiquement confus.

— Oui, donc, avec Juan Magienez et d'autres compagnons, nous avons eu une mésaventure avec lui.

— C'est-à-dire ?

— C'est assez compliqué, répondit l'isard blanc en pesant ses mots. Disons, pour faire simple, qu'il est le roi immortel des terres de l'Est. Les terres andraliennes, pour être plus précis. Nous étions venus porter secours à la grande prêtresse Alinéa qui défendait désespérément Jaspalès contre les assauts de ces innombrables créatures. Après une nouvelle bataille perdue, nous sommes finalement parvenus à nous échapper, mais il a lancé un orage à notre poursuite. Il a déchaîné les flots de l'océan autour de notre navire pour nous faire sombrer. Nous avons tous cru que notre dernière heure était arrivée. Mais grâce à notre compagnon magicien, nous avons pu lui échapper.

— Un magicien ? s'intéressa Ricardo. Comment s'appelle-t-il ?

Rawg prit soudainement un ton plus tragique.

— Boback Svenguard…

— Et qu'est-il devenu ?

— Je n'en sais rien. Malheureusement, je n'ai plus de nouvelles depuis bien longtemps. Je pense qu'il est mort, comme tous les autres…

— Eh bien, tu en as vécu, des aventures ! s'exclama Ricardo.

— Oui, murmura Rawg, mais je me serais bien passé de certaines. Beaucoup de souvenirs vont encore ressurgir de ma mémoire... La plupart d'entre nous sont morts, aujourd'hui. Très peu sont rentrés de ce voyage.

— Combien êtes-vous encore ?

— Des magieniens ? Je crois que je suis le seul encore en vie.

Depuis le début du récit, le Nyssalien restait subjugué par les dires de l'isard. À aucun moment, il ne les mit en doute. Pourtant, la vraie nature de ses actions passées lui échappait. Poussé par une curiosité croissante, il tenta d'en savoir un peu plus.

— Sérieusement, pourquoi vouliez-vous rejoindre Jaspalès ? Je doute fort que ce soit la guerre qui vous y ait attiré. Personne ne sait vraiment ce qu'il s'y passe, pas même à Edenbridge. Je le sais, j'y ai passé moi-même de nombreuses années…

Rawg haussa les épaules. Lui-même ne s'en souvenait plus réellement. Des souvenirs refaisaient surface, mais en contrepartie, d'autres disparaissaient pour retomber dans l'oubli.

— Je ne peux te répondre, navré.

— Je comprends, ne t'inquiète pas. Certains secrets doivent le rester…

L'archer n'insista pas. Rawg lui cachait sans doute de nombreuses choses, mais il comprit rapidement qu'il ne les révèlerait jamais, même sous la torture. Il préféra alors le questionner sur un tout autre sujet.

— Il est vraiment rare de voir des isards dans cette partie du monde. Leurs éléments, ce sont plutôt les forêts et les montagnes, non ? Alors, pourquoi venir te perdre ici, là où il n'y a quasiment pas de relief ?

Rawg laissa passer un court silence. Il gardait ses yeux fixés sur le feu qui réchauffait son cœur meurtri par la disparition d'Ajaj. Ricardo lui était sympathique malgré son insatiable curiosité. Il accepta de répondre à cette question sans lui mentir.

— Je recherche une jeune fille, souffla-t-il.

Ricardo fit aussitôt mine de s'intéresser davantage à la question.

— Ah oui. Et qui donc ?

L'isard blanc choisit de garder le secret à ce sujet.

— Tu ne la connais pas. Son nom ne te dirait rien.

— Pourquoi la recherches-tu ?

— Je dois simplement la retrouver, et ceci, pour des raisons que je ne peux divulguer ici. Tout ce que je dois faire, c'est de mettre la main dessus avant le culte de Vulcania.

Le Nyssalien resta perplexe.

— Ils la recherchent aussi ? Voilà qui est intéressant ! Qu'a-t-elle donc de si important ?

Rawg ne se fit pas prendre au piège. Il était évident que son interlocuteur cherchait à en savoir plus.

— Je ne peux répondre à cela non plus…

— Soit ! lâcha Ricardo après un bref silence. Mais penses-tu sérieusement être capable de la protéger contre ce culte ?

L'isard ne répondit pas.

— Sais-tu qu'il est partout aujourd'hui ? reprit l'archer, et plus puissant que jamais ! Sa fortune est colossale, même si les bases de cette richesse restent mystérieuses. Ils peuvent se payer les services de rois…

— Pas ici, rétorqua Rawg avec assurance. Les terres nyssaliennes ont toujours été préservées de cette influence néfaste, notamment depuis la création de la ligue de défense.

— Peut-être, mais je sais que ce culte finit toujours par obtenir ce qu'il veut. Je ne puis te donner d'autres conseils que de prendre garde à toi !

Un silence un peu pesant s'installa entre eux.

— Bref, revenons à cette fille, finit par dire le Nyssalien. Pourquoi serait-elle ici ?

— Es-tu au courant de la guerre qu'il y a eu entre l'empire théranien et les Montagnards ?

— Oui, c'est d'ailleurs une des raisons pour lesquelles je suis revenu.

— Ah bon ! Mais où étais-tu ? fit Rawg pour détourner une conversation qui commençait à lui poser problème.

Ricardo joua le jeu de l'honnêteté.

— Je suis un ambassadeur de paix. Depuis des années, je scrute les terres d'Émania pour marchander avec les différents peuples. Je suis même allé jusqu'à Edenbridge pour y récupérer quelques épices rares. C'est pour cela que je te disais que, là-bas, on ne connaît rien sur les troubles de Jaspalès. C'est là-bas également que j'ai appris que la guerre sévissait à l'ouest, dans le grand empire théranien. Mais je ne comprends pas, quel est le rapport avec cette fille ?

— Marsigliano, la ville du roi Oswald Kalissen, a été prise et mise à sac. Ce qu'il reste du peuple montagnard a fui vers les terres nyssaliennes. La jeune fille que je recherche est parmi eux. Malheureusement, déplora Rawg, avec cette pluie, je crains avoir définitivement perdu les traces du convoi. Ces terres sont si vastes, comment savoir vers où ils se sont dirigés ?

— Je ne savais pas ce qu'il s'était passé. Mais ne t'en fais pas, fit l'archer en posant la main sur l'épaule de son nouvel ami, moi, je sais où ils sont partis !

Rawg leva sur lui un regard porteur d'espoir.

— Ah bon, mais comment ?

— Je suis au service du roi Antonio Rimez de la Rivera de Vinaledad. C'est à sa demande que je parcours le monde. Mon roi est un ami de longue date des Kalissen, tout le monde le sait, même le culte de Vulcania. Si les Montagnards sont en danger, tu peux être sûr qu'ils iront trouver refuge à Vinaledad. Mon roi les accueillera les bras grands ouverts.

Le jour commençait à se lever. Jamais l'isard n'aurait cru qu'il passerait la nuit à parler avec ce voyageur dont il ne connaissait finalement pas grand-chose. Cependant, celui-ci lui apportait finalement un peu de réconfort et un nouvel espoir.

— Et où se trouve cette ville ?

— Au milieu des terres. Vinaledad est la grande oasis des terres nyssaliennes, dressée aux abords du fleuve. Mais la route est encore longue, mon ami. Tu dois prendre la direction du sud-ouest pendant presque deux cents kilomètres. Tu n'as pas pris le chemin le plus court, je crains même qu'en venant ici, tu n'aies fait un long détour.

— J'ai suivi les traces du convoi, répondit Rawg.

— Oui, sans doute, admit l'archer. S'ils sont si nombreux, ils doivent avoir emprunté la route des sources. C'est plus long mais plus sage.

La pluie cessa brutalement. Presque aussitôt, un rayon de soleil timide pénétra dans la caverne.

— Je vais partir sur-le-champ, fit l'isard avec un entrain retrouvé. Mais au fait, viens avec moi ! Tu dois rentrer chez toi, n'est-ce pas ? Tu me guideras !

Ricardo fit un signe négatif de la tête.

— Hélas ! je ne puis, mon ami. Des éléments nouveaux m'empêchent de retourner chez moi pour le moment. Je repars vers l'est. Hier soir, j'ai vu une immense armée sortir du territoire d'Apolosa. Elle se déplace d'est en ouest. J'y retourne pour voir ce qui se manigance exactement…

Rawg fut intrigué par cette nouvelle. Serait-ce possible que ce soit l'armée impériale ? Il la savait en partie détruite et disloquée depuis la prise de Marsigliano. Les compagnies d'écorcheurs restaient une menace mais loin de pouvoir inquiéter les peuples nyssaliens.

— Une armée, dis-tu ? Des impériaux ?

— Non, ce sont les légions de Kasdalar. J'ai bien peur que le royaume d'Uras le pillard ne soit décidé à tout dominer. Il ne peut plus envahir l'empire, car les chevaliers d'Émania défendent ardemment la passe de Karazkaz. Je crains donc qu'ils veuillent passer par les terres nyssaliennes pour ensuite entrer en Cassandrie. Ils vont isoler l'empire. L'armée que j'ai vue hier est une armée d'invasion, j'en reste persuadé. Ils étaient si nombreux…

Rawg restait songeur.

— Je suis sûr que tout ceci cache quelque chose de bien plus inquiétant encore.

— Oui, bien sûr. Pour insister de la sorte en si peu d'années, le royaume de Kasdalar doit avoir de sérieuses raisons qui nous échappent encore…

Ricardo se leva.

— Tu me parais bien renseigné sur les agissements de Kasdalar, mon ami, lui fit remarquer Rawg avec une légère teinte de soupçon dans l'intonation.

— C'est mon métier, Rawg. Si seulement tu m'avouais les principes fondamentaux de ta quête, alors peut-être pourrais-je davantage t'aider. Mais il est tout à ton honneur de vouloir garder cela pour toi tant que tu n'es sûr de rien. Aussi, j'espère que tu retrouveras la fille que tu recherches avec tant de passion et de dévouement.

— Elle s'appelle Lynn, concéda l'isard blanc.

L'archer sourit.

— Très bien, tu n'as qu'à l'embrasser pour moi lorsque tu la retrouveras. Aussi, puis-je te demander un service ?

— Je t'écoute…

— Quand tu seras à Vinaledad, pourras-tu faire part à mon roi de l'arrivée de cette armée d'invasion ? Surtout, qu'il ne tente rien avant mon retour. Je l'informerai sur les forces en présence et leur réelle destination. Dis-lui que tu viens de ma part, il t'écoutera avec confiance.

— Il te connaît si bien ?

— Oui, affirma l'archer en toute modestie.

— Très bien, tu peux compter sur moi. Et encore merci pour ton aide précieuse. Bonne chance à toi !

— À toi aussi, l'ami, car la route est encore longue jusqu'à Vinaledad. Bon courage !

Quelques instants plus tard, Ricardo s'éloignait sur son cheval. Il se retourna sur sa selle et fit un dernier signe de la main à l'isard blanc.

Chapitre 3

De nombreuses forces malfaisantes avaient profité du regain de violence des hommes pour refaire surface et répandre le mal sur des territoires jusque-là épargnés. C'est en ces lieux que voyageait désormais Khulem. Parti seul à la recherche de Lynn, il parcourait le nord-est des terres nyssaliennes sans réellement savoir où le menaient ses pas. Guidé par la foi controversée qu'il vouait à Émania, il espérait retrouver dans cette quête la paix intérieure qui lui échappait depuis trop longtemps. Il lui fallait pour cela retrouver cette mystérieuse jeune fille et honorer la promesse qu'il avait faite à Gorferst lors de leur dernière rencontre. Émania ne lui était jamais apparue, il l'avait cru pourtant à une époque, lorsque le sorcier s'était fait passer pour elle lors de ce rêve troublant. Il pensait sans cesse à cette tromperie qui l'amenait inexorablement à se méfier de son propre demi-frère. Cela l'avait décidé à prendre une lourde décision. Peu lui importait où allait le conduire cette quête, c'était pour lui-même qu'il agissait désormais et non plus pour une quelconque entité.

Le paysage dans lequel il évoluait était à son image, perdu et ne révélant qu'une ligne d'horizon désespérément vierge du moindre espoir. Loin d'être un pisteur de renom, Khulem suivait comme il le pouvait les traces laissées par la caravane montagnarde. Celles-ci se faisaient de plus en plus vagues, balayées par les vents et le temps. Il n'avait guère de réserve d'eau et le soleil tapait fort, lui donnant une douloureuse teinte rouge. Par moment, il songeait à renoncer, mais porté par le dernier sens qu'il offrait à sa vie, il continuait machinalement à placer un pied l'un devant l'autre.

Au-delà de sa tourmente, ce périple lui apportait cependant de bons moments. Les couchers du soleil lui offraient chaque soir un spectacle grandiose qu'il n'avait plus pris soin de savourer depuis bien longtemps. Ils lui permettaient, l'espace d'un instant, de goûter à la beauté d'une terre épargnée par les atrocités qu'il avait connues durant de longs mois de campagnes militaires.

Il était quelque peu soulagé de constater qu'il existait encore des contrées en paix sur Émania. Les terres sableuses et rocheuses l'embarquaient dans des rêves qui lui faisaient momentanément tout oublier. Paradoxalement, elles lui rappelaient ses propres terres, celles de Kasdalar, où l'immensité et la beauté des prairies verdoyantes n'avaient pas d'égal dans le monde qu'il connaissait. Ces instants demeuraient pourtant bien courts, car durant la journée, il revivait perpétuellement le calvaire de la recherche d'un point d'eau. Il savait heureusement se rationner, comme il avait été obligé de le faire aux côtés de son armée durant la longue et éprouvante marche vers Edenbridge. Ce qu'il vivait maintenant n'était pas si différent, mais cette fois, il ne traînait pas derrière lui des milliers de guerriers affamés. Finalement, il jugeait sa solitude bienfaisante. La chose qui le tourmentait le plus peut-être était de savoir s'il suivait réellement les bonnes traces, car il commençait sérieusement à en douter.

Un jour, Khulem croisa la route d'un imposant rassemblement de tentes. Il s'agissait là de nomades installés aux abords d'une grande oasis. Il bénit Émania de lui avoir fourni cette chance de pouvoir profiter d'un ravitaillement inespéré. Il s'empressa d'effacer la distance qui le séparait d'un festin annoncé et de l'endroit idéal pour prendre un repos bien mérité.

Une fois arrivé à destination, il se laissa tomber dans la première étendue d'eau qui se présenta à lui. Ce n'était qu'une pataugeoire, mais elle suffisait cependant amplement à son bonheur. Il se roula plusieurs fois dedans, avalant des gorgées, comme s'il n'avait pas bu depuis des jours entiers. Peu lui importait les regards curieux et amusés des gens qui passaient près de lui. Il y avait bien longtemps qu'il ne s'était pas lâché de la sorte et il admettait bien volontiers que son comportement ressemblait davantage à celui d'un enfant qu'à celui d'un prince. Ici, il n'était rien, et personne n'était susceptible de reconnaître le visage de l'héritier légitime du royaume de Kasdalar. Il commençait d'ailleurs à oublier son titre et l'éducation que son statut lui avait imposés. Il aimait agir tel un simple homme du peuple, chose qu'il lui avait été interdite pendant de longues années.

Son attention fut attirée par un mouvement de foule qui s'était formé devant la plus grande tente du campement. Sans se presser, il se rendit vers l'attroupement. L'air chaud et étouffant qui soufflait l'avait rapidement séché. Il se fondait dans la foule sans difficulté comme il aimait si bien le faire. Ici, il n'y avait pas d'escorte pour lui ouvrir un passage. C'était un véritable plaisir que de pouvoir s'excuser auprès des gens qu'il poussait volontairement pour atteindre les premiers rangs. Tous levaient les mains en l'air et criaient à tue-tête des paroles qu'il ne parvenait pas à comprendre au sein de cette foule bruyante.

Devant les yeux émerveillés des rares enfants présents et le regard jovial des adultes, des danseuses réalisaient des prouesses, surpassant celles qu'il avait l'habitude de voir dans les banquets royaux. Il se laissa porter au son des instruments qui accompagnaient les artistes dans leurs œuvres. De nature discrète face à ce genre de manifestation habituellement, il était surpris de se voir battre la mesure avec le pied. La foule formait un arc de cercle devant la tente. À l'intérieur de celui-ci, une jeune fille passait devant tout le monde pour demander des pièces. Elle était jeune, une quinzaine d'années tout au plus. Le regard de Khulem s'arrêta un long moment sur son visage. Ses yeux verts étaient intenses et pénétrants. Ils lui rappelaient un peu ceux de Lynn qu'il avait découverts de nombreux mois auparavant, lorsqu'il lui avait sauvé la vie dans les bois de Barbas. Ses longs cheveux, variant entre le roux et le châtain, retombaient avec grâce sur ses petites épaules. La peau de son visage était piquée à plusieurs endroits par des anneaux, rappelant ainsi les coutumes assaniennes, terres qu'il avait jadis envahies avec son armée. Malheureusement, cette vision lui rappela aussi les horreurs qu'il avait commises avant d'occuper la ville recouverte d'or. Il n'arrivait pas à se défaire de ces pénibles souvenirs.

Il n'était pas rare de voir de tels spectacles dans les oasis du Sud, comme il était facile de constater des similitudes entre les peuples nyssaliens et assaniens. Peu se rappelaient que les Assaniens n'étaient ni plus ni moins que des colons nyssaliens ayant décidé de se séparer de leurs origines pour former une nouvelle nation ailleurs. Après sa conquête d'Edenbridge, Khulem en avait fait un royaume, soumis à l'autorité de Kasdalar. Tout ceci paraissait bien loin maintenant.

La jeune fille arriva à sa hauteur et lui tendit la main. Il resta bête devant elle, s'égarant un instant dans son regard charmant, avant de lui faire un sourire. Elle lui rendit en baissant timidement les yeux. Il émergea alors de ses songes et chercha dans ses poches une pièce. Il en trouva une et la lui offrit. La jeune fille le remercia pour cette offrande et partit vers d'autres gens. Khulem ne la quittait pas des yeux. À plusieurs reprises, elle se sentit observée et se retourna vers lui. Mais au bout de la troisième fois, elle ne vit plus cet étrange guerrier mélancolique.

Khulem s'était éclipsé. Il se frayait maintenant un chemin à travers la foule pour se diriger vers l'auberge qu'il avait repérée quelques minutes plus tôt. Son aspect extérieur laissait à désirer. Il faut dire que ce genre de taverne mobile ne restait que très peu de temps au même endroit. Il fallait pouvoir la démonter rapidement et facilement pour reprendre un incessant périple. Cette idée lui plaisait, car elle donnait l'impression de lui dessiner sa vie future. À l'intérieur, il découvrit un amas de tables alignées maladroitement, autour desquelles étaient installées quelques personnes. Par prudence, il resta un instant debout pour prendre le temps d'observer les lieux. Il dévisagea les clients un à un. Inconsciemment, la peur d'être reconnu lui traversa l'esprit. Visiblement, personne ne lui avait prêté attention. Pour la plupart, ces gens étaient des voyageurs ou des marchands. Son regard se porta alors sur une table qu'il n'avait pas remarquée au premier abord. Celle-ci était installée dans un coin sombre de l'établissement. Sept hommes étaient assis autour d'elle, tous armés. Ce fut la première chose qu'il remarqua chez eux. Celui qui se trouvait en bout de table portait des vêtements de valeur, beaucoup plus propres que ceux de ses compagnons. Il devait s'agir d'une personne relativement importante et qui, semblait-il, ne cachait pas sa fortune aux yeux des autres. La peur des brigands n'était pas une réalité ici. Ou peut-être, en étaient-ils eux-mêmes. Par simple jeu, Khulem se mit en tête de le découvrir. Par un heureux hasard, une table était libre près de la leur. Il s'y installa en attendant patiemment que l'aubergiste vienne à lui pour prendre sa commande.

Pendant ce temps, l'air de rien, il tendit l'oreille vers ses voisins.

L'homme le plus riche monopolisait la conversation et parlait aux autres de manière volubile. Son fort accent rendait malheureusement ses paroles difficilement compréhensibles. Il s'agissait sans doute d'un noble cassandrien. Khulem peinait à comprendre la conversation, et cela l'agaçait. L'arrivée soudaine de l'aubergiste le surprit et le fit sursauter.

— Bonjour, voyageur, que puis-je te servir ?

— Bonjour, répondit Khulem. Une bonne bière, s'il te plaît !

L'aubergiste sourit, avant de reprendre fièrement la parole :

— J'en ai vingt-trois variétés différentes ici venant de Cassandrie, de l'empire, et même des désolations nordiques. Veux-tu que je te les énumère ?

— Non, ça ira. Donne-moi la meilleure et la plus fraîche, je ne regarde pas le prix.

Comme l'aubergiste après un hochement de tête s'apprêtait à repartir, Khulem le retint par le bras.

— Qui sont ces gens ? demanda-t-il à voix basse en désignant du regard les sept hommes.

— Eux ? s'écria l'aubergiste, ce sont des Cassandriens. Il n'est pas rare d'en rencontrer dans le coin. La frontière n'est pas si loin au nord-ouest. À peine une centaine de kilomètres…

— Cet homme-là, au bout de la table, il a l'air riche. Que fait-il donc dans ce trou perdu ?

— Je n'en sais rien, répondit l'aubergiste. Pour moi, l'important est qu'il m'offre une très bonne rentrée d'argent, ce qu'il fait d'ailleurs fort bien, se félicita-t-il. Bon, je vais chercher ta bière…

Khulem acquiesça avec courtoisie. Il attendit que l'aubergiste se soit éloigné pour porter à nouveau son attention vers eux. À force de concentration, il finit par comprendre quelques paroles. Visiblement, le sujet tournait autour d'un cadeau à offrir. *Peut-être un cheval*, pensa-t-il. C'était d'ailleurs ce dont il aurait besoin lui-même. Il était las de marcher.

L'aubergiste revint rapidement à sa table et lui servit une bière brune. Puis il attendit patiemment que son client la goûte devant lui. Khulem ne se fit pas prier et apprécia grandement la fraîcheur et la légère amertume que cette boisson lui apportait. Cela faisait bien longtemps qu'il n'en avait pas bu.

— Eh bien ! Ma foi, elle est très bonne !

L'aubergiste fut visiblement satisfait.

— Une cuvée de Sarianheim ! précisa-t-il fièrement.

Khulem saisit alors l'occasion pour lui soutirer les quelques informations dont il avait besoin.

— Dis-moi, l'ami, tu es implanté ici depuis quand ?

— Une bonne semaine. Pourquoi ?

— Je me demandais si tu n'avais pas vu passer une longue caravane de Montagnards dans les parages.

— Les gens des montagnes du Nord ? Oui, je les ai vus. Tout le monde en parle dans le pays, d'ailleurs. Ils sont passés juste à côté d'ici, il y a trois, non... deux jours, mais ils ne se sont pas arrêtés. Ils étaient bien des milliers, j'aurais pu faire un terrible chiffre d'affaires !

Khulem fut amusé par cette remarque spontanée. Il revint cependant rapidement dans le vif du sujet.

— Et sais-tu où ils allaient ?

— Il n'y a pas de doute possible, ils faisaient route vers Vinaledad, au sud-ouest, en empruntant la route des sources. Par-là, il n'y a que cette ville qui peut tous les accueillir. C'est la plus grande de la région.

— Et c'est loin ?

L'aubergiste sourit.

— Une centaine de kilomètres... Heureusement pour eux, cette route est commerciale, et les points d'eau ne manquent pas. À mon avis, ce n'est pas pour rien qu'ils l'ont empruntée. Mais quand même, parcourir autant de kilomètres, c'est étrange. Je me demande bien ce qui les a poussés à le faire.

— Il me faut trouver un cheval, songea Khulem à haute voix. Sais-tu où je pourrais en trouver un par ici ?

— Mais pourquoi donc suis-tu cette caravane ? demanda l'homme avec un petit air méfiant.

— Je veux juste les rejoindre. Et pour cela, il me faudrait un cheval. Où puis-je trouver une monture ?

— À ma connaissance, personne n'en vend ici, voyageur. Pas même moi qui en possède pourtant beaucoup. Mais j'en ai grandement besoin, j'ai beaucoup de chariots à déplacer.

— Je peux le comprendre, murmura Khulem. Je vais manger ici, reprit-il en haussant la voix, sers-moi ce que tu as de meilleur, car si tes repas sont aussi bons que cette bière, je vais me régaler.

L'aubergiste, amadoué par cet éloge, décida de faire un geste pour aider son client à trouver un cheval. Ou peut-être avait-il peur que celui-ci lui dérobe l'un des siens ? Il se pencha vers le jeune homme, et après un dernier regard circulaire autour de lui, il lui chuchota à l'oreille :

— Écoute, je ne suis sûr de rien, mais les sept hommes qui sont à tes côtés sont arrivés tout à l'heure avec huit chevaux, cela en fait un de trop…

Khulem afficha une mine très intéressée en dirigeant discrètement ses yeux vers ses voisins de table.

— Je vois… merci…

L'aubergiste lui fit une tape amicale sur l'épaule d'un air entendu avant de s'éloigner. Khulem, songeur, le regarda partir vers d'autres clients. Convaincre ces gens de lui céder une monture risquait d'être une mission difficile. Il n'avait rien à leur offrir en échange. Il était également hors de question de la leur voler sournoisement. Sa nouvelle perception du bien et du mal lui interdisait de le faire. Pour y réfléchir, et en attendant son repas, il partit s'aérer l'esprit hors de l'auberge. Il profita de cette occasion pour approcher les montures des sept hommes de plus près. Elles n'étaient pas loin, attachées et regroupées à côté de la toile de tente, sans aucune surveillance. Ces hommes devaient vraiment se sentir en sécurité dans cet endroit.

Khulem compta bien huit montures. Il s'approcha lentement d'elles pour mieux les observer. Il les caressa l'une après l'autre pour voir laquelle serait susceptible de lui plaire. Rapidement, l'un des chevaux attira davantage son attention que les autres. Il était sensiblement plus grand que ses congénères et ses longues jambes musclées intriguèrent fortement le guerrier. Ce cheval devait être exclusivement fait pour la course. Son teint noir et sa crinière blanche le rendaient encore plus séduisant que les autres. Il était aussi bien plus nerveux et ne possédait pas de selle. C'était sans doute de ce cadeau que parlaient les sept hommes dans l'auberge. Khulem s'approcha de lui sans brusquer ses mouvements pour ne pas l'apeurer. Il tendit son bras pour le caresser, mais fut repoussé d'un vif mouvement de tête. Surpris par cette réaction, il recula d'un pas pour ne pas provoquer davantage l'animal. Étrangement, les autres ne bronchaient pas. Ils mangeaient paisiblement les quelques racines d'herbe que cette terre desséchée acceptait encore autour de l'étang. Khulem ramassa une poignée de foin qui traînait dans une mangeoire à proximité et s'approcha à nouveau de l'animal. Il prit soin de garder ses distances et de ne pas le regarder dans les yeux. Le cheval, après une brève hésitation, accepta l'offrande. Le jeune homme en profita pour caresser l'animal pendant qu'il mangeait.

— Bientôt, tu seras à moi, murmura-t-il en lui caressant la crinière.

Une voix forte se fit entendre. Khulem sursauta et remit ce qui lui restait de foin dans une poche. Il se retourna d'un bloc et se retrouva face aux sept hommes propriétaires des chevaux. Ceux-ci se déployèrent en demi-cercle autour de lui portant la main à la ceinture, visiblement prêts à dégainer leurs armes. Il ne les imita pas, ne serait-ce que pour leur signifier qu'il n'était pas un danger. Les sept hommes gardaient cependant un air menaçant. Khulem leva les mains en l'air pour apaiser les esprits.

— Du calme, fit-il d'une voix douce, je ne leur voulais aucun mal.

— Dans ce cas, éloignez-vous d'eux, ordonna le chef de la bande. Les voleurs sont nombreux dans la région, et nous avons les moyens de les punir sévèrement.

Khulem obéit et fit quelques pas de côté, se rapprochant de son interlocuteur. Il lui sourit, se retenant difficilement de rire, car l'accent de ce dernier était vraiment comique pour lui.

— Vous avez de très beaux chevaux, sincèrement, en particulier le noir derrière moi. D'où vient-il ? Je n'en ai jamais vu de tel de par chez moi.

— D'où venez-vous donc ? rétorqua l'homme d'un ton sec.

— De Kasdalar.

— Eh bien, dans ce cas, c'est normal. C'est un cheval du désert qui ne vit que sur les terres nyssaliennes, encore un peu plus au sud. C'est là-bas qu'il faut aller si vous en voulez un. Celui-là, je viens de le capturer et je le ramène en Cassandrie. J'ai bien l'intention de l'offrir à ma femme.

— Quel dommage ! s'écria Khulem, moi qui me voyais déjà le monter…

L'homme éclata d'un grand rire.

— Vous êtes bien insolent, voyageur !

— Oui, acquiesça-t-il en soupirant, on me le dit souvent, hélas ! Je vais donc devoir aller en capturer un autre moi-même…

Les six hommes qui accompagnaient leur seigneur se regardèrent avant de pouffer de rire.

— J'en doute fort, fit le noble cassandrien.

— Mais vous l'avez bien fait, vous…

— C'est un cheval solitaire du désert, il est capable d'atteindre des vitesses vertigineuses, même sur le sable. Nous avons mis une semaine pour le pister et l'attraper, précisa l'homme. Et nous étions sept. Alors, que croyez-vous pouvoir faire tout seul, et à pied ?

Khulem devait se rendre à l'évidence, mais il ne perdait rien cependant de cette attitude arrogante qui faisait parfois de lui un homme détestable. Il avait déjà une autre idée derrière la tête.

— Vous avez raison, je crois qu'il serait plus sage de vous l'acheter, alors.

Les sept hommes éclatèrent de rire.

— Mais ce cheval n'a pas de prix, mon ami, affirma le chef.

— Je vois. Dans ce cas, messieurs, je n'insisterai pas, et je vous souhaite une bonne journée…

Khulem se rapprocha du cheval et le caressa. Puis tranquillement, il le détacha sous le regard ahuri des sept hommes.

— Eh bien, dit-il avec malice, vous avez mis sept jours pour le capturer, je viens de le faire en seulement quelques secondes. Je l'aime bien, je pense que je vais le garder. Après tout, il n'a jamais réellement été à vous, si je comprends bien…

Le noble cassandrien enragea. Il dégaina son arme.

— Rendez-moi ce cheval ! Il est à moi ! hurla-t-il.

Khulem ne fut visiblement pas impressionné par la colère de son interlocuteur.

— Ah oui, et pourtant, il reste auprès de moi sans que je lui ordonne.

— J'exige que vous me rendiez mon cheval, sinon…

Khulem restait impassible, sûr de sa force.

— Holà ! Attention, vous allez vous couper ! se moqua-t-il. Rangez cela tout de suite. Je sais qu'aucun d'entre vous n'est un véritable guerrier. Vous n'avez aucune chance contre moi !

— Qu'est-ce qui vous fait dire cela ? fit l'homme qui commençait à transpirer à grosses gouttes.

— Il n'est pas très malin de faire passer vos esclaves pour des soldats.

— C'est ma garde personnelle ! se défendit mollement le Cassandrien.

— Si c'était vraiment le cas, nous serions déjà en train de nous battre. Ce sont des esclaves, la ruse est bien trouvée, certes, mais je ne suis pas dupe, ce sont des esclaves, et ils tremblent rien qu'à l'idée de m'affronter. Ils ne savent pas se battre. Eh oui, mes braves, parfois, porter une arme ne suffit pas, il faut aussi savoir s'en servir. Moi, je sais m'en servir. Si vous voulez le vérifier, je suis votre homme.

Ils restèrent tous figés.

— Au voleur ! hurla soudain le chef. Au voleur !

Ses cris alertèrent la foule qui ne mit pas longtemps à s'agglutiner autour d'eux. L'aubergiste sortit de son établissement en se nettoyant les mains à son tablier. Il ne fut pas surpris de voir Khulem en conflit avec ses clients cassandriens. Cette scène des plus prévisibles l'amusait, tandis que les autres spectateurs ne savaient comment réagir. Il était bien rare d'assister à ce genre de querelle et il n'y avait pas de garde pour y mettre un terme.

— Cet homme m'a volé mon cheval, hurlait le Cassandrien à qui voulait bien l'entendre. Il faut lui reprendre !

Toute la foule regardait Khulem qui attendait paisiblement. Étrangement, personne n'intervenait. Le jeune homme fit alors quelques pas. Le cheval, sans doute attiré par le foin qui dépassait encore de sa poche, le suivit aussitôt.

— Votre cheval ? lança l'aubergiste au Cassandrien vêtu de soie. Moi, ce que je vois, c'est que ce cheval semble aux ordres de son maître.

— Oui, c'est vrai, fit une autre voix, il n'y a pas de doute, si ce n'était son cheval, celui-ci ne le suivrait pas ainsi.

— C'est sûr ! cria encore quelqu'un.

En un instant, la situation tourna en faveur de Khulem. Lui-même n'en revenait pas. Il n'était pas très fier, mais le besoin impératif d'une monture gommait ses remords. De plus, pour la première fois depuis qu'il maniait les armes, il parvenait à résoudre un conflit sans utiliser la force. De cela, par contre, il était plutôt fier. Risquer de tuer quelqu'un l'aurait écarté un peu plus du sentier de la rédemption.

Le chef, devant les critiques et même les menaces qui commençaient à s'élever de la foule, regarda ses hommes qui baissèrent les yeux. Comprenant que les choses tournaient mal pour eux, il rengaina rageusement son arme et détacha son propre cheval. Il fut aussitôt imité par ses hommes visiblement soulagés. Ils quittèrent sans un mot le campement au grand galop, accompagnés de noms d'oiseaux lancés par la foule.

Khulem était encore à se demander comment il en était arrivé là. Il s'approcha de l'aubergiste, toujours suivi par le cheval. Décidément, ils étaient maintenant inséparables.

— Merci, l'ami, souffla-t-il, mais pourquoi m'être venu en aide ?

— Pour deux raisons, gloussa l'aubergiste. D'une part, nous autres, les Nyssaliens, avons horreur des Cassandriens…

— Je vois, rétorqua Khulem avec amusement. C'est pour cela que tu m'as mis sur la voie de leur cheval tout à l'heure ?

Il hocha la tête.

— Eh oui, notre fourberie est grande !

Ils rirent de bon cœur.

— Et quelle est donc la deuxième raison ? reprit Khulem.
D'un geste, l'aubergiste l'invita à entrer dans son établissement.
— Eh bien, le repas est servi.

Chapitre 4

Les cités nyssaliennes étaient nombreuses, répandues de manière éparse à l'intérieur des vastes terres du Sud. Certaines d'entre elles avaient prospéré pour devenir de véritables royaumes dirigés par de puissants marchands. C'était le cas de Vinaledad qui étendait sa suprématie sur toute une région dominée par le désert et les quelques routes commerciales et fluviales dont la célèbre ville gardait le contrôle. Antonio Rimez avait fait fortune en trouvant le moyen d'exploiter l'agriculture autour de sa future cité. Dans la profondeur des terres, les seules ressources d'eau venaient du grand fleuve du sud, le Denos, dont les différentes embouchures encerclaient l'immense ville marchande, et le long duquel avaient été érigés de grands terrains fertiles. Les Nyssaliens avaient pu récolter d'innombrables moissons et les exporter vers les cités voisines. L'ambition de cet homme l'avait fait monter au sommet hiérarchique de la ville et sa réputation n'avait cessé de croître durant des décennies. Par prétention et vanité, il avait fini par se faire couronner roi d'un peuple dont seul l'argent lui assurait la fidélité. Ses nombreuses affaires lui assuraient même de hautes relations jusque dans les quartiers aisés d'Edenbridge, pourtant situés de l'autre côté du continent connu. Pour la plupart, les produits qui faisaient sa notoriété étaient ramenés depuis les eaux lointaines et profondes par les grands marins acquis à sa cause. Chaque seigneur possédait sa propre flotte de navires. C'était le cas d'Antonio Rimez qui pouvait à lui seul en compter plus d'une centaine.

Même les cités situées en plein milieu des terres, telles que Vinaledad, possédaient des ports ou des comptoirs à la périphérie du grand océan occidental. Les Nyssaliens entretenaient de très bons rapports avec le peuple montagnard, contrairement aux relations qu'ils avaient avec leurs autres voisins du nord : les Cassandriens. Une grande amitié subsistait entre le roi Oswald Kalissen et son homologue de Vinaledad. Ce dernier avait promis à son ami asile à tout Montagnard en danger.

Situé très loin dans les profondeurs des terres du Sud, son royaume semblait être le refuge idéal pour le peuple en fuite. Aussi, il ne fut pas surpris quand le bon vieux roi montagnard se dressa devant les portes de sa cité avec le restant de son peuple. Il accueillit les réfugiés les bras grands ouverts. Sa vaste ville avait les moyens de tous les héberger, et pour cela, il ne lui demanda pas une seule compensation. Les deux rois fêtaient leurs retrouvailles dans de bien étranges conditions. Pour le peuple montagnard, c'était un retour à la relative tranquillité de la vie de tous les jours. Mais tous, dans leur cœur, savaient que rien ne serait désormais pareil. Il fut très compliqué de cacher les raisons qui avaient poussé ces milliers de gens à abandonner leurs chères montagnes. Les rumeurs allaient bon train, le futur empereur théranien était devenu fou. Tous purent craindre qu'il ne planifie un jour ou l'autre d'attaquer les terres nyssaliennes. Personne ne pouvait supposer que le tyran était mort et que son assassin se présenterait un jour devant les portes de la ville.

Une silhouette étrange fit son apparition sous les yeux de nombreux curieux. Le corps blanc semblait refléter les rayons du soleil et empêchait de bien distinguer sa démarche. Rawg était enfin arrivé à destination. La race des isards était connue au sein de cette région, mais aucun n'aurait pu se vanter d'en avoir vu un ne serait-ce qu'une fois de ses propres yeux.

Au moment où il s'apprêtait à entrer dans la cité, Rawg fut interpellé par un archer.

— Holà, vieil isard, attends un peu ! s'écria le garde en tendant un bras armé devant lui.

Rawg stoppa aussitôt et leva ses mains en guise de paix.

— Je me nomme Rawg, se présenta-t-il avec courtoisie. Je suis à la recherche d'une jeune fille. Elle devrait se trouver dans vos murs. Il faut à tout prix que je la voie.

— Il y a plein de filles dans nos murs, vieil isard, répondit l'archer. Mais nous ne pouvons pas te laisser entrer. Il ne plaît pas au roi de voir des créatures non humaines dans ses murs !

— Je me permets d'insister, reprit Rawg calmement. En quoi ma présence dans vos murs serait-elle un problème ? Je viens en paix, j'ai de quoi payer mon séjour. Fais donc quérir ton roi pour qu'il s'en rende compte par lui-même.

— Ben voyons, c'est tout ? se moqua la sentinelle en prenant à témoin les autres gardes qui s'étaient rapprochés. Crois-moi, il vaut mieux pour toi faire demi-tour et ne pas chercher d'histoire.

— Fais-le quérir, je t'en conjure, c'est pour le bien de tous…

Les gardes éclatèrent de rire face à ce visiteur improbable. Ils le surveillaient néanmoins du coin de l'œil, prêts à intervenir.

— Je crois que tu ferais mieux de ne pas insister, l'avertit le garde. Retourne d'où tu viens !

Rawg cherchait désespérément une solution pour pouvoir franchir cet obstacle auquel il ne s'était pas attendu. Jamais, il n'aurait pensé que son long voyage se terminerait de cette façon. Soudain, il eut une idée.

— Je viens de la part de Ricardo Ramenez !

À l'écoute de ce nom, les archers se regardèrent brièvement.

— Tu le connais ? Tu l'as rencontré ? s'écria l'un d'eux avec perplexité.

— Oui, et il sera bientôt là. J'ai des choses à dire au roi de sa part.

— Je croyais que tu venais voir une fille, intervint un autre archer sur un ton méfiant.

— C'est aussi le cas, affirma Rawg. D'ailleurs, vous pourriez allez quérir un capitaine montagnard nommé Burgald Ederning, si vous préférez ! Il doit être dans ces murs maintenant. C'est un ami et il me reconnaîtra. Alors, vous comprendrez la nécessité de me laisser entrer…

— Décidément, tu ne lâches rien, vieil isard, fit le garde. Je vois bien que tu ne cherches pas la bagarre. Alors, je vais t'offrir cette chance. Mais gare à toi si tu as menti…

Rawg ne broncha pas. Il espérait seulement que le vieil homme était encore en vie.

— Dites-lui qu'un isard du nom de Rawg est désireux de le revoir, précisa-t-il.

Un enfant qui jouait à quelques pas fut appelé. On lui ordonna de partir à la recherche du vieux capitaine. Il était coutume chez les Nyssaliens de se servir des enfants comme messagers au sein de leurs grandes villes. Ces derniers l'acceptaient volontiers contre une petite somme. Tous étaient marchands dès le plus jeune âge et les services rendus contre argent faisaient partie de leur quotidien.

L'attente fut longue, mais Burgald fut finalement trouvé au sein du palais royal. Lorsqu'il apprit la nouvelle, il rejoignit en toute hâte les portes de la ville avec une escorte. Une accolade émue et chaleureuse accompagna les retrouvailles. La foule qui s'était massée les observait avec curiosité.

— Rawg ! Quelle surprise de te voir ici ! Je te croyais mort !

— C'est une longue histoire que je te conterai volontiers, si tu daignes bien m'aider à entrer…

Burgald prit aussitôt ses responsabilités et ordonna qu'on laisse son compagnon franchir la porte. Quand ce fut chose faite, l'isard blanc annonça froidement avec un voile de tristesse dans les yeux :

— Ajaj est mort.

— Je le crains, compatit le capitaine. Il s'est sacrifié pour nous. Qu'Émania le garde en sa compagnie ! Que s'est-il passé dans la forêt de Lafloral ?

— Je te le raconterai plus tard, répondit l'isard blanc, il y a des choses importantes à régler auparavant. Dis-moi plutôt ce qu'il s'est passé à Marsigliano.

— La ville a été prise. Nous avons fui pour préserver le peuple. J'en ai honte, mais notre lâcheté nous a permis de sauver de nombreuses vies.

— Il n'y a aucune lâcheté dans ce que vous avez fait, lui assura Rawg. N'oublie pas ce pour quoi Ajaj est mort…

Burgald se doutait bien qu'un jour quelqu'un lui apporterait cette nouvelle. Il s'y était déjà préparé, mais de nombreuses autres interrogations demeuraient. Il espérait bien que la venue de l'isard blanc allait lui donner des réponses.

— Viens-tu pour la fille ? demanda-t-il.

— Oui, conduis-moi à elle.

Sans dire un mot de plus, le capitaine le guida à travers les étroites ruelles de la cité pour l'emmener jusqu'au chevet de Lynn. Chemin faisant, il lui raconta tout ce qu'il savait, ce qui était encore bien peu à son goût.

— Je n'ai pas compris ce qu'il s'est passé ! Lorsqu'elle a été blessée…

Rawg le coupa. La santé de Lynn était pour lui plus importante que tout.

— Comment va-t-elle ?

— Physiquement, elle se porte à merveille, mais son cœur est en lambeaux. Je lui ai raconté ce qu'il s'est passé à Marsigliano. Elle attend dans l'angoisse l'impossible retour d'Ajaj.

— Il sera très difficile de lui annoncer sa mort, murmura Rawg.

Burgald acquiesça tristement en baissant les yeux. Il repensait à ce jeune homme, mort pour le bien de son peuple. Il n'était pas le seul, mais le sacrifice dont il avait été l'auteur faisait de lui un héros. Jamais, il n'aurait pu lui-même faire preuve d'un tel courage, avec le poids des âges, une étrange envie de rester en vie le conduisait parfois à la lâcheté. Il n'en était pas fier et il réalisa soudainement qu'il aurait été normal que ce soit lui qui soit mort à la place du jeune homme, ne serait-ce que pour lui permettre de sourire à la vie un peu plus longtemps.

— C'est déjà un miracle qu'elle ait survécu, souffla-t-il, préférant sortir de ses sombres pensées. Bon nombre de fiers guerriers auraient été tués par de telles blessures. Et quand je pense à la rapidité avec laquelle elle a guéri…

— C'est une magicienne, répondit Rawg. Il n'est pas si facile d'en venir à bout…

— Cela fait tant de jours que je suis à son chevet, murmura Burgald, je me suis attaché à elle. Elle sera ravie de te revoir.

— Cela n'atténuera pas son chagrin, rétorqua Rawg d'un ton amer.

Burgald secoua la tête.

— Je n'en reviens pas qu'elle soit magicienne… certaines choses s'expliquent…

— En réalité, elle ne l'est pas encore tout à fait, précisa l'isard. Lynn est la fille d'un puissant magicien et elle peut hériter de ses pouvoirs. Je suis là pour l'y aider, encore faut-il qu'elle le veuille…

Lynn avait été installée dans une chambre située en haut d'une tour, à proximité du palais du roi. Elle dormait. Elle était magnifique dans son sommeil. Aucune marque de blessure n'était apparente, comme si elle n'avait jamais été percée de flèches. Sa magie commençait à se faire puissante. Le temps était venu, mais il ne fallait pas précipiter les choses. Rawg refusa de la priver de ce repos qui semblait étrangement serein.

Il décida de la laisser profiter de cet instant de rêve, loin de tous les malheurs qui l'assaillaient dans le monde réel.

— Laissons-la dormir encore un peu. Rien ne presse, chuchota-t-il.

Le capitaine acquiesça. Les deux hommes restèrent longuement au chevet de Lynn en attendant son réveil.

Lorsqu'elle ouvrit enfin les yeux, Burgald se redressa et vint toucher l'épaule de l'isard pour avertir silencieusement. Ce dernier était resté à l'écart, à observer à travers la fenêtre l'agitation continuelle de la ville.

Lynn était habituée à voir le visage de Burgald lorsqu'elle se réveillait, il veillait sur elle depuis si longtemps. Elle lui sourit doucement, mais chacun des deux savait que derrière se cachait un profond malaise. C'était un sujet qu'ils préféraient éviter.

— Combien de temps ai-je dormi ? s'enquit la jeune fille.

— Bien assez, mon enfant, lui répondit le vieux capitaine d'une voix émue. Quelqu'un est venu te rendre une petite visite.

Rawg ne lui laissa pas le temps d'espérer le retour improbable d'Ajaj. Il ne fallait pas la faire souffrir de la moindre désillusion. Il se présenta aussitôt derrière Burgald pour apparaître dans le champ de vision de la jeune fille.

Elle lui adressa un petit sourire en se redressant dans son lit pour adopter une position assise.

— Je suis ravie de te revoir, Rawg, lui dit-elle d'une petite voix.

Il n'y avait aucune effusion de joie, car la mine désastreuse qu'affichait l'isard blanc avait fait immédiatement comprendre à la jeune fille qu'il n'apportait pas avec lui d'heureuses nouvelles. Franc et honnête, Rawg alla droit au but, navré de devoir donner raison à cette impression.

— Mon enfant, nous avons une triste nouvelle à t'annoncer…

Ces mots furent prononcés avec une extrême douceur. Le cœur de Lynn s'en troubla.

— Où est Ajaj ? demanda-t-elle, ayant déjà peur de connaître la triste réponse.

Les yeux de Rawg se baissèrent pour tenter de cacher son profond désarroi. La nouvelle qu'il devait annoncer lui était insupportable. Burgald se porta volontaire pour cette besogne ingrate. Il s'assit sur le lit et prit avec douceur les mains de la jeune fille.

— Marsigliano a été prise, murmura le vieil homme. Ajaj est tombé pour nous permettre de fuir. Il s'est sacrifié pour notre peuple…

La nouvelle tant redoutée avait fini par tomber. Lynn restait muette, mais son visage se décomposait lentement de chagrin. Ses yeux se perdaient dans le néant. Elle se prit finalement le visage dans les mains et éclata en sanglots. Tous les souvenirs rejaillirent, notamment la dernière bataille qu'elle avait menée avec les gens de son peuple. Ajaj était encore présent et elle le vit affronter bon nombre de dangers pour la protéger, elle ainsi que les tous les Montagnards. C'était ce qu'il avait juré de faire. Il n'avait pas été le seul à tomber ce jour-là.

Il fallait honorer la mémoire de tous ceux qui s'étaient sacrifiés. Elle encaissa donc la douloureuse réalité et finit par regarder à travers ses larmes le vieux capitaine.

— Merci d'avoir toujours été là et d'avoir pris soin de moi, Burgald.

— Oui, et je jure de continuer à veiller sur toi, au nom de la promesse que je lui ai faite…

Elle reporta ensuite son regard humide vers son ange blanc.

— Ta tristesse doit au moins être égale à la mienne, murmura-t-elle.

— Mon deuil sera éternel, lui répondit Rawg, la voix tremblotante.

— Il était ton ami, et c'est ma faute s'il est mort, chuchota Lynn. Tu dois m'en vouloir terriblement.

— Cela m'est impossible, car à mes yeux, tu es aussi précieuse que lui. Je suis revenu pour toi, Lynn.

— Pour moi ? fit la jeune fille en s'essuyant de ses petites mains les yeux.

— Oui, je suis là pour te protéger, mon enfant.

Le visage de la jeune femme esquissa un triste sourire.

— C'est donc vrai, tu es mon ange blanc ? Tu es celui qui m'a déposée devant l'auberge de Docker, il y a tant d'années…

— Oui. Et je suis revenu pour te guider et te protéger !

— Me guider ? se troubla la jeune fille. Et pourquoi aurais-je droit à une telle protection ?

Un long silence s'installa dans la pièce.

— Le monde va avoir besoin de toi ! finit par annoncer l'isard.

Lynn ne réagit pas. Elle ne réalisait pas vraiment la portée de ses paroles.

— De quoi veux-tu parler ? s'écria Burgald.

— Je vais tenter d'être le plus clair possible, répondit Rawg avec sobriété. Un jour, un grand magicien du nom de Boback Svenguard est parti dans une quête qui peut paraître improbable pour le commun des mortels et loin des préoccupations des petites gens. Sa vie était faite de combats. En tant que magicien protecteur de l'empire théranien, sa mission était de défendre les croyances d'Émania. Il luttait continuellement contre les différentes menaces que le monde subissait, notamment sous le joug de la redoutable sorcière Agnès de Gisors. À défaut de pouvoir la vaincre, il a réussi à l'amadouer. Cette sorcière lui a raconté une vieille prophétie du peuple warreng, situé loin à l'est. Elle raconte qu'une légendaire créature dort dans la montagne de flammes. Son réveil imminent pourrait provoquer la destruction de notre monde. Il leur a fallu empêcher cela. Boback a entamé son combat sans arme, sans piste, et avec pour seul indice une énigme de la sorcière prophétique. Elle lui a annoncé que sa seule chance de trouver des réponses était d'entrer dans le temple de Karaz-kaz.

— Le temple scellé gardé par le culte d'Émania ? interrogea Burgald.

— Oui, exactement. Pour y entrer, il lui fallait la larme d'Émania, portée par l'héritière de sa lignée, Florence de Rouxine. J'étais à ses côtés à cette époque, nous avons trouvé la fille, et Boback est finalement parvenu à entrer dans le temple. J'ignore ce qu'il s'est passé à l'intérieur, et il n'a jamais voulu me le raconter, mais il est revenu avec une réponse. Seul un objet est capable d'empêcher ce cataclysme…

— De quoi s'agit-il ? demanda promptement Burgald.

— Une source d'énergie étrange, mais dont la subtilité même m'échappe encore. Elle serait le dernier vestige du grand cataclysme, là où toute forme de magie aurait pris naissance, bien avant la prétendue naissance des Calisards.

— La magie originelle, murmura Burgald.

Rawg répondit par un court silence.

— Ce que je ne comprends pas, se troubla Burgald, c'est comment Boback a pu s'allier avec cette Agnès de Gisors ?

— Sans doute avaient-ils un intérêt commun, répondit Rawg, mais il ne faut pas se voiler la face, cela s'est passé il y a de nombreuses années, avant la naissance de Lynn. Agnès est de nouveau notre ennemie aujourd'hui et nous devons lui faire face sans Boback, malheureusement. Mais il nous reste un espoir...

— Continue, chuchota Lynn.

— Boback Svenguard a eu une fille. J'ai reçu la lourde mission de la mettre en sécurité et de faire en sorte que personne n'entende plus jamais parler de son existence, jusqu'à ce que l'on ait besoin d'elle…

— Qui t'a donné cette mission ? intervint Burgald.

— La reine des glaces…

Cette révélation était surprenante, car au-delà de sa légende, la grande magicienne était considérée comme un être maléfique. Elle répandait depuis de longues années des hivers dévastateurs sur l'ensemble des terres d'Émania.

— C'est dans son domaine, le grand glacier d'Émania, que nos chemins se sont séparés, murmura l'isard en repensant au magicien. Depuis, je n'ai plus de nouvelles.

— Qu'as-tu fait de son enfant ? demanda Lynn d'une voix à peine audible.

— Avec moi, cet enfant aurait été en grand danger, car à l'époque, j'avais encore de nombreux ennemis, notamment le culte grandissant de Vulcania. Je l'ai donc déposé devant la porte d'un aubergiste montagnard isolé, sur la route menant à Innestadt.

Lynn saisit immédiatement la signification de ces derniers mots. Elle fixait Rawg avec de grands yeux. Ce dernier lui confirma ce qu'elle avait déjà compris.

— La jeune fille, Lynn, eh bien, c'est toi. Tu es la fille de Boback Svenguard, le magicien. Je suis ton ange blanc, comme tu le dis si bien. Le médaillon de flammes que tu portes autour du cou est le dernier souvenir que tu as de lui. C'est la fameuse source d'énergie originelle qu'il a ramenée de Jaspalès…

La jeune fille baissa son regard pour observer son médaillon. Médusée par cette révélation, elle le prit fébrilement dans ses mains. Enfin, elle connaissait ses vraies origines. Cette révélation la bouleversait, elle ne savait que dire, ni comment réagir. Elle gardait son médaillon fortement serré dans ses mains, perdue dans ses pensées.

— Et ma mère ? demanda-t-elle brusquement. Qui était-elle ?

Rawg baissa les yeux.

— Je l'ignore. Malheureusement, il s'agit là d'un des plus grands secrets de Boback. Même après plusieurs mois de voyages en commun, il n'a jamais voulu me révéler le nom de la femme de son cœur. J'ignorais d'ailleurs qu'une fille était née de cette union secrète, jusqu'à ce que je reçoive la mission de la sauver.

— Sais-tu ce qu'est devenu mon père ?

— Je ne voudrais pas te faire davantage de peine..., commença gravement l'isard blanc, mais je pense qu'il n'est plus de ce monde.

Lynn ferma les yeux.

— Mais tu n'en es pas sûr ! intervint Burgald.

Rawg acquiesça d'un geste de la tête avant de s'adresser à sa protégée d'un ton solennel :

— Tu es la fille de Boback Svenguard, tu hérites donc de son nom et de sa mission, celle de guider et de défendre le peuple d'Émania contre ses ennemis. Tu dois les protéger de tous les dangers, notamment celui provenant du culte de Vulcania. Mais pour commencer, nous devons savoir comment utiliser ce médaillon de flammes. La clé de cette énigme se trouve de toute évidence dans le temple de Karaz-kaz.

— Mais d'après les rumeurs, ce temple serait le dernier vestige du souvenir des Calisards ! Je croyais que le culte d'Émania interdisait quiconque d'y entrer ! fit Burgald.

— Bonne remarque, mon ami, répondit Rawg. Mais je pense que, comme Boback, nous devons nous aussi prendre le risque de déjouer cette règle.

Un long silence suivit cette annonce, car pour tous, il demeurait difficile d'accepter de devoir outrepasser une loi régie par les gardiens de leurs croyances. Le culte d'Émania avait établi des règles strictes concernant le temple de Karaz-kaz, et personne n'avait envie de subir les conséquences fâcheuses d'un acte interdit.

— Et pourquoi maintenant ? interrogea soudainement Lynn.

— Il fallait tout simplement attendre que tu sois en mesure d'assumer cette mission. Avec ta majorité, tes pouvoirs apparaissent au grand jour. Hélas, entre-temps, le culte de Vulcania s'est développé, enrichi et fait preuve aujourd'hui d'une puissance bien supérieure à la nôtre. Heureusement, maintenant, nous avons peut-être trouvé le moyen de déjouer sa supériorité.

— Peut-être, souffla Burgald avec un léger pessimisme dans la voix.

— Quoi qu'il en soit, reprit Rawg, nous devons saisir cette chance, et ce, avant nos ennemis…

— Nos ennemis ? se troubla Lynn.

— Oui, ajouta Rawg d'un ton grave, tu dois savoir qu'aujourd'hui, nous ne sommes pas les seuls à vouloir percer le secret de Boback. Le culte de Vulcania te recherche également, dit-il en fixant avec compassion sa protégée, ce qui nous prouve l'importance de ce qui peut être révélé.

Le cœur de Lynn s'accéléra, cette histoire prenait une proportion qui lui donnait le vertige.

— Cela dépasse de loin mon entendement, s'écria Burgald.

— Oui, c'est vrai. Mais le plus important dans les jours à venir, c'est que Lynn prenne conscience de ses pouvoirs, souligna l'isard blanc. Elle doit apprendre à les contrôler. Je suis là pour l'y aider.

— Mais je ne veux pas devenir une magicienne, gémit la jeune fille.

— C'est possible, rétorqua Rawg, mais sache que nous avons tous un destin. Je suis navré, mais nous ne sommes que des pions dépendant d'un destin que d'autres puissances nous ont confié.

— Et celui d'Ajaj, se lamenta la jeune fille, c'était de mourir à Marsigliano ?

Rawg fut affecté par cette remarque. C'était le chagrin de la jeune fille qui venait de parler plus que sa colère. Elle glissa ses doigts le long du médaillon de flammes et s'enferma dans un long recueillement. Elle portait sur ses frêles épaules une responsabilité qui l'effrayait, et la présence du jeune homme à ses côtés n'aurait pas été de trop. L'âme en peine, elle devait se résoudre à continuer à vivre sans lui, chose dont elle ne se sentait pas encore en mesure d'assumer.

Chapitre 5

La douleur demeurait encore bien grande, mais le temps était venu pour Lynn d'affronter son destin hors du commun. Dès le lendemain de leurs retrouvailles, Rawg décida de commencer son apprentissage des bases fondamentales de la magie. Cependant, pour échapper aux regards des curieux et s'octroyer une tranquillité qu'il jugeait nécessaire, l'isard blanc attendit la tombée de la nuit pour emmener son élève à l'extérieur de la ville, au milieu des champs désertés par la population. Il trouva un endroit propice pour y allumer un feu discret et invita la jeune fille à s'asseoir. Il la regarda, elle semblait hypnotisée par le spectacle des flammes qui dansaient dans l'obscurité. Lorsqu'elle leva enfin les yeux vers son compagnon, il se redressa, il était temps de commencer son premier cours.

— Lynn, es-tu prête ? demanda-t-il simplement.

Elle hocha la tête, visiblement pleine de bonne volonté. La motivation n'était pourtant pas encore au rendez-vous, elle voulait simplement ne pas décevoir son ami qui avait affronté bien des dangers pour la retrouver. Une question pourtant brûlait les lèvres de la jeune fille.

— Il y a une chose que je ne comprends pas : comment peux-tu m'enseigner l'art de la magie, sans être toi-même un magicien ?

— Détrompe-toi, répondit Rawg, il y a de la magie en moi. On peut même dire que je suis un magicien en quelque sorte. Un piètre magicien, certes, mais magicien tout de même…

Cette réponse eut pour effet de dessiner l'esquisse d'un timide sourire sur le visage de Lynn.

— Donc, tu es magicien, soit ! Prouve-le-moi !

L'isard blanc fit comme s'il n'avait pas entendu.

— Es-tu prête ? fit-il simplement.

La jeune fille ne le quittait pas des yeux.

— Je t'écoute, répondit-elle après un profond soupir.

— Pour commencer, il faut savoir que la magie de base est composée de trois niveaux. Le premier, le plus simple de tous, est celui de l'incantation. Il ne demande que très peu de force mais énormément de concentration… Sache que tout le monde peut prétendre à maîtriser ce niveau, même les âmes les plus faibles. C'est d'ailleurs cet art qui est enseigné dans l'université de magie de Mitralianos. Il existe de nombreuses formules et de nombreux chants pour cet usage. Tous sont écrits et prononcés dans la langue des anciens.

— Ah oui, s'écria Lynn, et pourquoi donc ?

Rawg marqua un temps d'arrêt.

— C'était la langue que parlaient les premiers hommes. Aujourd'hui, elle s'est perdue, et seuls ton peuple et nous, les isards, savons encore la parler. Mais les incantations restent écrites et récitées dans cette langue. C'est d'ailleurs pour cette raison que la plupart des magiciens désignés pour défendre l'empire sont d'origine montagnarde. Ce n'est pas pour rien non plus que je t'ai déposée devant l'auberge de Docker. Je le savais montagnard et tous connaissent encore leur ancienne langue, même s'ils ne la parlent plus vraiment, de nos jours. Heureusement, les traditions perdurent…

— Effectivement, il m'a appris cette langue, concéda Lynn. Mais cela va rester difficile d'apprendre toutes les formules.

— Effectivement, admit-il, mais ne t'inquiète pas. Il existe de nombreux manuels, et de toute façon, ce n'est pas cette magie que je veux t'apprendre. Cependant, sache que ce niveau est le plus simple à maîtriser, bien que peut-être le plus compliqué à pratiquer, car les formules sont non seulement nombreuses mais également uniques. Certaines agissent de manière physique, comme pour faire apparaître ou disparaître des choses, mais d'autres sont plus spirituelles... et plus dangereuses.

— Quelle est la différence ?

Rawg réfléchit profondément pour trouver les mots justes, car les explications n'étaient pas simples à donner.

— Je ne maîtrise pas ce domaine, Lynn, confia-t-il sans honte, mais pour faire simple, les formules spirituelles agissent directement sur le comportement des gens. Par exemple, on peut rendre amoureux, ou endormir, ou rendre fou, des choses comme ça…

— J'aurais bien aimé connaître ce genre de formule avant, fit la jeune fille en laissant échapper un petit rire.

Rawg resta sérieux.

— Le code du magicien interdit à un être n'ayant pas atteint sa majorité d'avoir recours à la magie. C'est pour cela qu'il a fallu attendre si longtemps. Dans le cas contraire, nous nous serions exposés à de graves sanctions et problèmes. Les lois sont dures et scrupuleusement respectées au sein du culte d'Émania. Au nom de nos croyances, nous t'avons cachée et avons patiemment attendu que ce jour vienne, au risque de rendre nos ennemis plus puissants… C'est malheureusement ce qu'il s'est passé.

— Nous ? Qui ça, nous ?

— Crois-moi, mon enfant, même si je ne peux te révéler aujourd'hui leurs noms, sache que tu as de nombreux alliés en ce monde. Il sera de ton devoir de t'en faire d'autres et de racheter les erreurs de ton père auprès du culte d'Émania.

— Qu'a-t-il fait ? demanda-t-elle.

— C'est ce que j'aimerais découvrir, murmura Rawg. Pour des raisons que j'ignore encore, il a été exclu du culte et on lui a retiré fonction et titre.

— Peut-être tout simplement parce qu'il est entré sans autorisation dans le temple interdit, insinua Lynn.

— J'en doute. Quelque chose de plus grave doit s'être déroulé pour que le culte étouffe ainsi cette affaire. J'espère que nous le serons un jour. Bref, reprit-il en haussant la voix, tout ça pour dire que tu n'auras pas besoin d'apprendre ces formules, car je veux faire de toi une magicienne... manuelle. Pour résumer, tu pourras tout réaliser par gestes, comme le faisait si bien ton père…

La jeune fille écoutait attentivement. Elle agrippa son médaillon.

— C'est fascinant ! murmura-t-elle. Je ne me croyais pas capable de cela.

— Et pourtant, tu le seras bientôt, Lynn, très bientôt !

Lynn était sceptique malgré tout sur ses capacités. Elle regarda ses mains et commença à les bouger dans tous les sens en imaginant diriger à sa guise la danse des flammes devant elle. Mais ce n'était pas aussi simple. Rawg attendit patiemment quelques instants.

— Allons, intervint finalement l'isard blanc, nous n'avons pas fini. Reste concentrée sur ce que je vais te dire, c'est important ! Le second niveau est déjà plus délicat, même si toi tu ne devrais pas mettre longtemps à le maîtriser. D'ailleurs, en tant que fille de magicien, il doit t'être naturellement acquis. Comme je te le disais, il s'agit de la manipulation manuelle, une utilisation peu répandue en ce monde. Comme son nom l'indique, tout résulte d'un simple mouvement, un geste…

Elle recommença à faire des mouvements incertains avec ses mains, sans résultat.

— Je n'y arrive pas…

— Sois patiente, fit Rawg d'une voix calme. Il va te falloir un long apprentissage auparavant. Mais attention cependant, car ce niveau a ses limites…

— C'est-à-dire ?

— Le fait de maîtriser les deux premiers arts ne fait pas de toi une personne invulnérable pour ce que nous appelons « les simples », ceux qui ne connaissent pas la magie. Par exemple, un magicien manuel qui a les mains liées perd toutes ses facultés. C'est pour cela qu'il sera primordial de maîtriser également le troisième niveau, chose que peu de gens ont réussie jusqu'à maintenant.

Rawg s'égara subitement dans ses songes.

— Et quel est le troisième niveau ? demanda la jeune fille, le tirant de sa torpeur.

— Oh oui, excuse-moi ! Il est le plus rare et le plus difficile à manipuler. À ce jour, je ne connais moi-même qu'une personne qui a réussi à le faire, cette folle d'Agnès de Gisors.

Rawg se tut à nouveau, semblant perdu dans ses pensées.

— Alors, de quoi s'agit-il ? reprit la jeune fille au bout d'un moment.

— Pardonne-moi… la vieillesse, se justifia maladroitement l'isard. Où en étais-je ?

La réalité était tout autre. Son esprit venait d'affronter le souvenir de la sorcière, comme si cet ennemi allait un jour avoir raison de lui. Il savait reconnaître une vision prémonitoire lorsqu'il en voyait une. Cette idée le rendait fébrile, mais il ne voulait pas alarmer sa protégée.

Lynn, elle, demeurait bien éloignée des tourments de son instructeur.

— Le troisième niveau... rappela-t-elle avec un soupçon d'impatience dans la voix.

— Ah oui ! Il s'agit de contrôler la magie par la pensée. Cet art est beaucoup plus délicat que les deux premiers, mais il permet parfois de faire des choses qui dépassent les limites de l'imagination.

Lynn entrevit aussitôt une lueur d'espoir.

— Est-ce qu'un magicien peut ressusciter les morts ?

Malheureusement pour la jeune fille, le visage de Rawg lui fit immédiatement perdre tout espoir. Il répondit d'un ton grave et résigné :

— Il existe effectivement des sorciers capables d'invoquer les esprits des morts. Pourtant, le code du magicien l'interdit, car c'est trop dangereux, et seuls ces fous de nécromanciens s'obstinent à le faire, répandant la terreur autour d'eux. C'est ce qu'il s'est passé dans la forêt de Lafloral, mon enfant. Ton peuple a été attaqué par des isards réveillés de leur interminable sommeil par cette Agnès de Gisors. On appelle cela des âmes captives. Elle est très puissante, et je pense qu'actuellement elle est notre pire ennemie. Elle est fanatique et cruelle.

Lynn sentit un frisson lui monter le long du dos du simple fait de parler de cette nécromancienne. Elle jeta un regard derrière elle pour s'assurer qu'il n'y avait aucune présence pour lui nuire.

— Et mon père, demanda-t-elle, avait-il atteint ce troisième niveau ?

— Non, affirma l'isard blanc, de tout ce que j'ai pu savoir de lui, Boback était un magicien manuel.

La jeune fille resta silencieuse. Tout ce que lui racontait Rawg était nouveau pour elle. Elle peinait à reprendre ses esprits.

— Mais tu m'as dit qu'il était le plus talentueux des magiciens que tu n'aies jamais connu. Il devait donc contrôler ce niveau...

Rawg sourit.

— Tes remarques sont judicieuses, mon enfant, mais il ne s'agit pas de cela. Pour être un bon magicien, il ne suffit pas d'être puissant, il faut également se montrer malin. C'était ce que faisait parfaitement Boback, il palliait son manque de puissance par sa ruse. C'est ainsi qu'il est devenu le plus grand de tous ceux que j'ai pu connaître, mais il était loin cependant de réussir à maîtriser ce troisième niveau. Le contrôler, c'est devenir quasiment invulnérable pour les simples. Mais crois-moi, la route est très longue avant d'y arriver. Si toi-même tu veux y parvenir un jour, ce que j'espère, de longues années seront nécessaires...

— Je ferai en sorte d'y arriver, j'en fais le serment, murmura-t-elle. Commençons tout de suite, Rawg ! fit-elle en haussant le ton. Il me tarde maintenant de marcher sur les traces de mon père.

Elle se leva d'un bond, visiblement très motivée.

Rawg esquissa un sourire. Bien qu'heureux de cette décision, il ne le montrait aucunement. Il s'allongea tranquillement près du feu en regardant sa jeune apprentie.

— Eh bien, qu'attends-tu ? s'énerva-t-elle.

— Mais nous avons déjà commencé. Ne le sens-tu pas ?

La jeune fille était déstabilisée, un peu perdue.

Au bout d'un moment, elle se rassit auprès de l'isard. Son regard se perdit dans les flammes.

— Rawg, murmura-t-elle alors, qui était réellement mon père ?

— Un homme bien, fit Rawg avec nostalgie. Plus qu'un compagnon de voyage, un véritable ami. Boback était le magicien attitré de l'empire, premier conseiller de l'empereur Ferdinand. Au nom d'Émania, il était chargé de protéger le culte contre toutes les menaces. Mais ce n'est pas cela que tu veux savoir, n'est-ce pas, mon enfant ? ajouta Rawg en portant son regard sur elle.

Elle n'osa approuver ce qu'il avait déjà compris. Effectivement, même si les détails de cette vie passée ne la laissaient pas indifférente, c'était égoïstement d'elle qu'elle voulait parler à travers son père. Rawg était assez sage pour le comprendre.

— Et quel nom m'avait-il donné ? murmura-t-elle.

— Que veux-tu dire ?

— J'ai bien compris que je ne suis pas née montagnarde, confia la jeune fille, et peu importe aujourd'hui, car je me considère comme telle, mais j'aimerais savoir quel nom m'ont donné mes parents.

— Mais Boback était bien un Montagnard. Comme beaucoup, il faisait partie de ceux qui avaient décidé de rejoindre l'empire théranien et sa puissance. Lynn est le nom qu'il t'avait donné. Il n'y a pas de secrets de ce côté-là.

Il lui fit un petit sourire qu'elle lui rendit. Sa vie n'était donc pas que mensonges.

— Que veux-tu savoir d'autre ? demanda Rawg.

— Tu m'as parlé d'un code du magicien…

— Oui, ce sont les règles édictées par le culte d'Émania pour éviter que les magiciens ne s'octroient trop d'importance et de puissance. Elles concernent notamment l'interdiction d'interférer directement dans l'esprit des gens, ou encore de réveiller les morts… Il y a de nombreuses règles à respecter pour devenir un bon magicien. Je ne souhaite pas te les énumérer aujourd'hui, mais le temps viendra. Sache seulement que ceux qui enfreignent ces codes sont bannis. On les nomme les sorciers.

— Comme cette Agnès de Gisors.

Rawg acquiesça.

— Bien entendu, c'est aux magiciens que revient la lourde tâche de combattre les sorciers. Nous avons tous nos devoirs, ainsi va la vie…

Lynn poussa un long soupir.

— Qu'y a-t-il ? fit Rawg.

— Rien, je me demande seulement pourquoi tout ceci m'arrive maintenant. Mais bon, continuons l'enseignement, bien que j'avoue être fatiguée à présent, et je risque de ne pas être une très bonne élève…

— Je m'y attendais, dit Rawg. Aucun tour ce soir, mais seulement une leçon de vie.

Elle l'écouta avec la volonté de bien faire.

— La vie de magicien est étrange et compliquée, commença-t-il. Il n'a de cesse de partir au contact des gens pour se faire connaître et trouver des solutions inaccessibles aux simples. De ce fait, ses rencontres et ses relations sont nombreuses et enrichissantes. Attention, cependant ! Paradoxalement, le magicien mène une vie de solitaire. Mais ceci n'a qu'un seul réel but. Des êtres extraordinaires peuplent ce monde et certaines espèces vivent volontairement cachées de ceux qui ne pourraient pas comprendre leur existence. Le magicien est ouvert d'esprit et la plupart du temps attire ces entités. C'est cela qui fait de lui un être à part. C'est ainsi que tu devras être si tu veux réellement devenir une vraie magicienne.

Nous sommes continuellement observés mais jamais approchés. Tu dois donc montrer que tu es accessible.

— Qu'essayes-tu de me dire, Rawg ? Je dois vivre seule le restant de ma vie, c'est ça ?

— Non, reprit-il, pas tout à fait. Mais je pense que tu dois réserver quelques instants de ta vie à la méditation. Offrir un sens à ce que tu fais. Pour cela, il te faut être seule, et rien de tel que la nuit pour cela. C'est ce que tu vas faire jusqu'au petit matin, et ce, une nuit sur deux. Tu verras, cela portera ses fruits.

Sur ces derniers mots, Rawg se leva et s'épousseta. Puis il fit mine de partir.

— Attends, Rawg ! cria la jeune fille en se levant d'un bond. Tu me laisses vraiment seule ?

— Oui, dit-il en tournant furtivement ses yeux vers elle. Et surtout, reste auprès du feu, cela éloigne les esprits indésirables. À demain !

— Mais quand est-ce que je dors ?

— Je sais, souffla Rawg en s'éloignant progressivement dans la pénombre, le magicien dort très peu…

Et en un instant, il disparut dans la nuit. Lynn resta un moment les yeux fixés sur l'obscurité qui s'était refermée sur l'isard. Puis après un profond soupir, elle retourna lentement se rasseoir auprès du feu. Celui-ci crépitait mais ne suffisait pas à masquer les bruits qui troublaient le silence de la nuit, elle n'y avait pas porté attention jusqu'à présent. Néanmoins, elle tenta de suivre les conseils de son professeur et ferma les yeux pour tenter de se lancer dans la méditation. Sa concentration était rudement mise à mal par ses craintes. Elle avait l'impression troublante que quelqu'un rôdait dans les parages. Rapidement, elle s'imagina des formes hostiles qui la guettaient à travers les hautes herbes des champs. Elle espéra qu'il s'agissait de Rawg. Peut-être l'isard blanc la surveillait-il, après tout ? Elle sentait une présence non loin de sa position, elle en était quasiment certaine.

— Il y a quelqu'un ? cria-t-elle d'une petite voix. Rawg, c'est toi ?

Personne ne répondit. Elle réitéra sa question en haussant un peu le ton, mais toujours rien, si ce n'est les animaux nocturnes qui se turent un instant avant de reprendre leurs bruits. Elle était bel et bien entrée dans un univers devenu étrange et pesant.

Doucement, Lynn finit par s'habituer et se détendre. Elle passa le reste de la nuit à regarder la danse des flammes, sans plus prêter attention aux sons qui l'entouraient. Elle repensa avec nostalgie à son enfance avec Docker, une enfance qu'elle jugeait heureuse avec le recul. Cependant, ce temps était maintenant révolu et Docker l'avait définitivement quittée. Le vieil homme avait laissé une grande empreinte dans son cœur et elle repensait à lui chaque fois qu'elle portait la main sur son médaillon de flammes. Vinrent alors les souvenirs d'Ajaj. Elle vit son visage se dessiner dans les courbes des flammes. Il la regardait d'un air charmeur, mais ce n'était qu'un rêve fugace. Des larmes commencèrent à couler sur ses joues. Lui aussi n'existait plus, si ce n'était dans de tels douloureux mirages.

— Ajaj, murmura-t-elle. Voilà tant de jours que tu m'as quittée et je ressens encore la chaleur de ton corps près de moi. Je réalise aujourd'hui que je ne t'ai toujours pas honoré par une chanson. Peut-être parce que j'ai toujours cru au fond de moi que tu reviendrais un jour. Rawg m'a fait voir la réalité en face, mais tu seras toujours présent dans mon cœur. Pardonne-moi de ne pas avoir le courage de te rejoindre…

Puis comme le faisaient si bien les Montagnards, elle chanta en l'honneur du jeune homme. Elle respectait ainsi les rites qui lui étaient chers et utilisa la langue des anciens pour apporter un peu plus de légitimité à cet hommage. Sa voix s'éleva dans la nuit, Vinaledad et ses alentours partagèrent ainsi son deuil. Pourtant, la chanson ne dura pas bien longtemps, soudain Lynn éclata en sanglots, incapable de continuer.

— Ajaj, gémit-elle sans chercher à contrôler son chagrin, tu me manques tellement…

À quelques pas, caché dans l'obscurité et l'épaisse végétation des champs, silencieusement, un homme ému par cette chanson la regardait pleurer. Depuis plusieurs heures déjà, il l'observait sans trouver la force de la rejoindre. Le départ de l'isard blanc n'y avait rien changé. Ce chant mélancolique lui avait coupé les jambes, lui remettant en mémoire de douloureux souvenirs. Ce n'était pas cette nuit qu'il allait l'enlever.

Pendant que Lynn pleurait à chaudes larmes, Khulem se baissa discrètement avant de se laisser tomber sur le dos en prenant bien soin de ne pas faire de bruit. Il regarda les étoiles, il se savait responsable du malheur de cette fille.

Au bout d'un long instant, il se releva péniblement, dépité d'avoir commis un mal irréparable. Ajaj était mort par sa main et rien en ce monde ne l'avait réellement obligé à commettre ce crime.

— Émania, gémit-il à voix basse, qu'ai-je fait ?

Puis, il partit les épaules basses en faisant frissonner les feuilles autour de lui. Que Lynn le remarque ou non n'avait plus guère d'importance.

La jeune fille entendit effectivement quelque chose. Elle regarda aussitôt dans la direction du bruit, mais à travers ses larmes, elle ne vit rien. *Sans doute un animal.*

Rawg, lui aussi dissimulé parmi les herbes hautes et prêt à intervenir en cas de besoin, regardait le guerrier s'éclipser. Sa présence le déroutait, elle confirmait pourtant une chose, l'ennemi avait retrouvé la trace de Lynn. Cependant, le comportement surprenant de cet inconnu le laissait perplexe.

Chapitre 6

Le calme perdurait dans les murs de Vinaledad. À l'image de Lynn, le peuple du roi Oswald Kalissen retrouvait peu à peu une quiétude au sein de la ville du roi Antonio Rimez. Les jours s'écoulaient et se ressemblaient, apportant aux Montagnards une douceur de vivre que tous craignaient malgré tout éphémère.

Un jour, d'importantes nouvelles du nord parvinrent jusqu'à la cité. Une patrouille d'archers achevait son retour depuis Cagliari, escortant deux hommes épuisés par le pénible voyage. La nouvelle parcourut toute la cité, se propageant à la vitesse d'un feu. Les plus curieux se ruèrent aussitôt vers les remparts, dans l'espoir d'avoir des informations.

Lynn, à qui Rawg avait accordé une pause bien méritée qu'elle savourait d'ailleurs pleinement, suivit la foule, avant de s'accouder à un créneau pour voir arriver la petite troupe. Une dizaine d'archers se déplaçait à pied entourant deux voyageurs. L'attention de la jeune fille se porta rapidement sur l'un des deux. Il était richement vêtu et portait de toute évidence des habits typiques de Cassandrie. Cette mode vestimentaire touchait l'ensemble de la noblesse cassandrienne et Gérald en était l'illustre représentant. Cette mode et les manières hautaines de ces seigneurs étaient souvent sujettes à plaisanteries dans les autres royaumes, même alliés.

La démarche maladroite, accentuée sans doute par les douleurs aux pieds du voyageur, amusa la jeune fille... ainsi que ses voisins, visiblement.

Une fois parvenue aux portes de la ville, la patrouille d'archers dut repousser les plus curieux. En grande majorité, les gens restaient respectueux et laissaient libre passage aux visiteurs, même si ceux-ci étaient cassandriens. La haine qui touchait les peuples de ces deux nations perdurait pourtant toujours, même au plus profond des terres. L'escorte du jeune comte de Franchort en était consciente et tentait d'éviter la moindre étincelle qui pourrait rapidement mettre le feu aux poudres.

Antonio Rimez avait été informé de l'arrivée de ces personnages et un capitaine avait été chargé de les accueillir à la tête d'une importante patrouille. Il s'arrêta à la hauteur du chef d'escorte, le salua, puis se présenta devant Gérald qu'il honora respectueusement.

— Mes hommages, monseigneur, je suis le capitaine Guiseppe Regez. Notre roi va vous recevoir. Je vous conduis tout de suite à la salle du trône.

— Un roi pour une simple ville ? Épatant ! ricana Gérald avec son accent très prononcé. Soit, je vous suis, capitaine, allons voir votre... roi !

Une fois retourné et tournant le dos à son invité, le capitaine Regez ne put retenir un sourire et ne parvint qu'à grand-peine à garder son sérieux.

— Encore un de ces crétins de Cassandriens ! Que fait-il donc ici ? fit l'un des voisins de Lynn.

— Je ne sais pas, répondit l'autre, mais cela ne présage rien de bon… Cette patrouille revient de Cagliari, paraît-il…

— Ils n'ont pas bonne mine.

— Tu m'étonnes ! S'ils ont dû supporter cet abruti durant tout le voyage !

Les deux hommes s'esclaffèrent. Lynn fit de même un court instant, puis remarqua les traits tirés du visage du Cassandrien. Elle cessa aussitôt de se moquer, assaillie par la compassion.

Escortés maintenant par deux patrouilles, les deux voyageurs se frayaient un passage parmi la foule sous les multiples quolibets des curieux. Ils passèrent à un moment tout près de l'isard blanc. Le regard de Rawg croisa furtivement celui de Gérald. Ce dernier l'ignora superbement. Cette attitude témoignait d'un manque de respect évident. Rawg n'y prêta pourtant pas plus d'attention que cela et retourna simplement à ses occupations.

Les deux hommes finirent par entrer dans la salle d'honneur où les deux rois les attendaient avec impatience. La pièce était richement décorée et offrait un aperçu de la fortune dont disposait le roi de Vinaledad.

Ce dernier prit la parole :

— Soyez le bienvenu, messire Gérald. Que nous vaut cette visite impromptue du fils du comte de Franchort ?

— Hélas, messire, répondit le jeune homme avec une courtoisie qui semblait un peu forcée, je crains de n'apporter que de mauvaises nouvelles. Je suis en fuite, car Franchort a été mise à sac. J'ai décidé de venir jusqu'ici pour y trouver protection et logis. J'espère que le seigneur de Vinaledad daignera me les accorder.

Il se prosterna avec exagération, tandis que les deux rois restaient dubitatifs.

— Si loin de vos terres ? fit remarquer Oswald Kalissen.

— Oui, messire, la Cassandrie entière est en proie à la guerre. Il m'était impossible de fuir vers Formurail.

Le roi Antonio Rimez mit subtilement sa main devant la bouche pour ne pas attirer l'attention, faisant mine de tousser pour camoufler son amusement devant les manières exagérées et le fort accent du jeune homme. Néanmoins, il réussit à garder un sérieux apparent face à la gravité des nouvelles. Sans forcer sa nature, il déclara d'un ton solennel :

— Bien sûr, comment ne pas accueillir comme il se doit un digne représentant de la société féodale cassandrienne ? Le comte Edward Bordemer de Franchort était de surcroît un bon partenaire. Nous avons traité de multiples et très bonnes affaires ensemble. Installez-vous donc dans nos murs et faites comme chez vous !

D'un geste élégant, il invita ses deux visiteurs à s'asseoir.

— Mon garde du corps restera debout, fit Gérald en prenant place sur un confortable siège. Ne vous inquiétez pas, il a l'habitude…

Engar baissa les yeux alors que l'assemblée restait imperturbable.

— Donc, mon jeune ami, reprit Antonio Rimez, expliquez-moi comment ce grand malheur est arrivé.

— C'était très inquiétant, Votre Altesse. L'ensemble de la garnison a été anéanti dans un silence plus qu'incompréhensible. Je suppose que la ville aux abords de la forteresse a subi le même sort. Mon père s'est sacrifié pour me sauver la vie. Sans doute voulait-il assurer sa lignée...

— Et qui étaient vos ennemis ? Des impériaux ?

— Non, Votre Altesse, il s'agissait là de créatures démoniaques guidées par une femme. Une guerrière, devrais-je plutôt dire.

— Sans doute des goules ! intervint le capitaine nyssalien. Des rapports indiquent qu'il y en a des meutes entières à la frontière. Quant à cette guerrière, il doit s'agir d'une Warreng.

— Il y avait aussi des mercenaires assoiffés de sang, ajouta Gérald.

Jusque-là silencieux, Oswald Kalissen intervint :

— Des écorcheurs ! s'écria-t-il. C'est le culte de Vulcania qui les a engagés. J'en suis certain ! Ce sont eux qui ont saccagé Marsigliano.

— Sans aucun doute, approuva son homologue de Vinaledad. Cela m'inquiète grandement. S'ils ont réussi à détruire Franchort, ils pourraient facilement venir jusqu'ici et nous massacrer également. Je n'ai à ma disposition qu'une piètre garnison. Les cités nyssaliennes ne sont pas bien armées et Cagliari serait la première touchée. Fort heureusement, nous sommes en partie protégés par le désert. Jusqu'à maintenant, aucune armée n'a osé s'y aventurer. Qu'en penses-tu, capitaine Janez, toi qui étais sur les lieux, à Cagliari ?

L'archer se présenta au centre de la pièce et salua son roi avec grand respect avant de prendre la parole.

— Votre Altesse, cela m'étonnerait qu'il ne s'agisse là que de simples écorcheurs. Ils sont trop nombreux et trop bien organisés. Là où nous étions, c'est une réelle guerre qui vient d'éclater. Cagliari est déjà assiégée. Le roi arrive à retenir les assauts répétés de nos ennemis avec l'aide des armées de votre cousin, le roi de Sansiro qui est venu le soutenir. Mais je ne sais pas combien de temps ils pourront résister. Nous-mêmes, nous nous sommes fait attaquer par des patrouilles de mercenaires.

— Cela doit être l'armée de Koursk Angel, intervint Malver Laersen.

— Que viennent-ils faire là-bas ? reprit le roi.

— Je ne sais pas, mais j'ai perdu seize hommes en chemin. En revenant ici, je n'ai pas fait qu'escorter ce jeune comte, dit-il en montrant avec respect Gérald, je suis aussi ici de la part du gouverneur de Cagliari qui demande de l'aide aux cités nyssaliennes du Sud. Il vous faut rassembler l'armée de la ligue, Monseigneur, car là où nous étions, la situation est critique. L'ennemi est au moins cinq fois supérieur en nombre et d'autres arrivent. À ce rythme-là, je ne nous donne pas un mois avant qu'ils ne soient aux portes de Vinaledad.

— Et l'armée de Galigarez qui devait rejoindre le Nord ?

— Détruite, Monseigneur. Elle est tombée dans une embuscade à la frontière cassandrienne.

— Par Émania, près de cinq cents hommes ! s'exclama le roi. Procédons à un conseil de guerre sur-le-champ ! Je dois secourir mon cousin et ses alliés.

— Ne sois pas si pressé, mon ami, intervint avec calme Oswald Kalissen, souviens-toi que l'on ne peut agir sans avoir des nouvelles de l'Est. De plus, je pense que ces actes sauvages sont directement liés à ce que nous a dit l'isard blanc l'autre jour. Ta cité est protégée par le désert, cela va les ralentir, d'autant qu'ils ne connaissent pas le terrain.

— C'est vrai, admit le roi de Vinaledad, tu as raison. Ricardo n'est pas encore revenu. Mais que fait-il donc ? Cette armée de Kasdalar m'inquiète au plus haut point. Et si ce que nous a rapporté l'isard blanc est vrai, nous ne pourrons pas faire grand-chose. J'espère seulement qu'il s'est trompé et que cette armée n'avait pas pour destination nos terres. Si Apolosa est déjà entre leurs mains, c'est la moitié des forces de la ligue que nous aurions perdue…

Un lourd silence suivit cette annonce, témoignage d'une grande impuissance.

— En parlant de cet isard, reprit Gérald avec mécontentement, que fait-il ici ? Depuis quand ont-ils le droit d'entrer dans les cités nyssaliennes ?

Au fond de la salle, Burgald fut scandalisé par cette réaction raciste, indigne d'un homme du rang qui était le sien. Il s'avança avec un air de mépris.

— Certains isards valent mieux que certains hommes, noble ou pas, monseigneur.

Le roi lui signifia d'un geste discret de la main de se taire. Il fallait éviter un conflit inutile. Outré par ces paroles et se maîtrisant à grand-peine Gérald se dirigea d'un pas vif vers la sortie, Engar sur ses talons. Le jeune homme se retourna une dernière fois avant de quitter la salle.

— Prenez garde, Votre Altesse, à maîtriser davantage les réactions et l'éducation de vos capitaines. Ce genre de comportement n'est pas toléré en Cassandrie !

— Vous n'êtes pas en Cassandrie, rétorqua Burgald.

— Comme vous n'êtes pas dans vos montagnes, répondit aussi sec le jeune homme. Sans doute parce que vous n'avez pas été capable de les protéger correctement !

Burgald fut touché dans son amour-propre. Ce prétentieux fils de seigneur venait de remporter une bataille de mots, mais il se jura d'obtenir sa revanche un jour.

Antonio Rimez changea radicalement de sujet pour apaiser l'assistance.

— Assez ! Le temps n'est pas aux querelles mais à l'entraide. Aussi, j'ai trouvé le meilleur moyen d'évacuer cette tension qui nous assaille tous. Demain soir aura lieu un banquet en votre honneur, jeune comte. J'espère que vous nous ferez l'honneur de votre présence, malgré ce petit incident.

Gérald oublia soudainement cette altercation pour afficher une mine réjouie. Visiblement, il aimait ce genre de manifestation.

— Pour sûr, je viendrai. J'en suis même ravi.

Puis il partit d'un air digne. Après son départ, des petits rires discrets s'élevèrent de la salle.

Un léger sourire aux lèvres, Antonio Rimez se retourna vers son ami.

— Mes manières cassandriennes ont-elles été correctes ?

— Tu as été formidable, répondit Oswald Kalissen avec un petit rire.

Les deux rois reprirent rapidement leur sérieux.

— Malheureusement, déclara le maître de la ville, la présence des chevaliers de l'ordre de Vulcania à la frontière cassandrienne signifie beaucoup de malheurs pour nous. Le culte de Vulcania doit déjà dominer la Cassandrie actuellement. Ce n'est pas vers eux que nous pourrons nous tourner…

— Oui, déplora son homologue, et je crains que cette attaque du nord ne soit faite que pour cacher l'avancée des légions de Kasdalar venant de l'est.

— Il ne nous reste plus qu'une chose à faire désormais : attendre le retour de Ricardo Ramenez.

Lynn était sur les remparts. Comme chaque jour, elle regardait l'horizon vierge de tout nuage. Celui-ci s'étendait par-delà les champs cultivés et les premiers signes de sécheresse de la plaine sableuse. Ce paysage un peu austère était néanmoins propice aux rêves dans lesquels la jeune fille voyait Ajaj se dessiner devant elle, tel un mirage plein d'espoir. Elle espérait fermement qu'un jour elle aurait assez de pouvoir pour le faire revenir du monde des morts. Elle n'avait que faire du code du magicien et elle se sentait prête à le braver. Sans doute était-ce une folie, mais cet espoir l'empêchait quotidiennement de sombrer dans la dépression.

Gérald aperçut la jeune fille solitaire qui regardait d'un air triste au loin. Attiré comme un aimant par son éclat rayonnant, il se rapprocha d'elle sans que celle-ci y prête la moindre attention. Elle restait perdue dans ses songes.

Le jeune noble garda quelque distance mais l'observa sans retenue. Elle était d'une magnifique beauté. Il fit quelques pas et vint s'accouder tout près d'elle, espérant ainsi attirer son attention, mais en vain. Même éveillée, les rêves de Lynn étaient beaux, et plus rien autour d'elle n'avait d'importance.

Gérald la regarda longuement avant de porter à son tour ses yeux vers l'horizon.

— C'est magnifique, n'est-ce pas ? fit-il d'une voix forte.

Les songes de la jeune fille s'envolèrent aussitôt. Légèrement désorientée par ce retour à la réalité, elle reconnut immédiatement le seigneur qu'elle avait aperçu quelques jours plus tôt à l'entrée de la ville. Gênée de ne pas l'avoir vu s'approcher, elle se courba poliment devant lui.

— Pardonnez-moi, monseigneur. Je ne vous avais pas vu arriver.

— Mais vous êtes toute pardonnée, la rassura le jeune homme d'un ton aimable. C'est plutôt moi qui serais à blâmer, je ne voulais pas vous importuner, mentit-il effrontément.

Lynn eut quelques difficultés avec l'accent déroutant du jeune homme, mais elle parvint néanmoins à comprendre l'essentiel de ses paroles.

— Ce n'est rien, monseigneur, répondit-elle timidement. Vous disiez ?

— Je disais que c'était magnifique.

— Oui, c'est vrai…

Elle n'en dit pas plus, la politesse voulait qu'elle laisse à son noble interlocuteur le soin de diriger la conversation.

— À quoi pensiez-vous donc ? demanda Gérald, ravi de constater qu'elle respectait les règles de courtoisie cassandrienne.

— Je pensais à quelqu'un, monseigneur, murmura-t-elle en baissant les yeux. Mais je ne veux pas vous ennuyer avec mes histoires.

— Et qui donc est ce chanceux ? Un officier ? Il est actuellement sur le front ? Depuis que cette guerre a commencé, beaucoup sont envoyés au nord…

— C'était un grand guerrier, mais il est mort, révéla-t-elle en retenant difficilement ses larmes.

— Malheureusement, cela fait partie des risques du métier, compatit maladroitement le Cassandrien. Je le sais, ayant côtoyé moi-même nombre de ces héros.

Elle le regarda d'un air triste. Ces paroles n'avaient rien de réconfortant. Celui-ci continua néanmoins son discours de manière à faire fièrement l'éloge de son pays.

— La Cassandrie a beaucoup de chevaliers élevés dès leur plus jeune âge dans la pratique du noble code chevaleresque qui exige non seulement les plus hauts critères d'honneur mais aussi de grandes aptitudes de combat. Mais à cela doit s'ajouter l'inconvénient de devoir risquer de mourir tous les jours pour son seigneur. Établir une relation d'amour avec une femme n'est donc que très peu envisageable…

Mélancolique, Lynn avait écouté les paroles du jeune comte seulement par obligation. Elle lui fit un timide sourire pour rester polie.

— Moi, je n'ai pas suivi cette voie, continuait celui-ci. Pour ma part, j'ai préféré les études à la guerre. Ainsi, dès les premières années où j'ai pu apprendre à lire et à écrire, mon père – à contrecœur, il est vrai – m'a envoyé à la prestigieuse université de lettres de Mitralianos. Il aurait tant voulu que je rejoigne Formurail et le corps d'élite du roi. Ensuite, j'ai…

Lynn l'interrompit, émerveillée par l'évocation de la ville de lumière. Elle avait toujours rêvé d'y aller.

— Vous êtes allé à Mitralianos ?

— Oui, répondit Gérald avec fierté. J'y suis resté de longues années.

— Comment est-ce ?

— C'est une ville démesurément grande, et en plus de cela, incomparablement belle. Ses murs sont garnis de diamants et ses tours sont en cristal. L'empire théranien peut se réjouir d'avoir un joyau de la sorte. Même Edenbridge, la cité recouverte d'or, n'atteint pas un tel degré de magnificence. Mitralianos possède une tout autre beauté, qui lui est bien supérieure.

— Comme je vous envie ! s'écria Lynn les yeux brillants. J'aimerais y aller un jour.

— Mais il n'est jamais trop tard, répondit Gérald. Je pourrais vous y emmener une fois que tous ces troubles seront terminés.

Lynn fut soudainement troublée : c'était la promesse que lui avait faite Ajaj la veille de sa mort. Néanmoins, elle était intimidée par la noblesse et la gentillesse apparente de ce jeune homme qui se révélait fort aimable sous sa chevelure parfaite et ses traits lisses et bien dessinés. On ne pouvait pas en attendre moins de la part d'un noble cassandrien, sans doute. La grande fatigue qu'il affichait à son arrivée semblait s'être totalement volatilisée.

Cependant, loin d'être vraiment conquise, Lynn se prit au jeu de la conversation, car Gérald parvenait à la mettre à l'aise. De plus, sa gestuelle délicate l'amusait, ainsi que son accent un peu ridicule.

— Avez-vous une femme chère à votre cœur, monseigneur ? osa-t-elle lui demander.

Gérald fut un brin gêné par cette question. Il se fit néanmoins un devoir de répondre.

— Hélas non ! Les femmes de mon pays – comme peut-être toutes les femmes au monde – ne sont malheureusement attirées que par de beaux et grands chevaliers pouvant raconter leurs exploits guerriers à longueur de journée. Moi, je ne suis qu'un homme de lettres ; bien éduqué, certes, mais incapable de me battre. Je manque de sang-froid devant les situations délicates.

Lynn en était presque désolée pour le jeune homme. Elle grimaça pour lui témoigner sa compassion.

— Vous trouverez un jour une femme qui vous aimera, j'en suis sûre...

Gérald la remercia pour cette marque d'encouragement, mais la femme que lui voulait aimer se trouvait d'ores et déjà devant lui.

— Je ne puis apporter à une femme que mes mots... et mon amour ! J'aurais dû rejoindre Formurail dans quelques mois, car le roi Philippe m'avait proposé la main de sa fille, Marianne, ma propre cousine, afin de ne pas souiller le sang de la famille royale. Je trouve cela un peu indécent, même si cela se fait fréquemment dans les contrées de l'Est. Nous ne sommes pas obligés d'agir comme ces barbares de Kasdalar. Enfin bref, de toute manière, les évènements actuels et la tension entre mon défunt père et le roi ont réglé le problème. Aujourd'hui, je suis libre de mon choix et à la recherche d'une femme à aimer.

— Je pense que toutes les femmes ne sont pas comme vous les décrivez, monseigneur. Et je pense aussi que vous trouverez celle qu'il vous faut, car vous avez de grandes qualités, et je les vois.

— Ah oui, et quelles sont-elles, selon vous ?

— Eh bien, vous êtes comme vos chevaliers : grand et beau ! répondit-elle un peu naïvement.

Cette affirmation plut à Gérald qui se mit à rire de bon cœur. Le jeune homme adressa un regard complice à la jeune fille et il lui prit tendrement la main. Cette marque de complicité venait un peu trop tôt à son goût.

— N'y voyez aucune avance de ma part, mais demain soir, le roi organise un repas en mon honneur. J'aimerais tellement vous y voir à mes côtés.

Très gênée, Lynn rougit puis retira délicatement sa main de cette douce étreinte.

— Mais je ne suis ni riche ni noble ! Je ne mérite pas un tel honneur.

— Je me dois d'être accompagné, et votre présence suffira à me ravir et à passer une agréable soirée. Peu m'importe d'où vous pouvez venir. Je vois ce que vous êtes, comme je sais auprès de qui j'aime m'afficher…

Intimidée, Lynn ne savait que répondre. Elle pouvait difficilement refuser une requête venant d'un homme de son rang.

— Mais je n'ai rien à me mettre, dit-elle en désespoir de cause.

— Je me charge de cela. Alors, quelle est votre réponse ?

— C'est entendu, j'accepte avec joie, finit-elle par répondre.

— J'en suis très heureux. Mon serviteur passera vous chercher demain soir pour vous conduire au banquet. Au revoir, mademoiselle, fit-il en lui baisant la main.

Lynn regardait s'éloigner le jeune homme. Elle appréhendait déjà la soirée du lendemain. L'idée de ne côtoyer que des gens de la haute société l'effrayait. Mais après tout, elle tenait là une rare occasion de se changer un peu les idées. Autant en profiter.

Soudain, Gérald stoppa sa marche. Il revint vers elle, la sortant une fois de plus de ses pensées.

— Je vous prie de m'excuser, j'ai manqué à tous mes devoirs. Je me nomme Gérald Bordemer, comte de Franchort, se présenta le jeune homme.

Il la regardait, attendant visiblement qu'elle en fasse de même.

Elle lui répondit avec un sourire charmeur.

— Je m'appelle Lynn Araenac.

— Voilà qui est mieux ! Eh bien, merci et donc à demain soir... Lynn.

Sur ce, il repartit dignement, le buste très droit.

À nouveau seule, Lynn porta son regard vers l'horizon.

Chapitre 7

Ce fut alors que plus personne n'osait évoquer son retour que Ricardo Ramenez se présenta devant les portes de la ville. Il revenait enfin de son long périple, après plusieurs années d'absence. La nouvelle de son arrivée parvint immédiatement aux oreilles de son roi. Épuisé, le voyageur se dirigeait cependant en grande hâte vers la salle du trône. Les très mauvaises nouvelles qu'il apportait ne lui laissaient guère le temps de se reposer.

Antonio Rimez accueillit en personne l'archer en le serrant dans ses bras, comme un fils. Un instant, il se demanda même s'il ne rêvait pas, mais son messager était bien là, en chair et en os, le visage tiré et l'âme tourmentée par ce qu'il venait leur annoncer. Il fut introduit sans attendre auprès du roi. Sali et les habits élimés par le long périple qu'il venait de réaliser, il baissa respectueusement la tête pour saluer son roi. D'un geste, ce dernier lui fit servir une coupe emplie de bon vin nyssalien. Le voyageur, heureux de rentrer chez lui, accepta avec honneur ce témoignage de bienvenue. Il but lentement une gorgée, l'appréciant à sa juste valeur.

— Alors, mon brave spadassin, quelles sont les nouvelles de l'est ? demanda le roi avec un brin d'anxiété dans la voix.

— Monseigneur, je crains que l'avenir de notre cité ne soit en péril. L'ombre de Kasdalar s'est levée. Les légions du roi Uras ont traversé le territoire d'Apolosa et franchi le col du Chien noir. Les premières villes frontalières ont laissé le passage libre à cette armée, de gré ou de force, je l'ignore. La ligue est en péril. Ils marchent très lentement mais rien ne les arrête. Au train où ils avancent, ils seront aux portes de Vinaledad dans un mois, peut-être un peu avant.

— Donc, c'est confirmé, souffla le roi, ce sont les légions de Kasdalar qui fondent sur nous. C'est bien une tentative d'invasion, selon toi ?

— Je pense, oui, Monseigneur, cela en a tout l'air. C'est le connétable lui-même qui dirige l'armée. J'ai vu de mes yeux l'armure à tête de dragon.

— Oui, intervint Burgald, présent dans la salle, la dernière en date était l'invasion de l'empire théranien…

— Je pense qu'ils remettent ça, souligna Ricardo.

Pensif, le roi nyssalien se leva et mit son bras sur les épaules de son fidèle archer, le guidant vers un siège. Il l'invita à s'asseoir d'un simple geste de la main, tandis que lui reprenait place sur son trône. Il devait parler posément de la situation.

— Raconte-moi ton voyage sur les terres lointaines de l'Est, mon ami ! reprit d'une voix posée le roi nyssalien.

— Il s'y passe des choses étranges que je ne peux expliquer et comprendre, confessa le spadassin. Durant mon long périple, j'ai pu apercevoir le feu des montagnes du Nord s'éclairer le long des terres sauvages warrengs. Cette manifestation étrange s'étendait tout le long de la ligne d'horizon et a duré des semaines sans interruption. Le roi Hussan d'Edenbridge m'a ensuite raconté qu'il s'agissait là d'une prière à Vulcania… Beaucoup font de même chez les Assaniens.

— Vulcania, les terres warrengs ? murmura le roi montagnard. Ce culte s'étend même là-bas ?

— Monseigneur, c'est là-bas que se trouve la montagne de flammes, berceau de leur croyance, expliqua respectueusement le voyageur. Celui que l'on ne nomme pas serait apparu...

— Tout est donc vrai, fit Antonio Rimez d'une voix sourde, l'isard blanc ne nous avait donc pas menti.

— Je n'ai jamais mis en doute ses paroles, précisa son homologue montagnard. Mais qui conduit cette armée, maintenant ? Uras n'est-il pas mort ?

— C'est exact, Monseigneur, Uras a été assassiné par son propre fils, le prince Khulem. Je me suis renseigné, c'est Kalas Elonis le nouveau connétable de Kasdalar, aujourd'hui. C'est un fervent disciple du culte de Vulcania.

Le roi fut atterré par cette nouvelle.

— Combien sont-ils ? Peuvent-ils être contenus ?

— Je pense qu'il y a au moins trois légions réunies. Ce qu'il reste de la ligue de défense ne pourra pas rivaliser…

— Trente mille hommes, s'écria Oswald Kalissen. Es-tu sûr de ce que tu avances ?

— Oui, Monseigneur, certain. Après la débâcle d'Uras devant Mitralianos, l'armée de Kasdalar s'est reconstituée rapidement. À ce que je sais, le sorcier Traghard est gardien du trône aujourd'hui. Kalas Elonis agit selon ses ordres.

Cette nouvelle jeta un froid palpable dans l'assistance.

— Nous sommes fichus ! se lamenta le roi nyssalien. Jamais les armées nyssaliennes – même réunies – ne pourront résister, d'autant plus que le culte de Vulcania attaque déjà par le nord semble-t-il.

— Monseigneur, répondit l'archer, la raison me paraît simple : le culte de Vulcania a pris possession du royaume de Kasdalar. Vous n'êtes pas sans savoir qu'il domine déjà la Cassandrie. Ils cherchent à encercler l'empire théranien pour mieux l'attaquer ensuite. C'est la seule nation qui peut leur résister et le dernier obstacle à leur rêve. Nous sommes encerclés à notre tour. Ils veulent attaquer l'empire là où il ne s'y attend pas. Traghard ne commettra pas l'erreur d'Uras.

— Très bien, répondit alors Antonio Rimez avec autorité, rassemblez mes capitaines dans l'instant ! Il est temps d'agir ! Convoquez également l'isard blanc, le comte Gérald et la jeune Lynn. Nous allons prendre également des décisions au sujet de leurs affaires. Je crains hélas que tout ceci ne soit lié…

Tous acquiescèrent.

Le conseil fut réuni à la hâte. Tous étaient maintenant installés autour d'une table que présidaient les deux rois. Lynn, Gérald et Rawg étaient présents, ainsi que les capitaines nyssaliens et les proches du roi tels que Ricardo Ramenez. En tant que capitaines du roi Oswald Kalissen, Burgald Ederning et Malver Laersen avaient également été conviés.

Antonio Rimez entama sans attendre le débat.

— Messieurs, je n'irai pas par quatre chemins, car l'heure est grave : la guerre arrive sur nos terres. J'ai déjà longuement réfléchi et je me suis rendu à l'évidence qu'il était impossible de nous sortir seuls d'une telle situation. Au nord, le culte de Vulcania, présent en grand nombre sur les terres cassandriennes, attaque nos armées par l'intermédiaire de compagnies d'écorcheurs. À l'est, les légions de Kasdalar avancent et semblent sur le point d'entrer sur les territoires libres de la ligue de défense. Que sont-ils venus chercher ? Nous ne le savons pas encore... Quoi qu'il en soit, le danger premier vient des armées de l'Est, car aux dernières nouvelles, les défenses du Nord et de Cagliari tiennent encore bon. Je prends donc la décision d'envoyer des messagers aux quatre coins des royaumes nyssaliens pour y rassembler le conseil de la ligue. Nous pourrons peut-être les dissuader de passer par nos cités. Dans le même temps, j'enverrai une délégation vers Mitralianos pour prévenir l'empire théranien du danger qu'il encourt et lui demander de l'aide. Il ne faut pas se voiler la face : elle est la dernière nation pouvant stopper cette invasion et nous sauver de la menace du culte de Vulcania. L'empire se doit d'intervenir, pour son propre intérêt…

— Oui, l'empereur est déjà parvenu à rassembler une armée de plus de cent mille hommes devant Mitralianos pour défendre la cité, se souvint Burgald. Si l'empire parvient à rééditer cet exploit, les trois légions de Kasdalar ne feront pas le poids.

Oswald Kalissen prit la parole pour soulever un problème.

— Mon ami, vous ne pouvez demander de l'aide à l'empire, celui-ci est gouverné par un tyran, et je crains malheureusement que Charles Bordemer ne soit de mèche avec le culte de Vulcania. C'est l'unique raison, selon moi, pour laquelle il s'est lâchement attaqué à notre peuple. Pour moi, l'empire est déjà perdu.

— Je me permets de prendre la parole, intervint Rawg avec son calme habituel. Ce n'est plus lui qui gouverne l'empire. Charles de Cassandrie est mort de mes propres mains. L'armée qui a détruit Marsigliano s'est aujourd'hui disloquée. Il n'en reste que quelques compagnies d'écorcheurs obéissant aux ordres d'un condottiere nommé Koursk Angel…

— Oui, souligna Malver avec sagesse, et si l'empire était vraiment sous le joug du culte de Vulcania, cette invasion n'aurait sans doute pas lieu d'être…

— Cela change tout, déclara le roi montagnard revigoré par ce nouvel espoir. C'est donc la princesse Alicia Hannigen qui devient la gardienne du trône. Je l'ai déjà rencontrée il y a quelques années de cela. Elle viendra à notre secours, c'est certain !

— Seulement, peut-elle encore rassembler une armée ? interrogea Malver Laersen.

— Beaucoup de seigneurs n'ont pas pris part à la guerre contre les Montagnards, assura Rawg, et elle a le soutien de sa famille qui gouverne le nord de l'empire. Il faudra néanmoins du temps pour rassembler cette armée…

— Et du temps, nous n'en avons pas, souffla Antonio Rimez.

Gérald intervint à son tour.

— Pourquoi ne demandez-vous pas de l'aide à la Cassandrie ? Nos chevaliers pourront mettre en fuite n'importe quelle armée. Je ne pense pas que le roi Philippe, mon oncle, soit un disciple de Vulcania.

— Il n'a pourtant rien pu faire contre la domination de l'ordre de Vulcania sur ses propres terres, fit remarquer Burgald avec mépris. Les Nyssaliens se battent à la frontière, et d'après la patrouille qui vous a escortés jusqu'ici, aucune troupe n'est venue à leur secours. Je crois même savoir que le culte de Vulcania est depuis longtemps ancré dans les terres de votre roi. N'est-ce pas lui qui a éduqué votre propre cousin Charles ?

Le jeune homme sortit de ses gonds.

— Peut-être, mais à ce jour, cet ordre était non pas l'envahisseur mais l'allié de notre royaume, qui parvenait à renflouer nos caisses. Il n'était en aucun cas un danger ; un investisseur, tout au plus. Maintenant que c'est le cas, mon oncle saura réagir, croyez-moi. Laissez-lui seulement le temps de le faire !

— Ce temps, nous ne l'avons pas, fit remarquer Malver Laersen.

— De toute façon, ajouta Antonio Rimez, les Cassandriens n'ont cure de tout ce qui se passe hors de leurs frontières. Malgré le respect que je vous dois, seigneur Gérald de Franchort, on ne peut pas compter sur eux.

— Je crains hélas que le roi Philippe ne soit aussi un allié du culte de Vulcania, reprit Oswald Kalissen. Il ne pourra jamais se retourner contre ceux qui lui ont permis de garder sa couronne.

— Mais pourquoi ferait-il cela ? s'indigna Gérald. C'est absurde ! Je veux bien admettre que mon cousin était un fou – moi-même, je l'ai toujours dit –, mais pas mon oncle ; ça, je ne peux pas le croire…

— Il doit sans doute y trouver des intérêts, lança un capitaine nyssalien. Je vous rappelle que Charles, son fils, était un fervent adepte de ce culte. Alors pourquoi pas son père ?

— Dans ce cas, fit un autre capitaine, pourquoi ne pas en faire autant ? Pourquoi ne pas s'allier avec ce culte ? Les royaumes de Cassandrie et de Kasdalar sont en bons termes avec le culte de Vulcania, et ils semblent se porter à merveille. N'est-ce pas, Ricardo ?

L'archer resta silencieux, car il ne pouvait approuver cette éventualité. Cependant, il ne pouvait nier le fait que ces deux royaumes se portaient à merveille grâce à la richesse apportée par ce culte.

— C'est exact, ajouta le capitaine Regez. Aux dernières nouvelles, Philippe Bordemer gouverne toujours son royaume. Il en sera sans doute de même pour nous si nous signons la paix. La question est : le culte de Vulcania est-il vraiment un ennemi ?

Cela ne fut pas du goût du roi de Vinaledad.

— La Cassandrie est devenue faible. C'est le culte de Vulcania qui la gouverne et non le roi, s'insurgea-t-il. Moi, je refuse d'abdiquer et de me soumettre à une croyance différente de mes convictions. Ce n'est pas qu'une affaire de domination mais aussi de religion. Je préfère encore largement me soumettre à l'empire théranien et pouvoir ainsi continuer à vénérer Émania plutôt que de devoir me plier à un culte qui prône la destruction.

— Moi aussi, Monseigneur, s'empressa de dire Regez, pardonnez mes paroles inconsidérées.

Le roi nyssalien fit comme s'il n'avait rien entendu.

— Alicia Hannigen est la seule qui peut encore rassembler une armée rivalisant en nombre et en force avec celle de nos ennemis. Nous pouvons encore être sauvés, quitte à ce que l'empire devienne suzerain de toutes les cités nyssaliennes.

— C'est d'ailleurs pour le contrôle de ces cités que l'empire théranien et le royaume de Kasdalar se sont toujours fait la guerre, précisa Malver Laersen. Mais je doute sincèrement que la ligue accepte cette décision…

Burgald posa un autre problème.

— Il y a peu, l'empire, par l'intermédiaire de Charles de Cassandrie, était sous le joug du culte de Vulcania. Qui vous dit que ce n'est pas encore le cas ? La mort de Charles n'a peut-être rien changé. Le haut conseil n'est pas à négliger… et puis cette armée n'est peut-être pas rassemblée contre l'empire, mais contre nous, tout simplement, les derniers peuples libres d'Émania.

— J'espère sincèrement que tu as tort, souffla Antonio Rimez. Il faudra nous en rendre compte par nous-mêmes.

— Et les isards ? intervint Rawg. Ils peuvent être de précieux alliés…

Rimez laissa passer un court silence. Il regarda Rawg dans les yeux, lui témoignant ainsi son profond respect.

— Je n'ai rien contre vous, mon ami, mais je crains que vous ne soyez trop peu nombreux pour changer la donne. Bien sûr, votre aide sera la bienvenue.

— Nous avons perdu bon nombre de nos frères durant la guerre, lui rappela amèrement Malver.

Rawg resta impassible.

— Passons, intervint le capitaine Regez, qu'allons-nous offrir en échange de l'aide de l'empire ? Car pour mobiliser une armée pour nous secourir, il doit y trouver un intérêt !

— Croyez-moi, l'empire trouvera son intérêt en nous venant en aide, et nous aussi, répondit le roi. S'il implante ses armées sur nos terres, nous n'aurons plus à craindre les attaques incessantes de brigands. Le commerce sera fructueux et il en profitera allègrement en ayant un contrôle partiel des échanges maritimes au niveau des ports.

— Oui, mon roi, confirma Ricardo Ramenez, nous avons tout à y gagner.

— Bien, mais qui envoyer à Mitralianos ? demanda Regez. Qui sera notre messager ?

— Mon choix est déjà fait, déclara solennellement Antonio Rimez. J'ai eu le temps de réfléchir à cela. Il nous faut un ambassadeur digne de ce nom pour faire valoir nos droits auprès de l'empire. Ainsi, j'ai nommé Ricardo Ramenez, un homme digne de confiance, chef de l'expédition. Je suis navré que tu ne puisses te reposer davantage, ajouta le roi en se tournant vers le principal intéressé, mais il faut faire vite. J'espère que tu peux le comprendre…

L'archer acquiesça d'un signe respectueux de la tête. Il était déjà déterminé à mener cette mission à bien.

Oswald Kalissen prit alors la parole.

— Il nous faut également un ambassadeur montagnard, car nous aussi, nous sommes mêlés à cette histoire.

— Effectivement, le capitaine Burgald Ederning fera partie de l'ambassade.

Ce dernier regarda Ramenez, ils se saluèrent respectueusement.

— Il serait sage de ne pas envoyer trop de monde dans cette délégation, précisa Malver, sinon, elle se ferait trop rapidement repérer et attaquer. Il faut un groupe discret pour passer entre les mailles du filet d'un ennemi présent entre ici et Mitralianos.

— Monseigneur..., fit Rawg, rompant ainsi le silence qui s'était installé.

— Je ne vous ai pas oublié, mon ami, répondit le roi. Vous ferez donc partie du détachement avec la jeune Lynn. Ce que vous m'avez raconté l'autre jour me paraît tout aussi important que cette guerre, et lié surtout. Cependant, je doute qu'aller à Karaz-kaz en ce moment soit une riche idée.

Le roi se retourna vers Ricardo Ramenez pour que ce dernier apporte lui-même plus de précision à l'isard blanc.

— La passe de Karaz-kaz est sujette à de grandes tensions qui durent depuis des années. Il y a des troupes partout. Moi-même, je n'ai pas osé m'en approcher. Il est hors de question que nous le fassions sans une escorte digne de ce nom.

— Tu veux parler d'une armée impériale, n'est-ce pas ? demanda Rawg.

L'archer acquiesça. Ils s'étaient compris.

L'isard blanc fit un signe de la tête pour remercier le roi d'avoir pris son affaire en considération. Cependant, ce contretemps le contrariait grandement. Néanmoins, il se garda de le montrer.

— De quoi s'agit-il ? interrogea soudain Gérald. De quelle affaire parlez-vous ?

— Malgré tout le respect qui vous est dû, vous n'avez pas à le savoir, comte de Franchort. Cela ne vous concerne aucunement…

— J'y tiens pourtant, insista le jeune homme. Je vous rappelle que je suis sur le même bateau que vous. Nous avons le même ennemi. Si vous avez un secret et que vous mourez, qui pourra reprendre le flambeau de votre mission ?

— N'ayez aucune inquiétude à ce sujet, je ne mourrai pas, assura Rawg.

Gérald ne répondit rien. Tenter de parler davantage avec lui n'aboutirait à rien, visiblement. Il se retourna vers Lynn, muette depuis le début du conseil. Celle-ci était assise à ses côtés et l'idée de ce long périple ne lui plaisait guère, d'autant qu'elle pensait ne pouvoir rien y apporter de bénéfique.

— De quoi s'agit-il ? demanda Gérald à voix basse en se penchant vers la jeune fille.

Lynn regarda l'isard avant de répondre. Le regard de ce dernier lui fit comprendre qu'elle ne devait rien révéler. Elle lui obéit sans sourciller. Elle n'avait de toute manière pas l'intention d'ouvrir la bouche, et son avis ne semblait pas avoir d'importance ici. Elle avait la désagréable impression de n'être qu'un vulgaire pion que l'on déplaçait à l'envi. Ce manque de considération la blessait quelque part.

Gérald lui prit tendrement la main. Il était désireux de tout savoir.

— Lynn, vous devez me faire confiance, murmura-t-il d'un ton mielleux.

La jeune fille retira brusquement sa main en lui lançant un regard froid, elle n'était pas dupe. Gérald le comprit aussitôt et n'insista pas davantage.

Ricardo Ramenez avait pris la parole pour apporter des informations plus techniques.

— Les montagnes du Sud sont déjà occupées par nos ennemis. Il nous faudra passer par les montagnes grises... et longer la forêt de Lafloral. Nous n'avons pas le choix…

Ce nom fit frissonner toute l'assemblée.

— Devrons-nous y pénétrer ? fit Lynn d'une petite voix.

— Non, la rassura l'archer. Bien sûr, cela nous ferait gagner beaucoup de temps, mais je sais ce qui y vit, et pour rien au monde je n'y mettrai les pieds.

Tous approuvèrent.

— Si vous le pouvez, reprit Antonio Rimez, descendez les versants pour pénétrer en Cassandrie. Il faut nous rendre compte de ce qu'il se passe réellement au nord de nos terres. Vous devrez également en informer l'empire.

— Ce sera fait, certifia Ricardo.

Le roi tourna la tête et s'adressa personnellement à Gérald :

— Pour terminer, dit-il d'un ton solennel, étant donné que vous êtes vous-même pourchassé par le culte de Vulcania, seigneur de Franchort, je ne suis malheureusement pas désireux de vous voir rester plus longtemps dans ma cité. Croyez bien que j'en suis navré, mais je ne pourrai vous protéger si les hordes de Vulcania franchissent les portes de ma ville.

— Mais où vais-je aller ? se lamenta aussitôt le jeune homme.

— Je pense que le mieux pour vous serait de demander protection à l'empire en personne. En d'autres termes, je vous conseille grandement d'accompagner, vous et votre garde du corps, mon ambassade.

Gérald grimaça, comprenant qu'il n'avait pas vraiment le choix. Il émit cependant une réserve :

— Si je dois participer à cette mission, j'exige de connaître le secret que vous me cachez tous. Pourquoi se rendre à Karaz-kaz ?

Un lourd silence s'installa au sein du conseil, il fut brisé par l'isard blanc.

— Vous le saurez en temps voulu. Mais pour l'instant, tant que nous ne serons pas partis, inutile de vous embêter avec ça. Et puis de toute façon, si tout se passe bien, vous n'aurez pas à vous rendre au temple...

— Et pourquoi donc ? répondit le jeune homme, les lèvres pincées.

— Car comme je vous l'ai déjà dit, cette affaire ne vous concerne pas.

— Pas de question ? reprit sans attendre Antonio Rimez. Dans ce cas, que la chance soit avec vous ! Profitez bien de cette dernière nuit au calme, car vous partirez demain dès l'aube !

Gérald quitta la salle en rageant intérieurement, avec le sentiment d'être laissé de côté par les autres membres du groupe. Il décida d'aller apaiser son humeur dans un bain. Engar le suivait comme son ombre.

Rawg retrouva Ricardo. Avec Burgald, ils se réunirent aussitôt pour étudier un passage plus adapté aux montures qu'il faudrait ménager.

— Mon ami, fit Ricardo à l'isard, je crois me souvenir que tu es désireux de revoir un vieil ami à toi, n'est-ce pas ?

Rawg resta perplexe.

— Juan Magienez, précisa l'archer.

— Exact, mais je crains de ne jamais le revoir. Sans doute est-il mort, comme tous mes autres compagnons, d'ailleurs...

— Tu as tort, lui apprit le Nyssalien, car il est revenu, depuis longtemps. Quand tu m'as parlé de lui, j'ai tout de suite pensé à un vieil homme qui vit dans une maison, à la croisée des routes du Nord-Est. Je ne connaissais pas son nom, mais avant que je parte pour l'est, il ne cessait de me raconter ses voyages, dont un qui devait le conduire vers Jaspalès, justement. Nous avons de la chance, notre voyage nous conduira non loin de chez lui... Je l'ai déjà fait prévenir de ton arrivée.

— Merci, répondit Rawg visiblement très ému, tu es un vrai ami.

Après un instant, ils se replongèrent dans les cartes. Il leur fallait trouver l'endroit adéquat pour pénétrer en Cassandrie sans se détourner de leur périple. Ce royaume était très vaste, mais le groupe ne devait en traverser qu'une infime partie. Après le passage des fameuses montagnes grises – frontières entre la Cassandrie et l'empire théranien, et refuge des grands aigles pacifiques –, ils rejoindraient la terre de l'empire. Si tout allait bien, en moins d'un mois, ils pourraient atteindre la ville de lumière.

— Bien, souffla Burgald, il n'y a plus qu'à espérer que nous ne rencontrions pas trop d'hostilités.

— Je suis bien pessimiste à ce sujet, répondit Rawg. Le culte de Vulcania ne nous laissera pas en paix. Et puis, je redoute déjà d'avoir à longer cette maudite forêt de Lafloral. La sorcière peut nous jouer de mauvais tours.

— C'est vrai, souligna Ricardo Ramenez, mais bon, ce n'est qu'un danger supplémentaire parmi tant d'autres. De toute façon, je doute fort que nous puissions un jour rentrer chez nous.

Ses deux compagnons le regardèrent, dubitatifs.

— Je veux dire, à Vinaledad. Les légions de Kasdalar y seront avant un quelconque renfort de l'empire. Et cela, mon roi le sait déjà. Il espère seulement que l'empire acceptera de venir le libérer de nos ennemis.

L'archer laissa passer un silence.

— Au fait, je n'ai pas voulu insister devant le Cassandrien, mais quelle est votre petite affaire ? reprit-il. C'est le temple scellé qui vous intéresse, n'est-ce pas ? Que renferme-t-il ?

— Des réponses, je l'espère, confessa brièvement Rawg.

— Mais je croyais que seul l'héritier d'Émania pouvait en ouvrir les portes ? insista Ricardo. Du moins, c'est ce que dit la légende.

Burgald et Rawg se regardèrent avec étonnement. L'archer en savait déjà beaucoup.

— Ce n'est pas aussi simple que cela. L'héritier porte une larme qui est une clé, mais ce n'est pas la clé du temple. Je le sais, Boback Svenguard est déjà entré à l'intérieur. Je connais un passage. C'est aussi pour cela que je n'ai pas parlé, sachant que nous n'allions pas tout de suite au temple, indiqua Rawg. Il nous faudra également le retrouver. Malheureusement, je n'ai aucune idée de l'endroit où il se trouve aujourd'hui. Je sais simplement qui il est.

— Moi aussi, déclara Ricardo, il s'agit de Khulem Marienthal, le fils d'Uras le pillard et de Florence de Rouxine.

— Exact, confirma l'isard blanc, un peu surpris. Seulement, je ne sais pas à quoi il ressemble, et ni même s'il est encore en vie aujourd'hui.

— Moi, je sais à quoi il ressemble, souligna l'archer. Et je peux même vous dire qu'il était encore en vie il y a moins d'un an. Je l'ai rencontré à Edenbridge. Je n'ai plus de nouvelles depuis, si ce n'est celle du meurtre qu'il a commis.

— Cela ne fait pas nos affaires, souffla Burgald avec défaitisme.

— Comme tu dis. Mais bref, rien n'est sûr. Entre nous, que comptez-vous réellement trouver à l'intérieur de ce temple ?

— D'après moi, souffla Rawg, nous pourrions y trouver le moyen de mettre un terme à la puissance de Vulcania. Mettre fin à cette guerre et à cette menace constante !

— Rien que ça ! s'écria l'archer. Soit ! Je n'y crois pas vraiment, mais l'espoir fait vivre, n'est-ce pas ?
— Allons donc nous préparer, se contenta de répondre l'isard avant de s'éclipser.

Chapitre 8

Dès l'aube, Rawg se présenta devant les portes ouvertes de Vinaledad. Il y attendit patiemment ses compagnons de voyage. Fidèle à son habitude, il n'avait pas fermé l'œil de la nuit, se remémorant sans cesse l'étendue de sa mission, ainsi que tous les dangers qu'ils allaient être amenés à rencontrer. C'était à lui que revenait la lourde responsabilité de protéger tous les membres de l'ambassade, et plus particulièrement Lynn. La jeune fille n'était visiblement pas encore prête à assumer son destin et l'exposer aux risques de leur périple le perturbait grandement.

Burgald fut le premier à rejoindre l'isard blanc au point de ralliement. Les rênes de sa monture fermement tenues par sa main droite, il portait un lourd sac sur le dos. Le visage concentré, le vieil homme était fin prêt pour le départ.

— Qu'amènes-tu avec toi, mon ami ? demanda Rawg par simple curiosité, lui qui n'était encombré que par ses armes.

— Des rations, et surtout des manteaux pour Lynn et moi, lui répondit le vieux capitaine. Nous avons des montagnes à franchir. Il faut se montrer prévoyant.

L'isard blanc approuva cette précaution.

— C'est vrai que vous, les hommes, êtes bien frileux, se moqua-t-il gentiment.

Il parvint à arracher un sourire au capitaine qui fut cependant rapidement contrarié de voir qu'aucun des autres membres du groupe n'était encore arrivé.

— Bon sang, mais que font-ils ? marmonna-t-il pour exprimer son impatience.

Même s'il ne voulait pas le montrer, lui aussi était anxieux à l'idée d'entamer ce dangereux périple. L'attente le rendait presque exécrable, mais il n'eut guère le temps d'être médisant.

Lynn apparut devant leurs yeux ébahis. Ils eurent d'ailleurs grande peine à la reconnaître. Pour la première fois de sa vie, elle avait troqué ses robes montagnardes pour une tenue plus adéquate pour ce genre de voyage. Le pantalon qu'elle portait dorénavant lui permettrait de toute évidence une meilleure liberté de mouvement. Bien que surprenante, cette tenue n'enlevait rien à sa féminité. Au contraire, elle moulait les courbes de son corps, contrairement aux robes qu'elle mettait habituellement. C'était une tout autre jeune femme qui se présentait à eux, plus fidèle à leurs critères guerriers. Elle avait attaché ses cheveux, dégageant ainsi son visage. Elle s'arrêta juste devant eux en posant ses mains sur les hanches avec fierté. La mine déroutée de ses compagnons suffit à la satisfaire. Ils ne s'attendaient pas à un tel changement de sa part. Étrangement, l'enjeu ne semblait plus lui faire peur. Elle paraissait même la plus impatiente, maintenant.

La foule commençait à s'amasser autour des trois compagnons. Gérald et Engar les rejoignirent, suivis par de plus en plus de curieux. Le jeune homme amenait avec lui de nombreux bagages que portait le colosse nordique. Il s'agissait de diverses tenues sans doute, bien plus qu'il n'en fallait, et dont la plupart s'avéreraient inutiles. Ceci fit sourire Rawg et Burgald qui n'avaient guère une haute opinion de ce seigneur.

Le jeune noble les regarda avec dédain et se tint un peu à l'écart d'eux. Il était soucieux et la présence de Lynn à ses côtés n'y changeait rien. Il n'avait pas choisi de les accompagner au départ, ni d'aller affronter autant de dangers parmi des territoires qu'il ne connaissait que dans les livres. Mais comme il ne se savait en sécurité nulle part, il jugeait qu'il n'avait plus le choix au final, seul l'empire pouvait lui offrir une protection efficace.

Ricardo Ramenez fut le dernier à se joindre au groupe, accompagné de deux femmes avec qui il venait sans doute de passer la nuit. Il les embrassa une dernière fois. Charmeur à souhait, Ricardo avait cette réputation de collectionner les amantes. Derrière lui arrivèrent les deux rois encadrés par une escorte. La foule les acclama, puis se prosterna à leur passage, mais ces derniers gardaient leur attention focalisée sur le groupe en qui ils nourrissaient de grands espoirs. Ricardo Ramenez portait sur lui un simple sac en bandoulière et son arc. Il se saisit des brides de quatre chevaux, le sien et respectivement ceux destinés à Lynn, Gérald et Engar. Burgald avait déjà le sien et Rawg n'en avait pas besoin.

Antonio Rimez prit alors la parole :

— L'avenir de notre peuple et de tous les hommes fidèles à Émania repose sur vous, mes amis. Pensez-y et gardez en mémoire les gens pour qui vous menez cette quête… Qu'Émania soit avec vous, et puisse-t-elle vous accompagner et vous protéger jusqu'à Mitralianos !

Tous acquiescèrent avec respect et détermination.

Les six aventuriers partirent enfin sous les encouragements de la foule, mais le cœur lourd de grandes responsabilités.

La bonne humeur de Lynn en ce bon matin apportait cependant un peu de gaieté parmi ses compagnons. Elle-même n'avait pas de réponse concrète à apporter à cet entrain. Elle s'était levée tout simplement dans cet état d'esprit et comptait bien le garder le plus longtemps possible.

Secrètement, Rawg craignait que Gérald en soit la cause. Il avait remarqué les regards furtifs que les deux jeunes gens se lançaient depuis le début de la matinée. Ils indiquaient une évidente complicité qu'étrangement ils tentaient de masquer. Cependant, l'attitude un peu distante du jeune homme le laissait perplexe. Il lui était impossible de savoir s'ils avaient passé cette dernière nuit ensemble. Il espérait de tout cœur que non, il aurait trouvé indécent de voir la jeune fille remplacer si vite l'homme pour qui elle avait tant pleuré. Il ne voulut pas y songer davantage.

Au bout du deuxième jour de voyage, le paysage offrit au groupe une splendide vue sur l'horizon dessinée par les montagnes frontalières du Nord. Dans le ciel, des points noirs formaient des ballets entre les sommets et ne manquèrent pas d'attirer l'attention de la seule fille du groupe.

— Ces animaux doivent être énormes pour que nous puissions les voir d'ici ! s'exclama-t-elle avec enthousiasme. De quoi s'agit-il, selon vous ?

— Ce ne sont pas des dragons, si c'est ça que tu veux savoir, répondit aussitôt Ricardo.

Lynn fut déçue. Elle aurait tant aimé en voir un en chair et en os. Malheureusement, elle les savait tous exilés dans les lointaines terres de l'Est, et parfois même bien au-delà d'un océan encore trop peu exploré par l'homme.

— Ce sont nos grands aigles, expliqua finalement Burgald en s'adressant directement à la jeune fille. Ils survolent sans arrêt les montagnes et nous protègent de tous les dangers. Dis-toi que tant que tu en vois, nous sommes en sécurité.

Elle se rappela en avoir déjà aperçu quelques-uns lors de son périple qui l'avait menée à Marsigliano. Malheureusement, les conditions tragiques qui l'avaient conduite dans la capitale montagnarde ne lui avaient pas permis d'apprécier leurs vols gracieux à leur juste valeur. Maintenant que l'occasion lui était donnée, elle ne s'en privait pas.

Gérald trouvait le temps long et la monotonie du voyage était accentuée par le silence que tous observaient. La vue des aigles lui rappela une vieille légende cassandrienne qu'il avait maintes fois lue. Il se décida à la partager avec les autres, sans leur demander leur avis.

— Paraît-il qu'il existe une race d'animal fabuleux vivant dans les montagnes du sud-est de la Cassandrie.

Les membres du groupe ne répondirent pas. Lynn y vit un moyen très habile de voir le temps passer plus rapidement.

— De quel animal s'agit-il ? demanda-t-elle.

— La région du sud de la Cassandrie garde en elle de nombreuses légendes, Lynn, mais celle que je préfère est celle des aériennes. En avez-vous déjà entendu parler ?

Elle lui fit un signe négatif de la tête.

— Les aériennes sont des femmes ailées. Leur intelligence et leur ruse dépassent de loin celles des créatures ordinaires. Certains disent même qu'elles sont dotées de la parole. Leur corps est blanc et étincelant comme la neige et leurs ailes sont larges avec de longues plumes élégantes. Elles seraient si séduisantes qu'aucun homme ne pourrait résister à leur charme.

La jeune fille leva les yeux dans l'espoir d'en voir une se dessiner dans le ciel.

— Vous n'en verrez pas ici ! précisa le jeune homme en laissant échapper un petit rire.

— Et où peut-on en voir ?

— Je ne sais pas. D'après la légende, elles ne se montrent jamais à la vue d'un groupe. Seuls les voyageurs isolés ont cette chance. Certains disent que ce seraient les espionnes des Calisards, venues se rendre compte de nos agissements. Pour ma part, je n'en ai jamais vu. Mais j'ai lu des ouvrages remplis de témoignages disant qu'elles apparaissent parfois, venant de la mer, pour se poser quelques instants sur les plus hauts sommets des montagnes côtières. Elles y observent le monde, et peut-être même le protège…

— Balivernes ! intervint Ricardo sans se retourner. Ces aériennes ne sont pas du tout comme vous les décrivez. Ce sont des créatures issues de l'imagination et des rêves des marins. Je crois que vous les confondez avec les faucheuses, des créatures démoniaques qui, elles, existent réellement.

— Que dites-vous ? s'indigna le jeune homme.

— Je dis que les aériennes n'existent pas dans le monde connu des hommes. Cette légende que vous racontez n'est issue que de témoignages rapportés par des marins nyssaliens ayant fait escale à Formurail. Ils auraient vu ce genre de créatures voler dans les airs, infiniment loin de nos côtes, vers l'ouest. Cela serait la preuve qu'il y a bel et bien une terre de l'autre côté de l'océan. Hélas, de cette terre, personne n'en est jamais revenu pour nous la faire découvrir. Ils ont un peu exagéré ce qu'ils ont vu pour rendre leur récit plus intéressant et plus beau. L'éloignement et la solitude – même collective – ont parfois tendance à nous faire créer des mirages.

— Épatant, ricana Gérald, et comment savez-vous tout cela ?

— Je voyage, jeune homme, je voyage… Dois-je vous rappeler que je reviens d'Edenbridge, notre dernier rempart avant le grand océan oriental ? Sachez seulement que du côté est, bien après Jaspalès, se trouvent les terres andraliennes sur lesquelles les dragons se sont réfugiés…

— Et ces faucheuses ? interrogea Lynn, visiblement très intéressée.

— Des monstres vivant sur ces fameuses terres andraliennes. Des prédateurs qui happent leurs victimes pour les emmener très haut dans le ciel. Elles les font ensuite retomber pour dévorer ce qui reste de leur carcasse écrasée. C'est beaucoup moins séduisant, n'est-ce pas ?

Lynn grimaça d'écœurement.

— Vous me semblez cependant connaître beaucoup de choses pour un simple spadassin, lui fit-elle remarquer. Qui êtes-vous réellement ?

Ce dernier ralentit le pas de sa monture dans le but de se faire rattraper par les deux jeunes gens. Une fois à leur hauteur, il se tourna vers la jeune fille, il avait bien compris que sa précédente intervention ne lui avait pas plu.

— Je ne suis qu'un voyageur, fit-il dans un sourire. Mais si tu le désires, Lynn, je peux à mon tour te parler d'un animal hors du commun, qui existe réellement, cette fois-ci. Connais-tu les chevaux de feu ?

— Non, qu'est-ce ?

— Eh bien, il s'agit d'une race de cheval vivant au sud des terres nyssaliennes, au bord des côtes de sable. Visiblement, ils sont semblables à des chevaux normaux, au détail près qu'ils sont légèrement plus robustes. Et pour faire simple, ces chevaux sont très rapides.

— Et c'est tout ? s'écria Gérald avec dédain. Cela n'a rien d'exceptionnel. Que vient faire le feu dans tout cela ?

— La légende raconte que les pattes de ces animaux s'enflamment lorsqu'ils atteignent une vitesse vertigineuse. Ils brûlent le sol qui devient plus rigide à leur passage, ce qui leur permet encore d'accélérer de plus belle. Cette particularité leur permet de galoper dans le sable sans s'y enfoncer.

— C'est ridicule ! Pourquoi ne pas parler d'oiseaux de feu, tant qu'on y est ? se moqua Gérald.

— Ils existent aussi, affirma l'archer. Il y en a beaucoup dans les montagnes du bord du monde, à la frontière des terres sauvages et du royaume de Kasdalar, autour de la montagne de flammes. La nuit, ils illuminent le ciel de leurs ballets incessants et grandioses. Mais pour beaucoup, leurs apparitions sont signes de mauvais présages.

— Pourtant, cela doit être magnifique, murmura Lynn.

— Oui, mais ce qui est magnifique est souvent dangereux.

La jeune fille lui adressa un petit sourire de complaisance avant de reprendre la parole.

— Parlons plutôt de ces chevaux. À quelle vitesse peuvent-ils courir ?

— La légende raconte qu'ils peuvent parcourir l'étendue des terres nyssaliennes en seulement deux jours, expliqua-t-il. Et ce n'est pas tout. Les chevaux de feu peuvent également s'embraser entièrement quand ils le jugent nécessaire, notamment pour se protéger. Ils sont très intelligents mais aussi très sauvages. Il est très difficile d'en capturer un. Par contre, si ce miracle se produit et qu'il choisit de se laisser approcher, il sera alors d'une fidélité à toute épreuve. À vrai dire, je suis partagé, car c'est mon rêve le plus fou d'en posséder un, mais en même temps, je devrai abandonner Illiac, ce que je n'envisage pas, même pour un tel cheval ou pour tout l'or du monde.

Il tapota sa monture avec complicité. La bonne humeur soudaine de l'archer nyssalien déteignit rapidement sur les autres membres du groupe. Au fil du temps, la conversation s'engagea parmi la petite troupe. Même Rawg en vint à parler de lui, ses voyages, ses rencontres et ses duels contre les différents monstres qui peuplaient ces terres. Ses dires éveillèrent la curiosité de chacun. L'isard blanc semblait ne rien craindre et pouvoir tout affronter, sans réserve, comme si l'éventualité de la mort n'avait aucune prise sur lui. Sa dernière blessure, il ne s'en souvenait même pas. Tous les mystères qui l'entouraient, comme sa capacité à ne pas avoir besoin de dormir ou son calme légendaire, étaient pour tous autant d'énigmes. Le plus curieux était sans conteste Ricardo Ramenez.

— Rawg, existe-t-il une chose ou une créature qui pourrait un jour te faire peur ? demanda-t-il en s'esclaffant.

— Oui, répondit brièvement l'isard d'un air sérieux.

— Et qu'est-ce donc ?

Tous tendirent alors l'oreille.

— Je ne tiens pas à en parler…

Le Nyssalien comprit immédiatement qu'il n'en dirait pas plus à ce sujet.

— N'y a-t-il donc rien qui t'ait un jour impressionné, au moins ? Tu as sans doute fait des rencontres qui ne t'ont pas laissé indifférent ?

Pour ne pas paraître distant, Rawg accepta de répondre à cette question. Il puisa dans ses souvenirs pour trouver une réponse qui les satisferait tous.

— Oui, c'est vrai, avoua-t-il finalement, j'ai été impressionné par les Minastis.

— Les Minastis ? s'écria Lynn, qu'est-ce que c'est ?

— Ce sont des créatures solitaires. Elles vous ressemblent, à la différence près qu'elles sont un peu plus petites. Et aussi, elles possèdent une longue queue qu'elles dissimulent souvent autour de leur taille ou autour de l'une de leurs jambes pour passer pour des humains. Elles y arrivent d'ailleurs fort bien…

— Bien, et en quoi cela t'impressionne ? intervint la jeune fille. Des créatures étranges comme celles-ci, je suis sûre qu'il y en a partout…

— Eh bien, pour la simple et bonne raison que ces petits êtres sont des chasseurs hors pair. Ils sont agiles, adroits avec les armes et possèdent nombre de facultés qui les rendent irrésistibles. Notamment, ils connaissent de nombreux langages, y compris celui des animaux. Parfois, je me suis même demandé si, comme les sacrisses, ils ne faisaient pas qu'un avec la nature.

— Il n'y en a plus beaucoup aujourd'hui, assura Ricardo.

— C'est vrai, acquiesça Rawg. Ils n'ont qu'un but dans la vie : trouver celui qui mettra fin à leurs jours. Ils se relèvent sans cesse des défis de plus en plus grands, dans le but ultime de trouver la mort la plus honorable qui soit. C'est pour cela que peu d'entre eux vivent vieux.

— Tu en as donc déjà rencontré un ? demanda Lynn qui portait un grand intérêt à cette conversation.

— J'en ai rencontré *une*, car c'était une femelle. Elle s'appelait Sierra. Elle était jeune et pourtant, c'était la meilleure guerrière que je n'ai jamais rencontrée. À mon avis, encore bien plus douée que moi ou qu'Ajaj. Une rencontre formidable. Elle pouvait vivre sur terre et dans l'eau et m'a sauvé la vie à maintes reprises. Je n'ai malheureusement pas pu en faire autant pour elle.

— Et qu'est-elle devenue ?

— Elle faisait aussi partie des magieniens, répondit-il d'une voix sourde.

Lynn baissa les yeux par respect pour cette créature qui avait sans doute connu le même sort tragique que la majorité des compagnons de l'isard blanc.

Le groupe mit onze journées entières pour atteindre les premiers versants des montagnes. Le relief était parsemé de sentiers accessibles aux chevaux. En tête, Ricardo guidait ses compagnons vers les passages les plus praticables. Bien que facile, la progression était très longue et monotone. La bonne humeur était retombée ces derniers jours. Tous étaient à nouveau écrasés par l'enjeu du voyage. De plus, c'était à partir de maintenant que les premiers dangers pouvaient faire leur apparition. Outre les entités improbables qui vivaient au sein de ces montagnes, la menace de Vulcania se faisait plus oppressante dans cette région déjà foulée par ses hordes de guerriers sanguinaires. Ils pouvaient encore être nombreux à se réfugier dans ces endroits isolés où l'absence de réelle civilisation demeurait propice à des lieux de rassemblements inquiétants. Tout ceci contrastait avec la beauté des paysages que le groupe traversait. D'innombrables fleurs jonchaient les versants et la végétation semblait régner en maître.

— La nature gagne toujours ! fit brusquement remarquer Lynn en bonne Montagnarde.

— Tu as raison, acquiesça Ricardo. Nous venons de pénétrer sur le mont Andrin, le plus mythique de tous.

La jeune fille fut ravie par cette nouvelle. Durant ses heureuses années auprès de Docker, elle avait beaucoup entendu parler de ce sanctuaire naturel, connu de tous les Montagnards. Il était empli de magie, aussi bonne que mauvaise, et restait célèbre pour être le centre de rassemblement des forces surnaturelles du monde d'Émania. Tous les plus grands magiciens y faisaient au moins un pèlerinage dans leur vie. Lynn réalisa qu'elle faisait le sien en ce moment même.

— Nous allons établir un campement ici, annonça l'archer quelques instants plus tard.

Tous se mirent ardemment à la tâche. Pendant ce temps, Lynn se détacha discrètement du groupe, poussée par une attirance qu'elle ne savait expliquer. Le plateau sur lequel elle se trouvait lui offrait une vue splendide sur les terres nyssaliennes. Quelque chose lui disait qu'elle les voyait sans doute pour la dernière fois. Elle savoura cet instant unique qui lui rappelait que rien n'était plus beau que lorsqu'il ne pouvait se répéter une seconde fois. La brise du soir soufflait dans ses cheveux, berçant les magnifiques fleurs qui l'entouraient.

Plus loin, au sud-est, une gigantesque armée menaçait les terres nyssaliennes. Mais cela n'avait en cet instant plus aucune importance. Lynn ferma les yeux pour mieux savourer l'odeur vivifiante que lui offrait la nature. Son instinct dicta ses gestes. Les bras tendus sur les côtés, elle se mit à tourner sur elle-même en riant de bonheur. Elle s'enivrait, comme si la montagne elle-même lui offrait sa force. Elle dansait et se sentait revivre. Elle était dans son élément, elle était montagnarde et elle en était très fière.

Le campement avait été monté. Rawg décida de partir chercher la jeune fille, d'autant que la nuit n'allait plus tarder. Il retrouva sans mal sa trace, elle se tenait debout au milieu d'un petit champ de fleurs, fixant l'horizon avec sa mine des mauvais jours. Il s'approcha d'elle doucement, redoutant déjà qu'elle n'ait perçu un malheur.

— Ça ne va pas, mon enfant ? murmura-t-il.

Il regarda devant lui et n'y vit rien de suspect. L'obscurité faisait lentement son œuvre. Peut-être ne faisait-elle qu'exprimer la déception de ne pas pouvoir profiter plus longtemps de cette merveilleuse vue. Elle ne répondit pas tout de suite, mais quand elle le fit, sa voix était lasse.

— Pourquoi le mont Andrin est-il si mythique ?

— C'est un symbole, Lynn, et les raisons sont aussi nombreuses que les cultes qui le vénèrent. Pourquoi ? Je l'ignore. Certains te diront que les Calisards ont béni cette montagne, d'autres qu'elle se situe en plein centre de l'empire spirituel d'Émania. Ce qu'il faut retenir, c'est qu'elle n'appartient à personne, à aucun territoire. C'est ici qu'Émania est entrée dans le cœur des gens en tant que dame nature. Regarde autour de toi, tout n'est que beauté, il n'y a qu'à contempler et observer la nature qui nous entoure, ce sont ces choses simples de la vie qui nous apportent force et vitalité. Le voilà, le caractère sacré que tout le monde partage. Certains disent même que si tu écoutes attentivement, tu l'entendras parler…

Lynn grimaça, et ce n'était pas parce qu'elle n'entendait rien.

— J'aurais aimé que Docker et Ajaj soient avec moi pour vivre cet instant, avoua-t-elle d'une petite voix. Ils me manquent tant tous les deux…

Rawg s'approcha encore un peu d'elle et lui tendit les bras pour l'inciter à le rejoindre. Elle le fit volontiers pour se réchauffer dans sa douce fourrure blanche. Le manteau qu'elle portait ne suffisait plus pour lui réchauffer le cœur.

— Ils ne manquent pas qu'à toi, mon enfant, murmura-t-il à son oreille.

Ils restèrent ainsi un long moment, les yeux perdus dans le vague puis lentement, ils se séparèrent et retournèrent au camp.

Un feu avait été allumé. Le temps qu'elle s'en approche, quelques frissons lui parcoururent le corps. Elle regarda Rawg avec étonnement, il ne semblait absolument pas touché par ce froid infernal. Il était d'ailleurs visiblement le seul. Ce soir-là, elle aurait volontiers échangé sa magie contre cette efficace protection.

— Tous les isards sont comme toi ? lui demanda-t-elle avec admiration.

— Que veux-tu dire ?

— Vous résistez tous aussi bien au froid ?

Rawg sourit pour masquer un frisson intérieur naissant, mais celui-ci n'était pas la conséquence du froid. Cette question lui rappela un douloureux souvenir de sa vie. Il répondit néanmoins avec honnêteté.

— Il est vrai que les isards résistent bien au froid, mais moi, je suis encore différent des autres. Disons simplement que je ne peux plus ressentir la sensation de froid. J'ai subi une transformation involontaire qui m'a fait devenir l'isard blanc que je suis aujourd'hui.

— Que t'est-il arrivé ? s'intéressa Ricardo.

— Tu es bien curieux, l'ami ! Sache seulement que le blanc n'est pas ma couleur naturelle, mais j'ai appris à vivre avec. Cela te suffit comme réponse ? De toute manière, je ne t'en dirai pas davantage… Pas pour le moment, ajouta-t-il avec plus de diplomatie.

Lynn lui sourit. Chacun avait le droit de garder ses secrets. Rawg n'avait pas envie de parler de ce sujet, c'était son droit.

Ils s'installèrent tous autour du feu pour manger. Les flammes se tordaient dans tous les sens, au gré du vent. Lynn tendit les bras pour se réchauffer les mains, puis se rapprocha au plus près du brasier pour mieux en ressentir la chaleur bienfaitrice. Cette première nuit montagnarde s'annonçait des plus paisibles.

— Au fait, intervint subitement Ricardo comme pour gâcher leur relative sérénité, nous sommes suivis !

— Comment ? s'étonna Burgald, mais depuis quand ?

— Cela fait trois soirs de suite que je vois un feu autre que le nôtre s'allumer au loin.

— Quelqu'un nous suit depuis Vinaledad, confirma Rawg. Mais il ne faut pas s'étonner, Lynn intéresse beaucoup de monde, aujourd'hui.

— Je doute qu'il s'agisse d'amis ! précisa l'archer.

— C'est probable, confirma l'isard.

— Il faudrait aller voir, proposa Burgald.

— Non, inutile, affirma Rawg. Je ne me risquerai pas à voyager de nuit dans cette montagne. Rappelez-vous que la nature peut nous considérer comme des intrus. Mais rassurez-vous, je suis fils de la nature et je vous protégerai ! Bon, il est temps pour vous de dormir, ne vous inquiétez pas, je veillerai toute la nuit.

Bien plus tard, alors que tous dormaient profondément, Rawg remarqua des yeux luisants qui les observaient dans l'obscurité. Des formes inquiétantes se laissèrent deviner autour d'eux. De tous ces voiles spectraux, aucun n'osa cependant se confronter à lui. Leurs chuchotements finirent par s'évanouir pour fuir celui qu'ils percevaient comme un danger. C'était dans ces instants incertains que l'isard blanc découvrait sa vraie nature. Il n'y avait que de cela dont il avait peur.

Chapitre 9

La traversée du mont Andrin ne répondit pas à toutes les espérances que Lynn avait fondées. Elle n'eut guère le temps de profiter de ses paysages enchanteurs et de la vue incomparable qui lui était offerte sur les étendues désertiques nyssaliennes.

Ce qu'il lui était désormais offert était pourtant loin de lui déplaire. Les confins des montagnes du Sud laissaient découvrir les trésors d'un monde inédit. Loin des terres civilisées, le groupe pénétrait maintenant en plein cœur de la nature, seulement traversée par un large sentier visiblement abandonné depuis fort longtemps. Il s'agissait d'une ancienne route commerciale qui avait été relativement animée, il fut un temps. À proximité de quatre frontières, elle était auparavant le point de passage de nombreux marchands, avant que la nature finisse par reprendre ses droits sur le commerce. La végétation avait poussé abondamment depuis, rendant certains endroits impraticables pour les chariots. Les chevaux seuls pouvaient encore passer et les rares souvenirs que gardait Ricardo Ramenez de cette route lui étaient bien utiles. Par moment, il était difficile de rester sur sa monture, et il devait progresser à pied. Mais en règle générale, leur progression ne fut pas trop retardée.

Les animaux, présents en grand nombre autour d'eux, ne se souciaient guère de ces intrus. Ils leur laissaient le passage libre. Tant que les oiseaux sifflaient et restaient perchés sur les branches des arbres, aucune menace immédiate n'était à redouter. C'était ce que surveillait Rawg à longueur de temps. Constamment sur le qui-vive, il se tenait prêt à réagir à la moindre fuite des volatiles. Il était le seul à prendre cette précaution, car les autres n'avaient de cesse de plonger leur regard à travers les quelques trouées laissées par le dense feuillage des arbres.

Ricardo guidait la petite troupe en silence. Soudain, il bifurqua, s'engageant sur un sentier qui descendait le long du versant.

— Sommes-nous toujours sur les terres nyssaliennes ? interrogea Lynn.

— Non, répondit leur guide, cet endroit précis n'appartient à personne. Au sud, c'est la terre qui m'est chère, à l'est se trouve celle qui t'est chère, Lynn. Au nord, c'est l'empire, et à l'ouest, c'est la Cassandrie, notre prochaine étape…

— Mais si je ne m'abuse, déclara Rawg, nous nous dirigeons maintenant vers le sud…

— C'est exact, déclara le Nyssalien, nous faisons un petit détour. Rien de long, rassurez-vous. La nuit va tomber dans quelques heures et il nous faut trouver un endroit sûr et tranquille pour dormir.

Il les mena vers une petite vallée verdoyante, un endroit idéal pour vivre isolé du reste du monde. Le sentier se rétrécit petit à petit pour disparaître progressivement et finalement laisser place à la végétation. Ricardo leva alors la main, immobilisant la petite file qui s'était créée derrière lui. Se levant au maximum sur son cheval, il porta son regard dans plusieurs directions. Après un court instant, il sourit de satisfaction. Visiblement, il venait de trouver ce qu'il cherchait.

— Qu'y a-t-il ? interrogea l'isard blanc.

— Nous sommes arrivés, répondit leur guide.

D'un coup de talon, il fit repartir sa monture. Après une brève marche, il stoppa à nouveau et pointa un doigt droit devant lui. Tapie dans l'ombre, une cabane rudimentaire se laissait deviner, une fine fumée s'échappant de la cheminée. Ricardo se tourna vers l'isard blanc.

— C'est ici que vit Juan Magienez. Fais ce que tu dois faire ! Nous t'attendons, l'ami !

Rawg fut ému. Il regarda la petite maison, n'osant y croire. L'archer avait tenu sa promesse. Jamais il n'avait été aussi près de revoir son vieil ami. Le vieux marin était mourant, il n'y avait donc plus de temps à perdre.

L'isard fit signe à ses compagnons laissés derrière lui de l'attendre. Chacun obéit, respectant son silence, sauf un.

— Qui est-ce ? demanda Gérald.

Rawg partit sans répondre. Vexé, le jeune homme s'adressa cette fois au Nyssalien en haussant d'un ton.

— Qui est-ce ?

— Il va juste dire au revoir à un vieil ami, répondit tranquillement Ricardo en regardant l'isard blanc s'engouffrer dans la maison.

Le cœur lourd, Rawg découvrit l'univers dans lequel s'était réfugié l'ancien mercenaire. Nul doute qu'il n'avait pas choisi de vivre ses derniers jours loin de tout et abandonné. Son dernier voyage avait été pourtant des plus grands et innovateurs, mais à son retour ne l'avaient attendu que dédain et surtout des dettes qu'il n'avait pas été en mesure de payer. Peu importait aux gens de savoir qu'il avait traversé la mer de l'Est et ramené avec lui les témoignages qu'une vie existait par-delà les lointains rivages de Jaspalès car ils le prirent pour un fabulateur. Dépossédé de ses biens, il fut banni de ses propres terres. Ce ne fut que bien longtemps après qu'il démasqua un complot qui en réalité visait à le punir d'avoir collaboré avec le prince de Kasdalar durant leur séjour commun à Edenbridge. Aussi douloureuse que fut cette découverte, il relativisa son sort et finit par s'y faire.

La maison était bien modeste et ne laissait que très peu entrer la lumière du soleil. À l'intérieur, la pauvreté était partout présente. Il n'y avait qu'une table, une chaise et un lit sur lequel gisait un vieillard aux cheveux longs et gris. Le visage marqué par des rides profondes témoignait d'une vie éprouvante, faite d'aventures et de difficultés. C'était sensiblement la même qu'avait vécue l'isard blanc, mais leurs destinées avaient été toutes différentes.

Cela faisait près de vingt ans qu'ils ne s'étaient pas revus. Même si le blanc de ses yeux était à peine visible, Juan Magienez était éveillé. Il regarda s'approcher l'isard blanc sans bouger. La vieillesse immobilisait son corps qui gisait sur un lit aux allures de tombeau. Son seul signe de bienvenue fut un timide sourire du coin des lèvres. Sa voix enrouée et faible se fit difficilement entendre.

— Rawg ! Je ne rêve pas, c'est bien toi ?

L'isard s'avança et s'agenouilla au bord du lit de son vieil ami.

— Oui, mon ami, répondit-il, partagé entre la joie et le chagrin. Je suis enfin revenu vers toi. Je suis désolé d'avoir mis aussi longtemps, mais je te croyais mort, comme tous les autres…

— Si tu es là, c'est que tu as rencontré Ricardo Ramenez, n'est-ce pas ?

— Oui, il ma guidé jusqu'à toi. Je t'avoue que je n'y croyais pas quand il m'a annoncé qu'il t'avait retrouvé. C'est un homme formidable !

— C'est le fils illégitime de Roberto Ladiez. Tu te souviens de lui ?

— Oui, confirma Rawg avec un léger goût d'amertume dans la bouche. Je ne m'en souviens que trop bien.

— Il est venu me retrouver un jour pour que je lui explique comment son père avait trouvé la mort. Je lui ai raconté tout ce que je savais. Je lui ai dit quel genre d'homme il était... et je lui ai aussi dit qu'il nous avait trahis.

— Tu as bien fait, murmura l'isard, mais ne gaspille pas tes forces à me raconter ce genre d'histoire. Roberto était un fourbe, cela ne veut pas dire que son fils en est un. Pour l'instant, j'ai confiance en lui.

— C'est un homme bon, je crois…

Rawg acquiesça.

Juan Magienez tendit les bras vers son ami. Il prit la tête de Rawg entre ses vieilles mains.

— Approche, que je te regarde mieux ! Je vois que le souffle du dragon des glaces ne s'est pas dissipé durant toutes ces années. Jamais je n'aurais pensé que tu puisses y survivre… Combien de temps déjà, pas loin de vingt ans, non ?

— Oui, pas loin. Hélas, cette blessure restera visible jusqu'à la fin de mes jours. Mais je vois avec tristesse que je ne suis pas le plus à plaindre. Tu es mourant…

— Oui, le temps s'écoule rapidement. Il m'a rattrapé sans que je ne voie rien venir.

Juan serra tendrement Rawg dans ses bras affaiblis.

— J'ai souvent regretté de t'avoir abandonné, murmura l'isard, au même titre que d'avoir abandonné Boback. Qu'est-il devenu, peut-être le sais-tu ?

— Je n'en ai aucune idée, déplora le vieux marin. Je suis resté à Edenbridge de longues années dans l'espoir de le voir revenir. Mais jamais je n'ai eu la moindre de ses nouvelles. J'ai été chaleureusement accueilli par le roi Hussan, puis par le prince de Kasdalar lorsqu'il s'est approprié la ville. Finalement, je suis venu ici terminer mes vieux jours. Et toi, mon brave ami, qu'as-tu fait durant tout ce temps ?

— Une vie d'isard, se contenta-t-il de répondre doucement. Mais sache qu'aujourd'hui, une nouvelle mission s'offre à moi. Nous continuons le combat de Boback, celui qui nous a conduits de l'autre côté des mers. Nous avons été fous de le suivre, ne crois-tu pas ?

— Je ne regrette pas cette aventure, mais seulement ce qui s'est passé après. Si je le pouvais, je la retenterais bien volontiers. Vous allez de nouveau voguer vers Jaspalès ?

— Non, mais je crois que nous avons le moyen de sauver notre monde.

Le vieux marin serra le poing avec volonté.

— Foi de Magienez, j'espère que tu parviendras à tes fins, pour la mémoire de Boback et de tous nos compagnons tombés. Tu pars seul ?

— Non, cinq compagnons m'accompagnent.

— Des hommes de valeur ?

— Je le pense, murmura Rawg après un instant de réflexion, estimant inutile d'inquiéter son vieil ami avec les doutes qu'il avait sur Gérald. Il y a une jeune fille parmi eux, une jeune magicienne. C'est la propre fille de Boback. Elle s'appelle Lynn et je l'apprécie énormément, je la protège… Elle a du courage et de la volonté. Grâce à elle, j'espère enfin connaître le moyen d'utiliser ce médaillon qui nous a coûté si cher.

Juan Magienez voulut répondre, mais une quinte de toux douloureuse l'en empêcha.

— Te faut-il quelque chose de moi, Rawg, avant que je m'en aille ? finit-il par murmurer.

Il toussa une nouvelle fois. Devant l'agonie de son ami, Rawg resta muet. Il l'observa, culpabilisant par avance de devoir lui demander une dernière chose. Mais à ce jour, il était peut-être le seul à pouvoir le renseigner.

— Juan, mon ami, commença-t-il en lui serrant la main avec affection, sais-tu ce qu'est devenu le prince Khulem de Kasdalar ? Nous sommes également à sa recherche.

Le vieil homme regarda le plafond, essayant de faire appel à ses souvenirs.

— Je sais qu'il est retourné à Camiras, mais je n'ai jamais su s'il y était vraiment parvenu. La route est longue depuis Edenbridge, et les tribus arcaniennes demeurent un obstacle non négligeable à franchir pour pouvoir rentrer chez soi. À moins qu'il n'y soit arrivé par la mer. Je suis navré de ne pas pouvoir t'aider davantage.

— Ce n'est pas grave, murmura l'isard blanc.

— Je me sens partir, Rawg ! Adieu, mon ami, mène ta quête à bien et fais en sorte que l'on se souvienne de toi. Peut-être ne suis-je qu'un vieux prétentieux, mais le regret de ma vie est que mon nom n'apparaîtra nulle part dans les écrits. Je n'ai pas eu la chance de Philastède…

Il fut soudain victime d'une nouvelle quinte de toux, encore plus douloureuse que la précédente. Ses traits tirés témoignaient de sa souffrance.

— Le monde est comme moi aujourd'hui, chuchota le marin nyssalien, il va mal. Un danger guette et il revient à toi et à la jeune Lynn de corriger nos erreurs.

— Nos erreurs ? s'inquiéta Rawg.

— Mon ami, nous n'aurions jamais dû nous mêler de tout ceci. Ce n'était pas notre affaire…

— Mais aujourd'hui, nous ne pouvons plus reculer…

— Sans doute. Je m'en vais, mon frère, avec la joie de t'avoir revu avant la fin. C'était tout ce que j'attendais…

Le marin ferma doucement les yeux pour s'éteindre définitivement dans un ultime souffle.

— Dors en paix, mon frère ! Je n'oublierai jamais ce que je te dois.

Il se recueillit un long moment au chevet de son vieux compagnon. Lorsqu'il sortit de la maison, fidèle à son habitude, il était digne et pas une seule larme ne coulait.

Lynn le regarda avec compassion. Elle commençait à le connaître et parvenait maintenant à le déchiffrer. Elle le savait triste, mais ne sut que faire sur l'instant pour lui témoigner son soutien. Généralement, c'était lui qui tenait ce rôle.

Comme la nuit allait bientôt tomber, les autres membres du groupe avaient commencé à installer le bivouac. Ils avaient allumé un feu pour combattre la fraîcheur du soir. Tous comprirent que la vie de Juan Magienez venait de se terminer, même si certains ne savaient pas qui était réellement ce mystérieux vieil ami de l'isard. D'ailleurs, personne n'osa poser la question. Ricardo, lui, semblait compatir. Il ne le connaissait pas si bien que cela, mais il fit preuve d'un profond respect envers celui qui avait partagé les aventures de son père.

— Où veux-tu que l'on enterre le corps ? souffla-t-il à Rawg.

— Nous allons le brûler, répondit l'isard blanc d'un ton sec. Ce n'était pas un fils d'Émania, et c'est là sa dernière volonté.

Durant une grande partie de la nuit, Rawg et Ricardo restèrent pour se recueillir auprès du brasier. Le long silence qu'ils respectèrent alors que leurs compagnons s'étaient endormis fut brisé par l'isard.

— Tu me connaissais dès notre première rencontre, n'est-ce pas ? insinua-t-il.

— Oui, répondit aussitôt le Nyssalien. J'avais déjà entendu parler des trois isards qui avaient accompagné Juan jusqu'à Jaspalès. Mais notre rencontre n'a été que le fruit du hasard, je te l'assure, j'ignorais que tu étais l'un d'entre eux avant que tu me parles de tes voyages...

— Pourquoi ne pas m'avoir dit que tu étais le fils de Roberto Ladiez ?

— Je sais que tu ne l'aimais pas, lui confia-t-il, et aujourd'hui, je sais ce qu'il a fait. Je voulais que tu te fasses une idée sur moi sans être influencé. Si je m'étais présenté comme son fils dès le départ, tu ne m'aurais jamais accordé ta confiance.

— Tu as raison, concéda Rawg. D'ailleurs, tu m'as déjà prouvé que tu n'étais pas comme lui.

— Merci. Je vais monter la garde cette nuit. Je te dois bien cela !

Après une hésitation, Rawg le remercia d'un signe de la tête. Il partit s'isoler dans le noir et loin des regards. Chemin faisant, il constata qu'il n'était pas le seul à avoir eu cette idée en cette nuit de deuil. Les flammes du brasier étaient maintenant éloignées, mais elles lui permirent tout de même de deviner la silhouette d'un homme adossé contre un arbre. Il était immobile et regardait l'isard. Il s'agissait de Gérald. Dans un premier temps, surpris de le voir debout à cette heure tardive, Rawg le rejoignit pour s'assurer qu'il allait bien. Malgré les différends qui animaient leur relation, le jeune homme demeurait un compagnon sur lequel il fallait veiller.

— Pourquoi ne dormez-vous pas ?

— Je fais comme vous, répondit le jeune homme d'un ton hautain. Pourquoi n'en aurais-je pas le droit ?

— Comme vous voulez, dit Rawg en faisant mine de repartir.

— Attendez ! souffla Gérald en le retenant par un bras. Allez-vous enfin me dire qui était cet homme ?

— Vous avez veillé pour savoir ça ? s'étonna Rawg. J'aurais pu vous le dire demain.

Le jeune homme prit sur lui pour ne pas s'emporter dans une colère malvenue. Cette réaction n'arrangerait en rien leur relation déjà tendue. Il jugea donc utile de faire le premier pas pour apaiser une situation promise à s'envenimer.

— Écoutez, Rawg, se força-t-il à dire calmement, je pense que nous sommes partis d'un mauvais pied tous les deux. Pour commencer, je suis navré pour votre ami. Je vous présente mes sincères condoléances !

L'isard ne crut pas un instant à sa sincérité. Ses paroles sonnaient faux, mais il nota néanmoins cet effort de comportement. Il fit un simple signe de la tête pour le remercier.

— Il était le plus grand voyageur que les hommes aient pu connaître, fit-il d'une voix basse. J'ai voyagé à ses côtés pendant de nombreux mois à travers les limites du monde connu, bravant avec lui bon nombre de dangers. Il est revenu avec des informations que les hommes n'étaient visiblement pas prêts à entendre. Ce sont eux qui ont fait de lui l'homme qu'il est devenu. Alors que la gloire et la fortune lui tendaient les bras, c'est dans la pauvreté, la solitude et l'indifférence qu'il a terminé sa vie. Il ne méritait pas cette fin sordide.

— À vous entendre, répondit Gérald, il devait effectivement être un grand homme. À vrai dire, j'ai toujours admiré ces aventuriers, sans doute parce que je sais que je ne pourrai jamais être comme eux. Ils apportent une part de rêve dans nos vies faites de bien trop de privilèges. Regardez où cela m'a mené. Je suis ici, au milieu de nulle part, à parler avec un isard au pelage blanc…

Le jeune homme paraissait sincère cette fois, et pour la première fois depuis le départ de Vinaledad, Rawg ressentit de la sympathie pour lui.

— Ma compagnie vous déplaît donc à ce point, demanda-t-il avec un léger sourire.

— Non. Je me rends compte maintenant que je me suis trompé sur vous. Vous veillez sur nous et je vous en sais gré. Pardon de vous avoir mal jugé !

Rawg fut heureux de constater que le jeune homme faisait des efforts. C'était de bon augure pour le reste du voyage. Il accepta donc de rester quelques instants de plus avec lui, tandis que Ricardo Ramenez montait un peu plus loin la garde, tout en écoutant d'une oreille discrète leur conversation.

— Alors, reprit Gérald, selon vous, il y a une terre de l'autre côté de l'océan ?

— Oui, il y en a une, répondit l'isard blanc. Et elle est beaucoup plus vaste que la nôtre. Je peux même affirmer que des hommes y vivent par milliers dans des villes côtières. Nous nous sommes arrêtés dans l'une d'entre elles qui se nomme Jaspalès. Les gens de votre race y côtoient des créatures telles que nous, les isards, et d'autres bien plus étranges encore…

— Vous admettez donc que vous êtes étrange, s'amusa Gérald.

— Je le suis, admit-il, pour vous, Gérald de Franchort. La signification de toute chose dépend du regard de l'autre.

— Vous avez peut-être raison, répondit le jeune homme après une brève hésitation.

Puis il bâilla à s'en décrocher la mâchoire. La fatigue l'avait rattrapé.

— Allons ! Une longue journée nous attend demain. Rejoignez donc Lynn, je suis sûr qu'elle se languit de vous…

Ne serait-ce que la veille, imaginer ce jeune prétentieux dans les bras de sa protégée l'aurait fait bondir. Désormais, il était plus disposé à l'accepter. Lynn était intelligente et il n'avait pas à lui dicter ses choix, tant qu'ils ne mettaient pas en péril leur mission.

— Non, répondit Gérald avec de la déception dans la voix, pas cette fois-ci. C'est dans les bras de Burgald qu'elle s'est endormie…

Intérieurement, cette nouvelle rassura Rawg. Il se contenta de sourire au jeune homme et fit mine de s'éloigner.

Cependant, Gérald avait une dernière question à poser à l'isard blanc.

— Rawg, pensez-vous qu'il y ait un sens à ce que nous faisons ? Je veux dire... nous ne sommes sûrs de rien. Est-ce vraiment à nous de combattre ?

— Si nous ne le faisons pas, personne ne le fera. Et sachez qu'en aucun cas vous n'y êtes obligé.

— Je suis avec vous pourtant, murmura le jeune homme, mais je me sens si inutile…

Rawg lui fit part alors du fond de sa pensée :

— Si l'ennemi a cherché à vous tuer, c'est que vous ne l'êtes pas. Mais il reste à savoir pourquoi…

Chapitre 10

Au-delà des prochains sommets à franchir se dressait un horizon impressionnant fait de roches et de neige. Le premier rideau des montagnes grises faisait son apparition et indiquait le chemin à emprunter. Mais le danger du froid et des sentiers abrupts n'était rien en comparaison d'une autre menace que chacun redoutait. Au creux de la vallée bordant le versant est de la crête, la forêt de Lafloral s'étalait sur un espace si vaste qu'on ne pouvait en définir les limites. Cette région était depuis longtemps maudite. Des ondes malsaines s'en échappaient faisant peur aux plus braves. Elle gardait en elle les horribles souvenirs d'un massacre que personne n'avait oublié.

Lynn n'osa pas porter le moindre regard vers elle, elle avait trop bien en mémoire les atrocités qu'elle y avait vécues aux côtés de son peuple. Sous les arbres gisaient de nombreux cadavres recouverts par une nature contaminée par le mal. Pour rien au monde elle ne retournerait dans cet endroit qu'elle cherchait plus que tout à bannir de sa mémoire. Pourtant, elle n'était peut-être pas la plus angoissée de tous.

Rawg, lui, jeta un regard amer vers ce lieu aux aspects de tombe. Secrètement, il y entrevit une image qui l'avait fait trembler, tel un être contemplant sa propre mort. C'était là que vivait un adversaire capable de vaincre ce qu'il était. La sorcière de Gisors lui avait dévoilé l'étendue de ses pouvoirs en le convainquant aisément de tuer Charles de Cassandrie. Elle n'avait ensuite rencontré aucune difficulté à se débarrasser de sa présence, durant un temps suffisant long pour l'empêcher d'intervenir lors de la bataille de Marsigliano. La chute qu'il avait subie à travers la crevasse n'aurait en aucun cas pu avoir raison de lui, mais la remontée périlleuse des parois abruptes de la montagne l'avait retardé, l'obligeant à arriver trop tard dans les ruines d'une ville abandonnée. Agnès savait très bien ce qu'elle faisait en s'attaquant à lui de cette manière. Elle avait également pris le soin de ne pas dévoiler ses réelles intentions, ce qui la rendait encore plus dangereuse et imprévisible. La seule chose certaine maintenant était le camp qu'elle avait finalement choisi. Pourtant, elle n'était pas adoratrice du feu et de ses pouvoirs célestes, et la voir embrasser la cause de Vulcania avait été une surprise en soi. Personne n'avait imaginé qu'elle prendrait part au conflit. Avec la sorcière dans ses rangs, le culte de Vulcania pouvait se réjouir d'avoir une alliée de taille.

Il lui arrivait désormais de sortir de la forêt dans laquelle elle s'était exilée, et c'est cela qui tourmentait l'isard blanc. La route qui les conduisait jusqu'en Cassandrie longeait cette demeure nécromancienne, et elle était si vaste que jamais ils ne pourraient se mettre à l'abri assez loin avant la tombée de la nuit. Il appréhendait déjà cet instant, car nul ne doutait qu'elle n'hésiterait pas à venir les tourmenter si toutefois elle détectait leur présence. Si cela arrivait, ce serait à lui de protéger ses compagnons.

Rawg accéléra la cadence de manière à forcer l'allure du reste du groupe. Cependant, le groupe dut bien se résoudre à stopper son effort à la nuit tombée. Voyager dans l'obscurité serait encore plus dangereux. Rawg se résigna donc à devoir vivre une pénible veillée. Pendant que ses compagnons dressaient le campement en toute discrétion, il resta campé face à la vallée durant de longues minutes, totalement immobile. Chacun resta perplexe face à cette attitude. Lynn s'approcha de lui pour tenter de comprendre cet enfermement soudain, mais elle fut retenue par le bras ferme de Burgald. Elle comprit que le vieux capitaine savait de quoi il retournait. Elle se rappela ainsi que lui aussi avait jadis traversé la forêt en compagnie de Rawg.

— Que cherche-t-il ? murmura alors la jeune fille.

— Il regarde simplement si la voie est libre. Et il le fera toute la nuit s'il le juge nécessaire. Tu as vu ce qui vivait dans cette forêt ? Ces créatures peuvent très bien en sortir pour nous attaquer. Rawg peut les sentir, et c'est notre seule arme contre elles.

— Quoi ? intervint Gérald. De quelles créatures parlez-vous ? Que nous cachez-vous encore ?

Devant le mutisme de Burgald, ce fut Ricardo qui apporta la réponse que Gérald attendait :

— La forêt de Lafloral est hantée, monseigneur. Toutes sortes de créatures y vivent. Les énumérer serait inutile, seule la menace qu'elles représentent est à prendre en considération.

Le jeune homme regarda son garde du corps. Celui-ci approvisionnait le feu, délaissant provisoirement ses armes à côté de lui. Le regard de Gérald s'arrêta un instant sur elles, méditant sur leur réelle utilité face à l'ennemi qui se tapissait dans cette forêt. Il en eut des frissons et comprit qu'il aurait bien du mal à trouver le sommeil.

— Nos armes seront-elles suffisantes ? demanda-t-il à la cantonade.

— Il faut tracer un cercle de défense dans le sol, répondit Burgald. Ces créatures ne viennent pas de notre monde et c'est la seule manière de se protéger contre elles.

Rawg s'était approché sans un bruit de ses compagnons. Sa voix s'éleva soudainement dans le silence de la nuit et fit bondir de frayeur Lynn et Gérald.

— Il est inutile de tracer un cercle. La sorcière qui vit dans ces bois est trop puissante et le franchira sans difficulté. Si elle nous attaque, rien ne pourra l'arrêter... si ce n'est moi.

— Mais pourquoi donc vous ai-je accompagnés ? gémit Gérald.

— Pourquoi dis-tu que tu peux l'arrêter ? demanda Ricardo en s'adressant à Rawg.

— C'est elle que tu as affrontée lorsque nous avons traversé Lafloral, n'est-ce pas ? intervint à son tour Burgald avec la certitude d'avoir trouvé le fin mot de l'histoire.

Rawg acquiesça d'un mouvement de tête. Il invita tout le monde à s'asseoir autour du feu, résolu à raconter son dernier combat contre celle qu'il considérait comme sa pire ennemie. Chacun prit son temps, peu pressé à l'idée de connaître l'histoire. En attendant, l'isard blanc regarda Lynn qui se blottissait dans les bras de Gérald. Ils se partagèrent son long manteau d'une manière qu'il n'affectionnait guère. Les jours passant, la jeune fille s'était encore un peu plus rapprochée du jeune noble. Il n'avait aucune réelle animosité contre ce dernier, mais il lui déplaisait en son for intérieur de voir Lynn peu à peu oublier à qui elle avait offert son cœur. Du moins, c'était ce qu'elle laissait paraître. Il préféra ne pas continuer à se torturer l'esprit, peut-être avait-elle simplement froid.

— Nous vous écoutons ! lança Gérald une fois que tout le monde avait pris place.

Seul Ricardo se tenait légèrement surélevé par rapport à leur position, montant la garde. Cela ne l'empêchait pas, cependant, d'écouter la conversation.

— Elle s'appelle Agnès de Gisors, commença Rawg d'un ton grave.

— Vous vous moquez ? s'écria Gérald visiblement très surpris.

— Non. C'est bien le nom que j'ai prononcé. Vous la connaissez donc…

— Oui, bien sûr, rétorqua le jeune homme en regardant les flammes. De par chez moi, il y a de nombreux livres qui lui sont consacrés. Au fil des années, elle est devenue le croquemitaine préféré des Cassandriens. Mais ce ne sont que des histoires pour faire peur aux enfants. Agnès est morte il y a près de deux cents ans…

— Que savez-vous d'elle ? intervint Burgald. Quelle est son histoire ?

— À ce que j'ai pu apprendre d'elle, il s'agissait d'une jeune fille adepte de ce que nous appelons la philosophie des Raskhards.

— Qu'est-ce que c'est ? demanda Lynn.

— Il s'agissait d'une communauté de magiciens qui vénéraient les Calisards, il y a bien des siècles, répondit Rawg. Ils ont tous été exterminés lors du siège de Raskhardlight, leur demeure. Aujourd'hui, le château n'est qu'une ruine, comme leurs idées, mais il arrive encore que certaines personnes continuent à suivre clandestinement leur philosophie. Le culte d'Émania les pourchasse sans cesse. Je le sais, car Boback l'a fait aussi.

— J'ai même lu un livre qui prétendait qu'ils protégeaient l'esprit d'un Calisard dans leur forteresse, surenchérit Gérald.

— Oui, Raskhardlight ! s'écria Ricardo. Nous risquons d'y passer. C'est sur notre route…

— L'existence des Calisards n'est qu'une pure fantaisie, continua Gérald, mais à une époque, cette croyance s'est grandement développée en Cassandrie, et également dans l'empire, en région sarianne.

— Et qu'est devenue Agnès ? demanda Lynn.

— Agnès était la fille du seigneur de Gisors, fit Gérald. D'après ce que j'ai lu des témoignages rapportés, c'était une âme charitable. Un jour, les chevaliers d'Émania sont venus s'en prendre à elle. Elle était magicienne et des gens mal intentionnés ont laissé porter l'attention sur elle. Elle fut rapidement considérée comme une infidèle et surtout... dangereuse. Les chevaliers ont réduit le domaine en cendre. Son père a été écorché vif, quant à Agnès, elle a fui en tentant de sauver le plus de monde possible, les domestiques et leurs familles… Elle s'est réfugiée à Raskhardlight avec eux. Mais ils ont fini par être retrouvés dans la forteresse en ruine. Elle a été jetée en pâture aux fanatiques qui voulaient sa mort. Tous des membres du culte d'Émania. Pendant que tous les autres se faisaient massacrer, elle a subi de nombreux sévices. Si je me souviens bien, elle a été violée maintes fois et atrocement torturée. Pour en finir, ils l'ont jetée dans un puits après l'avoir lapidée.

Tous furent écœurés par ce récit atroce.

— Et pour des raisons que nous ignorons, reprit Rawg, Agnès n'est pas morte. Elle était jeune quand elle a été torturée, sensiblement le même âge que Lynn aujourd'hui. Elle est réapparue, plus puissante que jamais, et dotée d'un terrible désir de vengeance envers ceux qui l'avaient condamnée. À savoir, les fidèles à Émania… Aujourd'hui, elle ne réveille pas seulement les morts, elle fait également apparaître des créatures que même les imaginations les plus fertiles ne pourraient envisager. Les sublimes, c'est elle, les loups gris, c'est elle également. Ainsi que les isards morbides qui ont massacré votre peuple, souffla-t-il en s'adressant directement à Lynn et Burgald.

Cette dernière révélation fit frissonner le groupe. L'espace d'un court instant, le feu subit la force d'une bourrasque que personne ne jugea naturelle sur le coup. Plus personne ne pourrait désormais passer une nuit sereine. La sorcière vivait non loin de leur position.

— Comment a-t-elle pu faire pour se libérer ? murmura Burgald. Et même, comment fait-elle pour vivre aussi longtemps ?

— Je l'ignore, confia Rawg, mais Boback me disait que certains magiciens étaient assez puissants pour prétendre défier la mort. J'en ai déjà vu jouir d'une vie extrêmement longue, mais jamais jusqu'à ce jour, je n'ai entendu parler de quelqu'un étant parvenu à revenir d'entre les morts avec tout son esprit.

— Ne pourrait-ce pas être à cause de ce prétendu Calisard caché dans Raskhardlight ? proposa Burgald.

— Oui, et c'est bien ce qui me fait peur, continua l'isard. Je crains qu'elle n'ait pactisé avec une force occulte. Je ne sais comment ni pourquoi elle a pu revenir d'entre les morts, mais toujours est-il qu'aujourd'hui, il faut faire face à une cruelle vérité : elle s'est alliée à nos ennemis et, à ma connaissance, cela fait d'elle notre plus terrible adversaire.

— Terrible à quel point ? s'inquiéta Gérald.

— Au point que nous n'avons aucun moyen de rivaliser avec elle. Si un jour elle veut notre mort, rien ne pourra l'en empêcher.

Le jeune homme resta sans voix, contrairement à Burgald.

— Elle a bien essayé de te tuer, remarqua ce dernier, et tu es toujours là !

— Oui, c'est vrai, concéda l'isard blanc en regardant Lynn avec complicité, mais disons que les êtres magiques sont les plus chanceux. Boback a affronté la sorcière à plusieurs reprises durant sa vie, et aucun d'entre eux n'a jamais pu prendre réellement le dessus. Cela dit, c'est bien elle qui a poussé Boback à se rendre à Jaspalès. Elle savait donc ce qui s'y trouvait.

Lynn regarda discrètement son médaillon de flammes. Elle comprit amèrement qu'il faisait d'elle une cible privilégiée pour la sorcière.

— Mais en attendant, murmura Gérald, si elle vient cette nuit ?

— Elle ne viendra pas, assura l'isard. La journée d'aujourd'hui m'a fait ouvrir les yeux sur certaines choses. D'une part, elle ne sait pas que nous sommes là, et d'autre part, nous ne sommes pas dans sa forêt. Cette nuit, nous n'avons rien à craindre, fit Rawg en se levant et mettant ainsi fin à la conversation.

Personne ne lui demanda où il allait, car tous comprirent qu'il partait relever Ricardo. Il rejoignit l'archer, tandis que les autres membres du groupe commençaient à s'installer pour dormir. Il n'était pas fier de leur avoir menti au sujet de l'hypothétique venue de la sorcière. Cependant, il était sans doute plus avisé de leur faire croire qu'ils ne risquaient rien. Il préférait être le seul à passer une première nuit angoissante.

Ricardo regardait une petite lueur au loin. C'était la même qu'il observait chaque soir depuis qu'ils avaient quitté Vinaledad. Un léger rictus fit comprendre à Rawg qu'il avait compris sa supercherie. Visiblement, elle avait marché, tous s'étaient déjà endormis... apparemment.

— Il aurait fallu leur dire la vérité, murmura l'archer. Tu sais très bien que la sorcière peut débouler à n'importe quel moment, que l'on soit dans sa forêt ou non…

— On ne peut rien te cacher, répondit Rawg, mais je ne veux pas ajouter la crainte à la fatigue. La route est encore longue et ils n'auraient pas fermé l'œil de la nuit. Ce que je crains, c'est qu'elle sente l'énergie que dégage Lynn. Penses-tu que nous allons longer cette forêt pendant encore longtemps ?

— Durant deux jours entiers, je pense. Mais au troisième, je ferai en sorte que nous atteignons la forteresse de Raskhardlight. Nous y serons au chaud et entre quatre murs.

— Je ne sais pas si c'est une bonne idée d'aller à Raskhardlight, chuchota Rawg. Cette forteresse est abandonnée, et on la dit hantée par ce Calisard.

— Oui, c'est vrai, murmura l'archer, ce fameux esprit de Calisard. Personnellement, je n'y crois pas. Mais quoi qu'il en soit, je préfère encore dormir dans une demeure hantée qu'aux abords d'une forêt maudite… Je pense que les fantômes, qu'ils soient pacifiques ou hostiles, nous protégeront de cette sorcière…

— Tu as peut-être raison, concéda Rawg d'un air songeur.

Il laissa son regard se perdre dans l'obscurité, mais un point de repère à l'horizon lui dictait qu'Agnès de Gisors n'était pas la seule menace qui pesait au-dessus de leurs têtes. Ricardo partageait cette pensée.

— Je me demande qui cela peut être, déclara l'archer.

— Moi aussi. D'ailleurs, si ça ne te fait rien, je vais te laisser monter la garde encore quelque temps. J'ai envie de lui rendre une petite visite.

— Fais attention dans ce cas, conseilla l'archer.

Sa phrase à peine terminée, Rawg était déjà en route. Il ne connaissait pas l'identité de son ou ses poursuivants, mais il était maintenant grand temps d'être fixé.

Autour de lui, une atmosphère malsaine le laissa bientôt perplexe. Il se mit à regretter d'avoir abandonné ses compagnons. Finalement, c'était peut-être une ruse pour l'éloigner d'eux. Il était facile pour une sorcière d'allumer un feu à distance en guise de leurre. Il prit soudainement peur d'être tombé dans un piège grossier. Sur le qui-vive, il s'arrêta brusquement pour étudier la provenance de magie qui lui venait dans les narines. En prenant soin de peser chacun de ses mouvements, il fit un tour sur lui-même. Deux fois de suite, il répéta ce geste, et ce fut finalement une lumière à la teinte rosâtre qui attira son attention. Celle-ci était éloignée et semblait batifoler à travers les arbres en répandant une poussière d'étoiles qui illuminait l'obscurité.

Rawg identifia immédiatement cette petite créature. C'était une sacrisse, espiègle mais inoffensive. Sa présence le rassura grandement, car elle lui assurait qu'aucun danger ne se trouvait dans les parages. En voir en cet endroit demeurait mystérieux, mais il assimila ceci à un bon présage. Peut-être veillait-elle sur le groupe, auquel cas son voyage s'annonçait plus tranquille. Ce fut dans un grand soulagement qu'il continua sa route silencieuse vers le mystérieux brasier. Il ne lui restait plus qu'à en découvrir le propriétaire.

La tâche fut très aisée. Visiblement, il s'agissait là d'un homme seul. En cette heure tardive, il s'était glissé profondément dans sa couverture, au point de ne pas divulguer la moindre parcelle de son corps. À côté de lui se tenait sa monture. Celle-ci ne dormait pas mais restait tranquille, loin de se douter qu'elle était observée par un isard en quête de réponse. Rawg resta un instant à contempler l'animal. Il était sensiblement robuste et différent des chevaux qu'il pouvait rencontrer dans les terres civilisées. Son instinct ne pouvait se tromper. Lui aussi était porteur d'une magie dont l'isard ne parvenait pas encore à déceler le secret. Pour en être propriétaire, celui qui s'était paisiblement endormi ne pouvait pas être un simple voyageur. Un guerrier serait plus approprié pour ce genre de destrier. Rawg opta pour un mercenaire, sans doute payé pour récupérer Lynn et la conduire vers il ne savait quel ennemi. Pour l'instant, il semblait dormir paisiblement. L'absence de cercle de défense autour de son campement de fortune pouvait signifier deux choses. La première – et la plus inquiétante – était qu'il ne craignait pas la sorcière. La seconde – et la plus plausible – était qu'il ne soupçonnait pas son existence.

Après une légère hésitation, il se noya dans le silence de la nuit pour s'approcher de lui. Lorsqu'il se retrouva assez près, il retira d'un coup sec la couverture qui le protégeait et la lança au loin. Dessous, l'isard blanc ne découvrit que de l'herbe et de la terre. Aussitôt, il sut qu'il venait de tomber dans le piège qu'il redoutait secrètement. *Quel idiot !*

— Eh oui, souffla une voix derrière lui, il n'y a pas que toi qui sois sur le qui-vive.

Une ombre munie d'une arbalète armée pointée en direction de l'isard fit son apparition.

— Vous saviez que j'allais venir ? demanda tranquillement Rawg en se retournant lentement.

— Disons que je me doutais qu'une de ces nuits vous viendriez me rendre une petite visite. Je dois même avouer que je pensais que cette rencontre arriverait plus tôt.

— Vous comptez me tuer ?

— Ce n'est aucunement mon intention.

L'ombre s'approcha encore un peu. À la lueur du feu, Rawg distingua nettement un homme vêtu d'un long manteau qui le protégeait du froid de la montagne. Il n'avait pas peur de se retrouver seul face à un isard, et plus troublant encore, il n'affichait aucune réelle hostilité. Son arbalète pointée dans sa direction n'était visiblement qu'une simple précaution.

— Dans ce cas, pourquoi nous suivez-vous ? demanda Rawg.

Il pensait connaître la réponse, mais il voulait l'entendre de vive voix.

— Je vais être honnête avec toi, isard, répondit Khulem. Je pense que je ne t'apprendrai rien en te disant que je suis venu ici pour récupérer la fille. Je sais ce qu'elle vaut pour toi, ainsi que pour beaucoup de monde. Sache seulement que je ne fais pas partie du culte de Vulcania, et par conséquent, je ne suis pas un ennemi. Ce que nous voulons, c'est l'aider.

— Nous ? reprit l'isard.

Khulem laissa passer un court silence. Il n'avait pas l'intention de lui révéler pour qui il travaillait.

— En réalité, je voulais te parler, seul à seul…

— Pourquoi donc ?

— Écoute, je sais que le culte de Vulcania recherche la fille… et je sais aussi pourquoi.

— Ah oui, dis-le-moi donc !

— Elle est à la recherche du secret que cache son père – un magicien dont je ne connais plus le nom – tant convoité par tous, et notamment par le culte de Vulcania. Son médaillon de flammes attise les ambitions de beaucoup de monde…

Rawg était stupéfait.

— Comment sais-tu cela ? se troubla l'isard blanc.

Pour montrer qu'il n'était pas hostile, Khulem posa négligemment son arbalète sur l'épaule, comme le ferait un soldat prêt à entamer une longue marche. Il n'était plus sur ses gardes, et encore moins en mesure de l'attaquer.

Cela ne suffit pas pourtant à rassurer pleinement Rawg. Il attendit patiemment la réponse à sa question.

— Peu importe ! lâcha Khulem. Lynn est en grand danger. On m'a envoyé la chercher pour l'amener à un magicien capable de la protéger. Et crois-moi, je suis moi aussi convaincu qu'il n'y a que lui capable de le faire… Il te propose même de le rejoindre, mentit-il subtilement.

Cette proposition fit naître un espoir fou dans le cœur de Rawg. Se pouvait-il que ce soit Boback en personne ?

— Que racontes-tu ? Qui est ce magicien ?

Khulem ne répondit pas immédiatement à cette question. Cette situation l'amusait presque, il comprenait qu'il venait de toucher un point sensible.

— Alors, acceptes-tu de m'accompagner jusqu'à lui ? insista-t-il.

— Dis-moi d'abord son nom, je te donnerai ma réponse ensuite.

— Désolé, mais je ne peux donner le nom de mon commanditaire.

Cette simple réponse fit abandonner tout espoir à Rawg. Boback n'aurait jamais engagé un vulgaire mercenaire pour ce genre de mission.

— Lynn est sous ma responsabilité et je ne laisserai personne l'approcher, encore moins un guerrier prétentieux qui se croit au-dessus de tout. Sache, pour ta gouverne, que tu ignores beaucoup de choses.

— C'est exact, concéda le guerrier, mais toi aussi.

— Qu'essaies-tu de me dire ?

Khulem éclata d'un grand rire.

— Je pense que nous avons assez discuté, isard. Maintenant, plus rien n'a d'importance, car je vais récupérer la fille, que tu le veuilles ou non…

— Que dis-tu ?

— Crois-tu vraiment que je suis venu seul ? Oui, mon piège était simple, mais au moins, il m'a permis de gagner du temps. À l'heure où je te parle, disons que mes hommes ont eu la même idée que toi…

Rawg reçut ces paroles comme un coup de poing dans le visage. Il jeta un sombre regard vers la mine amusée du guerrier puis disparut subitement dans la végétation. Jamais il ne courut aussi vite, mais de ce retour en catastrophe dépendait la vie de ses compagnons. Il ragea de les avoir laissés seuls, mais c'était ce qu'attendait ce fourbe de guerrier depuis le départ.

Il aperçut au loin le corps de Ricardo, allongé à l'endroit même où il l'avait laissé. Il prit peur d'être arrivé trop tard. Rawg, sans même ralentir, l'enjamba pour rejoindre le sein du campement. Le feu n'était pas éteint et éclairait les différentes couvertures dans lesquelles ses compagnons s'étaient glissés pour s'endormir. Aucun ne manquait à l'appel, tout était calme.

Rawg dut se rendre à l'évidence. Les hommes dont parlait Khulem n'existaient pas. Il avait simplement joué avec ses nerfs. Il chercha aussitôt du regard la petite lumière qui indiquait le campement du guerrier, en vain. L'oiseau avait sans doute quitté le nid. Il avait habilement inventé ce subterfuge pour se débarrasser de lui et se mettre hors de danger.

Rawg accepta cette défaite avec philosophie. Mais il ne se ferait pas avoir une seconde fois. Le plus douloureux dans cette mésaventure était d'imaginer son adversaire rire à gorge déployée de la ruse qui avait si bien fonctionné à ses dépens.

Chapitre 11

Durant deux jours angoissants, la sorcière de Gisors ne donna aucun signe de présence. Bientôt, les croisements de sentiers se firent plus nombreux, témoignant de la proximité de la civilisation. La Cassandrie n'était plus très loin, mais avant de l'atteindre, l'archer avait prévu de passer une dernière nuit dans la forteresse de Raskhardlight, autrefois lieu de rassemblement d'une communauté ancestrale, aujourd'hui disparue et en partie oubliée.

En début de soirée, le guide de la petite troupe affichait une mine réjouie. Il avait devant ses yeux le lieu qu'il souhaitait rejoindre depuis le début de la matinée. Un château en ruines se dressait au milieu d'une petite plaine marécageuse, son aspect extérieur n'était pas des plus accueillants. La végétation avait recouvert petit à petit ce qui restait de la bâtisse usée par les années. Les vents soufflaient dans les plus hautes tours, provoquant des sifflements stridents. Il leur semblait entendre s'élever des paroles mystiques de cet endroit, lieu d'un massacre que peu de monde gardait en mémoire. En outre, ils avaient la désagréable sensation d'être observés.

Comme souvent, Gérald fut le premier à parler.

— Il est hors de question que je passe la nuit dans cet endroit ! déclara-t-il sèchement.

— Vous préférez peut-être dormir dehors, monseigneur ? répondit Ricardo avec dédain. Ici, il sera facile de trouver un endroit fermé pour se protéger du vent. Nous y allumerons un bon feu, de manière à passer la meilleure des nuits depuis notre départ. Bien sûr, personne ne vous y oblige…

Il n'en fallut pas plus pour convaincre Lynn. Bien que réticente au départ à entrer dans cette inquiétante demeure, elle fut finalement la première à passer l'immense porte. Celle-ci était restée entrouverte durant de longues années. Ils arrivèrent dans ce qui semblait avoir été la cour principale de la forteresse. L'endroit semblait tranquille. Tous la suivirent, hormis Gérald qui restait planté sur place.

La scène amusa Burgald qui fit demi-tour pour l'inciter à le suivre.

— Allons, monseigneur ! Une dernière épreuve avant de rejoindre les terres qui vous sont chères. Demain, nous serons en Cassandrie.

Après une longue hésitation, le jeune noble se laissa finalement convaincre.

Au centre de la cour se dressait un puits vétuste qui raviva aussitôt les craintes de chacun. Selon les dires de Gérald et les écrits qu'il avait lus, c'était dans celui-ci qu'Agnès avait été suppliciée. Personne n'osa regarder à l'intérieur, hormis Rawg qui tenait à rassurer tout le monde.

— Il n'y a pas de corps, certifia-t-il en penchant sa tête au-dessus du trou. Agnès n'est pas là !

Sa voix résonnait. Les chevaux y furent solidement attachés, puis le groupe partit à la recherche d'un abri susceptible de convenir à tout le monde.

Au premier étage d'une des tours, ils découvrirent une chambre qui paraissait faire l'affaire. Le seul point négatif était le carreau cassé d'une des fenêtres, mais l'endroit restait stratégiquement intéressant. Il permettait d'avoir une vue d'ensemble sur la cour intérieure et les montures.

Un feu fut allumé avec du vieux bois qui traînait encore près de la cheminée. Lynn approcha aussitôt ses mains des flammes en les frottant énergiquement. Elle ne parvenait guère à s'habituer à ce froid, autrement plus glacial que celui des montagnes du Sud. Gérald la rejoignit pour partager avec elle les bienfaits du foyer. Spontanément, il lui proposa ses bras pour lui offrir encore un peu plus de chaleur. Elle accepta volontiers. Il n'en fallait pas plus pour le satisfaire.

Du fond de la pièce, Rawg les observait du coin de l'œil, l'âme assombrie par une crainte qu'il ne parvenait que difficilement à dissimuler. Engar et Ricardo étaient sortis pour s'occuper des montures. Burgald s'approcha de lui.

— Qu'y a-t-il ? lui murmura-t-il.

Un instant surpris, Rawg garda cependant une attitude impassible. Perdu dans ses pensées, il ne l'avait pas vu venir.

— Rien.

— Je connais ce visage, insista le capitaine, quelque chose te tracasse depuis que nous sommes entrés dans cette forteresse. Est-ce ce guerrier qui nous suit ?

— Non, souffla Rawg, c'est autre chose…

Il n'avait pas l'intention d'en dire plus. Pour échapper à la discussion, il se rapprocha d'une fenêtre et il porta son regard vers l'extérieur, à la recherche de ses autres compagnons. Il les aperçut en train de s'occuper des montures. Engar déplaçait le dernier animal et l'attachait avec métier à un anneau du pan de mur. Il jeta ensuite un coup d'œil furtif vers Ricardo. L'archer s'était posté sur une hauteur du mur d'enceinte et il ne semblait aucunement souffrir du froid pourtant exceptionnellement vif. Ses longs voyages à travers le monde l'avaient endurci. Tranquillement assis, il fumait, observant le soleil couchant.

— Qu'est-ce que tu fumes ? fit Engar d'une voix grave.

L'archer fut surpris d'entendre le son de sa voix. Durant tout le voyage, il était resté muet, totalement dévoué à son maître.

— Mais tu parles ! se moqua gentiment Ricardo.

— J'évite de parler en présence de mon maître.

— Et pourquoi donc ?

— C'est ainsi... il me l'a ordonné. Alors, qu'est-ce que tu fumes ? répéta le Nordique.

Ricardo inspira profondément puis recracha longuement la fumée avant de répondre.

— Des graines écrasées. Elles viennent d'Edenbridge. Les Assaniens les font pousser sur la côte...

— Et ça se fume ? s'étonna Engar.

Le Nyssalien fut amusé. Il trouvait son compagnon sympathique et se doutait que sous la brute apparente se cachait sans doute un être sensible. Il voulut mieux le connaître. Pour commencer, il se permit une petite réflexion qu'il avait sur le cœur depuis le début de l'aventure.

— Mon ami, malgré tout le respect que je te dois, pourquoi un guerrier comme toi, fier et puissant, s'est-il retrouvé à l'autre bout du monde, loin de sa fière patrie, pour lécher les bottes de ce bon à rien ?

— Tu ne me dois aucun respect, le corrigea Engar d'un air résigné. Je suis un esclave.

— Tu te trompes, mon ami. Je ne sais pas ce qui t'a obligé à avoir une si basse opinion de toi-même, mais sache que nous allons vivre les mêmes aventures, alors je me dois de te respecter. Je serai même ton ami, si tu le souhaites. Lynn, Rawg et Burgald le seront aussi, à l'évidence...

— C'est gentil...

— Réponds-moi donc, s'il te plaît. Pourquoi es-tu aux ordres de ce bon à rien ?

Engar prit la défense de son maître.

— Tu es dur avec lui...

— Dur ? s'écria l'archer. Mais il te méprise, c'est évident.

— Il est jeune...

— Idiot, surtout. Dis-moi pourquoi tu lui obéis, insista le Nyssalien.

— C’est compliqué. C’est une longue histoire. Veux-tu vraiment que je te la raconte ?

— Oui, je le veux. Nous avons le temps, non ?

Engar soupira et prit un air nostalgique avant de parler.

— C’est une chose que mon seigneur n’a jamais voulu savoir. Il y a maintenant environ cinq ans, j’étais encore dans les terres du Nord. Je vivais un amour parfait avec la fille du chef d’un autre clan. Je pense qu’elle m’aimait aussi, mais bon… Malheureusement pour moi, elle était promise au fils du chef d’un clan rival en promesse de réconciliation et donc, pour éviter une nouvelle guerre inutile, on a préféré écarter le simple guerrier que j’étais.

— Écarter ? murmura Ricardo. Pardonne-moi, mon ami, je ne voulais pas te blesser.

Engar baissa la tête.

— Ce n’est rien…

— Et comment as-tu connu le comte de Franchort ?

— C’est simple, dans mon exil, je me suis fait capturer par des chevaliers cassandriens. Pour eux, nous sommes des barbares...

— Que veux-tu dire ?

— Les Cassandriens, guidés par les légats du culte de Vulcania, attaquent nos terres depuis des années. Nous ne leur avons rien demandé. Notre réputation d’hommes solides est telle que nous faisons de très bons esclaves. Alors, ils capturent nos enfants et quelques adultes, selon les besoins, puis les emmènent dans les grandes villes pour les vendre aux nobles.

— Hum, c’est vrai, souffla l’archer en mettant la main dans sa courte barbe, il y a beaucoup de Nordiques esclaves en Cassandrie. Mais bon, tu dis que les légats de Vulcania sont les auteurs de tout ceci ? Tu en es bien sûr ?

Engar hocha la tête.

— Mais quel intérêt ont-ils à faire cela ?

— Je ne sais pas. Mais quoi qu’il en soit, j’ai été capturé et vendu au comte de Franchort. Il cherchait un guerrier pour la protection de son fils. J’ai vécu avec lui durant quelques années. Et voilà, le château a été attaqué, et je me retrouve ici à parler avec toi…

— Il ne faut pas hésiter à venir parler à des gens comme moi, Rawg ou Burgald, lui souffla l’archer. Tu dois montrer à ton cher maître que tu es un homme comme les autres. Nous n’acceptons pas ton rôle d’esclave parmi nous, et tu ne le seras jamais à nos yeux, je t’en fais le serment !

La compagnie du Nyssalien réchauffait le cœur d’Engar. Avec lui, il parvenait à s’exprimer librement. Il le considéra rapidement comme un ami, et légitimement, il voulut également en savoir plus sur lui.

— Et toi, quel genre de vie mènes-tu ? Tu as une femme, des enfants ?

— Non. Cela peut paraître étrange, non ? s'esclaffa l'archer. Un beau gosse comme moi…

Engar rit à son tour, chose qui ne lui était pas arrivée depuis bien longtemps.

— Non, plus sérieusement, je suis un guerrier, et j'offre mes services au plus offrant. Le dernier a été le roi Rimez de Vinaledad. En réalité, cela fait bon nombre d'années que je lui suis fidèle. Dernièrement, je suis allé à Edenbridge en son nom. Je suis un ambassadeur en quelque sorte. J'effectue également quelques missions beaucoup moins... glorieuses. C'est en partie grâce à moi qu'il est devenu roi de Vinaledad, cela fait bien longtemps, maintenant.

— Effectivement, concéda le Nordique, cela ne laisse sans doute pas beaucoup de place pour les rencontres. Je t'ai pourtant vu en compagnie de deux jolies jeunes femmes le jour de notre départ, lui fit-il remarquer.

— Oh, détrompe-toi, gloussa l'archer, je rencontre des jeunes filles partout où je vais, je peux même affirmer que je finis par avoir un pied-à-terre partout où je me rends… si ça se trouve, finalement, je suis peut-être père, qui sait ?

Ils laissèrent passer un court silence ponctué par l'échange d'un regard complice.

— Et la petite Montagnarde, tu ne la trouves pas mignonne ? demanda soudain Engar.

— Bien sûr que si, répondit l'archer en baissant le ton, elle est magnifique, et si naturelle avec ça, loin de toutes ces femmes de la cour dont la beauté est seulement superficielle. Chez elle, il y a quelque chose en plus que je n'arrive pas à déceler. Mais elle semble si jeune ! Quel âge a-t-elle à ton avis ?

— Mon maître m'a affirmé qu'elle venait d'atteindre sa majorité.

— Elle est donc trop jeune pour une telle responsabilité, murmura l'archer d'un ton grave. Mais bon, reprit-il sur le ton de la plaisanterie, quoi qu'il en soit, nous sommes un peu trop vieux pour elle, tu ne crois pas ?

Engar sourit encore.

— De plus, son cœur est déjà pris, souligna Engar. Mais l'homme qu'elle aime est mort, si j'ai bien compris…

— Ah ouais, s'écria le Nyssalien avant de souffler une grande bouffée de fumée.

— Oui, il s'appelait Ajaj, un guerrier montagnard.

À l'écoute de ce nom, le Nyssalien ravala la fumée qu'il s'apprêtait à souffler et se mit à tousser. Il avait déjà entendu ce nom, souvent prononcé par les crieurs de grandes cités, notamment à Vinaledad même.

— Tu veux parler du défenseur de Marsigliano ? demanda-t-il dès qu'il le put.

Engar hocha la tête avant d'ajouter :

— Et tu sais qui a été son mentor ? Rawg, notre compagnon.

L'archer afficha sa stupeur.

— L'isard ! s'écria-t-il. Eh bien, le monde est bien plus petit que je ne le croyais…

Un court silence s'installa entre eux.

— Elle est étrange n'est-ce pas, notre petite compagnie ? murmura Engar. Un Nyssalien avec un Nordique, un Cassandrien, un Montagnard et un isard. Qui l'aurait cru ?

— Oh, tu sais, nous ne sommes pas si différents que cela, répondit l'archer. Après tout, nous prions bien tous Émania à notre manière…

Il lui fit une tape amicale sur l'épaule en se levant.

— Allez, viens, la nuit est tombée et la lune est sombre. Il vaut mieux ne pas rester dehors. Allons nous coucher, il faut reprendre des forces pour demain.

— Je t'accompagne, mais je ne dormirai pas, car mon maître m'a sommé de monter la garde durant la nuit.

— Qu'il aille au diable ! Il ne peut rien nous arriver ici. Et au pire, les chevaux nous réveilleront. Viens !

Il avait raison, les chevaux faisaient une parfaite alarme. Sur le chemin les menant à la pièce où ils avaient trouvé refuge, Engar marcha sur une déjection qu'il ne vit pas dans l'obscurité. Ricardo se moqua gentiment de lui, mais il se ravisa rapidement en constatant la mine troublée de son ami.

— Qu'y a-t-il ?

— Elle est fraîche, remarqua le Nordique d'un ton grave. Et elle ne peut pas venir des chevaux. Il y a des êtres vivants dans cette demeure, autres que nous.

Ricardo saisit aussitôt son arc.

— Tu as raison ! Allons prévenir les autres !

Ils rejoignirent le reste du groupe assis près de la cheminée. Lynn s'était couchée devant le feu, la tête posée sur une couverture qui lui servait de coussin.

— Rawg, dit l'archer tout bas, je crois que nous ne sommes pas seuls dans cette forteresse. Nous avons trouvé... de la merde fraîche.

— Bah, souffla Gérald avec mépris, des rats, rien de plus. Il ne fallait pas nous réveiller pour cela. Engar, que fais-tu là ? Retourne monter la garde !

— Vous avez déjà vu des rats faire des crottes de la taille d'un pied ? demanda l'archer au jeune homme.

Ce dernier haussa des épaules.

Le regard de Rawg s'assombrit, tandis que Burgald prenait la parole.

— Quand j'y pense, j'ai remarqué de nombreux trous suspects dans le sol quand nous sommes passés. Vous les avez vus aussi, n'est-ce pas ? Je n'y avais pas prêté attention sur le coup. Je me demande s'il n'y aurait pas des galeries souterraines sous ce château.

— Il y en a partout, murmura Rawg.

— Bah, ce sont des taupes, ricana Gérald. Rien de grave… C'est une bâtisse abandonnée, il est normal que des animaux sauvages viennent s'y réfugier. Et arrêtez de dire n'importe quoi, j'en ai marre ! Que voulez-vous que ce soit d'autre à part des taupes ?

Burgald sortit de ses gonds.

— Monseigneur, s'écria-t-il, je ne…

Le vieux capitaine fut immédiatement coupé par Engar qui mit un doigt devant sa bouche en lui montrant Lynn du regard. Ils se retournèrent tous vers elle. Elle dormait.

Gérald soupira avant d'ajouter d'un air las :

— Et puis, arrêtez de m'appeler monseigneur. Je vous rappelle que Franchort a été détruite. Je ne suis plus rien, si ce n'est un homme, comme vous tous. Enfin presque, ajouta-t-il en posant un regard amusé sur Rawg.

L'isard sourit, car cette réflexion ne partait pas d'un mauvais sentiment.

— Bref, murmura Burgald, ayant retrouvé son calme, écoutons plutôt ce que Rawg peut nous dire. Il est temps que tu parles, mon ami, fit-il en se tournant vers l'isard blanc.

Tous les regards se posèrent sur ce dernier. Il leur raconta alors ce qu'il avait sur le cœur depuis leur arrivée.

— Ce sont peut-être des goules…

Gérald ravala sa salive.

— Des goules ? Oh non ! pas encore…

— Que feraient-elles là ? demanda Burgald avec angoisse.

Rawg développa son point de vue.

— Les goules sont les âmes damnées d'hommes, victimes elles-mêmes du maléfice des sublimes. Elles s'installent loin de toute vie civilisée et s'attaquent aux voyageurs isolés pour agrandir la horde. Comme vous pouvez le constater, il n'y a pas âme qui vive à Raskhardlight, ni à des dizaines de kilomètres à la ronde. Endroit propice pour ce genre de créature. Je pense qu'il y en a une dans ce château…

— Monseigneur, intervint Engar à la grande surprise de tous. C'est ce genre de créatures que nous avons vu à Franchort.

— C'est de la bêtise ! s'indigna Gérald. De toute façon, je reste persuadé qu'un homme ne peut devenir ainsi.

— C'est pourtant vrai, certifia Rawg.

— Et ces *sublimes*, de quoi s'agit-il ? s'énerva le jeune homme.

— Vous ne savez pas ? demanda Burgald.

— Ce n'est pas surprenant, intervint Ricardo, il n'est jamais sorti de son château. Enfin, pas jusqu'à aujourd'hui…

— C'est Agnès qui les a créées, expliqua Rawg. Ce sont des jeunes filles très séduisantes, mais qui n'ont plus rien d'humain. Cette maudite sorcière leur a rendu la vie, mais a fait d'elles des âmes captives, soumises à sa volonté. Elles se servent de leurs charmes pour séduire les hommes et les attirer dans leurs pièges.

— Donc, si je comprends bien, sans sublime, il n'y a pas de goule, murmura Gérald.

— Vous avez tout compris. Et par ailleurs, partout où il y a des goules, nous pouvons être sûrs de rencontrer au moins une sublime, car généralement, elles dirigent des meutes entières…

— Il y en a donc une dans les parages, conclut Burgald. Que fait-on alors ?

— Vous rien. Vous dormez, dit Rawg, car vous n'avez rien à craindre, je veille sur vous…

— Ouf ! On est sauvé, se moqua Gérald.

L'isard lui fit un clin d'œil.

— Savez-vous quelle est la pire crainte d'une sublime ?

— Les isards, répondit Ricardo en souriant, je l'avais oublié.

— Exact, confirma Rawg. Chacun doit savoir que là où il y a un isard, aucune sublime ne se montrera, ni même ses goules, même si elles sont nombreuses.

— Mais tout à l'heure, intervint Burgald, quand Engar t'a parlé de crotte fraîche, tu as eu peur. Pourquoi ? Je te connais, qu'est-ce qui t'a traversé l'esprit ?

Rawg resta silencieux à ce sujet ne voulant alarmer personne, mais sa magie percevait une entité dont il ne pouvait percer l'identité. Il n'avoua pourtant rien, car il ne voulait pas faire naître en eux une peur inutile.

— Je pense à l'homme qui nous suit ! mentit-il.

Tous restèrent silencieux. Soudain, Lynn s'agita dans son sommeil.

— Regardez-la, souffla Burgald, si jeune et déjà un si grand nombre de responsabilités sur ses petites épaules. Comme je la plains !

— Je sais que c'est une lourde charge, mais c'est son destin, et mon devoir est de la protéger. Personne ne peut aller à l'encontre de cela, fit Rawg à voix basse.

Il n'ajouta pas un mot. Tous se couchèrent en laissant l'isard blanc veiller. Il se souvint alors de ce jour funeste où il avait affronté le dragon des glaces sur le grand glacier d'Émania. Chaque nuit, il refaisait ce rêve qui le hantait inlassablement. Il se remémora son sacrifice, nécessaire pour sauver temporairement les magieniens de la mort. Il se revit en train de briser la glace sous le monstre. Ce dernier avait été englouti dans les eaux, mais dans un ultime réflexe, il avait réussi à projeter son souffle glacé sur lui. Il en était devenu blanc. Sa survie n'était le fait que d'une seule volonté, celle-là même qui le guidait vers une crainte de plus en plus oppressante. Aujourd'hui, il était une créature qu'il ne comprenait que très peu, et la mission qui lui avait été confiée allait bientôt se terminer, et avec elle, peut-être, son existence dans ce monde. Comme chaque soir, il affronta cette fatalité avec philosophie, jugeant qu'il avait durant tout ce temps joui d'un privilège qu'il ne méritait peut-être pas.

Chapitre 12

Lynn se réveilla en sursaut au beau milieu de la nuit. En se levant sur un coude, elle crut apercevoir une ombre au fond de la pièce. Après un bref moment de frayeur, elle reconnut Rawg. Comme à son habitude, il veillait sur ses compagnons... et sur elle. Elle se leva pour venir s'installer à côté de lui. Elle ne lâcha pas sa couverture qui était toujours soigneusement enroulée autour de son corps pour la protéger du froid. L'isard blanc resta muet quand la jeune fille vint se blottir contre lui. Elle aimait profiter de la douceur de son corps et de son calme apparent qui l'apaisait. Cela marchait fort bien, mais personne ne se doutait qu'en réalité il vivait dans une peur quotidienne. Personne ne soupçonnait que, de tous les membres du groupe, c'était peut-être lui le plus inquiet.

— Rawg, chuchota la jeune fille pour ne pas réveiller les autres, tu veilles tout le temps. Va donc te coucher !

— Je n'en ai pas besoin, répondit-il sur le même ton. Et puis, si je « dors », qui veillera sur toi ?

Elle laissa passer un court silence en gardant son regard fixé sur son ami.

— Tu ne le montres pas, mais je vois bien que tu es fatigué. Je suis sûre que tu as besoin de repos. Cette fois-ci, je vais monter la garde pour vous tous. C'est d'accord ? J'ai assez dormi…

— Non, c'est trop dangereux, souffla le vieil isard. Je ne veux pas que tu le prennes mal, mais tu n'es pas encore en mesure de nous protéger en cas de danger. Tu ne sais rien de ceux qui nous poursuivent, ni de ce qui vit ici…

Rawg se pinça la lèvre. Il en avait trop dit.

— Tu crois que quelqu'un vit ici ? Quelqu'un qui pourrait nous vouloir du mal ? s'inquiéta aussitôt la jeune fille.

Il n'avait pas envie de se lancer dans ce genre de conversation, mais la négligence de ses paroles l'obligeait à apporter maintenant quelques explications à sa protégée. Il resta volontairement flou, ce qui n'était finalement pas loin de la réalité qu'il ressentait.

— Je ne suis sûr de rien. Je sens une présence effectivement, mais je ne saurais la définir. Je ne voulais pas alarmer nos amis. Peu importe, car en cas de danger, je sais me défendre et me battre, ce qui n'est pas ton cas. Pas encore, du moins. Que ferais-tu si une goule s'amenait ici ?

Elle ne put s'empêcher de sourire, car alors que tous croyaient qu'elle dormait lorsqu'ils avaient parlé de toutes ces choses, en réalité, elle faisait semblant. Elle n'avait pas perdu une miette de la conversation et connaissait tout des goules et de leurs peurs.

— S'il y avait des goules ici, elles nous seraient déjà apparues. Allons, Rawg, je vous ai entendus parler tout à l'heure, confessa-t-elle avec tendresse. Nous n'avons rien à craindre ici.

Le visage de l'isard blanc resta fermé. Cette absence de réaction fit naître en elle un doute soudain.

— Rawg, qu'y a-t-il ?

— Dans les montagnes, concéda-t-il à contrecœur après une brève hésitation, j'ai fait la rencontre d'un guerrier. Il m'a avoué qu'il nous suivait pour t'enlever. Je sais qu'il nous suit encore à distance et qu'il attaquera le jour où je m'y attendrai le moins.

— Cet homme te fait-il si peur que cela ?

— Oui, confessa sans honte l'isard blanc. Il n'est pas loin, et je le sais très doué. Peut-être même est-il caché en ce moment même quelque part dans la forteresse. Je ne peux l'expliquer, mais je sens une présence… Peut-être vaudrait-il mieux que ce ne soit que lui finalement.

— Me veut-il du mal ?

— Je ne pense pas. Je n'en sais rien, en fait…

— Qui est cet homme ? frémit Lynn. Il fait partie du culte de Vulcania ?

— Je ne sais pas, il ne m'en a pas dit davantage. Mais je ne pense pas. Il dit vouloir te protéger…

Lynn soupira en haussant les épaules. Elle regarda son ange gardien quelques instants sans lui parler. Rawg fit de même avant de baisser les yeux devant la beauté de ceux de la jeune fille.

— Tu sais, lui avoua-t-elle, j'ai fait la rencontre d'un homme durant les guerres montagnardes. Il m'a sauvé la vie par deux fois. La première, c'était dans les bois de Barbas, et la seconde, à Marsigliano. Il disait également vouloir me protéger, mais à chaque fois, il a refusé de suivre mon peuple. Je sais qu'il ne me voulait aucun mal, pourtant, je ne suis pas sûre que s'il me demandait de le suivre aujourd'hui, je serais en mesure d'accepter.

Rawg fut surpris par cette révélation inattendue.

— Je crois que c'est lui qui nous suit, affirma Rawg. Il m'a dit vouloir t'amener à un magicien capable de te protéger. Au départ, j'ai cru qu'il s'agissait de ton père, mais j'ai rapidement compris que cela ne pouvait pas être lui.

Lynn fut affectée par un douloureux souvenir et il était temps de le partager avec quelqu'un.

— Je ne t'ai pas tout dit, Rawg, parce que j'en ai honte. Avant le massacre de Lafloral, un sorcier est venu me rendre visite. Lui aussi disait vouloir me protéger. Il m'avait prévenue que nous nous ferions attaquer, mais je n'ai pas voulu l'écouter. Tant de gens sont morts à cause de moi…

— Tu ne pouvais pas savoir, la réconforta Rawg, comme tu ne pouvais pas savoir les réelles intentions de ce sorcier. La seule chose que nous puissions faire maintenant, c'est aller à Mitralianos pour chercher de l'aide auprès de la princesse Alicia Hannigen. Ensuite, nous rejoindrons le temple de Karaz-kaz.

— Pour y entrer, il nous faut trouver l'héritier d'Émania…

— Je sais, Lynn, mais chaque chose en son temps. Nous avons encore une longue route jusqu'à Mitralianos. Tu dois faire le plein de forces. Va te coucher, Lynn, s'il te plaît ! Je te veux en pleine forme demain…

— Non, se borna la jeune fille, de toute manière, je n'ai plus sommeil. C'est à toi d'aller te reposer ! Fais-le pour moi, s'il te plaît ! Crois-moi, si quelqu'un s'aventure ici, j'entendrai les chevaux. Je réveillerai aussitôt tout le monde.

Rawg hésita. Cette proposition n'était pas mauvaise en soi. Bien sûr, il n'était pas envisageable pour lui de dormir, mais Lynn pourrait effectivement veiller sur ses compagnons pendant qu'il irait faire le tour de la forteresse. Cette idée lui trottait dans la tête depuis le début de la nuit, mais il n'osait pas abandonner ceux dont il avait la garde. Lynn pourrait parfaitement remplir ce rôle après tout.

— Tu as raison, céda-t-il. Les chevaux font une parfaite alarme. Je compte sur toi pour veiller sur nos amis pendant mon absence. S'il se passe quelque chose, crie mon nom très fort et j'interviendrai.

— Mais où vas-tu ? murmura la jeune fille.

— Je vais voir si nous sommes réellement seuls dans cette forteresse.

Rawg se leva et lui tendit sa hache. Elle l'accepta, même si elle doutait fort de pouvoir s'en servir. Dans sa main, ce n'était plus qu'un objet encombrant. Elle regarda son ami sortir sans bruit de la pièce. Elle se retrouva seule au milieu des ronflements des autres membres du groupe, particulièrement ceux d'Engar. Elle retourna près de la cheminée et rajouta du bois dans les braises. La chaleur du feu ravivé se fit aussitôt sentir.

Sereine, elle s'assit et posa la hache sur ses genoux. Au bout d'un moment, elle s'évada dans d'heureuses pensées où elle imaginait quelle magnifique cité pouvait bien être Mitralianos. La ville de lumière n'avait pas d'équivalent dans le monde connu et tous rêvaient d'y mettre les pieds un jour. Elle la première.

Soudain, un bruit la tira de ses rêves. Immédiatement sur ses gardes, elle regarda autour d'elle en empoignant fermement le manche de la hache de Rawg. Elle resta figée ainsi un long moment, le cœur battant très vite, à l'écoute du moindre bruit suspect. Hormis les ronflements de ses amis, elle n'entendit rien de suspect. Même les chevaux à l'extérieur demeuraient silencieux. Elle commença à se détendre.

Un second bruit, plus proche, la fit bondir de frayeur. Ce n'était que Burgald qui se retournait en grognant. Même les mouvements de ses amis lui faisaient peur désormais. Elle sentit le stress s'insinuer en elle, monter la garde était beaucoup plus difficile qu'elle ne l'avait imaginé. Elle reporta son regard sur le feu et se laissa hypnotiser par la danse des flammes. Avec le temps, elle reprit progressivement une respiration plus sereine et s'abima à nouveau dans ses pensées. Elle se vit aux côtés d'Ajaj, vivant heureuse dans les murs de Mitralianos. Ce songe ne dura pas bien longtemps. Un nouveau bruit sourd la perturba. Elle porta son regard vers le rebord de la fenêtre au carreau cassé et y aperçut un corbeau aussi sombre que la nuit. Il n'avait pas peur de s'approcher, mais ne faisait que l'observer avec une étrange insistance. Il s'envola ensuite en emportant tous ses mystères avec lui.

Bien plus tard dans la nuit, alors que Lynn s'était assoupie, elle sentit soudain une puissante force l'immobiliser et lui couvrir la bouche. Elle ne pouvait plus bouger, ni appeler à l'aide. L'atmosphère autour d'elle changea, le feu disparut pour laisser place à une pièce sombre et lugubre qu'aucune étincelle de vie ne pouvait éclairer. Paniquée et la tête bloquée par une force invisible, elle tenta de se débattre pour aller prévenir ses amis, en vain. De toute façon, elle réalisa qu'ils avaient disparu. Elle était seule, prise au piège d'un maléfice qu'elle ne pouvait pas combattre. Effrayée, elle tremblait de tous ses membres. Lynn vit alors une légère lueur blanchâtre apparaître devant elle. Elle pria pour que ce fût Rawg. Il n'en était rien. Un filet de brume serpenta autour d'elle pour petit à petit prendre forme humaine. Lynn poussa un gémissement. Elle avait l'impression que c'était elle-même qui venait d'apparaître. La créature qui lui faisait face avait pris sensiblement sa forme, enveloppée dans un brouillard fantomatique. Ses yeux n'affichaient pourtant aucune hostilité.

— As-tu peur, Lynn ? lui demanda-t-elle d'une petite voix qui semblait venir de très loin.

La jeune fille resta figée par l'effroi. En face d'elle, le voile de fumée abandonna les traits de son visage pour finalement dessiner des formes indécises et en continuel mouvement.

— Sais-tu qui je suis ? ajouta cette étrange entité en reprenant un autre visage féminin. Je suis une magicienne, comme toi... du moins, ce qu'il en reste. Je me nomme Agnès de Gisors.

À ce nom, Lynn poussa un hurlement qui s'évanouit dans le voile de fumée qui recouvrait encore sa bouche.

— Je vois que mon nom ne t'est pas inconnu, Lynn, comme je vois qu'il continue à engendrer la crainte chez tous ceux qui l'entendent. Hélas, les gens parlent sans savoir. J'ai disparu il y a bien des années pourtant sans que personne ne se soit réellement inquiété de mon sort. J'ai été cependant chanceuse, ou malchanceuse, cela dépend de quel côté l'on se place. Mon âme a été sauvegardée, mais mon corps m'a été volé. Je suis captive d'une force encore bien plus supérieure à la mienne, et tel que tu me vois, je ne forme plus qu'un voile de souvenirs condamné à l'abandon. Lynn, sache que je suis la vraie Agnès de Gisors, et je ne suis que bonté…

Lynn était pétrifiée par la peur, malgré ce discours bienveillant.

— Depuis peu, je sens ta force. C'est elle qui m'a attirée vers toi, alors j'ai attendu patiemment que tu t'endormes pour venir te rendre une petite visite, car il n'y a que dans les rêves que je peux communiquer avec le monde extérieur. Sache seulement que je ne suis pas ton ennemie…

La jeune fille retrouva soudain la pleine possession de ses membres.

— Reste calme et rassure-toi, tu n'as rien à craindre de moi, pas aujourd'hui…

— Pourquoi venir me hanter ? souffla Lynn qui avait aussi retrouvé l'usage de sa bouche.

— Ce que je viens chercher aujourd'hui auprès de toi, c'est de l'aide. Tu dégages une force si puissante que j'ai le sentiment que tu peux venir me libérer…

— Je ne suis pas une magicienne.

— Ah non ? Et puis-je savoir qui tu es, Lynn ?

— Où sont mes amis ? préféra demander la jeune fille peu désireuse de parler d'elle..

— Ils vont bien. Ne t'en fais pas, tu seras de nouveau bientôt parmi eux. En attendant, j'aimerais que tu me répondes. Tu es fille de magicien, Lynn, n'est-ce pas ?

— Je suis la fille de Boback Svenguard, dit-elle après une hésitation.

Le visage de la sorcière se décomposa en entendant ce nom.

— Vous le connaissiez ?

— Oui… Nous nous sommes rencontrés, il y a de nombreuses années. Comme pour toi, j'ai pénétré ses rêves pour lui demander de me libérer de mon tortionnaire. Mais il n'y est malheureusement jamais arrivé. Le monstre qui m'a volé mon corps l'a détourné de cette quête pour lui en dicter une autre.

Lynn décida de saisir cette opportunité pour obtenir des informations sur son père, la sorcière semblait bien le connaître.

— Où est-il aujourd'hui ? demanda Lynn. Que lui est-il arrivé ?

— Renonce à le retrouver, mon enfant, car certains secrets sont faits pour ne pas être révélés. Celui de ton père fait partie de ceux-là. Je peux seulement te dire que le fait de partir à la recherche du secret de ton père te met en grand danger. C'est lui qui a engendré sa propre perte. Il n'aurait jamais dû le faire sans mon aide…

— Que voulez-vous dire ? murmura la jeune fille.

— Lynn, ton père était l'ennemi de celui qui retient mon âme captive. Je crois d'ailleurs que vos routes se sont déjà croisées dans de tragiques circonstances. Cependant, il devait ignorer qui tu étais, mais aujourd'hui, ce n'est sans doute plus le cas.

Ces paroles effrayèrent Lynn.

— Pourquoi me veut-il du mal ?

— Je ne suis pas son âme. Tout ce que je peux te dire, c'est que je peux te venir en aide, mais pour cela, il faut auparavant me libérer. Tu es la seule qui puisse en être capable, j'en suis certaine.

— Mais que dois-je faire ?

— Il te faudra le forcer à sortir de mon corps…

— Non ! cria immédiatement la jeune fille, je refuse de l'approcher. Je suis désolée. Je n'ai ni la force ni le courage de le faire.

— Je ne peux t'y obliger, c'est vrai, mais je te le demande encore une fois, sauve-moi et je pourrai te protéger de tous tes ennemis !

Lynn était perdue. Pouvait-elle lui faire confiance ? N'était-ce pas un piège de la sorcière ?

— Je suis navrée, finit-elle par murmurer, mais je ne puis vous aider…

— Soit, fit Agnès d'une voix glaciale.

— Allez-vous me tuer ? interrogea Lynn.

— Non, car comme je te l'ai dit, je ne suis que bonté. Détrompe-toi sur mes intentions ; jamais, je ne te ferai le moindre mal. Ce n'est que par pure gentillesse que je te conseille de faire attention. Les membres du culte de Vulcania te surveillent. Je t'aurais prévenue…

— Pourquoi me poursuivent-ils ?

— Je suis une âme captive, Lynn, comment pourrais-je le savoir ? Maintenant, je te laisse en paix, mon enfant, et je ne t'importunerai plus, car bientôt, tu seras hors de ma portée. Mais n'oublie pas, mon enfant, hormis moi, personne en ce monde n'est en mesure de te protéger réellement.

Le voile disparut progressivement en laissant Lynn dans ses tourments. Elle se réveilla en sursaut. Déboussolée, elle avait du mal à faire la part du réel et de l'imaginaire. Elle regarda ses compagnons. Ils étaient bien là, tous profondément endormis, sauf un. Ricardo n'était plus dans la pièce. Intriguée, la jeune fille se leva en silence. Elle marcha lentement en direction de la fenêtre pour regarder au-dehors. Les montures étaient toutes là, elles broutaient calmement l'herbe. À côté se trouvait l'archer, assis tranquillement sur un pan de mur brisé, fumant ses herbes. Visiblement, la nuit et les paroles de Rawg n'avaient pas impressionné le Nyssalien. Il n'avait pas hésité à s'isoler du reste de ses compagnons pour profiter du lever du soleil. Un plaisir qu'il aimait savourer en solitaire. Totalement éveillée maintenant, Lynn décida de le rejoindre.

— Que fais-tu là de si bonne heure ? demanda-t-elle une fois près de lui.

— Je monte la garde, répondit-il simplement. Illiac m'a réveillé tout à l'heure. J'ai vu que tout le monde dormait, y compris notre jolie garde du corps, se moqua-t-il gentiment en la regardant avec complicité. Alors, j'ai décidé de rester éveillé jusqu'à l'aube.

Lynn fut gênée. Elle s'était endormie en plein milieu de la nuit, tandis que Rawg lui avait fait confiance. Son manque de vigilance aurait pu mettre le groupe en danger. Heureusement, il n'en était rien. Ricardo ne lui avait d'ailleurs rien reproché.

— J'espère que tu as bien dormi, au moins.

Elle ne répondit pas. La vision de la sorcière hantait toujours son esprit. Elle lui était apparue sans qu'elle sache réellement comment. L'oublier n'était pas facile, d'autant qu'en face d'elle se dressait le puits dans lequel Agnès avait été jetée. Elle n'avait qu'une envie, quitter cet endroit le plus rapidement possible.

— Je n'ose imaginer ce qu'elle a subi, murmura-t-elle en fixant le vieux puits.

— Tu parles d'Agnès de Gisors ! s'effara le Nyssalien. Tu as de la compassion pour nos ennemis, maintenant ?

— Elle n'a pas toujours été mauvaise apparemment.

— Cela n'a plus d'importance, nous vivons aujourd'hui sous sa menace.

Lynn frissonna.

— Tu as froid ?

— Oui, répondit-elle, nullement certaine que c'était là la seule raison de son frisson.

Elle détacha son regard du puits et le fixa sur son compagnon qui ne portait même pas un manteau.

— Mais comment fais-tu ? demanda-t-elle.

— L'habitude… les voyages… Si tu savais, là-bas, sur les terres du Nord, le froid est constant. Et à l'est, il ne fait pas si chaud que ça…

— Docker me disait que c'était des déserts.

— Oui, les terres assaniennes sont un désert, mais l'Est ne se résume pas à cela, ma petite. Tu oublies Kasdalar. Tu oublies les terres arcaniennes, sauvages et dangereuses. Dans le nord, à proximité du grand glacier d'Émania, il existe des endroits isolés où le froid est quotidien. Certaines tribus ne vivent que très peu vêtues. Seules quelques peaux leur servent de vêtement et leur suffisent pour lutter contre ce climat hostile. Un peuple aux riches vertus et coutumes, et aux talents culinaires certains…

— Les Arcaniens ? Oui, c'est vrai, concéda la jeune fille. Leurs épices sont succulentes. Tu y es déjà allé ?

L'archer secoua lentement la tête.

— Depuis que le prince Khulem a semé la terreur sur leurs terres, les sauvages de l'Est ne marchandent plus avec les terres dites civilisées de l'Ouest. Il aurait été très dangereux pour moi d'y mettre les pieds.

Un rayon de soleil vint se poser sur le visage de Lynn. Elle fut agréablement surprise que la nuit ait pu se dérouler sans réel incident.

Cependant, une question lui vint à l'esprit.

— Ricardo, que sais-tu sur celui que l'on ne nomme pas ?

— Ce n'est pas pour rien qu'on ne le nomme pas, commença-t-il d'un ton grave. À l'image des Calisards, tout a été fait pour l'oublier. Pour ma part, je ne crois ni en eux, ni en lui. Pourtant, il est dit, d'après d'anciens écrits, qu'une créature invincible vivrait dans les entrailles de la montagne de flammes. Les Calisards l'auraient vaincue il y a des siècles, mais certaines personnes fanatiques vivent dans l'espoir de la voir renaître. Ces gens-là se sont approprié la religion de Vulcania, le nom que l'on donne à la montagne de flammes. Quoi de mieux que de prétendre être guidé par une créature invincible ? Mais il faut se rendre à l'évidence, tous les fidèles de ce culte ne veulent pas le réveil de ce monstre. Les tribus warrengs vénèrent seulement la montagne, mais par un subtil mensonge, elles sont devenues de précieuses alliées de ceux qui veulent répandre leur domination sur le monde. Il est dit, selon une de leurs prophéties, que le réveil de la montagne de flammes causera la fin du monde…

Lynn ne préféra pas en entendre davantage.

— Je crois qu'il est temps de réveiller nos compagnons, murmura-t-elle.

Chapitre 13

Lorsque Rawg réapparut, il avait la désagréable impression de revenir bredouille.

— La nuit s'est bien passée ? demanda-t-il aussitôt à Lynn.

Celle-ci hocha la tête sans conviction, puis elle réveilla un à un ses autres compagnons. Ensuite, elle s'agenouilla devant le foyer, les bras tendus, les mains proches des braises encore chaudes, les yeux perdus dans le rougeoiement.

L'isard blanc s'accroupit à côté d'elle et ramassa son arme que Lynn avait pris soin de laisser près de la cheminée. Il fut ravi de voir qu'elle n'avait pas eu l'occasion de s'en servir.

— Lynn, la nuit s'est-elle bien passée ? redemanda-t-il.

Elle ne répondit pas, ni esquissa le moindre regard vers son compagnon. Envoûté par une force qu'elle ne maîtrisait pas, l'esprit de la jeune fille revivait la nuit et sa rencontre avec la prétendue âme d'Agnès de Gisors. Elle cherchait à y déceler toute information qu'elle aurait pu négliger durant cette conversation étrange.

Son mutisme inquiéta Rawg. Il la secoua fermement par les épaules en répétant son nom pour la faire réagir. En guise de réponse, elle poussa d'abord un léger gémissement. Puis, semblant enfin revenir à la réalité, elle le regarda en lui adressant un timide sourire. Rawg ne fut pas dupe. Ce comportement étrange cachait quelque chose qu'il était de son devoir de découvrir. Jamais elle ne l'avait habitué à un tel renfermement depuis le deuil d'Ajaj. Tendrement, il lui prit la main.

— Lynn, que s'est-il passé cette nuit ?

La jeune fille se laissa tomber dans les bras de son ami pour profiter de la douceur de son corps. De ce point de vue là, aucun homme ne pouvait rivaliser avec lui. Rawg comprit qu'un événement inquiétant était survenu durant la nuit. Il regretta aussitôt de l'avoir livrée à elle-même et se jura de ne plus commettre pareille erreur à l'avenir.

— J'ai fait une rencontre cette nuit, lui murmura-t-elle à l'oreille.
— Raconte-moi, mon enfant, je t'en conjure !
— Une femme est venue à moi, du moins, son âme. Je me suis endormie, et tandis que je rêvais d'Ajaj, elle a brouillé mon esprit et s'est engouffrée dans mes rêves. Au départ, elle avait mon apparence, j'ai cru que j'allais mourir. Ensuite, quand je lui ai dit mon nom, elle est devenue soudainement fébrile et m'a fait découvrir son vrai visage. Elle disait connaître mon père...
Le visage de Rawg se ferma. Il regarda autour de lui et vit que ses compagnons commençaient à émerger du sommeil. Pour s'assurer que personne ne puisse partager leur conversation, il décida de la poursuivre dans la langue des anciens que Lynn, elle, connaissait très bien. Aucun autre membre du groupe ne serait ainsi en mesure de les comprendre.
— Comment s'appelait-elle ?
— Elle m'a dit s'appeler Agnès de Gisors. C'est étrange, mais il semblerait que cette sorcière ait deux visages. Celui qui est venu cette nuit ne me voulait aucun mal.
Rawg grimaça. Elle comprit que son ange blanc lui cachait quelque chose. C'était à son tour de poser des questions.
— Tu étais au courant, n'est-ce pas ? Tu savais qu'elle hantait ce lieu !
— Je savais que quelque chose hantait ces lieux, mais j'ignorais que c'était elle.
— Elle m'a appelée à l'aide. Elle se disait prisonnière d'une force bien plus puissante que la sienne. Elle m'a dit que je devais la libérer, mais pour cela, il fallait que j'affronte celui qui lui a volé son corps...
Engar était debout maintenant. Il leur fit un petit salut de la main au passage et quitta rapidement la salle pour rejoindre Ricardo à l'extérieur et l'aider à préparer les chevaux. Burgald se leva ensuite, rapidement d'aplomb. Gérald, lui, était toujours couché sous une épaisse couverture.
— Je ne comprends plus rien, se lamenta la jeune fille. Est-elle une ennemie ou une amie ?
Rawg laissa échapper un long soupir.
— Je ne prétends pas tout savoir, Lynn. Il faut juste se réjouir qu'elle ne t'ait fait aucun mal. Que t'a-t-elle dit d'autre ?
— Elle m'a sommée de faire attention à moi. Elle m'a aussi dit qu'elle avait demandé la même chose à mon père, mais qu'il avait échoué. Cela veut-il dire qu'il est bel et bien mort ? Tout ceci prend une tournure inquiétante. C'est trop pour moi...
— Il ne faut pas dire cela, répondit Rawg d'un ton rassurant. Je sais que tout ceci sera sans doute difficile, mais tu es gardienne de nombreux pouvoirs. Agnès les a sentis, c'est pour cela qu'elle est venue à toi. Je

t'en apprendrai d'autres durant notre voyage qui, je l'espère, pourront te permettre de combattre tes pires craintes. Tu es à la fleur de l'âge, Lynn, l'âge où les magiciens prennent conscience de leurs pouvoirs. Nos ennemis savent que, dans peu de temps, tu seras en mesure de les affronter et, qui sait, de les vaincre… C'est eux qui doivent avoir peur de toi aujourd'hui, pas le contraire.

— Mais comment pourrais-je tenir tête à une femme revenue du monde des morts ? murmura Lynn avec angoisse.

— De quoi parlez-vous ? intervint Gérald encore trop vaseux pour réaliser qu'ils ne parlaient pas dans sa langue maternelle.

Rawg laissa passer un court silence. Puis il regarda Burgald et lui fit comprendre sans rien dire qu'il avait besoin d'être seul avec sa jeune protégée. Le vieil homme hocha brièvement la tête avant de sortir, emmenant avec lui Gérald qui se frottait les yeux, visiblement pas tout à fait réveillé.

Maintenant qu'ils étaient seuls, Rawg reprit la parole en langue commune.

— Bientôt, mon enfant, tu seras en mesure de contrôler tous tes pouvoirs, d'où qu'ils viennent. Aujourd'hui, tu ne crois pas en toi, car tu as peur de cet avenir. Pourtant, tu dois le savoir, il ne pourra être que bénéfique pour nous tous. Depuis la disparition de ton père, les hommes ont besoin d'un magicien pour les guider et les protéger des menaces qui pèsent sur le monde…

— Crois-tu qu'il soit encore en vie ?

La jeune fille ne se faisait guère d'illusions, mais voulait avoir un avis sincère.

— Tout ce que je sais, c'est que je ne sens plus sa force. Il n'est peut-être pas mort, mais s'il est encore en vie, c'est qu'il n'est plus un magicien, ou qu'il a trouvé le moyen de renoncer à ses pouvoirs.

Lynn se nourrit soudainement d'espoir.

— C'est possible ?

— Oui, mais je ne me fierais pas à cette éventualité, si j'étais toi. Je n'ai jamais vu un magicien accepter cela.

Lynn, elle, s'en sentait capable. L'éventualité de retrouver une vie normale n'était pas pour lui déplaire. Elle tenta d'en savoir plus.

— Que veux-tu dire ?

— Qui voudrait se débarrasser de tels pouvoirs quand il les possède ?

— Moi ! assura la jeune fille. Je le ferais volontiers…

— Ne dis pas cela, souffla-t-il. La nature et la vie ont leurs raisons que nous ne pouvons pas toujours expliquer. Nous devons assumer ce que nous sommes. Boback était le plus grand magicien de son temps. Pour moi, personne ne pouvait rivaliser avec lui, pas même Agnès de Gisors.

— Tu m'as dit qu'il n'avait jamais réussi à la vaincre, lui rappela-t-elle.

— Ne pas vaincre quelqu'un ne veut pas dire être vaincu soi-même. Mais peut-être a-t-il effectivement été vaincu... mais pas par elle…

— Par qui d'autre, alors ?

— Je l'ignore malheureusement…

— Je ne veux pas vivre ce genre de vie, s'écria soudainement la jeune fille. Je ne veux pas rencontrer sans cesse d'autres magiciens ou sorciers. Mon père a choisi sa voie, moi aussi, je veux choisir la mienne.

— Malheureusement, on ne peut pas toujours choisir, mon enfant. La vie va faire de toi la plus grande magicienne de ce monde et tu devras assumer ce rang. Tes ennemis se moqueront de savoir si tu veux te battre contre eux ou non. Ils ne seront là que pour te détruire et récupérer ce que tu portes autour du cou. Car dans le monde de la magie, la quête du pouvoir suprême est une réalité éternelle. Nous la vivons encore aujourd'hui. Tout magicien reste sur la trace des Calisards !

— J'échangerais volontiers mes pouvoirs avec n'importe qui. Je me moque de ces Calisards. Est-on certain qu'ils ont vraiment existé ? Docker m'avait dit qu'il était bon de les oublier, quoi qu'ils puissent avoir été.

— Lynn, essaie de prendre ceci comme une chance et non comme une malédiction. De grandes forces sont avec toi, et elles continueront à te protéger, car à travers toi, elles ne cherchent que le bonheur du monde. Crois-moi, il n'y a que dans cette voie que tu trouveras le tien…

Rawg lui fit un énorme sourire. Elle le lui rendit, bien qu'un peu timidement. Elle semblait peu à peu accepter la dure fatalité. Rawg en fut soulagé, car il commençait à être à court d'arguments.

— Voilà, avec le sourire, quelles que soient les circonstances, c'est comme cela que je t'aime. Alors, renonces-tu à ta destinée, mon enfant ?

Ils se regardaient avec une grande complicité.

— Non, tu sais bien que non, confirma la jeune fille. Tant que tu seras là, je ne pourrai pas renoncer.

Elle se blottit à nouveau dans les bras de l'isard blanc.

— Rawg ? fit-elle, pensive, Agnès, ou bien son âme, je ne sais plus, m'a dit que le culte de Vulcania n'était pas très loin de nous. Elle n'a rien voulu me dire de plus…

— Elle a raison, avoua-t-il sans ménagement. Je pense qu'il s'agit de ce fameux magicien. Mais sache que notre priorité est d'arriver à Mitralianos. Donc, nous allons tout faire pour le fuir, ainsi que ses sbires.

— Mais si jamais il nous rattrapait, comment pourrais-je le vaincre ? Je ne me sens pas prête à me battre, s'inquiéta la jeune fille.

— Cela viendra, mon enfant. Bientôt, le temps sera venu pour toi de te battre, seule. Mais n'aie pas peur de ce jour-là, car lorsqu'il arrivera, je ferai en sorte que tu sois déjà prête.

— En tout cas, je ne pourrai plus jamais donner la mort à quelqu'un. Je l'ai fait à Marsigliano et pour rien au monde je ne veux recommencer.

Rawg grimaça.

— J'en suis navré, mais il le faudra sûrement.

— Je ne suis pas impatiente que ce jour arrive, alors…

— Tu dois l'être, mon enfant, car tant que ce jour n'arrivera pas, nous vivrons dans la crainte du culte du Vulcania.

— Le culte de Vulcania, souffla Lynn avec exaspération, j'en fais des cauchemars chaque nuit.

Elle glissa lentement les mains autour de son cou pour récupérer son médaillon et le contempla.

— Quelle divinité priait mon père ?

— Émania, répondit aussitôt l'isard blanc. Tu en doutais ?

— Non…

— Alors, pourquoi cette question ?

— Rien, dit Lynn sans grande conviction, je me demandais juste ce que devenait le culte d'Émania dans tout ceci ? Je n'ai entendu que des atrocités à son sujet. Le massacre des Raskhards, la guerre contre mon peuple... J'ai l'impression qu'il est la cause de tout et que le culte de Vulcania ne fait qu'en profiter…

— Effectivement, la foi en Émania se perd, malheureusement, car elle prend beaucoup de directions différentes. Mais son ordre compte encore beaucoup de fidèles. Il faut aussi savoir qu'il existe une lignée sacrée d'Émania, dont l'un des héritiers remontera un jour sur le trône des hommes réunifiés, tel le dit une ancienne légende rapportée par les vents et approuvée par les puissants de Kasdalar. Leur conception d'Émania est encore bien différente de la nôtre. Pour eux, Émania ne s'est pas réincarnée pour vivre en notre terre, mais elle demeure la dernière reine des hommes. Bien sûr, cette différence d'idéologie a entraîné une rivalité incessante entre l'empire théranien et le royaume guerrier.

Lynn était sceptique.

— Tu y crois vraiment en cette idée d'héritier ?

— Il existe un médaillon appelé la larme d'Émania. Il est dit qu'une lignée se transmet de génération en génération ce médaillon. Il s'agit de la seule clé pouvant ouvrir les secrets du temple. Je crains que les réponses soient dans le temple. Nous saurons alors en quoi nous devons croire…

— Et qui porte aujourd'hui ce médaillon ?

— Aujourd'hui, c'est le prince Khulem Marienthal de Kasdalar.

— Et sais-tu à quoi il ressemble ?

— Je ne l'ai jamais vu.

— Mais comment pourra-t-on le reconnaître ?

— Nous avons la chance d'avoir Ricardo Ramenez avec nous. Il l'a déjà rencontré. Mais le temps n'est pas encore venu pour nous de le chercher. Allons, il est temps de rejoindre nos compagnons. Ils doivent s'impatienter.

Lynn approuva cette décision d'un hochement de tête. Doucement, elle se retira des bras de Rawg et se leva pour se préparer à son tour. Pendant ce temps, l'isard éteignit les dernières braises. Lorsqu'ils rejoignirent leurs compagnons, tous étaient disposés à partir. Elle constata avec joie qu'Engar lui avait déjà préparé sa monture et se tenait prêt à l'aider à monter.

— Eh bien, s'écria Gérald avec impatience, vous en avez mis du temps ! Que vous racontiez-vous donc ?

Le ton du jeune homme n'était pas agressif, mais cette question suffit à faire réagir Burgald.

— Si Rawg nous a demandé de sortir, c'est qu'il avait ses raisons.

— Nous avions à parler, lui et moi, se justifia Lynn en s'installant sur la selle de sa monture. Il s'agissait de choses intimes…

— Lynn, intervint Ricardo, tu n'es pas obligée de te justifier. Rawg est ton protecteur et il prend les décisions qui lui semblent bonnes. S'il a jugé que cette conversation devait rester secrète, nous n'avons pas à y revenir.

Elle remercia d'un regard le Nyssalien pour cette remarque, mais Gérald n'était visiblement pas du tout de cet avis.

— Ainsi, vous ne nous faites pas confiance, reprocha-t-il à la jeune fille.

Elle ne sut que répondre. Ricardo vint rapidement à son secours.

— Pour tout ce qui concerne Lynn et sa mission, c'est Rawg qui prend les décisions. Si tu ne les respectes pas, le menaça-t-il, tu deviens un danger, et donc un ennemi…

Gérald ravala sa salive et fit profil bas. Engar était sans doute en mesure de le défendre contre eux, mais il commençait à douter de sa loyauté.

Ils sortirent de la forteresse abandonnée pour se diriger vers les vastes plaines de Cassandrie, passage obligé pour atteindre l'empire en évitant le sud des montagnes grises, bien plus difficile d'accès. Le long des derniers versants, le groupe put constater la désolation et les ruines qu'engendrait l'actuel conflit entre Nyssaliens et leurs ennemis tout le long de la frontière. Petit à petit, cette guerre semblait prendre la cause des disciples de Vulcania, beaucoup plus nombreux et mieux armés. Des compagnies entières d'écorcheurs fondaient sur les plaines, provoquant la fuite de la population. Autour d'eux, les champs de bataille se dessinaient à perte de vue, laissant des contrées abandonnées. Les archers de Cagliari et leurs alliés faisaient de nombreux dégâts dans les rangs ennemis, mais ne pouvaient contenir une fougue et un fanatisme allant bien au-delà de la peur de mourir. Les gens fuyaient et pensaient trouver refuge dans les grandes cités nyssaliennes. Une chose pourtant étonna les cinq compagnons de Gérald. Chemin faisant, Burgald tenta d'en savoir plus auprès du jeune noble sur les ambitions des Cassandriens dans cette lutte.

— Pourquoi la Cassandrie n'intervient-elle pas ? lui demanda-t-il. Car il me semble qu'elle aussi est menacée.

La réponse de Gérald fut claire et précise.

— La Cassandrie ne se mêle d'aucun conflit tant que celle-ci n'y trouve pas d'intérêt pour elle. Cet égoïsme l'a maintenue à l'écart de tous les fléaux durant les derniers siècles. J'approuve cet état d'esprit, même si j'admets qu'aujourd'hui, il n'est pas approprié.

Le capitaine montagnard fut satisfait d'entendre enfin une parole sensée sortir de la bouche du jeune homme.

— Les Cassandriens ne se protègeront pas de celui-ci, certifia Rawg. La chute de Franchort en est l'exemple.

— De plus, il me semble que le culte de Vulcania est depuis bien longtemps en Cassandrie, ajouta Ricardo. C'est sans doute pour cela qu'elle n'intervient pas. À mon avis, Formurail, à l'image de son roi, est déjà occupé et dominé.

— La Cassandrie est riche, finit par admettre le jeune homme après un moment de réflexion, mais pas très puissante. Je doute fort qu'elle puisse rivaliser avec la montée du culte de Vulcania. Nous avons de très bons chevaliers, sans doute les meilleurs, mais ils sont trop peu nombreux. L'armée du roi s'affaiblit, car il perd progressivement le soutien de ses seigneurs. C'était déjà le cas de mon père, son propre frère…

Tous furent étonnés par cette remarque pleine de modestie. Gérald ne les avait pas habitués à cela depuis leur départ.

Rawg vint à la hauteur de Lynn. Du haut de sa monture, elle le vit la rejoindre sans effort. Étrangement, il semblait moins éprouvé que les chevaux.

— Comment fais-tu pour être aussi en forme ? lui demanda-t-elle.

— Ce sont les autres qui me rendent aussi robuste.

Lynn s'amusa de cette réponse qui était loin de tout expliquer. Elle regarda un instant son compagnon puis tourna la tête pour faire voler ses cheveux dans le vent.

— Et que fait-on pour l'homme qui nous suit ?

L'isard blanc parut songeur un instant.

— Ne t'en fais pas pour lui, répondit-il en se frottant le menton. Ce n'est pas lui qui m'inquiète dans l'immédiat. Au fait, Agnès t'a-t-elle parlé d'un certain Redrus Albrecht ou du seigneur qui mène les légions de Kasdalar ?

— Non… Mais tu sais, Rawg, je pense que nous devrions faire confiance aux autres, pensa la jeune fille. Nous connaissons tous les deux Burgald, c'est un homme bien. Ricardo Ramenez a lui aussi l'air d'être sincère avec nous. D'autant plus qu'il sait déjà beaucoup de choses.

— Oui, tu as peut-être raison… Et pour Gérald ?

Lynn poussa un soupir.

— Je lui fais confiance. Tu sais, j'ai passé un peu de temps avec lui à Vinaledad avant notre départ. C'est un homme bien, je pense…

— Son attitude est parfois insupportable, surtout envers Engar, laissa-t-il échapper.

— Moi non plus je ne cautionne pas son attitude envers son esclave.

— Il s'appelle Engar, souligna Rawg.

— Oui, Engar, se reprit-elle en rougissant. Mais il faut le comprendre, il a toujours vécu dans le luxe. Pour lui, tout ça est normal. Et puis, Engar ne se plaint pas…

— Bon, très bien, fit Rawg. Je te laisse prendre la décision, Lynn.

Elle ne prit que très peu le temps de la réflexion.

— Disons-leur !

Chapitre 14

Toujours guidé par Ricardo, le groupe finit par franchir les premiers versants descendants des vastes terres de Cassandrie. Les plaines et les villages, assez nombreux, dominaient une terre fertile et épargnée depuis quelques années par les guerres. Ici, les hostilités avec le culte de Vulcania ne semblaient pas d'actualité. Le vent froid se faisait toujours sentir. Protégée dans son manteau, Lynn découvrait une terre peu différente de celle qu'elle avait connue lorsqu'elle vivait dans l'empire théranien. Seules les forêts, moins nombreuses, laissaient place à des terrains cultivés, eux-mêmes entourant les quelques villages qui peuplaient les confins de ce royaume. Comme l'expliquait avec fierté Gérald, durant l'été, les fleurs recouvraient les prairies jusqu'à l'horizon. Seul le coucher du soleil sur l'océan pouvait soutenir la comparaison avec cette beauté éphémère.

Tous les soirs, le feu qu'allumait Khulem en arrière de leur position perturbait Rawg et ses compagnons. Ils n'avaient de cesse de river leurs yeux vers le campement du guerrier qui, patiemment, attendait le moment opportun pour agir. Il parvenait avec habileté à garder une distance suffisante lui permettant de suivre le groupe sans être lui-même menacé. Mais durant toute cette dernière journée, plus aucune trace de sa présence ne fut détectée, comme s'il s'était évanoui au sein d'une terre bien trop vaste à leur goût.

Gérald était submergé par les souvenirs de son pays qui revenaient à grand galop au fur et à mesure qu'il s'en rapprochait. Il n'en gardait que les bons. Pour partager sa joie de vivre retrouvée, il expliqua à ses compagnons la manière de vivre des gens de son peuple. Il ne s'adressait à personne en particulier et se moquait de savoir s'il était écouté ou non. En réalité, tous gardaient une oreille attentive, sans quoi, ils n'auraient rien compris, tant son accent était prononcé.

Dans cette société féodale, il n'y avait pas de grandes cités comme on pouvait en trouver au sein de l'empire théranien. Seuls les châteaux forts justifiaient le pouvoir du royaume. Les gens pauvres allaient s'y réfugier quand le danger se faisait sentir. Le reste du pays était composé de petits villages, souvent entourés de palissades peu dissuasives, ne dépassant que très rarement les cinq cents habitants. Les villageois, pour la majorité, travaillaient la terre au nom de leur seigneur qui leur offrait en échange protection. Les comtes étaient légions dans le pays et tous n'avaient pas forcément prêté allégeance au roi, embarquant souvent leurs propres sujets dans des rivalités qui affaiblissaient continuellement un royaume de moins en moins influent.

La nuit menaçait déjà. Les six compagnons devaient rapidement songer à trouver un endroit pour dormir. Par chance, les fumées d'un village se profilèrent à l'horizon. Il serait facile d'y trouver une taverne qui les accepterait pour une nuit. Tous s'impatientaient déjà à l'idée de retrouver le confort d'un vrai lit. Chacun cultiva cette idée en accélérant sa cadence. Les nuits à la belle étoile avaient leur charme, mais fatiguaient davantage les grands voyageurs. Poussé par l'impatience de retrouver la chaleur d'une chaumière, le groupe effaça rapidement la distance qui les séparait du village. Gérald arrêta soudain sa monture à quelques centaines de mètres de l'entrée du village, faisant barrage devant Rawg.

— Qu'y a-t-il ? s'étonna l'isard blanc.

Le jeune homme fut presque gêné de lui annoncer la mauvaise nouvelle.

— Pardonnez-moi, Rawg, n'y voyez rien de personnel, mais je crains qu'il ne soit pas une bonne idée que vous pénétriez dans ce village. Les isards ne sont pas les bienvenus en Cassandrie. Vous risqueriez d'y être lynché. Pensez ce que vous voulez, mais je ne suis pas désireux que cela vous arrive.

— Oh ! s'écria Ricardo avec un amusement modéré, notre noble seigneur ferait-il enfin preuve de compassion ?

— Ne vous méprenez pas ! Rawg est le seul à pouvoir nous protéger de nos ennemis. Il n'est pas dans mon intérêt de le voir disparaître.

— Alors, intervint Lynn dans la confusion, que faisons-nous ?

Rawg médita. Malheureusement, les paroles de Gérald étaient à prendre en considération. D'un autre côté, il ne voulait pas priver ses compagnons d'une nuit au chaud. Le froid était encore bien présent et même si lui n'en souffrait pas, il n'était pas désireux de les obliger à subir une nouvelle fois cette épreuve. Un peu de confort pourrait leur faire du bien autant physiquement que moralement. L'idée de les abandonner l'espace de quelques heures ne lui plaisait guère non plus. Après bien des hésitations, il prit sa décision.

— Allez-y ! Je vous confie Lynn pour cette nuit. Veillez sur elle plus que sur votre propre vie. Pour ma part, je vais en profiter pour retrouver la trace de celui qui nous suit. J'ai des choses à lui dire…

— Je ne pense pas qu'il faille nous séparer, intervint Burgald. Nous pouvons rester avec toi, à l'extérieur du village. Ce n'est pas une nuit de plus à la belle étoile qui nous tuera.

— À demain matin, se contenta de répondre Rawg en s'éloignant déjà. Et n'oublie pas, Lynn, en cas de danger, il te suffit de crier mon nom…

Il repartit en direction des hautes montagnes, seul endroit où il se sentait finalement comme chez lui. Il laissa derrière lui ses compagnons qui partageaient tous le goût amer de l'abandonner. Celui-ci fut amoindri par l'impatience de retrouver un confort qui leur échappait depuis bien longtemps.

L'entrée du village était finalement dépourvue de surveillance, ce qui leur permit d'y pénétrer aisément et sans subir les questions d'éventuelles sentinelles. Une cérémonie étrange monopolisait l'attention de l'intégralité des villageois. Tous s'étaient réunis sur la place principale et observaient un spectacle inédit pour les Montagnards du groupe. Un grand bûcher laissait s'envoler une longue et dense fumée noire. Les pauvres personnes que l'on brûlait ne poussaient aucun cri. La mort les avait déjà frappés depuis bien longtemps.

Les cinq compagnons s'approchèrent sans que personne leur prête la moindre attention. Tous avaient les yeux braqués sur le brasier. Lynn, horrifiée, détourna son regard pour ne pas assister à cette scène morbide. Elle croisa les yeux de Gérald.

— Qui brûle-t-on ? Et pourquoi ? demanda-t-elle avec un dégoût prononcé.

Celui-ci jeta un bref regard vers le bûcher.

— Les personnes que l'on brûle sont sans doute des sorcières, répondit-il avec indifférence. C'est une coutume très répandue chez nous. C'est ainsi qu'aurait mérité de finir cette Agnès de Gisors.

Ricardo émit une réserve.

— Je doute fort qu'en Cassandrie on tue les sorcières par le feu, et je trouve d'autant plus étonnant qu'elles se soient fait prendre par des simples…

Gérald lui adressa un regard féroce.

— Vous ne me croyez pas ? Regardez pourtant, je n'invente rien. Agnès de Gisors n'a été que lapidée et elle est revenue. Alors, aujourd'hui, les sorcières sont brûlées pour être certain que leur corps soit définitivement détruit. Et pourrais-je savoir qui vous appelez les simples ?

Il était aisé de comprendre qu'il prenait cela pour une insulte.

— Ce sont des gens ne pratiquant pas la magie, lui répondit posément Lynn. Il n'y a rien de méchant, vous êtes un simple, vous-même.

Burgald s'avança vers la foule. Rapidement, il interpella un vieillard.

— Bonjour à toi, l'ami, entama-t-il avec politesse. Peux-tu me dire ce que ces gens ont fait ?

L'homme regarda le vieux capitaine d'un air surpris. Ses rides prononcées lui donnaient l'apparence d'un centenaire. Même le vieux Burgald paraissait jeune à côté de lui.

— Vous n'êtes pas du coin, vous, s'écria-t-il avec un accent encore plus fort que celui de Gérald.

Burgald peina à comprendre. Il ne sentit néanmoins aucune agressivité dans la spontanéité de ce vieux paysan. Il fut honnête avec lui, en espérant que cela n'allait pas lui porter préjudice.

— On ne peut rien te cacher… J'arrive du sud avec mes compagnons.

— Vous ne ressemblez pas à un Nyssalien, rétorqua le vieillard avec un entrain peu commun pour son âge.

— Mais je n'ai pas dit que je l'étais, se défendit Burgald en souriant.

Un silence s'installa alors que le paysan le dévisageait curieusement. Il n'était pas le seul. D'autres gens, qui avaient entendu la question de cet étranger, en faisaient de même.

— Alors, insista Burgald du haut de sa monture, qui sont-ils ?

— Ils ont été choisis, jeune homme, lui répondit le vieillard.

Le vieux capitaine sourit. Il n'était pas courant à son âge d'être comparé à un jeune homme. Cette remarque flatteuse rendit son interlocuteur bien sympathique à ses yeux.

— Et ? insista-t-il. Choisis pour quelles raisons ? C'est une cérémonie ?

— Eh bien, nous les rendons au feu, telle est sa volonté pour lui prouver notre amour et notre dévotion ! Ainsi, Vulcania nous épargnera peut-être quand elle se réveillera…

Burgald eut un sursaut et fit faire aussitôt demi-tour à son cheval, revenant vers ses compagnons.

— D'après ce que j'ai compris, dit-il à voix basse pour ne pas attirer l'attention, c'est un sacrifice ! C'est une coutume des adeptes du culte de Vulcania. Il semble bien que tous ces gens sont dévoués à ce culte. C'est une catastrophe…

Tous se tournèrent vers Gérald. Ce dernier se contenta de hausser les épaules.

— Je n'y suis pour rien.

— Désormais, il n'y a pas de doute, s'écria Burgald, la Cassandrie est dominée par le culte de Vulcania jusque dans les villages les plus isolés. Nous ferions mieux de ne pas faire de vieux os ici.

— Tu as raison, il faut partir, intervint Ricardo. Ce n'est pas le moment de faire parler de nous.

— Je suis d'accord, ajouta Gérald. Si nous restons discrets, tout se passera bien. Trouvons un endroit pour dormir ! Il doit bien y avoir une auberge dans le coin.

Le petit groupe partit à la recherche de l'auberge du village. Tous étaient impatients de s'y reposer.

Ils la trouvèrent assez facilement et attachèrent leurs chevaux à l'entrée. La porte était fermée. Ricardo frappa plusieurs fois. Une petite fenêtre s'ouvrit pour laisser apparaître les yeux sombres de l'aubergiste. Par chance, il était resté là, il n'était pas sur la place avec les autres villageois. L'archer le salua cordialement.

— Bonsoir, nous sommes étrangers et cherchons un endroit pour passer la nuit. Avez-vous de la place pour cinq ?

— Faut voir ! Avez-vous les moyens ?

— Nous payerons selon votre prix, intervint Gérald, désireux de passer enfin une nuit dans un vrai lit. Nous avons de l'argent.

— Ah, s'écria l'aubergiste, je vois qu'il y a un Cassandrien avec vous.

Il n'en fallait pas plus pour le convaincre. Il leur ouvrit la porte aussitôt. Les cinq compagnons sentirent une douce chaleur se répandre sur leur visage engourdi par le froid. Cette sensation leur laissa présager la merveilleuse nuit qu'ils allaient enfin pouvoir savourer dans cet établissement. L'aubergiste dévora Lynn des yeux lorsqu'elle passa devant lui, et encore plus quand elle se débarrassa de son lourd manteau, laissant apparaître ses courbes gracieuses. Dans la pièce principale, et dans un silence respectueux des gens qui dormaient déjà à l'étage, quelques clients terminaient leurs verres. Cette vision suffit pour ramener la jeune fille quelque temps en arrière, en compagnie de Docker. Un sentiment de nostalgie de cette époque heureuse la saisit. Elle savait qu'il en serait de même chaque fois qu'elle entrerait dans ce genre de lieu.

L'aubergiste se dirigea derrière son comptoir pour feuilleter son registre. Il mit quelques longues secondes à le faire, avant de finalement grimacer.

— Vous n'avez pas de chance, leur indiqua-t-il, il ne me reste que deux chambres. Ça ne fait que deux lits…

— Ce n'est pas grave, répondit Burgald, nous les prenons. Nous nous débrouillerons.

— Comme vous voulez. Vous avez des montures ?

— Oui, nos chevaux sont devant l'établissement, répondit le vieux capitaine.

— C'est bon, j'irai les mettre dans l'écurie tout à l'heure. Il n'y a pas de raison, ils ont le droit eux aussi de passer une bonne nuit. Vous voulez boire quelque chose avant de monter vous coucher ? fit-il en tendant les clés à Ricardo.

— Oui, volontiers, répondit ce dernier.

Lynn n'était visiblement pas de cet avis, vu le bâillement énorme qu'elle ne put retenir.

— Tu n'es pas obligée de rester, lui indiqua l'archer.

Il fallait maintenant répartir les chambres rapidement, car Lynn attendait avec impatience de pouvoir aller se coucher. Elle bâilla une nouvelle fois pour exprimer son impatience. Gérald voulait s'installer avec la jeune fille, mais Burgald n'était pas du tout d'accord. En bon capitaine et soucieux de la cohésion du groupe, il préférait répartir les chambres de manière plus judicieuse.

Épuisée et agacée par cette conversation stérile, Lynn ne voulut pas attendre un instant de plus et fit mine de partir. Burgald la retint délicatement par le bras.

— Attends, ne monte pas seule. Je viens avec toi !

— Burgald, souffla-t-elle, nous sommes en plein milieu de la campagne cassandrienne, alors que pourrais-je craindre ?

— Nous ne sommes jamais trop prudents, déclara sur un ton ferme le capitaine.

— Vous avez l'occasion de prendre du bon temps, alors profitez-en tous ! Moi, tout ce que je veux, c'est dormir.

Elle lui fit un clin d'œil complice. Burgald ne voulait pas l'admettre, mais lui aussi avait également besoin de se détendre.

— Je reste persuadé qu'il nous faut être vigilants, intervint Gérald. Engar vous accompagnera, Lynn. Il veillera sur vous pendant que vous dormirez.

Le Nordique ne broncha pas. Lynn prit aussitôt la défense du géant nordique.

— Gérald, souffla-t-elle, lui aussi a le droit de se relaxer avec vous ce soir.

Le jeune homme resta catégoriquement campé sur ses positions.

— Il vous accompagnera ! J'insiste ! C'est pour votre sécurité.

Lynn accepta à contrecœur. Elle était désolée pour Engar. Ce dernier se leva sans discuter et accompagna la jeune fille à sa chambre. Pendant ce temps, les trois autres compagnons allèrent s'installer à une table. Ils ne se l'avouaient pas, mais l'ordre que venait de donner Gérald à son serviteur arrangeait bien Ricardo et Burgald.

En vieux roublard, ce dernier commanda à l'aubergiste trois verres de bière. Gérald était pris au piège : il aurait bien voulu les quitter en douce pour rejoindre Lynn, mais encadré par les deux hommes, il n'avait aucune chance. La commande arriva rapidement. L'aubergiste posa les verres sur la table en regardant le vieux capitaine.

— Essayez tout de même de ne pas faire trop de bruit, mes amis. Il est tard et certains dorment déjà !

— Ne vous inquiétez pas, mon brave. Et puis, ne serait-ce que par respect envers la jeune fille qui nous accompagne et qui est partie se coucher, nous resterons silencieux.

L'aubergiste acquiesça avec soulagement. Les deux derniers clients de l'auberge qui étaient assis à l'autre bout de la pièce se levèrent et quittèrent la salle. Il ne restait que les trois aventuriers et le gérant. Celui-ci nettoyait sa vaisselle avec métier en gardant un œil sur eux.

— Vous ne croyez tout de même pas que je vais boire tout cela, fit Gérald en écarquillant les yeux devant la taille du verre devant lui.

— Non, répondit Ricardo avec amusement, ne vous inquiétez pas, vous n'allez effectivement pas boire que cela. D'autres verres vous attendent, et pour nous aussi, d'ailleurs…

Il s'esclaffa avant de se saisir du sien et de le vider en une gorgée. Burgald éclata d'un grand rire avant d'en faire autant. Gérald n'en revenait pas et regrettait déjà de ne pas être monté dans sa chambre pendant qu'il en était encore temps. Désormais, il était trop tard pour se défiler. Il prit timidement son verre et avala une gorgée. Alors qu'il allait le reposer, Burgald lui maintenant la tête d'une main et le verre de l'autre le força à en boire tout le contenu d'un seul coup. Le jeune homme tenta de se débattre, mais il ne put rivaliser. La moitié de la bière éclaboussa ses vêtements. L'aubergiste grimaça également en voyant son plancher se tacher. Le jeune homme se mit à tousser, de la bière lui ressortant même du nez. Ses compagnons s'esclaffèrent bruyamment, Burgald ne faisait qu'entamer sa vengeance personnelle.

À l'étage, dans l'une des chambres, Lynn se préparait à se coucher. Elle se déshabilla en prenant bien soin que son garde du corps d'un soir ne puisse la voir. Elle n'avait d'ailleurs pas besoin de prendre cette précaution, Engar demeurait très respectueux vis-à-vis d'elle et s'était déjà retourné sans qu'elle le lui demande. Pourtant, elle se méfiait de lui, pour la simple et bonne raison qu'elle ne le connaissait pas vraiment. De plus, elle gardait de gros préjugés sur les Nordiques, dont elle avait rencontré un bon nombre lors de ses années avec Docker. Elle refusa d'éteindre la seule bougie qui lui servait de lumière, car se retrouver dans le noir seule avec lui l'effrayait un peu.

Elle n'avait pourtant rien à craindre de sa part, car il n'était pas comme ceux dont elle avait peur. Il donnerait sa vie pour la protéger, s'il le fallait. Lynn s'installa dans son lit, puis regarda le Nordique qui n'avait pas bougé.

Il restait debout, les yeux figés dans la direction du mur pour ne pas la gêner.

— Engar, que fais-tu ? Pourquoi restes-tu ainsi ?

Le Nordique lui répondit sans porter son regard sur elle.

— Je monte la garde, mademoiselle, car mon maître me l'a ordonné.

La jeune fille resta pensive un instant.

— Oui, je sais, Gérald te l'a ordonné, mais il se soucie trop de ma personne. Je n'ai pas besoin d'être surveillée ainsi. Ici, nous n'avons rien à craindre, j'en suis persuadée.

— Nous ne sommes en sécurité nulle part, mademoiselle. Le culte de Vulcania rôde partout, et aussi dans ce village. Je me dois de me tenir prêt à vous défendre, mademoiselle.

— Regarde-moi, lui ordonna-t-elle gentiment.

Il obéit et elle chercha son regard.

— Appelle-moi Lynn, s'il te plaît.

— Je ne peux pas, mon maître me l'interdirait. Il dirait que ce serait vous manquer de respect. Je ne suis qu'un esclave.

— Pourtant, dit doucement Lynn avec un regard complice, moi je dis que c'est me manquer de respect de ne pas m'appeler par mon vrai nom. À partir d'aujourd'hui, appelle-moi Lynn. Peu importe ce qu'en pense Gérald. Entendu ?

Après une brève hésitation, il hocha la tête.

Elle lui adressa un sourire qui aurait fait fondre d'amour n'importe quel homme. Mais chez Engar, il eut pour effet de lui apporter un réconfort. Il pensait avoir trouvé une amie. Il refusait cependant de trop y croire.

— Je te sens fatigué. Tu n'as qu'à dormir ! Il y a ce fauteuil, installe-toi !

— Je ne peux pas, mon maître…

Elle lui coupa la parole.

— Je sais, ton maître te l'a ordonné. Écoute, Engar, il ne peut rien nous arriver aujourd'hui. Tu peux dormir sur tes deux oreilles.

— En réalité, je préfèrerais être en bas avec les autres.

— Crois-moi, je pense qu'ils font une erreur d'agir de la sorte. Ce n'est pas comme cela qu'ils vont reprendre des forces. Demain, je crois que nous allons nous les traîner.

Il sourit.

— Vous avez raison…

Le Nordique s'installa finalement dans le fauteuil. Ce n'était pas un lit, mais cela suffisait amplement à son confort. Il ferma rapidement les yeux. Lynn après un dernier regard sur Engar souffla la bougie.

Un étage en dessous, l'alcool commençait à faire de l'effet sur les trois compagnons.

— Voyez-vous, Gérald, je me suis toujours demandé pourquoi Franchort a été attaqué. Il n'y a rien là-bas ! Je suis...

— Vous êtes rongés par l'alcool, lança Gérald d'une voix pâteuse, vous feriez mieux de vous taire ! Allons donc nous coucher !

Pendant ce temps-là, Burgald revenait avec trois nouveaux verres en mettant difficilement un pied devant l'autre. L'aubergiste ne leur disait rien, car jusqu'à présent, ils respectaient tous les trois le silence promis. Il en était même surpris. Le vieux Montagnard posa péniblement ses verres sur la table et changea radicalement de sujet. Il ne savait d'ailleurs pas de quoi avaient discuté ses compagnons durant sa courte absence.

— Vous êtes tous des barbares, vous, les Cassandriens ! hurla-t-il.

— Chut ! fit Gérald en regardant l'aubergiste. Nous ne sommes pas seuls. Des gens dorment, des Cassandriens d'ailleurs...

Burgald n'accorda aucune importance à cette mise en garde.

— Eh bien, s'ils ne sont pas contents d'être réveillés, qu'ils viennent se plaindre, je les attends !

Puis il s'assit péniblement avant de reprendre d'une voix forte en menaçant Gérald avec son index :

— Arrêtez de tourner autour de Lynn, petit prétentieux ! Croyez-vous qu'elle vous mérite ? Jamais elle ne sera votre femme, c'est une fille du peuple, pas une noble !

— Lynn est une magicienne, le corrigea Gérald. Une magicienne n'est pas une fille du peuple...

— Peu importe ! hurla le vieux capitaine en articulant difficilement. Ne l'approchez plus ! Croyez-vous que vous pourrez la traiter comme vous traitez votre esclave ?

— Mais je n'ai pas l'intention de la maltraiter ! se défendit Gérald, visiblement embarrassé par cette situation. J'aime Lynn et j'espère un jour en faire ma femme. Nous pourrions refonder Franchort pour y vivre avec nos sujets. Nous serions heureux, en tant que roi et reine.

— Et qui seront vos esclaves ? Nous ? répondit Burgald en se tapant violemment le torse. Petit fou, vous courez après cette fille alors que vous ne la méritez pas. Vous n'êtes qu'un petit morveux.

Gérald ne put supporter une telle injure. Il bondit sur le vieux guerrier sans réfléchir, l'alcool n'était sans doute pas étranger à ce soudain courage. Le capitaine lui administra alors un violent coup de poing, chose qu'il voulait faire depuis bien longtemps. Le jeune homme le reçut de plein fouet et fut sonné sur le coup. Il tomba lourdement à terre en perdant connaissance.

Ricardo regarda le jeune noble couché au sol, puis son vieux compagnon et marmonna :

— Tu as été dur, là, mon ami. Mais j'ai bien aimé…

Burgald ne comprenait guère ce qu'il venait de se passer. Tout tournait autour de lui. Jamais il n'aurait pensé que quelques bières lui feraient un tel effet ; habituellement, il supportait l'alcool beaucoup mieux. Il tourna la tête maladroitement dans tous les sens pour constater qu'il était resté le dernier encore conscient. Ricardo s'était affalé sur la table, il ronflait.

Puis Burgald se dirigea vers l'aubergiste. Lui seul pouvait lui fournir une explication. Ce dernier le regardait sans broncher, il paraissait même indifférent face à l'état de ses clients. Le capitaine fit trois pas vers lui avant de s'écrouler à son tour.

L'aubergiste s'assura alors que tout le monde s'était bien endormi. Quand ce fut chose faite, il s'éclipsa dans un grand silence. Il sortit discrètement de son établissement et, chemin faisant, il regarda à maintes reprises derrière lui pour s'assurer que personne ne le suivait. Il s'enfonça dans le village en direction de l'écurie située deux ruelles plus loin et seulement éclairée par une petite lanterne. Il se faufila au milieu des chevaux qui ne bronchèrent pas, ils avaient l'habitude de sa présence.

Au fond de l'étable, un guerrier l'attendait debout, adossé contre une poutre, le genou plié et le regard noir. Il était armé jusqu'aux dents. Ses armes brillaient dans la nuit, comme si elles n'avaient encore jamais été utilisées. L'aubergiste était visiblement mal à l'aise en sa présence.

— Alors, c'est bon ? demanda le guerrier.

— Vous aviez raison, ils sont là et ne se doutent de rien… trois sont drogués dans la pièce commune.

— Drogués ? Bien ! Et où sont les autres ?

— La jeune fille dort à l'étage, mais elle est surveillée par le Nordique.

— Bien, il est enfin temps d'agir, murmura Khulem avant de jeter une bourse à l'aubergiste avec nonchalance.

Chapitre 15

Khulem, la mâchoire crispée, avançait prudemment dans la salle commune de l'auberge. Sa principale préoccupation était de faire le moins de bruit possible et quand, parfois, le vieux plancher grinçait, il serrait les dents. Sur le seuil de la porte, l'aubergiste observait sa progression. Les trois hommes inconscients n'esquissèrent pas le moindre mouvement lorsque le jeune homme passa près d'eux pour rejoindre les escaliers qui menaient à l'étage. L'obstacle n'avait pas été très difficile à franchir.

Il faut dire que l'absence de Rawg était une chance pour Khulem, une chance qu'il avait lui-même provoquée, cependant. Il avait escompté que son absence allait éveiller la prudence de l'isard blanc, et qu'un jour ou l'autre, ce dernier partirait à nouveau à sa recherche. Cette fois encore, il s'était montré plus malin et avait réussi ainsi à écarter un obstacle de taille. Précédant l'arrivée du groupe dans ce petit village, il avait été aisé de s'accorder les faveurs de l'aubergiste avec une promesse de rétribution à la clé. Désormais, entre lui et Lynn ne restait plus que le puissant colosse nordique. Khulem était loin de négliger ce dernier obstacle.

Arrivé devant la porte de la chambre de la jeune fille, Khulem colla son oreille contre la porte. Il perçut le son d'un ronflement puissant. Puis il prit le soin de s'armer de son épée, abandonnant momentanément son arbalète fétiche pour ne pas être gêné dans ses mouvements. Il la posa très délicatement sur le sol. L'ouverture de la porte fut un moment délicat, car celle-ci émit un petit grincement continu. Il se glissa dans la pièce et la referma derrière lui. Puis il attendit que ses yeux s'habituent à l'obscurité, profitant de ces instants pour réfléchir à la suite des opérations. Égorger le Nordique endormi dans son fauteuil serait pour lui une assurance d'accomplir sa mission rapidement et en toute sécurité. Il refusait néanmoins de céder à cette facilité, d'autant qu'elle le conduirait vers le déshonneur. Engar ronflait avec une telle puissance qu'il se dit que cela allait grandement lui faciliter la tâche, le son couvrirait aisément les bruits qu'ils pourraient faire. Il avança vers le lit dans lequel s'était couchée Lynn. Il prit le temps de la contempler.

La jeune fille dormait paisiblement, allongée sur le côté. Son visage d'ange exprimait une sérénité étrange qui laissa le guerrier perplexe. Son souffle apaisé laissait croire qu'elle ne craignait rien. Le confort de son lit lui offrait simplement la jouissance d'une bien belle nuit. Khulem eut presque honte de devoir y mettre un terme. Engager une quelconque action ferait irrémédiablement de lui un ennemi, mais il ne voyait aucune autre solution. Jamais Lynn ne le suivrait de son plein gré. Cependant, au fil des minutes, il changea d'avis. Il n'avait aucune envie de l'enlever de force et il se mit à croire qu'elle pourrait de nouveau avoir confiance en lui, s'il faisait preuve de douceur à son égard.

Le temps d'agir était venu. Il prit la décision de la réveiller. Là, sans doute, était la seule chance qu'il avait de se faire passer pour un ami. Après un regard sur le Nordique qui n'avait pas bougé d'un pouce, il posa sans bruit son épée au sol et s'assit sur le côté du lit. Il lui caressa tendrement les cheveux, puis le visage pour la sortir en douceur de ses rêves. Elle réagit par de timides mouvements de tête, mais sans pour autant se réveiller. Khulem insista et se mit à aimer ce petit jeu. Il en perdit toute vigilance, comme s'il était seul dans la pièce avec la jeune fille.

Elle ouvrit enfin les yeux. Dans l'obscurité, elle distingua les traits d'un homme, mais étrangement, sa courte barbe claire ne lui fit penser à aucun de ses amis. Quand sa vue se précisa enfin, elle put enfin identifier l'auteur des douces caresses. Elle reconnut avec une grande surprise le mystérieux guerrier qui lui avait déjà sauvé la vie par deux fois. Mais il était également celui dont tout le monde devait se méfier. Ce fut donc légitimement qu'elle ouvrit la bouche avec la ferme intention de hurler au secours.

Khulem déchanta aussitôt. Tous ses espoirs de ramener la jeune fille sans violence s'envolaient. Plus vif qu'elle, il plaqua promptement une main sur sa bouche pour l'empêcher de crier. Coincée sous sa couverture, Lynn tenta de se débattre, mais elle fut rapidement immobilisée par le guerrier. De sa main libre, celui-ci mit un doigt sur ses lèvres en cherchant en même temps le regard paniqué de la jeune fille. Lui faire comprendre qu'il ne lui voulait aucun mal n'était pas évident. Mais rapidement à bout de force, Lynn affronta finalement les yeux de son agresseur. Elle se calma presque aussitôt, ne rencontrant dans son regard aucune animosité à son égard.

— Je ne te veux aucun mal, chuchota Khulem pour tenter de rassurer la jeune fille.

Le souffle court, elle n'esquissa aucun geste. Seuls ses yeux dirigés brusquement au-dessus de lui lancèrent un message subtil au guerrier. Il n'eut pas réellement le temps de le déchiffrer. Soudainement, deux bras puissants l'empoignèrent pour le soulever sans peine et le projeter de l'autre côté de la chambre. Le choc fut violent et manqua de peu de lui faire perdre connaissance. Par réflexe, il tenta de se relever à l'aide de la poignée de la porte fermée de la chambre, celle-ci s'ouvrit comme il se relevait. Engar se planta devant lui armé de sa hache et avec la mine des mauvais jours. Derrière lui, Lynn restait cachée derrière ses draps, regardant avec impuissance cette confrontation.

Désarmé, Khulem ne se donnait que peu de chances contre un tel adversaire. Alors qu'il cherchait désespérément une idée, son regard se porta sur son arbalète laissée quelques minutes plus tôt dans le couloir. Il fit aussitôt un bond pour la récupérer, mais le Nordique se lança à sa poursuite. Tandis qu'il parvenait à se saisir de son arme, Engar lui agrippait la cheville et le traînait de force vers l'intérieur de la pièce. Khulem, malgré sa mauvaise posture, releva son arme et tira. Le carreau se planta dans la poitrine du Nordique sous les yeux horrifiés de Lynn. Pendant qu'elle poussait un hurlement aigu, Engar posait lentement un genou à terre. Khulem récupéra sans gloire son épée au pied du lit avec l'intention d'achever son adversaire. Mais à sa grande stupeur, alors qu'il revenait vers le Nordique, il fut accueilli par un sévère coup de poing au visage. Sous la violence du coup, il tomba sur le lit, sonné mais encore conscient, pendant que le géant s'affaissait lentement sur le sol.

Lynn sortit de ses draps pour porter secours à son garde du corps. Elle était dénudée, mais en cet instant, personne ne prit garde à ce détail. La douleur que ressentait Engar l'empêchait de se relever, et plus que cela, ne lui permettait plus de défendre convenablement celle qu'il devait protéger.

— Va chercher de l'aide ! ordonna-t-il péniblement. Va rejoindre nos compagnons !

Lynn le regarda avec affection, puis s'enfuit dans le couloir. Khulem recouvrant ses esprits récupéra les vêtements de Lynn avant de se lancer à sa poursuite.

Le vacarme provoqué par la lutte des deux hommes n'avait étrangement réveillé personne. Du moins, personne n'avait osé s'aventurer dans le couloir. Lynn nue comme un ver dévala les escaliers qui menaient à la pièce principale. Elle espérait y retrouver ses trois autres compagnons. Arrivée en bas, elle fut accueillie par l'aubergiste. L'apparition de Lynn dans le plus simple appareil le subjugua, il ouvrit la bouche et ses yeux s'agrandirent. Lynn déboula jusqu'à lui sans penser une seule seconde qu'il allait lui barrer la route. Elle sentit une main ferme lui saisir le poignet avec force et l'inciter à se retourner. Le dos plaqué contre le ventre rebondi de cet homme, Lynn fut bientôt prisonnière de son étreinte avec aucune chance de pouvoir s'en libérer. Alors qu'elle cherchait du secours, son regard tomba sur les corps inconscients de tous ses compagnons. De là où elle était, il était impossible de savoir s'ils étaient en vie ou non. Les pires pensées atteignirent son cœur et le remplirent d'une détresse sans nom. Son visage se décomposa de chagrin, tandis que la flamme de la vengeance commençait lentement à se répandre dans son corps.

L'aubergiste poussa un hurlement de douleur avant de s'écarter promptement de la jeune fille. Il la repoussa violemment loin devant lui, comme pour se débarrasser d'un objet nuisible. Elle tomba lourdement au sol et eut pour seul réflexe de se retourner vers l'homme pour comprendre ce qu'il venait de lui arriver. Celui-ci la regardait avec des yeux remplis de terreur. Il se tenait la main avec laquelle il l'avait empoignée, elle était rouge, comme brûlée.

— Sorcière ! hurla l'aubergiste. Tu es une sorcière !

Il s'enfuit ensuite dans les rues du village en hurlant à qui voulait l'entendre qu'il venait de faire une rencontre maléfique.

Lynn ne savait pas quoi faire. Son regard se porta avec désespoir vers ses compagnons, dont les positions ne pouvaient pas lui faire penser qu'ils n'étaient qu'endormis. Jamais Burgald ne se serait laissé tomber par terre de la sorte. Pour elle, ils étaient morts, et elle appréhendait déjà d'aller le vérifier par elle-même. Elle n'en eut de toute manière pas l'occasion. Bien déterminé à terminer ce pour quoi il était venu, Khulem avait récupéré toutes ses armes et se tenait debout devant elle avec un visage contrarié. Jamais il n'avait voulu que cela se passe ainsi. Mais désormais, il devait faire avec. La seule chose qui importait était de ramener la jeune fille à son demi-frère. Plus rien ne semblait être en mesure de l'en empêcher maintenant.

Il ne se laissa pas le temps de savourer la vue sensuelle que lui offrait le corps dénudé de Lynn. Par courtoisie, il détourna même légèrement le regard en lui lançant ses vêtements. Elle les ramassa.

— Habille-toi ! Nous ne devons pas traîner.

— Vous les avez tous tués ! souffla la jeune fille. Comment avez-vous pu faire cela ?

— Ils ne sont pas morts, la rassura tout de suite le guerrier. Ils sont seulement drogués. Allons, habille-toi !

— Et Engar ? murmura-t-elle.

Il comprit qu'elle parlait du géant nordique qu'il venait d'affronter.

— Je ne sais pas, répondit-il honnêtement. Il est mal au point, c'est tout ce que je peux te dire pour le moment, mais je ne l'ai pas achevé. Dépêche-toi, s'il te plaît, ce serait une mauvaise idée de rester ici trop longtemps…

Après une brève hésitation et réalisant seulement maintenant qu'elle était nue, Lynn s'exécuta. Par galanterie, Khulem s'écarta pour lui laisser un peu d'intimité. Il fut forcé de lui tourner le dos, mais pour s'assurer qu'elle demeurait bien derrière lui et ne s'enfuyait pas, il entama une conversation. C'était également l'occasion de résoudre un mystère dont il venait d'être témoin.

— Comment as-tu fait ? demanda-t-il simplement.

— Quoi donc ? rétorqua-t-elle tout en enfilant son pantalon.

— L'aubergiste, comment lui as-tu brûlé la main ?

Elle prit le temps de chausser ses bottes avant de lui répondre. Son court silence ne perturba pas le guerrier, car le bruit qu'elle faisait derrière lui l'assurait de sa présence.

— Je ne sais pas, répondit-elle finalement.

Il n'insista pas. Cette fille n'était effectivement pas comme les autres, mais étrangement, elle ne semblait pas encore consciente de ses capacités. Lui qui n'avait jamais voulu croire en la magie mettait en ce jour ses convictions à rude épreuve. Que tout ceci soit réel ou non, il devait prendre ses précautions pour ne pas subir le même sort.

Lynn ne tenta pas de fuir, consciente qu'aucune issue ne lui était proposée pour le moment.

— Je n'irai nulle part avec vous ! le prévint-elle cependant avec détermination.

Khulem se retourna pour constater qu'elle était prête. Il s'était attendu à une telle réaction et avait les arguments pour y faire face, du moins, il l'espérait. Il s'avança vers la jeune fille, celle-ci recula, mais buta contre la table qui lui faisait obstacle. Arrivé à sa hauteur, Khulem l'empoigna avec force et la retourna rapidement de manière à la plaquer contre la table. Il se saisit d'une corde accrochée à sa ceinture et lia avec autorité les deux mains de la jeune fille dans son dos.

— Mais que faites-vous ?

— Désolé, murmura-t-il, mais je n'ai pas vraiment le choix. Je n'ai pas envie de subir le même sort que ce fou d'aubergiste.

Il serra les liens si forts que la fille poussa un petit cri de douleur. Puis, en désespoir de cause, elle hurla à l'aide. Ses cris furent vite étouffés par la main de Khulem.

— Bon sang, ragea-t-il, les villageois vont débouler ici ! Après ce que tu as fait, ils vont penser que tu es une sorcière, et tu sais ce qu'ils en font ici, en Cassandrie ? C'est ce que tu veux ? Alors, tu vas me suivre en silence, car c'est notre seule chance de pouvoir leur échapper. Entendu ?

Elle hocha la tête, visiblement calmée. Doucement, Khulem ôta sa main, libérant sa bouche.

— Je ne vous pardonnerai jamais cela ! souffla-t-elle. Rawg vous retrouvera et vous le fera payer…

— Tais-toi, bon sang ! s'exaspéra-t-il.

Soudain, elle hurla le nom de son protecteur. Elle ne semblait pas se rendre compte qu'un tel comportement la mettait en grand danger. Ses appels avaient davantage de chances de rameuter les villageois. Agacé, Khulem prit les mesures pour avoir enfin la paix. Il traîna Lynn jusqu'au comptoir, alors qu'elle continuait à crier. Il trouva un morceau de tissu au milieu des verres, puis tenta de le nouer autour de la bouche de la jeune fille. Lynn ne se laissait pas faire et bougeait violemment la tête dans tous les sens. Finalement, elle fut vaincue, non sans avoir lancé auparavant un nombre incalculable d'insultes à l'égard de son tortionnaire.

— Désolé, s'excusa celui-ci, je fais cela pour ton bien.

Devenue totalement soumise, Lynn jeta un dernier regard plein de larmes vers ses compagnons inconscients. À sa grande surprise, elle vit que l'un d'eux reprenait connaissance, c'était Burgald, le plus robuste des trois. Il commençait à se relever péniblement en se frottant le front. Lynn reprit subitement espoir. Mais cet espoir ne fut que de courte durée. Khulem ne fit preuve d'aucune compassion envers le capitaine montagnard, il lui ajusta un puissant coup de botte au visage, ce qui eut pour effet de le replonger aussitôt dans un sommeil profond. Lynn fut découragée. Elle se laissa agripper par le guerrier qui se dépêcha de fuir cet endroit devenu bien trop dangereux à son goût.

Khulem la traîna à l'extérieur. À cadence soutenue, ils effacèrent la courte distance qui les séparait de l'écurie. Chemin faisant, les gémissements de la jeune fille n'étaient pas les seuls bruits à déchirer le silence de la nuit. Ils entendirent clairement les échos d'un rassemblement nerveux. L'aubergiste avait réussi à convaincre les villageois les plus courageux à venir se saisir de la sorcière pour lui faire subir le sort qu'elle méritait. Il fallait faire vite afin de pouvoir échapper au piège qui se refermait sur eux.

En entrant dans l'écurie, Khulem eut la désagréable sensation d'être observé. Il guida néanmoins Lynn vers sa monture, redoublant de vigilance. Pour ne rien arranger, le guerrier dut faire face à une nouvelle réticence de la jeune fille. Celle-ci recommençait à se débattre, refusant de monter sur le cheval de son ravisseur. Elle luttait désespérément, mais ses mains ligotées dans le dos ne lui laissaient que peu de chances de lui résister.

Soudain, une voix familière s'éleva dans leur dos. Khulem se retourna pour constater qu'une épaisse masse blanche lui barrait la sortie de l'écurie.

— Lâche-la ! ordonna Rawg.

Lynn prononça péniblement le nom de son ami à travers son bâillon. Elle était grandement soulagée de le voir apparaître. Khulem poussa la captive sur un tas de foin avec juste assez de retenue pour s'assurer que sa chute ne lui fasse pas mal. Il se présenta ensuite devant l'isard blanc.

— Tu as compris plus vite que je ne le pensais, concéda-t-il amèrement.

Rawg ne broncha pas, déterminé à rendre coup pour coup à celui qui venait de s'en prendre à ses amis. Sous le regard spectateur et inquiet de Lynn, les deux guerriers se toisaient. Le duel qui s'annonçait fut pourtant interrompu par l'arrivée d'un grand nombre de villageois. Ils s'amassaient devant l'écurie en lançant des cris hostiles. L'isard fit face à cette nouvelle menace. Tous pensèrent avoir affaire à un fantôme appelé par celle qu'ils prenaient pour une sorcière. Dans ce genre de situation, le dialogue devenait illusoire, et rapidement, les premières fourches, courageuses mais maladroites, prirent la créature blanche pour cible.

Pour se défendre, et par la même occasion protéger Lynn de ces fous, Rawg dut délaisser Khulem. Le guerrier n'en demandait pas tant. Il n'avait aucunement l'intention d'intervenir. Il y vit l'occasion inespérée de prendre la fuite.

Lynn regardait Rawg avec anxiété se débattre contre une foule d'adversaires. À ses yeux, ce combat était perdu d'avance, d'autant qu'elle ne voyait aucun villageois tomber, comme si l'isard refusait de leur porter le moindre coup violent. Il ne faisait que se défendre inlassablement, mais cette tactique ne pouvait que le conduire à une défaite programmée.

Ses tristes pensées furent écourtées par le retour empressé de Khulem. Il se saisit de Lynn qui se débattit une nouvelle fois avec l'énergie du désespoir. Khulem se résolut à prendre la décision qui s'imposait, navré par avance de devoir agir de la sorte. Il frappa violemment la jeune fille avec le pommeau de son épée. Celle-ci perdit aussitôt connaissance, laissant libre cours à son agresseur pour l'installer en travers de sa monture.

Khulem bondit sur sa selle et se fraya aisément un passage en dehors de l'écurie. Il disparut dans l'obscurité avec son précieux chargement.

Chapitre 16

Un doux parfum de fleurs incita Lynn à ouvrir les yeux. Elle eut peine à le faire, ne parvenant guère à discerner le rêve de la réalité. La tête posée contre le sol, elle s'imagina être couchée sur une herbe fraîchement coupée. La température était exquise, bien loin du froid qui ne l'avait pas quittée depuis plusieurs jours. Elle se redressa difficilement en se frottant les yeux. Alors, elle découvrit ses nouveaux vêtements. Ils n'étaient faits que de rubans d'un blanc propre et soyeux, dont les quelques entrecroisements suffisaient à l'habiller. Surprise, elle tourna son bras dans tous les sens pour constater la beauté de cette parure. Elle baissa ensuite les yeux pour contempler la robe qu'elle portait, faite du même blanc, et dont le tissu reflétait la lumière. Perdue, sa première interrogation fut de savoir qui l'avait habillée de la sorte. Elle n'en avait aucune idée, car les souvenirs des dernières heures peinaient à refaire surface. Ce fut ensuite le moment de découvrir dans quel endroit elle se trouvait. Visiblement, elle n'était plus dans l'auberge. Cependant, petit à petit, quelques bribes lui revinrent à l'esprit. Un homme était entré dans sa chambre pour l'enlever. Il avait engagé un combat contre Engar, qu'il avait fini par remporter non sans difficulté. Elle fut aussitôt peinée, car le Nordique devait sans doute être mort pour avoir tenté de la protéger. Le sort de ses autres compagnons la tourmenta également, mais elle ne parvenait pas à se rappeler ce qu'il était advenu d'eux.

Elle regarda mieux tout autour d'elle : la pièce dans laquelle elle se trouvait était vétuste, tout comme les meubles qui la composaient. Cependant, les nombreuses fleurs et plantes posées autour d'elle transformaient cette salle en une chambre d'hôte agréable. Mais le lieu gardait tout son mystère. Elle sortit de son confortable lit pour se diriger vers la porte. Elle tenta de l'ouvrir, mais celle-ci était verrouillée de l'extérieur, elle était bel et bien prisonnière. Elle retourna vers le lit et s'allongea sur le dos. Elle attendit, inquiète. C'était là la seule chose à faire.

Après une longue attente, la porte de son confortable cachot finit par s'ouvrir lentement, tandis que son grincement faisait sortir la jeune fille de ses songes angoissants. Tout de noir vêtu, un homme aux traits masqués par une large capuche entra et se dirigea vers elle. Arrivé à sa hauteur, il dévoila son visage comme pour se présenter. Lynn retint son souffle, partagée entre la peur et le dégoût. Elle reconnaissait cet homme, il était le même qu'elle avait rencontré dans la forêt de Lafloral, juste avant le massacre de son peuple. Il ne semblait pas menaçant, mais sa peau recouverte de nombreuses plaies le rendait repoussant. Son état s'était visiblement encore aggravé depuis leur première rencontre.

Gorferst était désolé de se montrer sous un tel visage. Il adopta une attitude posée pour ne pas l'effrayer. Il comprenait aisément que son apparence ne jouait pas en sa faveur, mais il lui fallait s'attirer la confiance de la jeune fille. Il devait lui faire comprendre qu'en dépit de ce qu'elle pouvait penser, elle était ici son invitée. Il l'observa pendant quelques secondes, restant subjugué par sa beauté. La robe de prêtresse qu'elle portait ne faisait que l'accentuer. Depuis longtemps, il attendait le jour où il pourrait s'entretenir avec la fille de Boback en toute intimité.

— Cette robe te va à ravir, laissa-t-il échapper sans quitter la jeune fille du regard. C'est une robe de servante d'Émania. C'est ce que tu es, non ?

Elle ne répondit pas et n'osa même pas lever les yeux pour affronter le visage du sorcier. C'était un ennemi, et le fait de se retrouver en face de lui ne présageait rien de bon.

— Lynn, tu ne me reconnais donc pas ? demanda le sorcier d'une voix basse.

Elle hocha la tête en gardant son regard détourné.

— Donc, tu sais que je ne te veux aucun mal… Je sais, mon visage est horrible, mais est-ce que cela fait de moi un monstre ? Je suis un homme, rien qu'un homme, atteint par un mal incurable. Peux-tu le comprendre ?

Elle se força à le regarder, mais elle n'esquissa pas la moindre réponse, ni la moindre compassion. Elle redoutait déjà le sort qu'on lui réservait.

— Je te respecte, petite Montagnarde, continua le sorcier, pour ce que tu es, alors j'aimerais que tu en fasses de même avec moi. Alors, tu pourras connaître et comprendre celui qui se cache derrière cet affreux visage…

Il était évident que Gorferst cherchait à s'attirer sa sympathie. Mais le sorcier savait se montrer fourbe, il pouvait s'agir d'un nouveau piège. Lynn commençait à avoir l'habitude de ce genre de méthode, et elle jura qu'aucune de ses paroles aimables ne la ferait plier. Ce qu'elle attendait, ce n'était que des réponses, mais elle n'était pas en mesure de les exiger. C'est lui qui dirigeait les débats.

— As-tu bien dormi ? demanda-t-il avec intérêt.

— Il me semble que j’y ai été forcée, répondit-elle avec ironie.

Le sorcier sourit. Il ne s’attendait pas à cette marque de caractère.

— Je sais. Il faut dire que tu m’as donné un peu de fil à retordre. Je suis navré, car je ne voulais pas que cela se passe ainsi… J’aurais tant aimé que tu me rejoignes de ton plein gré.

— Où suis-je ? fit-elle après un court silence.

— Nous sommes au bord des montagnes grises, dans un temple érigé à la faveur d’Émania. Sache seulement que tu n’as rien à craindre ici. Je suis là pour te protéger.

Lynn commençait doucement à s’habituer à l’horrible visage de son hôte.

— Que puis-je faire pour toi, Lynn, afin de te prouver ma bonne foi ?

— Mes amis, où sont-ils ?

— Ils sont tous en vie, précisa Gorferst. Ils sont, je l’avoue, de très bons gardes du corps. Lorsqu’ils ne sont pas saouls, ajouta-t-il dans un sourire. Mais ils ne sont pas de taille. Sache, mon enfant, que seul moi suis apte à te protéger contre tes ennemis. Hélas, je ne pourrai pas le faire très longtemps. Mon temps est compté, et avec lui, celui de notre quête.

— Pourquoi suis-je là ? Qu’attendez-vous de moi ?

— Tu le sais très bien, Lynn. Tu es le centre de tout. Le secret de Boback Svenguard, ainsi que le médaillon que tu portais autour du cou.

À ces mots, Lynn le chercha de ses doigts, mais elle découvrit avec effarement qu’il n’était plus en sa possession.

— Je l’ai récupéré, précisa Gorferst. Je l’ai mis en sécurité, pour notre bien à tous. Le culte de Vulcania le recherche…

— Je veux le récupérer, exigea la jeune fille.

— Bientôt, lui promit le sorcier. Lorsque nous aurons tous les deux découvert ce qu’il cache réellement. C’est la base de tout, j’en suis persuadé.

— Vous êtes donc au courant de tout, s’étonna la jeune fille.

— Oui, bien sûr. Je te recherche depuis longtemps…

— Vous connaissiez mon père ?

— Oui, concéda le sorcier. J’étais son apprenti à l’époque où il enseignait la magie à l’université de Mitralianos. Je n’étais alors qu’un adolescent. Il m’a inculqué les bases fondamentales de la magie. Aujourd’hui, je poursuis la même quête que lui, je ne peux donc pas foncièrement être ton ennemi. C’est ensemble que nous allons continuer son combat. Tu dois me faire confiance. Après tout, moi aussi je t’ai déjà sauvé la vie…

Elle fronça les sourcils à cette affirmation. Le sorcier l’avait effectivement mise en garde devant Lafloral, mais il s’agissait pour elle de la seule fois où ils s’étaient rencontrés. Il lui rafraîchit volontiers la mémoire.

— Ne te souviens-tu pas d'un cheval noir dans la forêt de Lafloral ? C'était moi. J'ai usé de mon énergie pour accomplir ce sortilège. J'ai ensuite tenté de convaincre Agnès de te laisser en paix… Cela, j'avoue ne pas savoir si j'y suis parvenu…

Lynn ne souhaitait pas en entendre davantage à ce sujet.

— Qu'attendez-vous de moi ? demanda-t-elle.

— Oh, souffla le sorcier, si peu de choses, Lynn, si peu… Vois-tu, il aurait été un temps où je t'aurais seulement subtilisé le médaillon de flammes pour continuer seul la lutte. Mais aujourd'hui, je suis à l'agonie, et je pense que je dois te préparer à poursuivre mon combat, et par la même occasion, le combat de ton père. C'est pour cela que nous allons passer quelque temps ensemble. Il nous faut savoir comment utiliser ce médaillon.

— Vous voulez rejoindre le temple de Karaz-kaz, devina Lynn. Vous aussi pensez qu'il garde des secrets capables de nous aider ?

— Oui. Tous les indices convergent vers ce temple. Je sais ce qu'il renferme, et cela nous permettra d'obtenir nos réponses.

— Le temple est scellé et protégé par les chevaliers d'Émania, souligna la jeune fille.

— Ce n'est pas un problème. Aujourd'hui, ce qui m'inquiète est de savoir si tu désires faire ce voyage de ton plein gré, ou attachée à la selle de mon cheval…

Lynn gardait ses distances. Depuis qu'elle savait ses compagnons en vie, elle reprenait espoir de les voir venir la libérer.

— Ce n'est pas vous qui avez été chargé de me protéger. Rawg va revenir et c'est avec lui que je continuerai mon chemin. Je refuse d'aller où que ce soit avec vous.

Gorferst fut peut-être affecté par cette réponse, mais ne le montra pas. Il se contenta de baisser furtivement les yeux avant de faire mine de sortir.

— Crois-moi, mon enfant, que j'en suis désolé… Mais cela ne changera rien, nous irons ensemble à Karaz-kaz.

Sur ces mots, le sorcier la quitta. Dans la tourmente, ses pas le guidèrent vers le centre du temple. Le fait de ne pas pouvoir s'attirer la confiance de la jeune fille le déstabilisait profondément. Il était bien loin le temps où tout un peuple croyait en lui et en sa capacité à le protéger contre le grandissant culte de Vulcania. Aujourd'hui, il n'était plus qu'un magicien égaré, dont le seul salut résidait en une quête dont il savait qu'il n'en verrait pas la fin. Il se saisit d'un mouchoir et cracha dedans, avant d'être saisi d'une violente quinte de toux, résultat de s'être retenu durant toute la conversation qu'il venait d'avoir avec sa prisonnière. La traiter ainsi ne lui plaisait guère. La route était encore longue jusqu'au temple des secrets. Il gardait encore cet infime espoir de pouvoir la convaincre du bienfait de son combat. Peu importait ce qu'il pouvait penser d'elle, elle restait l'héritière de Boback Svenguard et, selon lui, la seule à ce jour à pouvoir contrer les différentes ambitions du culte de Vulcania.

Gorferst partit se recueillir devant la statue d'Émania, la première grande reine des hommes. Ce temple oublié était un des derniers à en posséder un exemplaire, car le temps, ainsi que l'évolution des idées, avait radicalement changé le sens de cette religion. Au fil des siècles, Émania avait perdu toute forme physique pour devenir une terre à vénérer. Ce qu'elle était auparavant avait été banni des mémoires, et sa réelle existence de jadis ne demeurait vivante que dans l'esprit de quelques fidèles invétérés, dont il faisait partie, lui ainsi que son demi-frère. Ceux qui s'étaient dégagés des idées originelles cultivaient l'une des principales raisons qui avaient engendré la guerre entre l'empire théranien et le royaume de Kasdalar. Chacun pensait détenir la vérité, loin de s'imaginer qu'un danger encore plus grand se profilait à l'horizon, et bien au-delà des différentes versions de la religion.

Khulem était là, agenouillé devant l'effigie de celle qu'il vénérait. La pointe de son épée contre le sol et son front reposant sur ses deux mains, elles-mêmes appuyées sur la paume de l'épée, il priait sa reine spirituelle en silence. Une fois seulement, elle lui était apparue pour le guider. Même si Gorferst avait prétendu qu'il était l'auteur de cette mascarade, Khulem refusait toujours d'accepter l'évidence. Le fait de le revoir ainsi vénérer le corps d'une statue de marbre bouleversa Gorferst. Il s'approcha de lui sans avoir l'intention de troubler son recueillement. Il était d'ailleurs heureux qu'il ne se détourne pas de cette voie, même si les actes qu'il avait pu commettre par le passé ne correspondaient pas forcément à ce que l'on attendait de son rang. Lui aussi avait été un fanatique par le passé, commettant des atrocités en son nom. Aujourd'hui, il semblait avoir trouvé la valeur du poids de ses actes, et sa quête de pardon ne pouvait être que bénéfique à l'ultime mission que s'était fixée le magicien.

Khulem savait que son demi-frère l'observait.

— Elle ne me parle plus, se lamenta-t-il sans se retourner.

— C'est parce que tu as oublié comment on prie Émania, mon frère, murmura Gorferst. Mais sache qu'elle est toujours là, parmi nous, à nous guider. J'entends sa voix !

— Et que dit-elle ?

— Tu dois nous conduire jusqu'au temple et seulement après, tu sauras quelle est ta destinée.

Khulem se releva pour faire face à son demi-frère. Loin d'avoir une attitude hautaine avec lui, il semblait cependant avoir quelque chose à lui reprocher.

— Tu sembles déjà connaître la tienne, fit-il maladroitement.

Gorferst fut affecté. La mort rôdait autour de lui depuis bien trop longtemps pour nourrir une quelconque peur. Mais voir son propre demi-frère totalement indifférent au sort qui lui était réservé lui était très pénible.

— Que me reproches-tu, au juste ?

— Pourquoi tant de mystère ? Où va donc nous mener ce combat ?

— Je l'ignore, Khulem, concéda le sorcier, le problème est qu'aujourd'hui, personne n'est sûr de rien. Les hommes se déchirent pour des idéologies et des croyances qui semblent voir leur fondement se fragiliser par nos découvertes. Qui a tort, qui a raison ? Les Calisards ont-ils vraiment existé ou non ? Ces questions et ces réponses ne deviendront plus que du vent si notre monde s'écroule sous le joug de celui que l'on ne nomme pas…

— Et s'il était déjà trop tard ?

— Alors, qu'Émania nous garde, mon frère, car le culte de Vulcania est bien réel, et je crains également qu'il y ait bien une bête abominable au sein de cette montagne de flammes ! Nous avons une longue et dangereuse route à faire jusqu'au temple de Karaz-kaz. Heureusement, nous avons une bonne escorte…

— Justement, je me demande ce que tu fais à la tête d'une bande d'écorcheurs ? Est-ce tout ce qu'il reste de l'armée impériale dont tu avais le commandement ?

— Je sais, relativisa Gorferst, cela peut te paraître étrange de me voir à la tête de ces mercenaires sanguinaires. Oui, pour répondre à ta question, c'est tout ce qu'il me reste. L'armée s'est disloquée après la prise de Marsigliano. Koursk Angel a récupéré de nombreuses compagnies, presque toutes, pour être exact. Il est à la tête aujourd'hui d'une armée non négligeable. Le problème, c'est qu'il est acquis à la cause de Vulcania et nous risquons de le rencontrer sur notre route. Quant à tous ces écorcheurs, je ne suis pas réellement leur chef. Ils me servent d'escorte, et cela marchera tant qu'ils seront persuadés que je suis membre du culte de Vulcania. Je les ai laissés saccager ce temple pour leur prouver ma bonne foi. Cette statue est tout ce qu'ils n'ont pas pu démolir. Je les en ai empêchés.

— Pourquoi t'encombrer de ces fous ?

Gorferst fut obligé de lui avouer une pénible vérité.

— Je suis faible, Khulem, et contrairement à ce que je t'ai dit, ou ce que j'ai dit à cette fille, je suis incapable de la protéger contre nos ennemis. Feindre que je suis leur allié est la seule manière que j'ai pour retrouver sa trace et la protéger. La route est longue jusqu'à Karaz-kaz, et d'innombrables troupes y sont présentes. Sans eux, nous ne pourrons jamais passer.

— Je ne sais plus qui il faut croire, chuchota Khulem.

— Je suis le bien, Khulem, j'espère que tu t'en rends compte.

Celui-ci resta songeur.

— Je pense à cette fille, dit-il gravement, ou plutôt à ses compagnons. Pourquoi avoir agi ainsi ? Crois-tu vraiment pouvoir obtenir sa confiance après cela ? Il aurait fallu les convaincre que nous sommes leurs alliés.

— Peine perdue, mon frère. À leurs yeux, nous sommes définitivement des ennemis. Avoir laissé ces guerriers en vie ne changera rien.

— Pour moi, c'était important, souligna Khulem. Le temps où je tuais pour de fausses raisons est terminé. Tuer Ajaj aura été ma dernière erreur. Je l'ai d'ailleurs commise par ta faute…

Le magicien toussa plusieurs fois avant de pouvoir s'exprimer.

— Khulem, souffla-t-il, crois-tu vraiment qu'agir ainsi va te sauver de toutes les atrocités que tu as commises durant la campagne d'Edenbridge ? Crois-tu vraiment qu'un jour tu atteindras le pardon que tu recherches ? Je te le souhaite réellement, mon frère, mais il faut te rendre à l'évidence : pour obtenir le pardon des vies que tu as fauchées ou détruites, il faudrait que tu te livres aux familles des victimes. Tu pourrais commencer par avouer à Lynn qui tu es réellement. Je veux dire par là que tu devrais lui annoncer que c'est toi qui as tué l'homme qu'elle aimait.

Khulem resta longuement silencieux.

— Je n'en ai pas le courage, finit-il par dire.

— Oui, je sais ce que c'est, compatit le sorcier. La peur de mourir. Elle attaque même ceux qui croient avoir appris à la détourner. L'homme est faible, Khulem, mais parfois, il est capable de grandes choses. Tu as encore une carte à jouer dans cette histoire, alors ne laisse pas tes remords et tes craintes t'empêcher d'accomplir ce que l'on attend de toi…

— Et qu'est-ce que l'on attend de moi ?

— Si l'on en croit la dernière prophétie que les vents m'ont apportée, c'est l'héritier de la lignée sacrée d'Émania qui mettra un terme au culte de Vulcania. J'ignore comment cela doit se passer, comme j'ignore comment m'y prendre pour honorer cette prophétie, mais ce dont je suis persuadé, c'est que Traghard redoute qu'elle s'accomplisse. Tu es l'héritier, Khulem, c'est donc toi qui mèneras ce combat, et Lynn t'aidera, car son destin est lié au tien. Il me reste à découvrir la nature de ce lien.

Khulem ferma son visage.

Les échos d'une monture au galop résonnèrent dans l'enceinte du temple. Ils s'arrêtèrent brusquement devant son entrée pour laisser place à l'arrivée d'une guerrière à l'allure inquiétante. Gorferst ne semblait pas perturbé par cette arrivée soudaine. De son côté, Khulem restait perplexe. Lorsqu'elle fut assez près de lui, il put constater sa jeunesse. Ses longs cheveux noirs étaient attachés en arrière et son allure déterminée accentuait la vivacité de son regard noir. Armée d'un trident aiguisé, elle portait par-dessus ses habits de guerrière un long manteau en fourrure à moitié ouvert. Il permettait ainsi d'entrevoir une plastique qui n'avait rien à envier aux plus belles femmes qu'il avait pu connaître jusqu'alors. En règle générale, les guerrières possédaient un charme qui ne lui déplaisait pas, mais la plupart d'entre elles lui rappelaient celles qu'il avait affrontées durant la détestable campagne d'Edenbridge. Les tribus arcaniennes comptaient dans leurs rangs bon nombre de femmes, mais celle-ci ne venait semblait-il pas de ces contrées lointaines et riches en mauvais souvenirs.

Elle se dressa devant les deux hommes et jeta un regard méfiant en direction de Khulem.

— Khulem, je te présente Scorsia ! C'est une pisteuse warreng que Traghard m'a envoyée. Elle m'est utile, même si parfois, j'ai du mal à la contrôler. En réalité, je pense qu'elle est aussi là pour me surveiller, ajouta-t-il en souriant.

Khulem fit un signe respectueux de la tête, mais il ne reçut comme réponse qu'un regard dédaigneux. Le sorcier justifia aussitôt ce comportement.

— Ces sauvages n'aiment pas trop les gens du monde civilisé. Tu le sais, non ? Elle ne déroge pas à la règle. Et puis, je pense qu'être si loin de ses montagnes natales la rend légèrement irritable. C'est elle qui nous conduira jusqu'au temple.

Khulem fut étonné qu'il puisse parler d'elle aussi ouvertement. L'absence de réaction de la guerrière était tout aussi surprenante. Gorferst lui adressa alors la parole dans un langage primitif que Khulem ne connaissait pas. Il n'en fallut pas plus pour comprendre qu'elle ne parlait pas la même langue qu'eux. Il fut d'ailleurs étonné que son demi-frère puisse maîtriser un dialecte qui n'avait rien à voir avec sa langue maternelle. Au fil de la discussion, son visage déjà peu serein laissa s'exprimer une crainte encore plus pesante que celle qui le rongeait déjà. Il se retourna vers son demi-frère, puis prononça d'autres mots à la jeune guerrière. Elle partit aussitôt d'un pas décidé. Khulem attendit cependant qu'elle soit définitivement sortie pour ouvrir la bouche.

— Elle a l'air bien jeune ! Tu les prends à la naissance ?

— Si j'étais toi, je serais un peu plus respectueux vis-à-vis d'elle. C'est une tueuse warreng. Traghard l'a personnellement éduquée, c'est sa fille ! Mais plus que tout, ce fou de sorcier a réussi à convaincre le maître Aros de lui enseigner l'art du combat ! Tu sais ce que cela veut dire, n'est-ce pas ?

— Oui, répondit Khulem, en combat singulier, je n'ai aucune chance contre elle.

— Comme personne ! surenchérit Gorferst. Mais ce n'est pas tout. Pour respecter la coutume warreng, elle a tué sa propre mère lorsque celle-ci est devenue trop âgée pour être fertile. Elle n'était plus utile... Plutôt que de lui en vouloir pour cela, Traghard lui a inculqué la haine d'Émania. Si je n'avais pas été là, elle t'aurait tué...

Khulem ne fut pas impressionné plus que cela par le discours de son demi-frère. Il connaissait les coutumes des sauvages mieux que quiconque pour les avoir côtoyés pendant de longues années. Les Warrengs demeuraient cependant plus primitifs que les Arcaniens, mais une chose inquiétante les rapprochait cependant, chacune de leurs tribus vénérait la montagne de flammes et devenait par conséquent membre potentiel du culte de Vulcania.

— Que t'a-t-elle dit ?

— Il va falloir que nous partions rapidement. Elle a repéré une colonne de chevaliers non loin d'ici. Ce sont des membres du culte d'Émania.

— N'est-ce pas une bonne nouvelle ?

— Dois-je te rappeler que nous sommes au milieu d'une bande d'écorcheurs, acquis à la cause de Vulcania ? Il nous faut les semer, et cela ne sera pas une tâche aisée, car à mon avis, eux aussi veulent se rendre à Karaz-kaz, mais pas pour les mêmes raisons que nous. Je vais préparer mes hommes. Toi, s'il te plaît, occupe-toi de préparer la fille pour le voyage.

Khulem obéit sans discuter. Lorsqu'il déverrouilla la porte et l'ouvrit, il découvrit une jeune fille recroquevillée sur elle-même, les bras croisés autour de ses genoux repliés. Lynn reconnut immédiatement celui qui l'avait enlevée durant la nuit. Celui-ci ne fit aucun geste brusque afin de lui prouver qu'il n'apportait avec lui aucune malveillance. Il lui tendit la main pour l'aider à se relever, mais elle n'esquissa pas le moindre mouvement. En guise de réponse, elle accentua son regard de tueuse pour déstabiliser le guerrier. Elle n'avait plus peur, car elle savait désormais qu'il leur était nécessaire de la garder en vie. Néanmoins, son statut de captive la marquait d'un profond mal-être. Elle n'avait pas l'intention de le rester longtemps.

— Que se passe-t-il ? demanda-t-elle froidement.

— Il nous faut partir rapidement.

Khulem ne souhaitait pas en dire davantage. Il avait toujours sa main tendue vers la jeune fille pour qu'elle s'en saisisse.

— Vous allez m'attacher ?

— Cela dépend de toi...

Lynn resta encore immobile pour affirmer sa réticence à le suivre.

— Pourquoi ne pas avoir tué mes amis ? demanda-t-elle brusquement.

— Allons ! rétorqua-t-il, nous n'avons pas de temps à perdre...

Après un instant d'hésitation, Lynn accepta finalement l'aide du guerrier. Elle s'agrippa à son bras et prit son élan pour se relever d'un seul bond. Il avait baissé sa garde, jugeant qu'aucun danger ne pouvait venir d'elle. Il se rendit aussitôt compte de son erreur. Une violente douleur entre les jambes le força à s'agenouiller, tandis que Lynn le toisait de manière revancharde. Désormais, c'était elle qui se tenait debout devant lui, tandis qu'il se recroquevillait de douleur. En position de force, elle lui adressa un regard chargé de mépris, avant de s'enfuir, laissant Khulem se relever péniblement, lourdement handicapé par le coup de genou qu'il venait de recevoir.

Chapitre 17

Lynn courait à grandes enjambées à travers les sentiers exigus laissés par la végétation. Elle s'enfonça dans les premiers versants des montagnes grises, sans savoir vers quels obstacles sa fuite la conduisait. Les arbres étaient encore nombreux et lui gênaient le passage, mais ils lui offraient par la même occasion un camouflage inespéré. Derrière elle, à plusieurs longueurs, Khulem tentait de la rattraper. Handicapé par une douleur dont il n'arrivait pas à se remettre totalement, il luttait pour ne pas perdre du terrain sur la jeune fille. Ses lourdes armes le handicapaient pour traverser les sentiers les plus étroits, domaine dans lequel la jeune fille excellait. Pour sauver sa vie, celle-ci oubliait sa fatigue. Puisant dans l'énergie du désespoir, elle se déplaçait avec une vitesse peu commune. Les obstacles naturels semblaient disparaître devant elle pour lui céder le passage. Ils réapparaissaient ensuite pour gêner son poursuivant. La magie n'était pourtant pour rien dans cet état de choses. Lynn était simplement une Montagnarde, et à l'image des isards, elle était sur son terrain de prédilection. Cette montagne qu'elle ne connaissait pourtant pas lui faisait moins peur que l'homme qui s'acharnait à la rattraper. Elle ne ralentit pas, consciente que ses forces l'abandonneraient tôt ou tard. Khulem finirait alors par la rejoindre.

Sur les hauteurs, la forêt se faisait de moins en moins dense pour laisser progressivement la place à la roche et la neige. Le relatif silence de cette partie du monde laissait entendre le bruit d'un cours d'eau en contrebas, le long des versants les plus abrupts. Il coulait au fil de la montagne et prenait sa source sur un col voisin. Le paysage était enchanteur, mais aucun d'eux n'avait ni le temps ni le loisir de l'apprécier. Soudain, le sentier s'arrêta net sur un précipice. Elle stoppa sa course au dernier moment, jetant un regard épouvanté dans le vide à quelques centimètres de ses pieds. Puis, elle regarda derrière elle. Elle ne vit rien mais entendait clairement des pas rapides se rapprocher dangereusement. Khulem était là, à quelques mètres. Lynn regarda droit devant elle et s'élança vers le précipice. Elle courut le plus rapidement possible, prit son appui habilement sur la roche et passa l'obstacle sans difficulté.

Khulem s'arrêta à son tour devant la fissure. Emporté par son élan, il manqua de peu de tomber dans le vide, mais il reprit habilement son équilibre en se balançant vers l'arrière et en faisant des moulinets avec ses bras. Médusé par le bond que venait d'effectuer la jeune fille, il resta un instant immobile. Il en profita pour reprendre son souffle, se demandant comment elle avait pu réaliser un tel exploit. S'il voulait la rattraper, il se devait de réaliser le même bond. Mais il n'est pas si évident de sauter aussi loin avec ses armes sur le dos. Il s'empressa de les retirer, conscient que chaque seconde perdue l'éloignait de sa proie. Une fois que ce fut chose faite, il prit quelques pas d'élan et bondit sans plus réfléchir par-dessus le précipice. Il se réceptionna de l'autre côté d'extrême justesse puis continua la course-poursuite sans attendre.

Lynn courait et sautillait entre les roches en regardant sans cesse derrière elle. Elle ne voyait plus le guerrier. Elle se faufilait dans les plus petits sentiers en essayant de laisser le moins de traces possible derrière elle. Sa robe, qui se déchirait et s'accrochait sans cesse aux racines poussant entre les roches, ne l'y aidait pas. Le bruit que faisait la rivière à travers la montagne se faisait de plus en plus présent aux oreilles de Lynn. Sans le savoir, elle remontait à sa source, suivant le son du cours d'eau pour se donner un point de repère.

Elle courait maintenant moins vite et Khulem, plus endurant, gagnait de nouveau du terrain sur elle. Il l'aperçut soudainement, grimpant sur le versant ascendant de la montagne. Elle s'agrippait aux derniers rochers pour atteindre le sommet. Accompagnée du vacarme de l'eau sur la roche, elle se dressa pour dominer le relief. Elle avait vue sur les chaînes des montagnes grises, resplendissantes de beauté et recouvertes de neige. Devant elle, la rivière coulait en torrent pour former une énorme chute d'eau qui s'écrasait plusieurs dizaines de mètres plus bas. La voie lui était coupée. Dépitée par la vision de cet obstacle inattendu, elle se retourna et vit Khulem prendre pied à son tour sur le sommet. Il s'avança d'une allure plus tranquille, certain que la jeune fille s'était elle-même jetée dans la gueule du loup. Désemparée, Lynn se sentit prise au piège. Lorsque le guerrier fit encore un pas pour la rejoindre, la jeune fille recula, au point de se retrouver au bord du précipice, les talons quasiment dans le vide. Par réflexe, elle se retourna et regarda en bas. Le vacarme de la chute l'assourdissait, tandis qu'un sentiment de vertige la gagnait.

Elle se força à faire face à Khulem avec courage. Celui-ci lui tendit la main.

— Ne fais pas de bêtise, Lynn, je ne suis pas ton ennemi. Si je suis ici, c'est pour te protéger.

— Et me ramener vers ce sorcier ? C'est hors de question !

— Lynn, souffla Khulem, il n'y a que nous qui puissions te protéger. Je t'en conjure, viens !

Il tentait d'être le plus rassurant possible pour lui prouver qu'il ne lui voulait aucun mal, mais la jeune fille restait visiblement bornée.

— Non ! hurla-t-elle en affichant toute sa détresse. Comme tous les autres, vous ne voulez que percer le secret de mon père.

— C'est Émania qui m'a conduit vers toi, si tu ne veux pas te fier à moi, fie-toi à elle !

Elle ne répondit pas. Le regard perdu, elle se retourna vers le précipice tout en cherchant un moyen de prendre la fuite. Sauter d'une telle hauteur lui serait sans doute fatal. L'espace d'un court instant, elle espéra que ses compagnons viennent la sauver de cette situation impossible. Mais ce ne fut qu'une vaine pensée. Elle était seule, à la merci de celui qu'elle ne voulait pas rejoindre.

Khulem fit encore un pas en avant pour se rapprocher d'elle. Elle voulut reculer davantage et faillit perdre l'équilibre. Elle reprit ses appuis grâce à un réflexe inespéré. Le jeune guerrier prit peur de la voir commettre l'irréparable.

— Ne fais pas de bêtise, Lynn, viens vers moi ! Même la méfiance que tu as à mon égard ne justifie pas un suicide.

Les yeux rouges, Lynn lui fit un signe négatif de la tête. Elle n'était décidément pas résolue à le rejoindre. Khulem s'élança vers elle pour la récupérer avant qu'il ne soit trop tard. La jeune fille tenta de l'éviter mais perdit l'équilibre, tombant dans le vide sans que le guerrier puisse lui porter secours. Il hurla son nom en réalisant qu'il n'avait pas réussi à se saisir de sa main.

Lynn disparut à travers la chute d'eau en poussant un hurlement de terreur. Elle fut engloutie sous la masse de la rivière. Après un temps interminable, la jeune fille finit par refaire surface, emportée par le torrent glacial. Elle tenta de nager vers la rive, mais le violent courant de la rivière l'en empêchait. Éreintée et au bord de l'évanouissement, elle se laissa entraîner dans les flots meurtriers. Prisonnière de l'eau, elle se sentit lentement mourir, attendant que l'ange de la mort s'empare de son âme pour l'emmener. Sa puissante main la saisit soudain, puis ce fut le noir complet.

Quelques instants plus tard, elle rouvrit les yeux pour découvrir une silhouette imprécise penchée sur son visage. Les rayons du soleil l'éblouissaient et elle ne parvint qu'à discerner une forme blanche. Quand elle reconnut son ange blanc, elle réalisa enfin qu'il venait de lui sauver la vie. Il lui adressa un grand sourire, soulagé de la retrouver sauve. Enveloppée dans un lourd manteau, elle se laissa aller à pleurer dans les bras de son compagnon. Il l'accueillit tendrement, lui offrant un instant de réconfort qui contrastait avec les minutes éprouvantes qu'elle venait de vivre.

Lui aussi était soulagé, car l'espace d'un instant, il avait cru vraiment l'avoir définitivement perdue.

— Quand je t'ai vue sauter dans le vide, lui avoua-t-il, j'ai cru que plus jamais je n'allais te revoir. Qu'est-ce qui t'est passé par la tête ?

— Tu m'as retrouvée, murmura-t-elle faiblement. Jamais je ne l'aurais cru. Comment as-tu fait pour me sortir de l'eau ?

Des pas se firent alors entendre. La jeune fille sursauta avant de tourner son regard dans la direction du bruit. Elle souffla de soulagement en reconnaissant Ricardo. Lui aussi était sain et sauf.

— Sache que jamais nous ne t'abandonnerons, dit-il en lui présentant une mine réjouie. Tu es trop précieuse…

Lynn fut ravie de le revoir. Il s'accroupit à sa hauteur et posa la main sur sa joue en signe d'affection. Elle lui sourit chaleureusement en guise de réponse. Il n'en fallait pas plus pour constater la complicité qu'ils partageaient.

— Et Engar ? s'enquit-elle, soudainement.

— Ne t'en fais pas, il va bien, la rassura l'archer. Il se remet lentement de sa blessure. C'est un Nordique, il est solide...

— Tant mieux, je suis soulagée. Et où sont les autres ?

— Burgald et Gérald sont là aussi, lui répondit-il. Ils sont partis faire le guet. De toute manière, nous n'allons pas pouvoir rester bien longtemps ici. Il va falloir que tu te changes. La robe que tu portes est magnifique, mais je doute qu'elle soit adaptée à notre aventure.

Cette remarque fit sourire la jeune fille. Elle regarda à côté d'elle et vit la robe blanche en train de sécher sur l'herbe. Ricardo lui tendit ses vêtements, alors seulement elle réalisa qu'elle était nue sous son manteau. Elle espérait secrètement que seul Rawg s'était chargé de la déshabiller. Elle se saisit de ses vêtements et partit se changer à l'abri du regard de ses deux compagnons.

Quand elle sortit de sa cachette, la jeune fille vit Gérald, revenu de son guet. Il chavira de bonheur de la revoir saine et sauve. Il accourut pour la serrer tendrement dans ses bras. Moins euphorique que son ami, Lynn se laissa faire affectueusement et posa délicatement la tête sur son épaule en fermant les yeux. Elle savoura ce réconfort en silence. Elle était également heureuse que rien ne lui soit arrivé.

Burgald revint en courant à son tour. Il était porteur d'une mauvaise nouvelle. Mais il oublia rapidement ce qu'il avait à dire lorsqu'il se retrouva en face de Lynn, de nouveau rayonnante. Le vieux capitaine fut soulagé et s'empressa de la serrer dans ses bras. Ce fut cependant beaucoup moins long qu'avec ses autres compagnons. Rawg mit son bras sur l'épaule du vieil homme pour lui rappeler ce pour quoi il était revenu en trombe.

— Que se passe-t-il ? demanda-t-il.

Burgald délaissa Lynn à contrecœur et adopta un ton grave.

— Ils ne sont pas loin derrière nous. Ils ont suivi nos traces et descendent le long de la chute. Il faut partir !

— Mais comment retrouver la route menant à l'empire ? s'inquiéta Gérald.

— C'est simple, affirma Rawg en pointant son doigt vers le prochain sommet des montagnes grises, il n'y a qu'à traverser les montagnes grises. C'est la frontière… Nous avons vu ce que nous voulions voir en Cassandrie. Alors, ne traînons plus !

— Et les chevaux ? intervint Ricardo. Je doute qu'il y ait des sentiers pour eux. Les montagnes grises n'ont rien à voir avec celles du Sud. Il est beaucoup plus dangereux de les traverser.

— Nous n'avons pas le choix, il faut essayer.

Les six compagnons reprirent hâtivement leurs affaires et leurs montures. Lynn garda dans ses bagages la robe qui lui avait été offerte. Elle lui plaisait et elle espérait qu'elle pourrait trouver le temps de la rafistoler, avec le maigre espoir de pouvoir la reporter un jour.

Tous partirent sous les yeux de Khulem qui les suivait encore à distance depuis la chute de la jeune fille. Il avait assisté à sa dérive et à son sauvetage par l'isard blanc. Tout n'était pas encore perdu pour la récupérer. Il savait qu'un jour ou l'autre, il parviendrait à la retrouver et à saisir le lien qui subsistait entre elle et lui. Longtemps, il avait espéré qu'Émania l'aiderait pour cela. Par instant, il se demandait même si Gorferst n'avait pas raison et qu'elle n'était qu'un simple rêve. Dans ce cas, sa mission n'en deviendrait qu'une détestable ambition personnelle.

Le soir venu, le petit groupe d'ambassade installa son campement dans un endroit que Rawg jugea sécurisé. Les écorcheurs étaient distancés. Seuls les animaux nocturnes des montagnes pourraient éventuellement les embêter, mais le feu qu'ils avaient allumé suffirait probablement à les faire fuir. Pour en être certain, l'isard blanc décida de monter la garde une nouvelle fois durant une grande partie de la nuit. Tous profitèrent de cette tranquillité pour reprendre des forces et s'apaiser. Les derniers jours avaient été des plus mouvementés. Tous demeuraient également honteux vis-à-vis de Lynn depuis leur attitude condamnable dans l'auberge de Cassandrie. La jeune fille ne revint pas sur le sujet. Pour elle, l'important était qu'ils soient tous sains et saufs. Ce qui l'ennuyait le plus, finalement, c'était la perte de son médaillon de flammes, laissé entre les mains de Gorferst.

De son côté, Engar se remettait lentement des blessures engendrées pendant l'enlèvement de Lynn. Lors de cette soirée, la jeune fille s'installa près de lui pour le remercier de l'avoir protégée cette nuit-là. Ses blessures le faisaient encore souffrir, mais les Nordiques savaient vivre avec ce genre de douleur. Sa plus grande plaie demeurait celle qui avait touché son cœur, bien des années auparavant. Il restait pourtant honteux d'avoir failli à sa mission.

Il profita de la présence de la jeune fille pour lui saisir maladroitement le bras. Elle le regarda sans réagir, malgré tout peinée de le voir dans cet état.

— Lynn, je suis navré de ne pas avoir su vous protéger. Je ne suis pas à la hauteur. Ce guerrier était plus fort que moi. Il aurait dû me tuer pour me punir de ma faiblesse.

— Il ne faut pas dire cela, rétorqua-t-elle avec affection. Ne parle pas de la mort ainsi. Tu es vivant, et c'est tout ce qui m'importe aujourd'hui.

Elle s'approcha davantage de lui. Sans rien dire, elle lui ôta un pansement, puis constata avec satisfaction que sa blessure ne s'était pas infectée. Il ne risquait plus rien, hormis une longue convalescence.

— Tu guéris vite, toi aussi ! se réjouit-elle.

— Je suis nordique… Chez moi, nous sommes tous comme ça.

Lynn profita de cet instant volé pour faire plus ample connaissance avec le guerrier. Elle regrettait d'ailleurs de ne pas l'avoir fait avant. Elle s'en voulait de ne pas lui avoir porté la moindre considération depuis le départ de Vinaledad. C'était une chose à laquelle elle comptait bien remédier maintenant que le temps le lui permettait.

— Parle-moi de tes terres, Engar, je les connais si peu. Comment est-ce, chez toi ?

Il souffla de nostalgie. Il n'était pas désireux d'en parler, mais Lynn insista avec une telle gentillesse qu'il fut forcé de s'incliner comme tout le monde devant sa volonté.

— Vous savez, Lynn… mes terres ne sont pas les plus belles de ce monde. Elles sont hostiles pour des jeunes filles comme vous. C'est là-bas que l'on rencontre le plus de bêtes sauvages, et il y a de nombreuses années, les derniers dragons, avant qu'ils ne partent vers l'Est lointain. Non, vraiment, ce n'est pas une terre pour vous…

— Mais il y a bien des femmes chez vous ? interrogea la jeune fille. Comment font-elles pour vivre dans ce cas ?

— Les hommes les protègent ! Mais ce n'est pas tout. La plupart du temps, à l'âge de la maturité, beaucoup d'entre nous traversent les désolations du Nord pour atteindre des contrées moins hostiles. Le nord de l'empire est propice pour l'installation de nouveaux villages. Le duc d'Oberlaufen accepte ces migrations, à condition que nous puissions contribuer au développement et à la sauvegarde de ses terres. Beaucoup d'entre nous se retrouvent aussi en Cassandrie…

— Oui, fit Lynn en nettoyant la blessure de son compagnon, d'après tout ce que j'entends depuis que l'on vous connaît, de nombreux Nordiques sont esclaves des nobles cassandriens.

— Oui, mais ce n'est pas tout. Certains d'entre nous poussent également jusqu'au nord-est de Kasdalar, dans le duché de Lothringen. Ils vivent dans une terre sereine paraît-il, dirigée par le seigneur Collinor. Je trouve cela d'une grande bonté de sa part que de les accueillir en hommes libres. C'est là-bas que je voulais aller, avant de me faire capturer…

— Je ne pense pas que les seigneurs de Kasdalar soient tous mauvais comme leur roi… Il existe des gens bien partout.

Il acquiesça.

— Et que faisais-tu de tes journées ? reprit-elle.

— Je servais et sers toujours mon maître…

— Non, je veux dire, lorsque tu étais dans le Nord, que faisais-tu ?

Engar partit en pensée quelques années en arrière. Un sourire s'esquissa sur son visage.

Il retrouvait ses souvenirs d'enfance, les seuls qui le rendaient encore heureux en ces temps funestes.

— Le froid y étant permanent, la journée, nous ne faisions que chasser et chercher du bois pour les cheminées de nos chaumières. Lorsque nous ramenions des bêtes à manger, nous les vidions de leurs entrailles pendant que nos femmes récupéraient les peaux pour en faire des vêtements bien chauds. Le soir, nous nous laissions aller à la fête et aux grandes soirées conviviales dans une grande demeure où tous les membres du village se rassemblaient pour jouir de notre quotidien que, malgré tout, nous adorions…

Lynn posa sur lui un regard attendri.

— Cela te manque, n'est-ce pas ?

Engar hocha la tête.

— Et vous, vos montagnes ne vous manquent-elles pas ?

Elle reposa un pansement propre sur la blessure du Nordique, sans le regarder, concentrée sur son action.

— Je n'y ai jamais vraiment vécu, regretta la jeune fille, mais j'apprécie déjà la vie dans la montagne. J'y retournerai quand tout ceci sera terminé. Et toi aussi, tu trouveras ton bonheur quelque part…

Engar fut ému d'être ainsi pris en considération par cette jeune fille. Il en oublia, l'espace de cet instant, son statut d'esclave et lui en était déjà très reconnaissant.

— Voilà, cela devrait tenir cette nuit et toute la journée de demain. Je m'occuperai de toi encore demain soir.

Elle lui adressa un clin d'œil complice.

— Ce guerrier ne voulait pas me tuer, annonça-t-il soudainement sur un ton grave. Il avait toutes les occasions de le faire. Également pour nos amis…

— Que veux-tu dire ? interrogea la jeune fille.

— Je veux dire que je ne pense pas qu'il soit un réel ennemi. Même si je reste silencieux, j'écoute tout ce que vous dites le soir. Je suis persuadé qu'il a le même but que nous. Peut-être devrait-on essayer de lui faire confiance. Bien sûr, ce n'est que mon humble avis…

Lynn ne répondit pas. Elle ne désirait pas entamer de débat sur ce sujet. Qu'elle le veuille ou non, elle savait d'ores et déjà que sa route allait recroiser celle de ce guerrier, dont elle ne se souvenait plus du nom. Elle préférait ne pas y penser afin de se donner toutes les chances de passer une nuit plus sereine que la précédente. Elle alla se coucher, car c'était ce que faisaient déjà trois de ses compagnons. Seul Rawg veillait, honteux de ses quelques erreurs passées. Impassible, il la contempla s'enrouler dans une épaisse couverture. Il croisa son regard qui ne laissait paraître aucune rancune. Sa bonté était d'or mais ne lui faisait pas oublier les menaces qui planaient toujours sur eux. Au loin, il contempla une lueur dans la pénombre. Il s'agissait d'un feu de camp. Encore une fois, il devait s'agir de Khulem qui n'avait effectivement pas renoncé à récupérer la jeune fille.

Chapitre 18

Les neiges éternelles se dressèrent tel un obstacle infranchissable que Ricardo renonça rapidement à franchir. Le peu de sentiers encore existants disparaissait sous une épaisse couche blanche qui s'écrasait sous le poids de son corps. Dans ces conditions, il était peu probable de pouvoir identifier une route permettant de traverser les montagnes. Faisant parler sa raison plutôt que son empressement, l'archer rebroussa chemin à la recherche d'un itinéraire plus sûr. À travers les montagnes grises, peu d'entre eux étaient praticables pour les chevaux, mais en aucun cas il ne voulait entrevoir la possibilité de se séparer d'Illiac. Le reste du groupe était d'ailleurs du même avis, le voyage était encore beaucoup trop long jusqu'à Mitralianos pour se passer de leurs précieuses montures. Le Nyssalien partit donc à la recherche d'une route dans les crêtes moins élevées du sud.

Son nouveau parcours le rapprochait dangereusement de la forêt de Lafloral et lui donnait la désagréable sensation de revenir en arrière. Ils retrouvèrent d'ailleurs la rivière dans laquelle Lynn avait failli se noyer quelques jours auparavant. Par chance, elle serpentait à travers toute la montagne pour leur proposer un étroit corridor naturel, embelli par une végétation qui ne semblait pas souffrir du froid. La température s'adoucit bientôt et les grands sommets enneigés des montagnes grises se découpèrent à l'horizon. Tout autour d'eux n'était que beauté, et la nature sauvage laissait croire que personne ne passait jamais par ici, comme si le monde laissait les arbres montagnards régner en maîtres sur la région.

Tous étaient maintenant plus sereins pour deux raisons. La première avait été apportée par l'archer en personne qui leur signala avec certitude que la forêt qu'ils redoutaient tant était dorénavant bien trop éloignée au sud-est pour leur nuire. La seconde était l'œuvre de Rawg. Revenu des positions arrière, il assura à ses compagnons que les écorcheurs avaient encore perdu de la distance sur eux. À ce jour, il s'était débarrassé de cinq d'entre eux sans leur laisser la moindre explication quant à la manière dont il s'y était pris.

Rawg n'était pas totalement satisfait pour autant, une ombre subsistait en son âme. Chaque soir, la lumière des feux de Khulem les narguait inlassablement. Le jour, l'isard n'arrivait pas à lui mettre la main dessus, et la nuit, il campait suffisamment loin d'eux pour ne pas se faire surprendre. Cette poursuite à distance était stressante et donnait lieu à de longues interrogations quant à la réelle motivation de ce mystérieux guerrier.

Les jours passant, Lynn commença peu à peu à partager l'opinion d'Engar au sujet de Khulem. Le Nordique n'avait peut-être pas foncièrement tort en disant que celui-ci ne lui voulait aucun mal. Jamais il n'avait porté réellement la main sur elle, et le seul compagnon qui souffrait de ses blessures était celui qui s'était directement attaqué à lui. Engar allait mieux aujourd'hui et bénéficiait des soins efficaces de la jeune fille. Elle démontrait ainsi une autre facette de ses talents cachés. Outre une magicienne en devenir, elle se révéla être une très bonne infirmière. Elle avait appris à pratiquer ce métier à l'occasion de situations malheureuses, mais elle avait su en retirer de nombreux avantages. C'était un peu grâce à elle que personne n'avait à déplorer la perte d'un des membres du groupe.

Un soir venu, largement avant la tombée du jour, le groupe installa son bivouac aux abords de la rivière. L'endroit était idéal pour abreuver les chevaux, ainsi que pour permettre à Lynn de continuer son initiation. Ce fut Rawg qui insista pour s'arrêter un peu plus tôt que d'habitude. Aucun danger ne menaçait et il devait préparer Lynn aux différentes épreuves qui l'attendaient dans les vastes terres de l'empire théranien. La jeune fille était prête et motivée pour continuer. Après ses différentes mésaventures, elle restait surtout impatiente de pouvoir se défendre par elle-même. Elle se rappela n'avoir guère fait le poids contre le guerrier lors de son enlèvement. Un simple coup à la tête avait été suffisant pour l'assommer. Elle n'avait quasiment plus aucune séquelle, ce qui démontrait par ailleurs la volonté de son agresseur de ne pas la faire souffrir.

Rawg emmena son élève près de la rivière qui coulait le long de leur campement. Ils s'éloignèrent suffisamment pour ne pas être dérangés. Ils marchèrent d'ailleurs trop longtemps au goût de la jeune fille qui voyait peu à peu ses autres compagnons disparaître à la faveur de la végétation dense. Ils s'arrêtèrent à l'endroit que l'isard blanc jugea propice pour son instruction. À cet endroit, le cours d'eau était beaucoup plus calme. Le cadre était magnifique pour une leçon que chacun espérait fructueuse.

Lynn regarda autour d'elle, puis s'assit rapidement sur un rocher pour souffler. Installée au pied d'un arbre, elle resserra son manteau pour se protéger du froid qui se faisait plus vif. Elle se laissa bercer quelques instants par le ruissellement des eaux, avec le seul regret de ne pas pouvoir s'y baigner. Elle était bien trop fraîche pour tenter une expérience qui ne conduirait qu'à la rendre malade. Pendant ce temps, Rawg se tenait devant elle en lui tournant le dos. Il semblait méditer. Avec ses bras, il entama une gestuelle ressemblant à un long étirement. Il s'imprégna de l'air ambiant, comme s'il cherchait à en puiser sa force. Tout ceci ne paraissait que de la poudre aux yeux pour la jeune fille, d'autant qu'il affichait une mine étrangement réjouie. Cela ne lui plaisait guère et elle redoutait déjà la suite.

— Était-il bien nécessaire d'aller si loin ? fit-elle. C'est une mauvaise idée de nous séparer des autres. En plus, la nuit va tomber et je suis frigorifiée.

— Justement, s'écria l'isard blanc, ce froid que tu ressens sera un instrument pédagogique idéal pour ta formation.

Il s'approcha davantage de la rivière, puis se retourna un court instant vers son élève avant de pénétrer dans l'eau. Il ne frissonna même pas. Il respira un instant l'air vivifiant de la montagne en savourant la douce caresse du courant sur ses jambes. Son élève était perplexe. Il resta quelques instants ainsi avant de se retourner une nouvelle fois vers elle. Elle prit peur, redoutant par avance ce qu'il allait lui dire.

— Déshabille-toi, lui ordonna-t-il gentiment.

Lynn fut choquée par cette requête, même si au fond d'elle-même, elle s'attendait à ce genre d'épreuve. Elle refusa catégoriquement de s'y soumettre.

— Ça ne va pas, la tête ? Jamais je ne me mettrai nue devant toi...

Elle espérait que cet argument suffirait. L'effet ne fut pas celui attendu, Rawg rit de bon cœur.

— Ne t'inquiète pas, je suis vieux, et je crois que je sais me tenir devant une femme nue. Le temps où je pouvais me reproduire est révolu depuis bien longtemps...

— Cela s'est déjà produit ? demanda-t-elle avec une curiosité soudaine.

Rawg s'esclaffa.

— Comment crois-tu que les isards se reproduisent ?

— Eh bien... avec des isards femelles... Je ne sais pas comment on les appelle... ça me paraît logique.

— Tu fais erreur, mon enfant, car tous les isards sont des mâles !

Lynn resta sceptique.

— Dans ce cas, comment faites-vous... je veux dire, pour pérenniser la race ?

— Nous nous accouplons avec des femmes de race humaine, consentantes, bien évidemment. Ensuite, je ne sais pourquoi ni comment, tous nos enfants naissent isards, et mâles de surcroît. Magie des Calisards, sans doute, car ce sont eux qui nous ont créés, paraît-il. Cependant, nous ne nous accouplons que très rarement, c'est pour cela que notre race s'épuise lentement, un peu comme les Minastis. Mais c'est ainsi…

Lynn s'intéressa grandement au sujet.

— Tu t'es déjà accouplé avec une femme de race humaine ?

Cette question mit visiblement Rawg très mal à l'aise.

— En réalité, les femmes ne nous désirent pas en général. Mais pour que notre race ne disparaisse pas, l'ordre d'Émania organise, à raison de quatre fois par an, une cérémonie appelée « l'offrande à la nature ». Durant cette fête, les chevaliers d'Émania offrent une femme à l'isard qui l'aura méritée, afin qu'il puisse s'accoupler.

— C'est horrible ! s'écria la jeune fille.

— Non, il n'y a rien d'horrible à cela. La femme en question est toujours consentante. Pour les fidèles disciples d'Émania, c'est un honneur de s'accoupler avec un isard. Même si ces derniers temps, la cérémonie a été annulée pour les raisons que tu connais.

— La guerre…

Il acquiesça gravement.

— Et comment faites-vous pour choisir celui qui aura le privilège de s'accoupler ?

— Il y a une compétition à laquelle tout le monde peut participer : dans la nuit de l'offrande, les isards s'affrontent pour savoir qui aura le droit de s'accoupler. Ce sont des combats à mains nues, afin de nous porter le moins de blessures possible. Ces cérémonies servent à donner naissance aux isards, non à les tuer…

— As-tu déjà participé à l'une d'entre elles ?

— Oui.

— Et tu as gagné ? demanda Lynn visiblement très intéressée par le sujet.

Il esquiva la réponse, presque vexé.

— Nous ne sommes pas là pour parler de moi, déclara-t-il. Maintenant, fais ce que je te dis ! Déshabille-toi !

L'idée folle qu'il puisse lui demander de s'accoupler avec elle lui traversa l'esprit.

— Mais pourquoi devrais-je le faire ? demanda-t-elle.

— Nous allons juste nous baigner, la rassura-t-il aussitôt. Et ne me fais pas d'histoires. Je sais que les Montagnards adorent se baigner nus dans l'eau des rivières. Je te rappelle que je connais très bien ton peuple. Je suis certain que tu ne déroges pas à la règle.

Rawg la connaissait mieux qu'elle ne pouvait le croire. Néanmoins, elle restait réticente à obéir.

— Dans cette eau ? Mais elle doit être gelée ! Tu veux que je meure de froid ? L'eau dans laquelle nous nous baignons d'habitude est beaucoup plus douce que celle-ci.

— Ne discute pas ! s'impatienta Rawg. Cela fait partie de ton initiation. Si tu veux devenir une magicienne, entre dans cette eau.

Rawg entra plus profondément dans la rivière comme pour lui montrer l'exemple. L'eau lui arriva rapidement jusqu'à la poitrine. Lynn le regarda avec des yeux stupéfaits. Puis, en soupirant, elle se décida à ôter son manteau... et le reste. Immédiatement, l'air glacial de la montagne fit trembler son corps. Les bras croisés contre sa poitrine dénudée, elle tenta vainement de se protéger du froid. Elle s'approcha de l'eau en murmurant des injures dont elle-même avait oublié le sens. Elle utilisait le langage des anciens, ce qui épata Rawg. Jamais il n'aurait cru qu'elle puisse maîtriser ce langage aussi bien, au point de sortir des mots vulgaires que lui-même n'avait jamais osé proférer.

Lynn hésita longuement à entrer dans l'eau. Rawg l'invita à se dépêcher, il voulait terminer son exercice avant que la nuit tombe.

— Viens, tant qu'elle est bonne ! se moqua-t-il gentiment.

Lynn leva les yeux au ciel en poussant un long soupir d'exaspération. Elle n'appréciait pas cette plaisanterie.

— Je ne sais pas comment tu fais, Rawg…

Elle mit enfin un pied dans l'eau. Dans l'instant qui suivit, elle le sentit se durcir, comme s'il se transformait instantanément en glaçon. Elle le retira aussitôt.

— Je n'y arriverai jamais, se plaignit-elle.

— Alors, tu ne seras jamais une magicienne, rétorqua Rawg.

Elle grogna puis, à contrecœur, elle s'avança péniblement. Le froid ralentissait tous ses mouvements. Elle finit par rejoindre Rawg en claquant des dents. Elle voulait l'insulter, mais ne put esquisser aucune parole pour exprimer sa rage. Sa mâchoire tremblait à n'en plus finir. Ce furent ses yeux qui parlèrent en son nom. Les bras collés contre son corps pour masquer sa poitrine à son ami, elle lui supplia d'en finir au plus vite.

— L'eau est la matière avec laquelle nous pouvons nous entraîner avec le plus de facilité. Tous les magiciens parviennent à la maîtriser sans problème. Si tu as froid, il ne tient désormais qu'à toi de retirer l'eau qui se trouve autour de toi, de la manière que tu auras choisie. C'est tout ce que je peux te dire ou t'apprendre. Le reste viendra avec le temps…

La douleur était trop forte, elle ne pouvait rester dans cette eau glacée une seconde de plus. Elle se rua vers la berge et s'enveloppa dans son manteau pour se sécher le plus rapidement possible. Elle crut un instant qu'elle allait mourir de froid. Elle s'en alla de rage sans dire un mot rejoindre les autres compagnons. Rawg ne fut pas surpris par cette réaction. Elle était vexée de constater que cette épreuve demeurait loin de sa portée. Néanmoins, il était persuadé qu'elle saurait remédier à cette faiblesse. Il était là pour l'y aider.

Engar montait la garde en cette nuit nuageuse, mais comme chaque soir, rester éveillé devenait presque inutile. Il n'était pas le seul à profiter de la chaleur du feu. Une fois encore, Rawg protégeait de sa présence le groupe. Perdu au sein d'un rêve dont il ne voulait pas se défaire, il attendait patiemment le retour de Lynn. Elle était censée être partie se coucher au milieu de ses compagnons, mais l'isard savait que, tôt ou tard, elle allait se relever pour venir le rejoindre. Il était facile de comprendre son caractère. En représailles de l'épreuve qu'il lui avait fait subir, elle avait été odieuse avec lui durant tout le reste de la soirée. Ses regards revanchards et sa manière hautaine de lui parler ne seraient que les prémices d'une demande de pardon qu'il attendait patiemment. Il ne la connaissait que trop bien, au point de savoir que les yeux ouverts sous sa couverture, elle guettait le moment propice pour se relever.

Celui-ci vint quand Engar partit s'allonger pour laisser à Rawg le soin de monter la garde seul.

Toujours enveloppée dans sa couverture, elle rejoignit à petits pas son instructeur. Rawg ne lui réservait aucunes représailles pour répondre à son attitude. Lynn restait une jeune fille avec ses sautes d'humeur qu'il fallait savoir gérer. Elle s'assit en face de lui et sa mine peu fière laissait déjà deviner ses prochains mots. Ils mirent cependant un long moment à venir jusqu'à ses oreilles.

— Je suis navrée pour tout à l'heure, murmura-t-elle, mais ce que tu me demandes est au-dessus de mes forces…

Rawg garda le silence. C'était volontaire, car il voulait entendre ce qu'elle avait réellement sur le cœur.

— Je n'y arriverai jamais ! ajouta-t-elle piteusement.

— Pourtant, répondit-il d'un ton grave, tu le devras bien. Tes pouvoirs se développent, Lynn, je les sens. Et si moi, je peux les sentir, tout autre sorcier ou magicien peut également le faire. Quoi que tu puisses penser ou vouloir faire, nous ne sommes plus en sécurité nulle part, et c'est bien cela qui me fait peur, car je ne serai pas toujours là. J'ai mes faiblesses, comme tout le monde, et surtout, je ne suis pas éternel…

— J'ai du mal à imaginer un monde sans toi, souffla-t-elle.

Rawg fut touché mais ne le montra pas. Il avait de nouveau endossé son rôle de professeur, même au beau milieu de la nuit.

— Tu as une épreuve à résoudre, lui rappela-t-il.

— Dans quoi je me suis encore embarquée ? geignit-elle. Comment veux-tu que je chasse l'eau d'une rivière ?

— Mais à aucun moment je ne t'ai parlé de t'attaquer à l'eau. Parfois, des magiciens doivent avoir recours à la ruse pour en combattre d'autres, plus puissants qu'eux. Je t'ai seulement demandé de te protéger de cette eau…

Lynn fronça les sourcils.

— J'ai du mal à te suivre, avoua-t-elle.

— Voyons, souffla-t-il, c'est pourtant simple quand on y pense. Quelle idée aurais-tu pour y parvenir ? Réfléchis bien !

La jeune fille prit son temps pour éviter de dire une bêtise.

— Je ne sais pas. Je pense qu'il serait plus simple de créer un champ de forces autour de moi, une sorte de protection invisible, ou développer une énergie pour l'empêcher de m'approcher…

Rawg leva les yeux au ciel avant de se réjouir.

— C'est cela, mon enfant, jubila-t-il. Tu as tout compris !

— Facile à dire, mais comment puis-je m'y prendre ?

— Il existe une formule pour maîtriser l'eau, mais dans ton cas, je pense que la magie manuelle te sera d'un meilleur secours.

— Je n'y arriverai pas. Et puis, à quoi me servirait ce genre de magie ? Franchement, faire bouger de l'eau, il n'y a rien de vraiment excitant…

— La magie est un don, Lynn. Elle a de nombreuses utilités. Bien sûr, au départ, ce que l'on apprend peut se révéler ingrat, mais lorsque l'on pousse ses limites, on peut aussi s'en servir pour créer ses propres rêves, aussi modestes qu'ils puissent être. Pour ma part, c'est ce que je fais souvent.

Elle leva de nouveau la tête vers son ami, intéressée par ce cours, mais plus sceptique encore.

— Montre-moi ! lui dit-elle, désireuse d'avoir des preuves de ce qu'il enseignait.

— Je ne connais que quelques tours, lui avoua l'isard blanc, mais je veux bien te faire une petite démonstration. Je vais t'apprendre à utiliser tes mains.

Lynn regarda les paumes de ses propres mains.

— Il y a énormément de choses dans les mains, expliqua Rawg. Elles peuvent en dire autant que les mots ou les formules. Tout d'abord, elles peuvent dire bonjour, prier, supplier ou aimer. Elles peuvent également créer des rêves…

— Mais comment ? Montre-moi, bon sang ! s'impatienta-t-elle.

C'était ce qu'il avait l'intention de faire. Rawg tendit la main vers le ciel assombri de la nuit en direction de la Lune. Il fit mine de s'en saisir.

Les yeux de Lynn s'ouvrirent en grand quand elle aperçut l'astre tourner sur lui-même et se tordre sous la pression des doigts de son compagnon. Physiquement, il ne pouvait atteindre la Lune, et pourtant, il semblait réellement jouer avec. Lynn resta sans voix, la bouche grande ouverte d'admiration.

Rawg fit mine d'enfermer la Lune dans la paume de sa main. L'obscurité se fit plus noire, comme si l'astre était réellement emprisonné et ne pouvait plus répandre sa lumière. Lynn ne parvenait pas à séparer le réel de l'imaginaire. L'isard blanc donnait l'impression de plonger le monde dans le néant.

— Comment fais-tu ? s'émerveilla-t-elle.

Il regarda la jeune fille en soupirant.

— Si tout pouvait être aussi simple que cela…

Rawg amena sa main fermée qui laissait échapper un peu de lumière devant le visage de Lynn qui s'attendait à y voir la Lune prisonnière. Elle lui ouvrit la main avec impatience, mais l'illusion se termina brutalement. En réalité, ce n'était qu'un tour de passe-passe. Il n'y avait qu'une petite braise dans le creux de la main de l'isard et la Lune reprit sa place dans le ciel pour illuminer de nouveau la nuit. Le nuage qui l'avait cachée pendant un court instant venait de passer son chemin. Lynn resta néanmoins admirative par autant de talent.

— Mais comment as-tu fait ?

— Peu importe, fit l'isard blanc d'un air blasé, car si tu réussis la seconde épreuve que je te fais subir, tu parviendras à le faire toi-même, mais avec plus de contrôle et de force. N'oublie pas que tu es fille de magicien, contrairement à moi. Tu as plus de facilités que les autres, car la magie est en partie dans ton sang.

— C'était magnifique ! s'exclama-t-elle.

Ils se regardèrent avec complicité.

— J'ai hâte d'être à demain, lui confia-t-elle.

Elle se leva pour venir embrasser le front de son protecteur. Cette manière très affective de lui souhaiter une bonne nuit était aussi un signe d'amour. Il ne lui laissait que peu de temps pour se reposer, mais ce ne fut pas vers son lit de fortune qu'elle se dirigea en premier lieu. Pensive, elle s'éloigna pour s'approcher de la rivière et y observer son long et paisible écoulement. Il faisait trop noir pour voir le reflet de son visage dans l'eau, mais prise d'une volonté de bien faire, elle mit la paume de sa main au niveau de l'eau sans la toucher. Concentrée, elle tourna sa main sur elle-même et constata avec effarement que le courant suivait ses gestes. Elle baissa lentement la main, mais l'eau s'écarta à son arrivée. La magie prenait effet. Dans la foulée, elle plongea subitement sa main dans l'eau, mais aucun autre miracle ne se produisit. Elle se dépêcha de ressortir son bras mouillé de la rivière. Sans qu'elle puisse en expliquer la cause, les flots suivirent la courbe de ce mouvement réflexe, créant une puissante vague qui la prit pour cible. Pour ne pas se faire tremper, elle se laissa tomber sur le côté, manquant de peu de glisser. Ce phénomène l'effraya un court instant puis la rendit perplexe. Ce n'était qu'un début, mais pour la première fois, elle sentait un réel potentiel émaner de son corps. Rawg n'avait rien raté de cette scène et fut ravi que son enseignement puisse porter ses fruits aussi rapidement.

Chapitre 19

Rawg rejoignit ses compagnons en toute hâte. Il était porteur d'une nouvelle peu réjouissante. Les écorcheurs n'avaient pas renoncé à les poursuivre. Guidés à travers la montagne par la jeune Scorsia, ils remontaient leurs traces à vive allure. Ils étaient très rapides contrairement à la petite troupe. Les montures étaient finalement plus un handicap qu'un atout dans ces petits sentiers escarpés. Derrière eux, les hommes armés de Gorferst couraient à travers les reliefs et gagnaient inexorablement du terrain. Ils n'avaient pas commis l'erreur de s'engouffrer dans les montagnes avec des chevaux.

Dans le creux de la montagne, et noyé par un cours d'eau peu profond, un long canyon se présentait comme le dernier rempart qui les séparait de la frontière avec l'empire théranien. Une fois dans ces vastes terres, il serait aisé de trouver refuge dans un des postes frontaliers. Protégés par la bannière de l'ambassade, ils y seraient en sécurité. Encore fallait-il franchir ce dernier obstacle que la présence des chevaux rendait encore plus compliqué qu'il ne l'était déjà. C'était pourtant le seul chemin praticable qui leur était proposé. Tout retour en arrière les ferait rencontrer les deux cents mercenaires qui s'étaient lancés à leur poursuite.

Les nuages de la nuit ne s'étaient pas dissipés. Rawg perçut cela comme un mauvais présage. Il craignait le réveil d'une entité qui pourrait mettre en péril leur progression au sein du canyon. Mais l'heure n'était plus à l'hésitation et à l'étude des différents signes que lui lançait la nature.

Montrant le chemin aux autres, Ricardo garda la tête du groupe et fit ses premiers pas dans la fissure de la montagne. Les pieds dans l'eau, il avançait lentement, car la roche humide dressait de nombreux obstacles glissants sur sa route. Il fallait également garder un œil sur Illiac qui pouvait à tout moment perdre son équilibre dans une zone peu propice à son déplacement. À l'image de ses congénères, la monture de l'archer était anxieuse et peu désireuse de tenter cette aventure. Elle y fut forcée par son maître qui montra ainsi l'exemple aux autres. Rawg fermait la marche pour assurer les arrières du groupe.

Un son lointain se fit entendre en même temps que le ciel s'obscurcissait. De sombres nuages approchaient lentement pour passer au-dessus de leurs têtes. Les grondements, de plus en plus proches, étaient ponctués par de lointains et puissants éclairs. Pour certains, ce spectacle était inédit, mais pour le Nyssalien, il avait un air de déjà vu et ce n'était pas pour le rassurer. Il s'arrêta, obligeant ses compagnons à faire de même.

— J'ai déjà été confronté à ça, s'inquiéta-t-il ouvertement. C'est un chevalier de foudre !

— Impossible, intervint Burgald avec scepticisme, il n'y en a plus sur Émania depuis des siècles.

— Il n'y avait plus non plus d'hiver jusqu'à ce qu'ils réapparaissent, il y a quelques années, souligna Gérald en repensant au nombre de livres qu'il avait déjà lus à ce sujet.

— C'est bien un orage à mon avis, affirma Rawg.

La colère de la nature se faisait de plus en plus pressante.

— Nous devons trouver un abri rapidement ! hurla Ricardo au milieu des éléments déchaînés.

Quelque temps plus tard, ils trouvèrent refuge au sein d'une petite cavité.

Les montures ne pouvaient y entrer et n'étaient pas sereines. Illiac donnait de nombreux signes de nervosité. Ricardo ressortit pour lui caresser la crinière afin de le calmer.

— Cet orage va terriblement nous ralentir ! s'exclama l'archer avec inquiétude. La roche va devenir encore plus glissante qu'elle ne l'est déjà. J'ai peur pour les chevaux. Illiac n'est pas tranquille, et je n'aime pas cela…

— Pour ma part, je ne le suis pas non plus, révéla Burgald en regardant le courant de la rivière prendre de la force. Nous sommes dans une zone inondable. Si l'eau tombe abondamment du ciel, elle pourrait faire remonter le niveau de la rivière et nous prendre au piège. Je serais d'avis de monter plus haut. Il faut rejoindre la crête.

— Oui, mais comment pourrait-on faire avec les chevaux ? Nous nous sommes lancés dans ce passage, nous allons donc devoir le suivre jusqu'au bout. Et il est hors de question de retourner sur nos pas. D'autant que les écorcheurs ne doivent pas être loin derrière nous…

— C'est toi qui nous as guidés jusqu'ici, lui signala Lynn sans vouloir être offensante.

— Et je le regrette, souffla l'archer.

— Nous devons repartir alors ! hurla Burgald. Tant pis, nous perdrons du temps, mais nous sauverons les montures.

— Il n'y a pas de chemin, intervint Gérald, si ce n'est celui que nous venons d'emprunter. Nous n'allons quand même pas retourner sur nos pas ?

La pluie était maintenant très violente. Lynn avait été la première à entrer dans la cavité, il s'agissait en réalité d'une grotte, dont l'obscurité empêchait d'en voir le fond. Elle avança avec prudence, suivie comme son ombre par Gérald.

— Nous ne sommes plus très loin de l'empire, il faut tenter le coup et continuer à avancer ! fit Ricardo.

À l'entrée de la grotte, Rawg qui observait le ciel depuis un long moment sursauta. Il venait de distinguer parmi les nuages qui filaient à une vitesse vertigineuse une entité improbable qui les avait déjà pris pour cible. Ce n'était pas une attaque de la nature mais bel et bien une incantation destinée à les détruire.

— Rawg, qu'y a-t-il ? hurla Burgald.

L'isard blanc ne répondit pas immédiatement.

— Qu'y a-t-il ? insista le vieux capitaine.

— Ne restez pas là, allez vous mettre à l'abri ! ordonna subitement le vieil isard. Ce n'est pas un orage naturel !

— Mais qu'est-ce que c'est ? s'alarma Engar.

Rawg n'eut pas le temps de répondre. Un éclair d'une violence inouïe perça l'un des nuages et la foudre s'abattit sur un col voisin. La montagne se brisa pour laisser d'énormes blocs rocheux dévaler la pente jusque dans les profondeurs du canyon. Pendant ce temps, le niveau de la rivière continuait à monter dangereusement.

— Allons plus profondément dans la grotte nous mettre à l'abri ! cria Rawg. C'est notre seul salut !

— Non, cria Ricardo pour se faire entendre. Si nous allons dans la grotte, nous allons mourir noyés !

Lynn qui avait disparu depuis quelque temps refit son apparition.

— Il y a un courant d'air plus loin dans la grotte. Il semble venir d'en haut. Il y a peut-être une sortie…

— Peut-être ? hurla le Nyssalien. Vous êtes fous !

— C'est un risque à prendre, fit Rawg sur le même ton. Nous n'avons plus le choix !

L'isard donna une grosse tape sur la croupe des chevaux qui s'enfuirent dans le canyon. Ricardo ne voulait toujours pas laisser partir Illiac. Mais lorsqu'il vit ses compagnons s'enfoncer chacun leur tour dans la grotte, il dut faire face à un choix cornélien. Il ne semblait pas capable de prendre une décision. Engar ressortit en toute hâte de la grotte pour persuader l'archer de les suivre. Ne voulant pas abandonner sa monture, Ricardo refusa tout net. Rawg dut porter secours au Nordique en employant une manière radicale, il coupa les sangles qui retenaient la monture apeurée. Illiac prit aussitôt la fuite dans un vent de panique, malgré les appels vains et désespérés de son maître. Il galopa à travers les roches et disparut dans le gouffre du canyon. Ricardo hurla.

L'écho du tonnerre résonnait dans la grotte et rendait sa fureur inégalable. L'eau montait très vite dans la cavité et avait déjà rattrapé les six compagnons. Engar était en dernière position et peinait à se raccrocher aux mêmes points d'appui que ceux qu'il suivait. Seule, maintenant, sa tête n'était pas encore immergée. En tête, Lynn grimpait très vite vers une hypothétique sortie. Tous espéraient qu'elle ne faisait pas fausse route. Elle aussi redoutait de les diriger droit vers un cul-de-sac et par conséquent vers une mort inéluctable.

Soudain, la jeune fille entrevit de la lumière. Elle poussa un grand cri de soulagement, la sortie n'était plus très loin. Ils étaient tirés d'affaire. Le tonnerre se tut et la pluie cessa brusquement comme ils émergeaient au grand air.

L'orage avait disparu aussi rapidement qu'il était arrivé. Il ne laissait derrière lui que dévastation. Les montagnes grises étaient désormais dotées d'un long canyon qui n'offrait que ruine et désolation à des yeux meurtris par ce qu'ils venaient de vivre. Dans cette épreuve, toutes les montures avaient à coup sûr péri, et notamment Illiac, ce qui laissait son maître dans un profond désarroi. Ricardo s'effondra sur le sol trempé, tandis que le soleil réapparaissait dans un ciel bleu immaculé. Le froid assaillit cependant les compagnons car ils étaient tous mouillés. Lynn se mit à grelotter violemment, au même titre que Gérald, mais le jeune homme prit spontanément la jeune fille dans ses bras pour partager leur chaleur corporelle.

Comme d'habitude, seul Rawg ne souffrait pas de cette température. Perché sur une roche, il contemplait les quatre coins de l'horizon. Il n'y voyait plus rien de menaçant. L'orage et leurs poursuivants semblaient avoir totalement disparu du paysage des montagnes grises.

La seule ombre au tableau était la présence lointaine, dans le creux d'une vallée à peine perceptible, de la forêt de Lafloral. Sa seule présence donnait un sérieux doute sur la responsable de cette attaque.

— Que s'est-il passé, Rawg ? interrogea Lynn. Pourquoi as-tu dit qu'il ne s'agissait pas d'un orage naturel ?

— Cet orage a été invoqué, répondit l'isard blanc.

— Qui peut être responsable d'un tel maléfice ? intervint Burgald. Serait-ce encore cette sorcière de Gisors ?

Rawg s'accorda un instant de réflexion.

— Je ne peux en être sûr, mais la forêt est encore visible. C'est étrange, j'ai l'impression qu'elle nous suit et nous observe. Cette Agnès de Gisors est un adversaire trop puissant pour nous…

Rawg montrait un signe de faiblesse inhabituel de sa part.

— Bon ! s'écria Burgald en tapant dans ses mains, mieux vaut ne pas rester ici. On ne sait jamais, d'autres créatures pourraient revenir. Il nous faut rejoindre l'empire le plus rapidement possible. La sorcière ne nous cherchera pas jusque-là. Ricardo, tu saurais retrouver la route ?

Ce dernier acquiesça d'un geste résigné de la tête. Péniblement, il se releva, le cœur endeuillé mais toujours déterminé à aller de l'avant. Continuer l'aventure sans Illiac était difficilement surmontable, car durant ces longues dernières années, il avait été ce qu'il possédait de plus cher. Plus qu'un animal de compagnie, c'était un réel ami qu'il venait de perdre. Aucun mot de réconfort ne lui fut offert cependant, car il mit les choses au clair rapidement avec ses compagnons touchés par sa peine.

— D'autres mourront... sans doute, dit-il froidement.

Ils marchèrent tout le reste de la journée. Ils ne tardèrent pas à remarquer, haut dans le ciel, le vol gracieux de nombreux aigles impériaux. Leur nombre croissant indiquait que le groupe s'approchait des frontières du territoire théranien. Les volatiles semblaient d'ailleurs leur montrer le chemin. Ce fut en fin de journée que les premières plaines du grand empire furent enfin visibles.

Au-delà des premiers versants et perdu au milieu d'une immensité se dressait un poste frontalier. Avant de l'atteindre, Ricardo estimait qu'il leur faudrait encore une journée de marche. Or, la nuit menaçait déjà. Ils décidèrent donc de dormir une dernière nuit dans les montagnes. Le groupe resta un instant sur la crête pour observer le magnifique paysage que leur offrait cette contrée. Celle-ci rappelait à Lynn ses joyeuses années, notamment ses interminables balades dans la forêt et ses incroyables aventures avec son amie Unia. La petite sacrisse lui manquait énormément. Depuis son départ de l'auberge de Docker, elle n'avait plus eu de nouvelles d'elle.

La nuit tomba rapidement. Tous s'étaient couchés, mais Lynn, malgré sa grande fatigue, ne trouvait pas le sommeil. Elle avait pris habitude de rejoindre son ange blanc à ce moment de la soirée. Elle partageait avec lui de longues discussions qu'elle affectionnait particulièrement. Rawg était un modèle de sagesse et lui apprenait sans cesse des choses nouvelles sur ce monde qu'elle découvrait au fur à et mesure de son voyage. Elle s'en réjouissait encore une fois avant même de le rejoindre. Mais cette fois-ci, ce fut avec le visage fermé qu'elle s'assit à côté de son garde du corps.

Elle voulait parler de lui, mais elle n'était pas sûre que Rawg puisse accepter aussi facilement de se confier. Comme lui, elle porta son regard sur les lumières qui émanaient du poste frontalier.

— Tu ne dors donc jamais ? murmura-t-elle pour entamer cette énième discussion.

Rawg souffla. Il savait que ce n'était pas une question.

— Quasiment jamais depuis que j'ai frôlé la mort sur le glacier d'Émania. C'est ce que tu voulais savoir ?

Lynn hocha la tête.

— Je ne sais pas grand-chose de toi finalement. Parfois, je me rends compte que je fais confiance à quelqu'un que je ne connais pas vraiment.

— Je n'ai pas toujours été irréprochable, il faut le reconnaître…

— Tu m'as sauvé la vie, répliqua la jeune fille, cela me suffit pour croire en toi. Mais s'il te plaît, j'aimerais en connaître davantage sur ta vie.

— Que veux-tu savoir ?

Elle sourit enfin, heureuse de constater qu'il était disposé à aborder le sujet.

— Pour commencer, j'aimerais savoir si tu as un jour gagné la cérémonie de l'offrande.

Il la regarda d'un air complice.

— Tu ne renonces jamais !

— Disons que cette histoire m'intéresse, souligna la jeune fille.

En l'espace de quelques secondes, Rawg fut gagné par la nostalgie. Ses yeux se perdirent, mais il devait pourtant assouvir la curiosité de sa protégée, ne serait-ce que pour lui inspirer confiance.

— À mon grand regret, non. J'y ai participé une fois avant mon grand départ avec les magieniens, mais j'ai perdu contre plus fort que moi.

— Pourquoi n'as-tu jamais réessayé ?

Le ton de Rawg se fit plus grave.

— Disons que j'ai eu rapidement le fils que j'aurais aimé avoir.

— C'est pour ça que tu as si bien élevé Ajaj lorsque tu l'as recueilli ? demanda-t-elle d'une voix douce et pleine de compassion.

— Oui.

Pour la première fois de sa vie, Rawg sentit qu'il pouvait pleurer. Mais il n'en fit rien. Lynn le fit pour lui. Le simple fait de parler d'Ajaj ne serait-ce qu'une seconde lui brisa le cœur.

Elle se reprit rapidement cependant, car ce soir-là, c'était à elle que revenait la tâche de réconforter son ami, et non l'inverse. Elle lui prit le bras et se serra contre lui, ce qu'elle adorait faire pour se tenir chaud. Ce paradoxe restait une énigme aux yeux de tous. Lui qui avait été frappé par un souffle de glace dégageait une grande chaleur.

— Dis-moi ce qu'il s'est passé sur le glacier d'Émania, murmura-t-elle.

— Ce fut le tournant de ma vie, murmura l'isard blanc sans cacher son émotion. Jamais je ne pourrai expliquer comment j'ai survécu à l'attaque du dragon des glaces. Je couvrais la fuite de mes compagnons, dont le navire était resté coincé dans la glace. Boback était occupé à nous frayer un chemin, alors je me suis sacrifié pour leur permettre de fuir. Je ne me souviens plus comment cela s'est terminé. D'ailleurs, bon nombre de mes souvenirs se sont envolés depuis ce jour-là. Certains refont surface, notamment le visage de ce dragon. Il m'est apparu plusieurs fois après, comme s'il était devenu mon allié. Il y a tant de choses que je ne suis pas non plus capable d'expliquer. Mieux vaut peut-être ne pas chercher à comprendre. Je suis ici pour te protéger et c'est tout ce qui importe...

— Et tu le fais si bien, chuchota Lynn.

— Mais un jour, je ne serai plus là...

— Je ne veux pas t'entendre dire cela.

Elle laissa passer un court silence.

— Dis-moi, que fais-tu de tes nuits, si tu ne dors pas ?

— Je rêve, mais éveillé.

— Et de quoi rêves-tu ?

— En ce moment, je repense à Karya, l'amie d'Ajaj. Tu te souviens d'elle ?

— Oui, je me souviens, dit la jeune fille avec amertume. Elle m'a sauvé la vie et je n'ai jamais pu la remercier. Je vivrai avec ce poids sur le cœur toute ma vie. Vous êtes tellement nombreux à veiller sur moi. Ajaj l'a fait, toi aussi, ainsi que cet étrange guerrier.

— De quel guerrier parles-tu ?

— Tu sais, celui qui m'a enlevée. L'autre jour, il m'a poursuivie dans les montagnes où j'ai failli mourir noyée. C'est d'ailleurs à cause de lui si je suis tombée de la falaise. Je ne voulais pas le rejoindre. Pourtant, mon cœur me dicte de lui faire confiance, mais je n'y arrive pas. Je ne sais pas pourquoi...

Rawg resta silencieux un instant.

— Si ce que tu dis est vrai, je pense que nous le reverrons bientôt. Il nous reviendra alors de déterminer dans quel camp il est réellement.

— Nous avons tant d'ennemis, Rawg...

— Ne t'en fais pas, nous avons aussi de nombreux alliés. N'oublie pas que l'ordre d'Émania est de notre côté. Il nous viendra en aide. Ce sont des guerriers redoutables et Camélia Marienthal a gardé une grande influence parmi les dirigeants de l'empire ! Je me demande d'ailleurs ce qu'elle est devenue. Mais sois sûre que la grande prêtresse d'Émania est notre plus grande alliée à ce jour.

— Je suis soulagée de t'avoir à mes côtés, avoua la jeune fille en se serrant un peu plus contre son ami.

— L'empire devra aussi te considérer comme une alliée de taille, comme l'a été ton père. C'est par cette nation que la révolte doit commencer. Alicia Hannigen devra accepter de nous venir en aide, quoi qu'il arrive... Dans le cas contraire, l'empire s'isolera et ne pourra pas arrêter l'invasion intérieure du culte de Vulcania. C'est dans leur intérêt d'intervenir !

— Je me demande encore comment tout ceci est venu jusqu'à moi, souffla-t-elle.

— Cette quête est dure pour toi, n'est-ce pas ? remarqua Rawg. Tu n'arrives pas à prendre en charge tes responsabilités, et les gens qui t'aiment te manquent ! Tu es si jeune, mon enfant, et si fragile...

— Les gens que j'aime sont ici, avec moi ! annonça sincèrement la jeune fille. Burgald, toi, et Gérald...

— Oui, Gérald, soupira l'isard blanc.

— Je l'aime bien, il est gentil, même si ses réactions sont parfois peu réfléchies et maladroites. Mais ne parlons plus de cela, car je sais que tu ne l'aimes pas.

— Non, c'est vrai... Je le trouve un peu présomptueux, c'est vrai. Ce qui me déplaît le plus en lui, c'est surtout son comportement envers Engar. Puis-je te poser une question ?

— Je t'écoute.

— T'es-tu donnée à lui ?

Lynn fut surprise par cette question, et même choquée. Elle n'était pas désireuse de s'étaler sur le sujet, mais elle accorda néanmoins une réponse subtile à son ami.

— Les seules nuits que j'ai passées avec lui, vous étiez là.

Rawg n'insista pas, mais il fut secrètement soulagé que personne n'ait encore remplacé Ajaj dans le cœur de la jeune fille. Lynn lui était restée fidèle visiblement.

— S'il te plaît, parle-moi de l'empire, demanda-t-elle pour changer de conversation.

— Tu y as vécu pourtant durant de longues années, remarqua l'isard blanc un peu surpris par la question.

— La seule fois que je suis sortie de la forêt, c'était pour rejoindre Marsigliano, avoua la jeune fille. Je ne connais rien, aucune cité. S'il te plaît, fais-moi rêver ! Je n'ai même jamais mis les pieds à Innestadt...

Il accepta volontiers d'assouvir cette requête, lui aussi bercé par le rayonnement de la ville de lumière.

— Il est le plus vaste et le plus puissant de tous les royaumes humains du monde d'Émania. On y trouve d'énormes fleuves, eux-mêmes perdus dans l'immensité des plaines. Il existe également de sombres forêts infestées de toutes sortes de créatures, bonnes ou mauvaises d'ailleurs. Dans ces forêts se cachent également les ruines d'anciennes cités qui, selon la légende, seraient les anciennes demeures des Calisards. Dans certaines de ces ruines, il existe encore des trésors à découvrir, mais la plupart d'entre elles ne sont malheureusement devenues que des rumeurs. J'ai passé une grande partie de ma vie à les chercher et je suis resté bredouille.

Le vieil isard s'égara dans ses songes.

— Rawg, l'interpella tendrement la jeune fille, as-tu déjà entendu parler de la clairière interdite ?

— Oui, mais je n'ai jamais réussi à la trouver, comme si elle se cachait du monde extérieur.

— Et elle a raison, je pense. Avec tout ce que je vois, il est bon de rester terré chez soi. J'ai même cru comprendre que l'empire n'était pas totalement uni et que des querelles internes le menaçaient.

— Oui, c'est vrai. Le sud de l'empire est le plus éloigné du pouvoir impérial. C'est le vaste territoire d'Aaron Marienthal, le puissant duc de Sarianheim. Il contient de nombreuses cités construites le long du fleuve Lori. Cette région est le cœur de l'empire théranien, mais elle est malheureusement aussi la plus dangereuse. Les insurrections y sont nombreuses… C'est du Nord que viendra notre salut. Le territoire des Hannigen est le plus sûr, et leur armée reste la plus nombreuse. Elle sera le dernier rempart contre les hordes de Vulcania. À ce que je sais, c'est le seul endroit au monde où ce culte ne s'est pas encore implanté.

— Et Mitralianos ? demanda la jeune fille. Que peux-tu me dire sur elle ?

— La ville de lumière est le centre principal de l'apprentissage de la magie. Les magiciens viennent des quatre coins du monde d'Émania pour étudier au sein des collèges. Tu iras là-bas toi aussi, comme ton père, si nous en avons l'occasion…

— Mitralianos, le coupa Lynn d'un air enchanté. Tant de monde m'en a parlé. Il paraît que c'est une ville somptueuse. Regarde, on voit ses lumières d'ici !

— Ce n'est pas une ville, c'est le cœur du monde des hommes ! rectifia Rawg. L'empire donne asile à de nombreuses communautés, installées là depuis l'exode de leurs ancêtres. Ce symbole est sujet à bien des convoitises, notamment celle du roi Uras Marienthal, le pillard. Heureusement, il n'a jamais réussi à détruire ce joyau de civilisation…

— Pourquoi l'appelles-tu comme cela ?

— Je n'en sais rien… Ce roi était un fou et personne ne semblait pouvoir arrêter sa soif de conquêtes. À plusieurs reprises, il a essayé de conquérir l'empire. À chaque fois, il s'y est cassé les dents. La ville de lumière est aux mains des Hannigen, et cela, depuis de nombreuses générations. Tout le monde a fini par l'accepter, car Mitralianos est rapidement devenue un exemple à suivre. Elle a autorisé les différences entre les peuples et toléré toutes les religions qui se sont présentées à ses portes. C'est un lieu très cosmopolite, puisqu'on y retrouve des gens originaires d'un grand nombre de nations, venus étudier ensemble sous la direction des hommes les plus instruits du monde. Il s'agit là de la première esquisse de la réunification des peuples, le rêve de chacun. Alicia Hannigen y règne en juste depuis peu, enfin, je l'espère. C'est pour cela que nous gardons espoir en un nouveau monde en paix. Elle se doit d'être l'héritière des valeurs de son père.

Après ces paroles pleines de promesses, Lynn posa sa tête sur l'épaule robuste de son protecteur.

— J'ai hâte d'y être.

— Nous y serons bientôt, mon enfant, lui promit Rawg.

— Il paraît que la princesse Alicia est magnifique, ajouta-t-elle en regardant le ciel bordé de mille étoiles d'espoir. Mais va-t-elle réellement pouvoir nous aider ?

Elle bâilla longuement, peu certaine qu'elle allait avoir assez de temps pour entendre la réponse.

— En réalité, je pense qu'elle est notre seul espoir, confia Rawg. Nous allons vivre dans les prochains jours des instants décisifs quant à la survie du monde qui nous fait tant rêver. Et ce sera à toi de faire en sorte qu'il ne s'écroule jamais. Tu es notre espoir et notre survie à tous, j'en reste persuadé.

Ces dernières paroles ne trouvèrent aucune oreille attentive, Lynn s'était endormie en rêvant de Mitralianos et de la magnificence de ce lieu magique défini comme la plus belle ville du monde. L'isard resta seul dans ses tourments, mais pour la première fois, ceux-ci furent légèrement apaisés par le calme de la nuit.

Chapitre 20

Peu impressionnant vu de loin, le poste frontalier dévoila toute sa splendeur quand le groupe se présenta devant ses portes. Entourée de puissants remparts, cette robuste bâtisse était comparable aux grands donjons que comptaient les plus célèbres forteresses de l'empire. À l'allure plus modeste, sa taille ne rivalisait cependant pas avec ses prestigieux modèles. Nombreuses dans la périphérie de l'empire, ces citadelles constituaient une arme redoutable pour ralentir les éventuelles invasions. La plus célèbre d'entre elles était celle de Karaz-kaz, dressée au centre d'une vallée où des milliers d'hommes s'affrontaient encore en ayant oublié pourquoi.

À l'arrivée du groupe, deux têtes se montrèrent à travers les créneaux du chemin de ronde. La porte était grande ouverte et visiblement, aucune herse n'apparaissait pour sécuriser une entrée délaissée par le temps. Par politesse, tous s'arrêtèrent pour laisser le soin aux deux sentinelles de bien les observer. Leurs mines dubitatives laissèrent facilement comprendre qu'ils n'avaient pas l'habitude de se confronter à des voyageurs à ces confins de l'empire. En tête du cortège, Ricardo les salua avec respect pour leur signaler qu'ils n'apportaient avec eux aucune hostilité.

— Qui va là ? demanda l'un des soldats avec métier.

L'archer se présenta poliment.

— Je me nomme Ricardo Ramenez, ambassadeur nyssalien. J'accompagne le comte de Franchort et son escorte, ainsi que le capitaine Burgald Ederning, ambassadeur du peuple des montagnes du Sud. Nous vous demandons protection et logis pour la nuit afin de pouvoir poursuivre notre route vers Mitralianos dès demain matin.

— Que fait un isard avec vous ?

— C'est notre éclaireur. Est-ce un problème ?

Les deux gardes chuchotèrent entre eux. Ricardo ne parvenait pas à entendre ce qu'ils disaient. Il comprit seulement qu'ils n'arrivaient pas à se mettre d'accord sur la conduite à tenir. Cette discussion dura quelques minutes avant, qu'enfin, l'un des gardes lui adresse à nouveau la parole.

— Soit, étant donné que vous escortez un comte, nous allons vous conduire jusqu'à notre capitaine. Il prendra la décision quant à votre requête. Veuillez entrer lentement et ne pas dégainer vos armes !

Déjà, de l'autre côté de la porte, deux soldats armés les attendaient pour les escorter jusqu'au donjon. La place forte se dévoila comme un endroit atypique et peu accueillant. Une garnison limitée y vivait en permanence, seulement accompagnée de quelques roturiers venant accomplir les tâches domestiques. Quelques femmes étaient également présentes. L'une d'entre elles passa devant le groupe sans vraiment lui prêter attention. Elle portait un seau d'eau qu'elle alla vider dans un abreuvoir. Quelques montures attendaient ainsi de pouvoir se désaltérer. Derrière, une maison fermée par une solide porte en bois laissait planer son mystère mais s'apparentait à une réserve de nourriture.

Du monde se rassembla lentement autour des nouveaux venus. En cette fin de journée, ils semblaient être pour eux une rare attraction. La cour intérieure n'était pas aussi vaste que le laissait supposer son aspect extérieur. Elle fut rapidement envahie, tandis que se dressait devant eux, au fond de la cour, le long escalier menant au donjon. C'était là que se situaient les appartements des membres de cette petite garnison. Hormis les quatre gardes en faction, personne ne portait d'armes. Il était donc très difficile de différencier les vrais militaires des simples paysans venus s'acquitter de leur travail quotidien. On pouvait se demander comment ce genre de poste pouvait garder la réputation d'être infranchissable.

Le capitaine fut rapidement prévenu. Il se présenta en haut de l'escalier, peu enclin à descendre pour accueillir ses invités. Nobles ou pas, ces gens venaient de le sortir d'une sieste qu'il affectionnait particulièrement à cette heure-ci de la journée. Il s'étira longuement, alors qu'à ses côtés, un sergent lui glissait quelques mots à l'oreille. Il acquiesça en souriant. Il finit par entamer la descente avec une allure nonchalante, donnant presque l'impression qu'il n'était pas encore au courant que des visiteurs venaient de passer la porte de sa forteresse. Vêtu d'une chemise grande ouverte et d'un pantalon à peine attaché, il ne prit pas la peine de se rhabiller convenablement pour faire face au groupe. Ici, c'était lui l'autorité, et par voie de conséquence, il n'avait de compte à rendre à personne.

— Elle est belle, l'armée impériale ! murmura Gérald d'un air désabusé. C'est sur elle que nous devons compter pour combattre les légions de Kasdalar ? Il aurait été plus sage de rester en Cassandrie…

Le capitaine se présenta enfin devant eux. D'âge mûr, il était mal rasé, comme la plupart de ses hommes. Sa dégaine faisait plus penser à un vagabond qu'à un réel chef militaire. Le jeune homme fut presque honteux de devoir s'adresser à lui. Il était comte, et supposé parler au nom de tout le groupe. Ce statut leur permettrait normalement d'avoir des passe-droits un peu partout. Gérald commençait à en douter devant l'allure de cet officier.

Cependant, le capitaine salua respectueusement le jeune homme. Mais ses gestes exagérés laissaient deviner une moquerie. Il était sale mais n'avait pas pour autant oublié totalement les bonnes manières.

— Monseigneur, je vous salue ! Je suis le capitaine Adam, commandant en chef de cette garnison. Soyez le bienvenu, comte de Franchort. Je vous trouve d'ailleurs bien loin de chez vous ! Que venez-vous faire dans l'empire théranien dans ces temps peu sûrs, et surtout, sans chevaux ?

— Nous nous rendons à Mitralianos, répondit Gérald avec un accent presque imperceptible. Nous venons demander de l'aide à la princesse Alicia Hannigen pour combattre nos nombreux ennemis. Ils menacent les terres du Sud. Quant à nos chevaux, nous les avons perdus lors de notre voyage. Une tempête les a emportés dans les montagnes.

Gérald jouait son rôle à merveille. Ses compagnons furent sidérés par la perte soudaine de son accent. Quand le besoin s'en faisait ressentir, il pouvait donc le faire disparaître pour se faire plus facilement comprendre.

— Vous êtes les bienvenus ici, répondit le capitaine en se frottant le menton. Il y a assez de place pour coucher toute votre petite suite, aussi surprenante soit-elle…

En disant ces derniers mots, son regard se porta sur Rawg, dont la présence au sein de ce groupe ne lui avait pas encore été justifiée. Néanmoins, le capitaine ne posa aucune question à ce sujet. Le noble statut de son hôte l'obligeait à quelques réserves.

— Malheureusement, reprit le capitaine, je crains de ne pas pouvoir vous offrir de montures. Mais si vous le désirez, je peux envoyer une patrouille vous faire quérir des chevaux. Rotburg n'est pas très loin, et ils pourraient être de retour dans quatre à cinq jours…

Gérald se retourna vers ses compagnons pour les interroger du regard. L'idée était tentante, mais elle leur ferait encore perdre de précieuses journées de voyage. Cependant, l'absence de montures pourrait leur en faire perdre bien davantage au final.

— J'accepte cette générosité, capitaine ! répondit-il. Et je saurai vous en remercier.

Le capitaine lui sourit niaisement en guise de réponse.

— Mais bon, en attendant, venez plutôt vous réchauffer dans le donjon. La salle des festins n'attend que vous et la douceur d'un feu est encore très agréable à cette époque. En plus, je vois que vous avez une jeune femme avec vous, dit-il mielleusement en posant ses yeux sur le joli visage de Lynn.

Comme à son habitude, elle était emmitouflée dans son manteau, luttant pour ne pas montrer qu'elle avait froid. Ce ne fut cependant pas la seule soulagée de pouvoir jouir des bienfaits d'une demeure chauffée. Tous s'empressèrent de suivre leur hôte. Le capitaine entama la montée des escaliers, positionné entre Gérald et Ricardo. Il en profita pour exposer quelque chose qui l'intriguait depuis leur arrivée.

— Il est étonnant de voir un Nyssalien escorter un Cassandrien.

Par cette phrase, il cherchait visiblement à démasquer une éventuelle supercherie. Ce capitaine était fourbe, derrière son allure nonchalante se cachait un esprit calculateur. Plus habile dans ce genre de situation, Ricardo se chargea de lui répondre.

— Nous avons tous un intérêt commun dans cette ambassade, malheureusement, il semblerait que l'on dérange, car on essaye de nous barrer la route.

Ricardo se montrait également malin. Par cette remarque, il tentait de savoir si son vis-à-vis ne leur cachait rien. Pour cela, il lui suffisait d'observer attentivement sa réaction. Elle ne fut en rien suspecte.

— Vous aussi vous avez été surpris par ce chevalier de foudre ! conclut-il. Ce n'est pas la première attaque que nous subissons ces derniers temps. Ils viennent tous du sud. Oui, mon ami, aussi étrange que cela puisse être, toutes ces apparitions proviennent de la forêt de Lafloral.

Rawg n'avait donc pas tort en affirmant que cet orage n'était pas naturel. Agnès de Gisors se livrait à des incantations dangereuses dans le seul but de leur barrer la route. Elle révélait ainsi une partie de ses pouvoirs. Ils n'étaient vraiment pas de taille pour l'affronter. La seule chose à faire était de la fuir.

L'intérieur de la bâtisse ne s'apparentait pas du tout à son aspect extérieur. Les six compagnons montèrent deux étages et découvrirent la beauté de la salle commune. En son centre, une grande table se dressait avec de nombreux plats. Elle était propre et avait été nettoyée par les domestiques. C'était ici que tous venaient se nourrir. Le capitaine invita cordialement ses invités à s'installer. Un sergent entra, suivi par une femme portant deux bouteilles de vin. Elle les posa sur la table et se retira pendant que le militaire se chargeait de remplir les verres. Le capitaine s'en saisit de deux et commença à les offrir à ses invités. Fidèle à ses habitudes, Lynn refusa le sien avec politesse. Son geste de la main provoqua un mouvement de recul du capitaine.

— Vous ne buvez pas ? s'offensa-t-il.

Lynn lui adressa un timide signe négatif de la tête.

— Dans l'empire, on ne refuse pas un verre offert par un officier de l'armée, intervint le sergent avec autorité.

Gérald vint spontanément au secours de la jeune fille.

— Excusez-la, capitaine, mais elle ne boit pas. En Cassandrie, ce n'est pas une faute. Et d'ailleurs, je ne vois pas en quoi elle vous a manqué de respect.

Le capitaine se ravisa alors devant l'autorité affichée de son invité.

— Vous avez raison, monseigneur. Mais elle ne sait pas ce qu'elle perd... Voulez-vous autre chose ? ajouta-t-il d'une voix plus douce en se retournant vers Lynn.

— Elle prendra un verre d'eau, répondit Gérald.

Elle fut aussitôt servie par une domestique. Dans la foulée, le capitaine se saisit d'un verre et le leva pour trinquer en l'honneur de ses mystérieux invités. Il serait plus aisé d'en savoir plus autour d'une réunion conviviale.

— Alors, comme ça, vous vous rendez à Mitralianos ! Une longue route pour des gens du Sud comme vous. De plus, passer par les montagnes grises n'était pas le chemin le plus simple. Personne ne fait ça d'habitude...

Cette remarque permit à Burgald de soulever un autre problème.

— Disons que nous avons eu quelques péripéties durant notre voyage. La route des montagnes du Sud n'est pas sûre, mais ce n'est pas tout. Je regrette de devoir vous l'annoncer, mais il est possible que nous soyons poursuivis par une troupe d'écorcheurs... environ deux cents hommes.

Cette annonce laissa le capitaine complètement indifférent.

— Ah, bon. Oui, j'ai entendu dire qu'il y en avait beaucoup dans la région...

— Il s'agit d'une réelle menace.

— Voyons, s'esclaffa le maître des lieux, qui oserait attaquer l'empire théranien ?

— Cette armée d'écorcheurs, justement ! fit une voix venant du fond de la pièce.

Assis dans le renfoncement côtoyant la fenêtre, un homme se tenait là, le visage dans l'obscurité. Il était jusque-là passé inaperçu. Le chef de poste fut soudainement gêné de ne pas avoir présenté son autre invité.

— Oh, pardonnez-moi, s'excusa-t-il, je vous présente Élios, un voyageur qui est arrivé ce matin. Voulez-vous un autre verre, Élios ?

— Volontiers, répondit celui-ci distinctement en sortant de la zone d'ombre.

Lynn et Rawg eurent un mouvement de recul en voyant Khulem. L'isard blanc se saisit de ses armes, immédiatement imité par Engar qui reconnut celui qui l'avait agressé le jour de l'enlèvement de Lynn.

— Assez ! ordonna le capitaine Adam. Rangez vos armes !

Alertés par la voix de leur chef, trois gardes se précipitèrent dans la pièce. Il leur adressa un geste d'apaisement, les incitant à ressortir. Visiblement, il maîtrisait la situation.

— Je vois que vous vous connaissez déjà, mais je vous rappelle que vous êtes ici mes invités, tous autant que vous êtes, et je vous interdis de me faire partager vos petites querelles !

— Nous nous connaissons, effectivement, fit tranquillement Khulem.

Il fixa Lynn qui détourna aussitôt son regard. Lorsqu'il fit un pas dans sa direction, elle recula. Rawg se porta alors devant elle, déterminé à jouer son rôle de protecteur.

— Comment avez-vous fait pour nous devancer ? demanda-t-il avec suspicion.

— En réalité, je croyais être derrière vous. Un chevalier de foudre ici, qui l'eût cru ! Je pensais qu'ils ne se déplaçaient qu'au-dessus des océans. J'ai perdu votre trace et emprunté un chemin praticable à travers la montagne qui m'a mené jusqu'ici. J'étais à cheval, voilà peut-être pourquoi je suis arrivé avant vous… En tout cas, c'est gentil à vous de venir me rejoindre, termina-t-il sur le ton de la plaisanterie.

— Ne rêvez pas ! rétorqua aussitôt Rawg, vous ne ferez pas le voyage avec nous.

— Quelle ingratitude ! s'offusqua faussement Khulem en prenant bien soin d'exagérer sa réaction. Quand je pense que je lui ai sauvé la vie plus d'une fois, et vous ne me faites toujours pas confiance ? ajouta-t-il en désignant la jeune fille du menton.

— Il a raison, intervint celle-ci. Je pense aussi qu'il ne me veut aucun mal…

Elle porta discrètement son regard vers Engar. Elle n'avait rien oublié du discours que le géant nordique lui avait tenu au sujet de cet homme.

— Où est le sorcier pour qui vous travaillez ? demanda froidement Rawg.

Khulem se désintéressa totalement de cette question et se dirigea vers la table centrale pour se servir un autre verre de vin.

— Je ne sais pas, finit-il par dire. Aujourd'hui, il n'y a que vous et moi. Et j'espère qu'ensemble, nous parviendrons à percer votre secret. C'est une mission qui m'a été dictée par Émania en personne, et je me dois de la mener à bien. Toi, l'isard, personne n'est mieux placé que toi pour savoir que je ne renoncerai pas, fervent disciple que je suis. N'est-ce pas une bonne raison pour me faire confiance ? conclut-il avec malice.

— Le temps nous le dira…

Khulem fit un grand sourire à l'assemblée.

Par cette simple phrase, même vague, Rawg venait de montrer qu'il ne refusait plus catégoriquement sa compagnie.

Puis, Khulem porta son attention sur Gérald.

— Alors, te voilà promu chef de l'expédition ?

— Holà ! s'insurgea le jeune homme, est-ce une façon de traiter un homme de mon rang ? Dois-je vous rappeler qui je suis ? Je suis le comte de Franchort !

— Oui, répondit le guerrier, le vaillant comte de Franchort qui fait route vers Mitralianos pour demander secours à la princesse Alicia Hannigen. Le seul espoir qu'il nous est permis d'avoir. Mais dites-moi, cher comte, qui vous dit que la princesse acceptera ne serait-ce que de vous rencontrer ? Vous n'êtes rien pour elle, pas plus que nous tous ici présents, d'ailleurs...

Gérald resta sans voix devant cette offense.

— Laissez-moi vous dire autre chose, continua Khulem, tous autant que vous êtes, sachez qu'à l'heure actuelle, ce n'est pas Alicia Hannigen qui gouverne mais le haut conseil. Ce même conseil qui est dirigé de main de maître par un certain Redrus Albrecht.

— Redrus ! intervint Burgald avec défaitisme, il est puissant et, surtout, c'est un grand prêtre de Vulcania. Tu essaies de nous dire que ce culte domine l'empire ?

— Dois-je vous rappeler qui priait Charles Bordemer ? Bien sûr que l'empire est dominé, tout comme la Cassandrie. Et ce sera bientôt le tour des cités nyssaliennes. Le connétable Kalas Elonis avance avec ses légions, et plus aucune armée ne pourra l'arrêter.

— De combien d'hommes dispose-t-il ? demanda Rawg, très intéressé par les connaissances du guerrier à ce sujet.

— Je ne sais pas vraiment. Le royaume de Kasdalar possède actuellement six légions régulières de près de dix mille guerriers chacune. Je prie pour qu'elles ne soient pas toutes réunies autour de Traghard, sinon, qu'Émania nous garde en sa bénédiction !

— Les légions qui sont passées dans les cols du sud n'étaient pas aussi nombreuses, affirma Ricardo. Je pense qu'il n'y avait que deux légions, trois au maximum.

Khulem but une nouvelle gorgée de vin.

— C'est une bonne chose, fit-il. Cela fait près de trente mille hommes tout de même. Et il faut aussi compter les milliers d'écorcheurs qui ont rallié la cause du culte de Vulcania sous les ordres de Koursk Angel. Honnêtement, je doute que l'empire puisse aujourd'hui rassembler une armée aussi nombreuse. Il est trop divisé. Je ne me ferais pas trop d'illusions à votre place. Les Hannigen sont faibles aujourd'hui, notamment depuis la mort de Ferdinand.

— Pourtant, souligna Gérald, vous êtes prêt à nous accompagner jusqu'à Mitralianos !

— Oui, c'est vrai. Je ne vous cache pas que ma seule préoccupation est Lynn. Soyez-en certains ! Le reste m'importe peu. Émania m'a confié la mission de la protéger, et que vous le vouliez ou non, je fais désormais partie de votre aventure. Et puis, j'aimerais bien savoir quel lien nous unit, elle et moi.

Lynn ne put s'empêcher de rougir bêtement.

— Je pense que nous pouvons lui faire confiance, annonça Ricardo. Un guerrier de plus dans notre groupe ne sera pas de trop. Et quelque chose me dit que lui pourra nous avoir un entretien avec la princesse.

— De quoi veux-tu parler ? demanda Burgald.

— Vous le saurez bien assez tôt, se contenta-t-il de répondre. Mais pour le moment, il faut faire quelque chose pour ceux qui nous suivent…

— Les écorcheurs ! s'écria Gérald. Nous ne risquons rien ici. C'est une bâtisse de l'empire. Nous sommes protégés. N'est-ce pas, capitaine ?

— Ils n'oseront jamais attaquer l'empire, confirma ce dernier.

— Pourtant, j'ai vu cette armée de mes propres yeux, dit Khulem. Je comprends votre assurance, capitaine, mais sachez qu'ils sont dotés d'une foi inébranlable envers leur cause. Pour le culte de Vulcania, ils sont prêts à tout… N'oubliez pas qu'ils sont venus pour Lynn, et je doute que quatre pans de mur les effraient.

— Il a raison, souffla Burgald, souvenez-vous de ce qu'il s'est passé à Franchort !

Cette remarque perça le cœur de Gérald, mais elle fit également remonter une interrogation dont personne n'avait encore trouvé la réponse. À ce jour, seul Gorferst savait pourquoi la forteresse de Franchort avait été attaquée.

Chapitre 21

Le confort d'un lit était tout ce que Lynn demandait depuis plusieurs jours. Elle pensait que cela serait suffisant pour noyer ses cauchemars et les empêcher de refaire surface. Ce fut vain que d'y croire. Réveillée en sursaut, la jeune fille bondit de son lit avec une douleur si grande qu'elle crut recevoir un coup de poignard en pleine poitrine. Par chance, rien n'était réel, et elle garda le réflexe de ne pas crier. Autour d'elle, aucun bruit, ce silence lui semblait même inquiétant, et le fait de dormir dans une chambre individuelle ne la rassurait guère. Le capitaine Adam lui avait accordé cette faveur – ainsi qu'à Gérald – tandis que ses autres compagnons devaient se cantonner dans une chambre de troupes. Elle regretta un instant de ne pas avoir cédé à la demande du jeune noble qui lui avait charitablement proposé de partager sa chambre. Mais à ce moment-là, elle avait eu trop peur de se voir céder à une pulsion qu'elle aurait sans doute regrettée aussitôt. Ajaj restait le seul homme dans son son cœur et elle ne se sentait pas de trahir cet amour. Lentement, elle se rallongea pour retrouver le sommeil. La nuit était encore loin d'être terminée et elle se devait de retrouver le repos qu'elle était venue chercher dans cette solitude. Elle n'y trouva cependant qu'une angoisse diffuse, hantée par les souvenirs de sa rencontre avec Agnès de Gisors. Elle lui était apparue dans les mêmes conditions, alors que tout autour d'elle s'était endormi. Pour rien au monde elle ne voulait revivre cette scène. Fermer de nouveau les yeux lui faisait maintenant peur. Elle se leva pour s'accouder à la fenêtre et regarda un paysage obscur et parsemé d'étranges lumières. Celles-ci s'étalaient le long du versant de la montagne. Un peu plus bas, le chemin de ronde du poste était éclairé et elle y aperçut brièvement quelques sentinelles, silencieusement postées le long de la muraille. L'idée lui vint d'aller se promener au clair de lune pour essayer de trouver une certaine sérénité.

Ce fut à petits pas qu'elle s'approcha du premier garde qu'elle rencontra. Il regardait les lueurs qui se découpaient dans le paysage par-dessus les créneaux. Lentement, cette scène lui fit revivre en pensée celle que jamais elle n'avait bannie de sa mémoire. Elle ne savait pas si ce qu'elle éprouvait était douloureux ou simplement nostalgique. Elle se replongea sur les remparts de Marsigliano en compagnie d'Ajaj. Les feux qui éclairaient la montagne redevenaient ceux de l'armée impériale assiégeant la ville, et l'homme qu'elle rejoignait timidement n'était autre que son bien-aimé.

Elle revint rapidement à la réalité cependant en reconnaissant l'homme qu'elle avait cru être une sentinelle. Il s'agissait de Khulem, dont la présence à cet endroit en plein milieu de la nuit lui sembla sur le coup suspecte. Puis en réfléchissant, elle se dit qu'il avait sans doute été traversé par la même idée qu'elle. Lui aussi venait chercher un peu d'apaisement. Maintenant qu'il se trouvait en face d'elle, le temps était peut-être venu d'avoir la discussion qu'elle s'était promis de partager avec lui.

Khulem se sentit observé. Il tourna furtivement la tête et croisa le regard de Lynn qui baissa aussitôt les yeux. Il détourna de nouveau la tête, car il ne désirait pas lui accorder l'importance que tout le monde semblait lui porter. Il n'avait pas envie que cette soudaine notoriété lui monte à la tête et transforme la jeune fille timide qu'elle était en femme arrogante et détestable. Ceci était bien loin d'être l'ambition de Lynn qui aurait volontiers donné n'importe quoi pour être une jeune fille « normale ». Elle attendit sagement qu'il entame la conversation de lui-même, persuadée qu'il allait le faire d'une minute à l'autre.

— Sais-tu ce que sont ces lumières ? demanda-t-il enfin sans cesser de regarder le lointain.

Pour lui répondre, un signe négatif de la tête ne suffisait pas. Leur conversation était donc lancée.

— Non, dit-elle simplement.

— Ce sont ceux qui te poursuivent, Lynn, révéla-t-il gravement. Il y a en face de nous des centaines d'écorcheurs venus rien que pour toi.

— Il faut prévenir le capitaine ! s'emporta-t-elle en regardant autour d'elle.

Un peu plus loin sur le chemin de ronde, deux gardes discutaient en tournant le dos à la montagne. Ce comportement désinvolte la laissa perplexe.

— Ne t'inquiète pas ! Le capitaine est déjà au courant. Ils sont arrivés hier soir, peu avant que tu te couches. Ils n'attaqueront pas cette nuit. Ils n'attaquent jamais la nuit.

— Pourquoi donc ?

— La nuit, il est beaucoup plus facile de s'enfuir ou de se dissimuler dans des zones d'ombre. Crois-moi, je connais ce genre de monstres sanguinaires.

Ce qu'ils veulent, c'est ne laisser personne de vivant derrière eux. C'est plus facile en plein jour.

Elle ne fut guère rassurée par ces explications un peu tordues à son goût.

— Je te le répète, ils n'attaqueront pas cette nuit.

— Admettons ! Et demain ?

— Demain est un autre jour. Je pense qu'il va falloir défendre chèrement notre peau. Pour cela, nous allons avoir besoin de toutes nos forces. Va donc te reposer, car tout le monde sera mis à contribution.

— Je ne sais pas me battre, murmura la jeune fille.

— Je sais, répondit doucement le guerrier, c'est pour cela que des gens comme moi le feront à ta place. Maintenant, va, et ne t'en fais pas, car je veillerai sur toi cette nuit.

Lynn n'était pas disposée à partir, elle voulait en savoir plus sur cet homme étrange qui l'intriguait. Depuis plusieurs jours, il s'acharnait à la suivre pour des raisons qui lui demeuraient floues. En même temps, il donnait l'impression de n'accorder aucune importance à sa présence.

— Est-il vrai que vous avez rencontré Émania en personne ? reprit-elle.

— On peut dire ça, souffla le guerrier. En vérité, je ne sais pas s'il s'agissait là d'un rêve ou du pur produit d'une folie.

— Pourquoi ?

Khulem reporta son regard sur elle.

— Elle m'est apparue une fois, concéda-t-il. J'avais l'impression de vivre un rêve. Une entité divine aux allures de fantôme s'est approchée de moi dans une grotte ancestrale des montagnes irrites. Je ne savais pas qu'Émania pouvait avoir cette image…

— Émania est notre terre, répondit Lynn, elle peut prendre l'image qu'elle le souhaite. Était-elle au moins jolie, dans votre rêve ?

— Une beauté glaciale, accompagnée d'un pouvoir contre lequel on ne peut lutter. C'est elle qui m'a conduit vers cette mission et je me dois de l'accomplir, et ce, même si la mort en personne m'attend au bout du chemin.

— Vous êtes un privilégié.

— Je n'en suis pas si sûr, murmura Khulem. Cela fait longtemps qu'elle ne m'est plus apparue. Aujourd'hui, il n'y a plus qu'une seule personne qui compte pour moi, Lynn. Cette personne, c'est toi…

— Vous croyez vraiment ? chuchota-t-elle.

— Je n'en suis pas réellement sûr, concéda-t-il. Pour tout t'avouer, je me sens un peu perdu. Mais il semblerait que nos destins soient liés. Je ne sais pas pourquoi, ni comment, mais je suis bien décidé à avoir des réponses.

— Qui êtes-vous en réalité, Élios ? Un chevalier ?

Il détourna son regard, tout lui révéler n'apporterait que du malheur. Rester dans le mystère était une chose qu'il jugeait bon. Néanmoins, ne serait-ce que pour ne pas voir la confiance naissante de Lynn s'éloigner définitivement, il choisit de ne pas mentir.

— Je ne préfère pas te le dire. Ce que je suis me fait honte, et j'essaie de l'oublier. Élios n'est pas mon vrai nom, c'est vrai, mais il me permet de devenir quelqu'un d'autre. Je me sens doucement revivre, comme si tout ce que j'avais fait par le passé s'effaçait petit à petit.

Lynn fut touchée de le sentir aussi sincère avec elle.

— Qu'avez-vous fait pour vous détester à ce point ? Finalement, vous m'avez sauvé la vie par deux fois, vous ne pouvez pas être quelqu'un de mauvais.

— Parfois, j'ai l'impression de vivre dans un cauchemar, lança-t-il.

— Un cauchemar ? C'est à cause de moi que vous dites ça ?

Il esquissa un sourire gêné.

— Non, pas du tout…

— Vous avez combattu aux côtés d'Ajaj, n'est-ce pas ? demanda-t-elle brusquement.

Khulem se crispa à cette question. Il n'oubliait pas l'intime relation qu'avait partagée le défunt guerrier avec cette jeune fille. Elle ne suspectait certainement rien, et sa question était des plus innocentes, mais elle fit remonter en lui le souvenir d'un acte lâche dont il ne s'était toujours pas remis. Le regard perdu, il revécut brièvement cette scène. Il était hors de question de tout lui avouer.

— Oui, pourquoi ? demanda-t-il du bout des lèvres.

— Comme ça, dit-elle en haussant les épaules. Quelque part, je suis heureuse de rencontrer quelqu'un qui l'a sans doute côtoyé plus souvent que moi. Nous nous connaissions si peu, lui et moi. Pourtant, je l'ai tout de suite aimé. Peut-être me permettriez-vous de le connaître davantage ?

— Nous étions sous les ordres de la prêtresse Camélia Marienthal. Nous combattions côte à côte et étions invincibles. Il était d'une rare gentillesse, ça, tu le savais déjà, mais il était aussi un peu naïf et partait souvent tête baissée…

— Pourquoi l'avoir attaqué à Marsigliano ? demanda-t-elle d'une voix sourde.

L'espace d'un court instant, il crut avoir été démasqué comme son meurtrier. Il priait chaque jour pour que cette atroce vérité ne soit jamais révélée.

— Pour la même raison que je suis ici. J'étais là-bas pour te protéger, comme lui. C'est triste, car le destin a voulu que nous ne soyons pas dans le même camp à ce moment-là. Cela lui a été fatal…

— Savez-vous qui l'a tué ?

— Hélas non, mentit-il parfaitement, il y avait tellement de monde qui se battait. À un moment donné, il s'est fait engloutir par une foule d'ennemis, et je n'ai rien pu faire pour le sauver. D'ailleurs, de lui, je n'ai pu récupérer qu'une seule chose, et je crois que cela te revient de droit…

Khulem glissa lentement ses mains derrière son cou, puis retira un collier de sous ses vêtements. Il le détacha et le tendit à la jeune fille qui le reconnut immédiatement. Il s'agissait de celui que portait Ajaj. Le guerrier fut presque honteux de le présenter ainsi, et même de l'avoir porté. Elle ne lui en tint cependant pas rigueur, trop émue de recevoir ce présent bouleversant. Elle eut peine à le saisir de ses mains devenues tremblantes. Elle le fixa avec amour.

— Merci, se contenta-t-elle de répondre.

Un long silence s'installa entre les deux jeunes gens.

— Qui me dit que ce n'est pas vous qui l'avez tué ? murmura-t-elle soudainement, regrettant presque aussitôt cette question injuste.

Elle avait en face d'elle un homme visiblement très triste d'avoir perdu un ami. En réalité, Khulem était assailli par un frisson d'angoisse, mais il n'eut pas à répondre à cette question, car les excuses de Lynn lui permirent de sortir rapidement de cette situation embarrassante.

Elle resta muette, contemplant le collier qu'avait jadis porté son bien-aimé. Elle se remémora les moments qu'elle avait partagés avec Ajaj et dont elle se promit de ne jamais se délier.

— Je vais vous faire confiance, annonça-t-elle presque solennellement et contre toute attente. Demain, vous partirez avec nous. Je pense que ce n'est pas un luxe d'avoir un guerrier de plus parmi nous.

Il sourit, ravi et soulagé de cette décision.

— Tu as fait le bon choix. Mais nous ne partirons demain que si les écorcheurs ne nous attaquent pas. Ce dont je doute fort…

Lynn regarda par-dessus les épaules du guerrier pour apercevoir de nouveau les lumières ennemies. Celles-ci scintillaient dans l'ombre d'un brouillard qui se faisait menaçant. Il glissait lentement le long du versant de la montagne. Provenant de la lointaine forêt de Lafloral, il se dirigeait progressivement vers le poste frontalier.

— Il sera sur nous demain matin, jugea Khulem avec pessimisme, cela ne va pas nous arranger.

— C'est l'œuvre de cette sorcière, murmura Lynn. Depuis que nous avons passé sa forêt, elle ne fait que nous attaquer. L'orage, c'était aussi elle…

— La sorcière de Lafloral. Je ne crois pas en cette folle qui vit recluse dans ces lieux mythiques. Je crois encore moins en la sorcellerie et en la magie. Ce brouillard, comme cet orage, à mon sens, est tout ce qu'il y a de plus naturel. J'ai entendu des choses également au sujet de la neige qui était revenue depuis plusieurs hivers. Certains disaient que c'était la reine des glaces qui effectuait son retour. On entend tellement de choses de nos jours, mais beaucoup sont issues de vieilles légendes qu'il ne faut pas croire…

— Il va pourtant falloir vous y faire, Élios, car c'est de la magie que nous allons rencontrer dans les prochains jours. Je suis moi-même une magicienne, et je peux vous le prouver.

Khulem se retourna soudainement vers elle. Elle fut surprise de sentir son nez frôler le sien, ainsi que de le voir esquisser un sourire arrogant.

— Si tu étais réellement une magicienne, Émania ne m'aurait pas envoyé pour te protéger. Dans les contes, n'est-ce pas les magiciens qui doivent protéger le monde ? Allons, Lynn, en terme de magie, tu ne vaux pas mieux que moi. Tu ferais mieux d'aller te coucher, car demain, je crois que la journée va être longue.

Sans ajouter un mot, il tourna les talons et la planta là. Lynn resta bête devant le départ soudain du guerrier. Ce qui l'énervait le plus chez cet homme était qu'il avait en grande partie raison à son sujet. À l'heure actuelle, elle ne savait réaliser que de petits tours de passe-passe insignifiants qui étaient bien loin de faire d'elle la digne héritière de son père. Néanmoins, les paroles de Khulem étaient pleines d'enseignements. Il niait totalement que la magie puisse être responsable du retour des phénomènes climatiques. Chacun voulait croire que la magie régissait tout en ce monde, oubliant que, parfois, elle pouvait trouver en la nature une entité bien plus puissante qu'elle. Finalement, de tous, c'était lui qui gardait le plus grand recul à l'égard de cette aventure. Bien sûr, son point de vue n'expliquait pas tout, notamment l'apparition spectrale d'Agnès de Gisors dans les murs de Raskhardlight. Il pouvait aussi s'agir d'un rêve, à l'image de la visite qu'avait rendue Émania à Khulem, ou encore, l'apparition de la reine des glaces auprès de son ange blanc. Toutes ces interrogations n'allaient pas l'aider à retrouver le sommeil. Mais faute d'interlocuteur, elle retourna lentement vers sa chambre et la douce chaleur qui y régnait. Le collier d'Ajaj délicatement posé dans la paume de sa main, elle disparut au détour d'une porte, sous le regard discret de Khulem.

Contrairement à ce qu'il avait fait croire à la jeune fille, il ne s'était pas beaucoup éloigné. Il était persuadé, d'ailleurs, qu'il en était de même concernant Rawg. Ce dernier devait rôder quelque part, invisible mais attentif à tout ce qui se déroulait. Nul doute qu'il n'avait rien perdu de la discussion qu'il venait de partager avec sa protégée. À chacun de ses pas, il s'attendait à le voir apparaître, en ami ou en ennemi. Peu lui importait d'ailleurs, car désormais, il détenait la bénédiction de Lynn pour les accompagner. Cela lui suffisait.

Quand il passa la porte du donjon, une bouffée de chaleur rappela à Khulem le froid glacial de la nuit. Jusque-là, il ne s'en était pas vraiment aperçu. La température dans l'étroit couloir qu'il empruntait n'avait rien à envier à celle qu'il pouvait trouver dans les murs de Camiras, la ville fortifiée, berceau de son enfance. La capitale de Kasdalar lui manquait plus que tout et chaque jour qui passait voyait l'espoir de la revoir s'amenuiser. Il s'était fait à cette idée, même si celle-ci demeurait encore bien douloureuse en son cœur. Il aurait pu en être le roi et ainsi bénéficier des privilèges acquis dès le jour de sa naissance. Mais cette idée lui faisait penser qu'à la place du connétable Kalas Elonis, il aurait très bien pu être le seigneur guidant la ténébreuse armée qui secouait les cités du Sud. Peut-être aurait-il été plus heureux en continuant à faire le mal autour de lui, mais ce choix, il ne pouvait plus le faire depuis bien longtemps. Ses longues années de régence à Edenbridge lui avaient ouvert les yeux et lui avaient indiqué un chemin de paix. Inconsciemment, il fit une croix sur ses terres et sur tout ce qui le rattachait à elles, notamment celle sans qui il ne serait jamais parti conquérir la cité d'or. Sharon, sa tendre cousine, lui manquait plus que tout, mais son image, aussi tendre pouvait-elle être, restait sans cesse accompagnée des puissants bras de son époux. En réalité, c'était cela qui le faisait le plus souffrir.

Khulem s'arrêta net à quelques pas de la porte de ses appartements. Le souffle court, il sentit une lame se glisser subtilement le long de sa gorge. Elle effleurait sa peau mais n'appuyait pas encore assez pour lui entamer la chair. Il ne dit rien et écarta ses bras en signe de paix.

— Ne te crois jamais supérieur aux autres, guerrier, car un jour ou l'autre, on trouve toujours meilleur que soi.

— Que me veux-tu, Rawg ? Tu veux te venger de ce qu'il s'est passé dans l'auberge ? Je n'ai fait aucun mal à Lynn.

— Tu n'y es pas, rétorqua l'isard blanc en serrant davantage son étreinte.

— Alors, c'est ce qu'il s'est passé dans les montagnes ? Tu n'as pas aimé mon petit jeu ?

Rawg appuya sur sa lame, un filet de sang se mit à couler doucement.

— Tu as tué Ajaj ! Tu peux facilement abuser la confiance de Lynn mais pas la mienne. Je sais ce qu'il s'est passé à Marsigliano. Je me moque de savoir que Lynn t'a donné sa bénédiction pour nous accompagner, sache que je suis ici pour venger la mémoire de celui que je considérais comme mon propre fils.

— Comment as-tu su ? murmura le guerrier.

— Je sais beaucoup de choses sur toi, Élios, et sache qu'il n'y a que les gens comme toi et moi qui portons les trophées de ceux que nous avons tués.

— Ajaj était également mon ami, se défendit Khulem en désespoir de cause. J'étais aveuglé par ce sorcier, car c'est mon demi-frère… Je regrette tant…

— Il va falloir trouver autre chose, guerrier. Aujourd'hui, je ne vois aucune bonne raison de te laisser la vie sauve.

— Si, il y en a une…

Il ne voulait pas en arriver là, mais révéler sa véritable identité était la seule chose à faire pour ne pas avoir la gorge tranchée. Lentement, il approcha la main de son cou et plongeant ses doigts sous ses habits, il en sortit fébrilement un médaillon que Rawg ne connaissait que trop bien. Revoir la larme d'Émania après tant d'années le choqua, il lâcha prise. Rawg avait devant lui le fils de Florence de Rouxine et, par conséquent, le gardien de la clef du temple de Karaz-kaz. Cette révélation accentua la haine qu'il pouvait éprouver à son égard. Par son statut sacré, il lui était impossible de lever la main sur lui.

Khulem se félicita de son effet de surprise. Désormais, il savait que tous allaient connaître sa réelle identité, notamment Lynn, mais peu lui importait finalement.

— Je peux dormir tranquille maintenant, se réjouit-il en remettant avec arrogance la larme d'Émania autour de son cou. Quel plaisir de savoir que l'être qui me déteste le plus en ce monde va devoir désormais veiller sur moi !

Il poussa la porte de sa chambre, abandonnant Rawg à ses nouveaux tourments.

Chapitre 22

Le brouillard s'était répandu sur toute la plaine et continuait à masquer les plus hauts sommets de la montagne. Son voile camouflait toute vision à moins de cent mètres du poste frontalier. Les lumières qui jonchaient les premiers versants tout au long de la nuit avaient disparu. Sur les remparts, toute la garnison était en alerte. La porte solidement fermée et chacun à son poste, tous attendaient une hypothétique attaque des écorcheurs. Même si le capitaine Adam demeurait peu convaincu d'une telle menace, il s'était laissé convaincre par ses visiteurs. Tous observaient maintenant ce calme inquiétant. Les minutes défilaient lentement, et tandis que le soleil se faisait ombre, des mouvements se devinèrent soudain à travers la brume.

— Les voilà ! s'écria Burgald.

Le capitaine Adam ne parvenait pas à y croire.

— Les temps ont changé, murmura-t-il. Jamais je ne leur aurais accordé autant d'audaces. Mais rassurez-vous, dit-il d'une voix plus ferme, nous saurons les contenir…

— Ce qui m'ennuie, c'est que votre porte principale n'a pas de herse, fit Burgald. Quels sont vos effectifs, capitaine ?

— Vingt-trois hommes en armes, onze paysans et domestiques et un cuisinier. Mais rassurez-vous, ce fort a été construit pour un tel effectif. Chacun a un poste bien défini. Si vous voulez vous rendre utile, allez donc consolider les flancs droit et gauche, car ce sont les plus vulnérables. Quant à la jeune fille, je lui conseille d'aller rejoindre de ce pas les domestiques à l'intérieur du donjon. C'est là-bas que nous nous replierons si nous devions être débordés.

Gérald s'empressa de prendre Lynn par la main et l'emmena en sécurité dans le donjon. Burgald resta aux côtés de son homologue impérial, tandis que ses compagnons se divisèrent au sein du dispositif de défense. Rawg et Engar s'installèrent sur la gauche du chemin de ronde, tandis que Ricardo et Khulem partirent prêter main-forte sur le flanc droit. Ils rejoignirent deux gardes qui attendaient paisiblement l'attaque. Ce calme apparent étonna l'archer qui n'avait pas l'habitude de ce genre de comportement. Ce fut fébrilement qu'il se saisit de son arc, n'accordant son salut qu'à ce dernier. Khulem, lui, patientait calmement, cette bataille ne serait pour lui qu'une de plus.

Tous essayaient de percer le brouillard toujours présent. Des bruits de pas, par centaines, se firent entendre. Ricardo arma son arc, prêt à combattre. Il était déjà à la recherche de sa première cible.

— Jamais je n'aurais cru avoir l'honneur de me battre aux côtés d'un prince ! laissa-t-il échapper.

Khulem tourna un instant son regard vers lui. Le Nyssalien était un grand voyageur et ses périples l'avaient sans doute poussé jusqu'à Edenbridge, à l'époque même où le prince déchu gouvernait encore la ville. Il n'était pas impossible qu'il l'ait reconnu. Les gardes postés à côté d'eux avaient-ils entendu cette remarque ? Il semblait que non. Ils étaient occupés à surveiller les premières silhouettes qui émergeaient du brouillard. Elles se multiplièrent rapidement, dévoilant un nombre considérable de guerriers, bien plus que ce à quoi ils s'attendaient. La vague d'assaut s'était divisée en plusieurs groupes armés d'échelles. Au centre, un formidable bélier fit son apparition. Sous les ordres du capitaine Adam, ce fut vers ses porteurs que se dirigèrent les premières volées de flèches. Elles s'abattirent dans la masse sans pour autant ralentir les ennemis. Il y avait trop peu d'archers pour que leur action se révèle réellement efficace. Les premiers écorcheurs atteignirent la base de la muraille, ils l'escaladèrent, mais furent accueillis par une défense acharnée.

Dressé au-dessus de la porte principale, le capitaine Adam gardait un œil sur l'évolution de l'assaut. Sur les remparts, chaque poste se défendait ardemment. Le brouillard commença à remonter lentement vers le sommet des montagnes grises, s'en allant progressivement vers le sud, retournant vers son lieu d'origine. Il avait fait son œuvre et ne pouvait plus guère profiter aux écorcheurs.

Khulem, après avoir repoussé un assaut, et alors qu'il reprenait son souffle, aperçut une silhouette qui se découpait sur les premiers sommets de la montagne. Il la reconnut immédiatement grâce à son arme. Ce trident appartenait à la guerrière qui accompagnait son demi-frère. Pour respecter une de ses coutumes sauvages, elle se montrait à la vue de tout le monde telle une menace en prémices de sa future entrée dans la bataille. Cette vision d'elle dominant le brouillard était un magnifique tableau qui ne présageait rien de bon. Son demi-frère ne devait pas être loin et il prit peur de sa réaction quand il le verrait se battant parmi ses ennemis.

Une lame manqua de peu Khulem, le ramenant brutalement à la réalité. Il se débarrassa de son agresseur, puis constata que le flanc qu'il s'était juré de défendre se faisait peu à peu déborder. Les événements ne tournaient visiblement pas en leur faveur. Autour de lui, trois gardes de la forteresse avaient déjà succombé, tandis que les remparts se remplissaient progressivement d'adversaires, envahissant les défenses sur la totalité du chemin de ronde.

À contrecœur, le capitaine Adam ordonna d'abandonner les remparts. La situation était délicate, car cet ordre pouvait coûter la vie à bon nombre de ses soldats. Ils devaient se frayer un chemin parmi les ennemis pour rejoindre le mouvement de repli. Déjà, le flanc où combattaient Khulem et Ricardo s'était rassemblé à la base de la muraille et ralentissait tant bien que mal l'avancée des écorcheurs. De l'autre côté, Rawg, Engar et quelques autres survivants entamaient leur progression pour rejoindre le dernier bastion de défense. Suivi de près par Burgald et trois soldats, le capitaine Adam indiquait la marche à suivre en balayant de son épée ceux qui venaient à sa rencontre. Tous n'étaient pas là pour l'attaquer. La largeur des remparts permettait à de nombreux ennemis de le contourner pour s'attaquer à ceux qui le suivaient. Ils furent bientôt submergés par les assaillants. Soudain, le regard que porta Burgald sur le capitaine le bouleversa. Les yeux grands ouverts du Montagnard exprimaient une grande souffrance, tandis que sa bouche s'ouvrait en grand sans émettre le moindre son. Une lame s'était profondément plantée dans son épaule jusqu'à traverser sa gorge. Lorsqu'elle fut retirée, le vieil homme se tint le cou avant de tomber des remparts. Le capitaine fut désolé, mais ce ne fut qu'une brève pensée, car autour de lui le danger venait de partout et la route pour rejoindre le reste de ses hommes était parsemée de lames désireuses de lui faire subir le même sort.

À l'extérieur, le bélier continuait son œuvre. La porte ne pourrait plus tenir bien longtemps. Le capitaine n'étant pas encore revenu au sein du dernier bastion de défense, Khulem s'improvisa chef et démontra tout son sang-froid. Quelques regards rapides lui permirent d'analyser la situation. Sur le flanc droit, la masse ennemie était temporairement tenue en respect par les quelques archers encore vivants. De l'autre côté, Rawg et Engar faisaient preuve d'un courage exemplaire pour permettre aux derniers survivants de rejoindre le gros des troupes. Il décompta moins d'une quinzaine d'hommes encore debout. Sous son impulsion, ils furent dix à se diriger vers la porte pour tenter de retarder l'échéance. Ils ne furent que sept finalement à atteindre la porte et à se coller contre elle. Le choc du bélier les fit tous reculer par deux fois. À la troisième, ils furent projetés en arrière.

Ils reculèrent, armes fermement tenues à la main, prêts à accueillir une nouvelle vague d'assaut, sans doute la plus nombreuse.

L'espoir n'était plus guère permis sur l'issue de la bataille. Mais tous avaient promis de combattre jusqu'à la mort, certains pour leur capitaine, d'autres pour protéger Lynn. Enfermée dans le donjon, la jeune fille assistait impuissante à la débâcle de ses compagnons. Les larmes aux yeux, son regard se porta à maintes reprises en direction du corps sans vie de Burgald.

Au centre de la cour, une mêlée sanglante prit naissance et engendra encore de nombreuses victimes dans les deux camps. Le capitaine Adam, blessé au bras, reprit le commandement de ce qui lui restait comme troupe. D'un cri, il ordonna à tout le monde de se replier vers le donjon. Pour sauver le plus de monde possible, Rawg fit un barrage de son corps. Sa science du combat était parfaite, mais son statut de fantôme était ainsi révélé au grand jour. Les lames qu'il ne parvenait pas à stopper venaient s'enfoncer dans sa chair sans lui causer la moindre blessure. La fatigue n'avait également aucune prise sur lui. Il continuait inlassablement de frapper, défendant la fuite de ses compagnons et des quelques soldats encore en vie. Lorsque tout le monde fut à l'abri, il fit demi-tour et prit de vitesse ses poursuivants pour se laisser le temps de refermer la porte du donjon derrière lui. Tous eurent ainsi quelques précieux instants de répit. Derrière la porte, ils furent onze à se tenir prêts à repousser un nouvel assaut. Les paysans les plus courageux se saisirent d'armes pour venir en aide aux militaires. Plus en retrait, le capitaine Adam affichait une mine désemparée. Par chance, ses hommes lui tournaient le dos et son attitude ne fut remarquée que par Khulem et Ricardo. Silencieux, ils attentaient avec fatalité que la porte cède et mette fin à leurs derniers espoirs. De violents coups de hache commencèrent à s'abattre sur la porte.

Du haut de sa fenêtre, Lynn regardait la cour intérieure se remplir d'ennemis. Une flèche qui lui était visiblement destinée la manqua de peu. Elle l'esquiva de justesse, réalisant alors que ces guerriers sanguinaires n'étaient pas venus pour la capturer. Elle non plus ne serait pas épargnée lors de cette attaque. Effrayée par le sort qui l'attendait, elle se précipita dans les bras de Gérald. Aussi apeuré qu'elle, il ne sut lui offrir aucun mot de réconfort. Les domestiques autour d'eux pleuraient. L'issue de la bataille ne laissait aucun doute sur ce qui les attendait. Les premiers échos de pas se firent entendre. Une silhouette apparut subitement et Lynn poussa un cri de frayeur. Ce n'était que Ricardo. Le Nyssalien regarda tout le monde, puis se tint prêt à tirer en direction de l'entrée de la pièce. Il venait d'être chargé par ses amis de les protéger au moment où les dernières défenses viendraient à céder.

La porte du donjon se brisa soudainement, laissant entrer les premiers écorcheurs. Ceux-ci furent accueillis par des lances meurtrières. Elles ne firent que retarder l'échéance.

— C'est la fin ! hurla le capitaine Adam. Mais soyez sûrs, au nom de l'empire, que cette défaite va leur causer de nombreuses pertes !

— Voyez le courage d'un prince de Kasdalar ! déclara solennellement Khulem.

Triomphe ou agonie, telle était la devise des marchands de mort qu'il avait jadis commandés. Peu lui importait maintenant d'avoir révélé sa véritable identité. La mort allait tous les emporter dans les prochaines minutes. Il poussa un cri affreux pour se donner du courage, puis s'élança en faisant tournoyer ses lames. Au bout d'un moment, les cadavres se comptaient par dizaines autour de lui. Bientôt, ils ne furent plus que trois à l'affronter, mais la fatigue se faisait maintenant sentir, ce nombre risquait d'être bien suffisant pour avoir raison de lui. Ses armes étaient maintenant très lourdes à manier. D'un geste chanceux, il mit hors d'état de nuire un énième écorcheur, mais il sentit qu'il s'agissait là sans doute de sa dernière victime.

C'est alors que Scorsia fit son apparition. Son trident à la main, d'un pas déterminé, elle marcha directement vers Khulem. Celui-ci, épuisé, comprit qu'il ne lui servait plus à rien de résister. Il laissa tomber les bras le long de son corps et attendit le coup fatal. La guerrière projeta brusquement son arme meurtrière dans sa direction. Khulem ferma les yeux, mais il ne ressentit rien. Il les rouvrit aussitôt pour voir le regard toujours aussi froid de Scorsia. Derrière lui, il sentit un écorcheur qui s'écroulait. Une des lames de la jeune femme s'était glissée dans sa bouche lui faisant mordre la poussière. La guerrière entama une gestuelle aussi belle que dangereuse. Elle tourna sur elle-même en jouant avec son arme, dont une des lames vint ouvrir la gorge d'un second écorcheur. Khulem comprit alors, elle n'était pas venue pour le tuer mais pour lui sauver la vie. Elle continua son combat sans lui porter la moindre attention.

Dans le donjon, les écorcheurs se répandaient dans les couloirs et les différentes pièces avec la ferme intention de ne laisser personne en vie. Ils finirent par atteindre la pièce dans laquelle s'étaient réfugiés tous les domestiques. Ricardo tint son rôle d'ultime obstacle en décochant les dernières flèches dont il disposait. Toutes firent mouche, mais elles ne purent contenir la totalité des guerriers qui affluaient toujours plus nombreux. Il dut engager un combat au corps à corps, mais il fut rapidement bousculé et mis à terre. Lynn fut pétrifiée de voir sa dernière chance de survie se faire piétiner par des barbares qui ne lui accordaient aucune importance. Tous les domestiques se ruèrent vers la fenêtre en désespoir de cause. Aucun d'entre eux n'eut cependant le courage de se défenestrer en voyant la hauteur les séparant du sol. Gérald était maintenant le dernier rempart entre les écorcheurs et eux. Il se contenta d'écarter les bras en un geste dérisoire. Les yeux rouges, il faisait face en tremblant de tous ses membres. Un premier guerrier se présenta devant lui, brandissant son arme, mais il n'eut jamais l'occasion de frapper. Ricardo lui sauta dessus par-derrière, il offrait une dernière résistance. Un autre écorcheur bondit sur Gérald, le jeune homme se défendit avec l'énergie du désespoir, pleurant comme un enfant, oubliant ce qu'était la dignité.

Tétanisée par la peur, Lynn sentit que son tour approchait inexorablement. Trois guerriers armés se dressèrent devant elle. La jeune fille en hurlant se protégea spontanément en mettant ses bras devant son visage. Lorsque l'un des écorcheurs la toucha, elle écarta énergiquement ses bras pour le repousser. Un souffle incroyable secoua les murs et propulsa le guerrier au loin. Il vint se fracasser contre le mur, laissant une épaisse tache de sang au point d'impact. Un autre écorcheur eut la malchance d'être projeté par la fenêtre, il vint s'écraser au centre de la cour.

Heureusement, les domestiques eurent plus de chance. Hébétés, ils se relevèrent quelque peu engourdis en regardant Lynn. Celle-ci ne savait pas comment réagir, peinant à réaliser ce qu'il venait de se passer. Pouvait-il s'agir du fruit des enseignements de Rawg ? Elle n'était pas en mesure de comprendre comment tout ceci s'était engagé. Elle sentit ses jambes se dérober sous elle et tomba au sol. Assise, elle découvrit peu à peu le carnage. Elle en fut dégoûtée, même si les morts qui l'entouraient n'étaient que des écorcheurs. Être la responsable d'une telle horreur suffisait à remplir son âme de honte. Là n'était pas la vie qu'elle voulait mener.

Soudain, elle pensa à ses amis. Son cœur bondit dans sa poitrine à l'idée d'avoir pu causer leur mort à eux aussi. Elle se releva et se mit à les chercher, avec la peur au ventre de les retrouver parmi les cadavres. La mort de Burgald l'avait déjà énormément ébranlée. Un appel au secours se fit entendre. Deux domestiques découvrirent Gérald, indemne mais écrasé par le cadavre d'un énorme écorcheur. Il pleurait comme un enfant. Une fois dégagé, il se précipita dans les bras de Lynn. C'est alors qu'un meuble fit un grand bruit en tombant au sol. Le visage de Ricardo apparut. Lynn fut également soulagée de le voir sain et sauf, même s'il semblait sérieusement sonné. Étrangement, seuls les écorcheurs semblaient avoir péri lors de ce phénomène encore inexpliqué, laissant penser que ces derniers avaient été les seuls ciblés. Pour l'archer, il n'y avait aucun doute à ce sujet, la jeune fille en était la seule responsable. Il ne dit pourtant rien et s'empressa de rejoindre la fenêtre. Les combats avaient également cessé dans la cour, laissant apparaître une troupe de chevaliers empilant les cadavres. Il aperçut Khulem, dubitatif au milieu de cette armée aux allures cassandriennes. Il se tenait face à une guerrière, celle-là même qui les avait momentanément poursuivis dans les montagnes grises. Sa présence résonnait comme une énigme, et il se mit à douter que ceux qui venaient de remporter cette victoire fussent réellement de leur côté.

Rawg entra en trombe dans la pièce. Sa mine dans un premier temps inquiète lorsqu'il vit tous ces cadavres laissa passer un grand soulagement quand il aperçut Lynn et ses compagnons.

— Que s'est-il passé ? s'empressa de lui demander Ricardo.

— Une armée est venue nous secourir ! répondit l'isard blanc. Ce sont des chevaliers d'Émania. Ils viennent de Cassandrie, je pense. Je ne sais pas ce qui les a amenés ici, mais nous pouvons remercier Émania de les avoir conduits jusqu'à nous.

Chapitre 23

Lynn et ses compagnons s'étaient réunis à l'extérieur pour offrir une sépulture décente à Burgald. Le vieux Montagnard eut l'honneur d'une cérémonie intime et fidèle à ses croyances. Elle fut ponctuée par une chanson. Ce fut Lynn qui la chanta, y mettant tout son cœur, ainsi que les dernières larmes qu'elle avait à lui offrir.

Le soir avançait à grands pas, mais les vestiges de la bataille demeuraient encore bien présents. Dans l'enceinte de la forteresse, les cadavres furent empilés et brûlés comme un tas de bétail, action cruelle mais nécessaire pour ne pas sentir l'odeur de la mort se répandre dans la plaine. Ce fut une bien terne journée qui venait de s'achever. Outre Burgald, le capitaine Adam perdit seize hommes dans cette bataille. Le poste n'était plus défendable, mais il avait réussi à tenir.

Khulem et Scorsia ne s'étaient pas quittés, ne cessant de se jeter des regards à la fois méfiants et perplexes. Pour le guerrier, la présence de cette jeune sauvage indiquait néanmoins que son demi-frère n'était pas loin. Il ne s'était pas encore montré, mais Khulem était impatient de savoir dans quelle fourberie il s'était encore engagé. Autour d'eux, personne ne faisait attention à leur échange de regards. Les domestiques étaient sortis du donjon pour aider les chevaliers à s'occuper des quelques blessés. Les derniers écorcheurs encore en vie avaient été achevés sans compassion, punition pour avoir osé défier un empire encore fier.

Un homme à cheval pénétra soudain dans l'enceinte. Son arrivée passa totalement inaperçue. Il descendit de sa monture et adressa un regard complice à la guerrière. Elle n'esquissa aucune réponse, ne laissant pas paraître le moindre sentiment.

— Je me doutais que je te retrouverais ici, Khulem, fit Gorferst en arborant un large sourire de satisfaction. Je vois que tu as été plus rapide que moi. Tu dois certainement te poser beaucoup de questions sur cette mascarade, n'est-ce pas ? Comment, moi, chef d'une compagnie d'écorcheurs, je me retrouve aux côtés de ceux qui les ont massacrés ? Ne t'ai-je pas dit que j'étais au service d'Émania ? Maintenant, tu dois en être certain. Ces chevaliers sont ceux dont Scorsia nous avait avertis de l'arrivée. Je leur ai fait croire que j'étais prisonnier. Rien de tel pour retourner une situation, n'est-ce pas ?

— Alors, répondit Khulem, au final, es-tu un ami ou un ennemi ?

— Un ami, sois-en certain, je suis ton frère et je ne serai jamais contre toi…

Khulem sur le moment n'avait pas fait attention, mais ensuite, grande fut sa surprise de constater que plus aucune cicatrice n'enlaidissait la peau de son demi-frère. La maladie dont il souffrait ne semblait plus être qu'un mauvais souvenir. Un tel changement radical était tout bonnement incroyable. Il avait l'impression de ne plus avoir le même homme en face de lui.

— Tu n'as rien d'autre à me dire ? demanda-t-il.

Gorferst se toucha le visage, comprenant aussitôt que c'était ce sujet que Khulem voulait aborder. Il choisit cependant de ne pas développer. Khulem ne croyait pas en la magie, il était inutile d'essayer de le convaincre pour le moment.

— Tu n'aimerais pas ma réponse, se contenta-t-il de répondre. L'important est que j'aille mieux, non ?

— Tu as raison, admit Khulem après une brève hésitation, c'est le plus important.

Il accueillit enfin son demi-frère par une accolade.

Lynn et ses compagnons entrèrent à leur tour dans l'enceinte. La jeune fille remarqua aussitôt un soldat blessé et abandonné par les médecins. Elle se dirigea vers lui pour le réconforter et étudier sa blessure. Il était touché à l'abdomen et agonisait en silence, il n'y avait plus rien à faire pour lui. C'était sans doute la raison pour laquelle il avait été laissé là, seul. Les médecins avaient d'autres hommes à soigner. Ce manque d'humanité écœura profondément Lynn, mais il en était souvent ainsi à la fin des batailles. Elle prit l'homme dans ses bras avec compassion et attendit patiemment qu'il s'éteigne. Lorsqu'il rendit son dernier souffle, elle lui ferma délicatement les yeux. Elle avait, hélas, pris cette habitude d'accompagner les gens dans leur mort depuis la bataille de Marsigliano. Elle restait néanmoins touchée par cette fin tragique et anonyme. Cet homme, dont elle ne connaissait pas le nom, s'était battu vaillamment et elle se sentait un peu coupable de sa mort.

Pendant ce temps, un grand seigneur cassandrien se portait au-devant du capitaine Adam. Il faisait aisément une tête de plus que lui et il le toisait. Son titre se lisait presque dans ses yeux. Le visage lisse et rasé, une longue chevelure soigneusement attachée derrière la tête pour ne pas le gêner durant la bataille, il avait une prestance peu ordinaire. Il ôta ses gants et les confia à l'un de ses suivants. Il n'affichait aucune sympathie envers le capitaine Adam, aucune obligation de politesse ne lui était imposée en tant que noble s'adressant à un militaire. Il fut néanmoins chaleureusement accueilli par ce dernier.

— Soyez le bienvenu, monseigneur, qui que vous soyez. Je suis le capitaine Adam, le commandant de cette citadelle. C'est une chance que votre route ait croisé celle de ce poste frontalier.

Le noble chevalier resta de marbre.

— Bonjour, capitaine, daigna-t-il enfin répondre avec son fort accent. Je suis le comte Louis de Castillon, général et chevalier de l'ordre d'Émania. Les faits sont clairs, effectivement. Sans notre arrivée, ce poste serait ce soir en possession des écorcheurs. Quant à ce que vous appelez chance, il n'en est rien. C'est cette pisteuse qui nous a conduits jusqu'à vous, précisa-t-il en pointant Scorsia du doigt. Nous étions sur leurs traces et elle nous a guidés à travers la montagne. C'est elle qu'il faut remercier.

Le capitaine fit un signe de reconnaissance à la guerrière. Celle-ci n'y répondit pas, le visage toujours aussi fermé.

À cet instant, la voix de Lynn se fit entendre, la jeune fille avait reconnu Gorferst. Elle s'avançait vers lui en proférant des insultes dans la langue des anciens. Cela attisa la curiosité de tous et chacun assista en spectateur à sa colère. Elle se saisit d'une arme qui traînait avec la ferme intention de s'en servir visiblement contre celui qu'elle jugeait comme le responsable direct de la mort de Burgald. Gorferst ne fit rien pour se défendre, mais cela aurait été inutile, car Scorsia se dressait déjà devant lui pour faire barrage de son corps. Sa longue arme devant elle pour former une barrière, elle tenait Lynn en respect. La jeune fille n'était pas de taille contre cette guerrière confirmée. Le désir de vengeance de Lynn ne s'en était pas pour autant amoindri. Elle pointa le sorcier du doigt, consciente que tout le monde l'observait.

— Cet homme est le chef des écorcheurs ! l'accusa-t-elle avec haine.

— Lynn, intervint Khulem, il n'était pas leur chef. C'est mon demi-frère, et il est avec nous !

— Si vous êtes avec lui, alors vous êtes contre moi ! hurla-t-elle.

— Voyons, Lynn, fit Gorferst d'une douce voix, regarde-moi bien. Es-tu vraiment sûre que je suis l'homme dont tu parles ?

Elle fut prise d'un doute. Son visage était lisse, sans aucune plaie.

— Comment avez-vous fait ? se troubla-t-elle.

— Crois ce que tu veux, Lynn, mais aujourd'hui, ce n'est plus le même homme qui se présente devant toi.

Il lui tendit le médaillon de flammes qu'il avait gardé sur lui jusque-là. Déconcertée par une telle offrande, Lynn s'empressa néanmoins de s'en saisir. Elle était soulagée de récupérer son précieux bien. Sa rage retomba aussitôt, au même titre que l'arme dont elle s'était emparée. Celle-ci se planta dans le sol à ses pieds.

Rawg rejoignit la jeune fille pour l'écarter du sorcier. Il n'avait aucune confiance en ce dernier. Il redoutait une nouvelle ruse.

— Savez-vous à qui vous vous adressez ? demanda soudain le comte cassandrien d'une voix forte. Vous avez devant vous le seigneur Gorferst Marienthal, prince de Kasdalar, magicien au service de l'empire et premier défenseur du culte d'Émania !

Gorferst tenta d'apaiser les tensions.

— Cette jeune fille m'a vu auprès de ces barbares, il est donc légitime qu'elle me croie avec eux. Mais tout ce qu'il s'est passé dans le temple ravagé d'Émania est tout autre. Si j'étais là, c'était pour les empêcher de commettre ce vandalisme. Elle était leur prisonnière, et cela, elle ne peut le nier. Je lui ai rendu visite et tenté de la faire libérer. Mais visiblement, elle a réussi à le faire par elle-même.

Lynn était déroutée, elle ne parvenait plus à détecter le vrai du faux. Cette version des faits pouvait aussi être la bonne après tout. Elle resta cependant méfiante à son égard, car à ses yeux, il demeurait encore un ennemi jusqu'à nouvel ordre.

Louis de Castillon posa son regard sur Rawg, le seul qui lui tenait tête au niveau de la taille. Son pelage blanc le laissait perplexe.

— Que fait un isard dans cette enceinte ? demanda-t-il au commandant de la citadelle en ignorant volontairement le principal concerné. C'est un de vos hommes ? Un mercenaire, peut-être ?

Cette façon de faire n'était pas contre lui, Rawg l'avait bien compris. Seulement, le fier seigneur n'adressait la parole directement qu'aux gens dont le titre le méritait. Cette manière d'agir était typiquement cassandrienne et mal perçue par les ambassadeurs des autres nations. En cet instant, seuls Gorferst et le capitaine Adam dans une moindre mesure demeuraient dignes d'échanger des mots avec lui.

— Non, lui répondit le capitaine, c'est un serviteur du comte Gérald de Franchort, ainsi…

Le seigneur ne cacha pas son étonnement d'entendre ce nom. Il coupa aussitôt la parole au capitaine, peu intéressé par la suite de sa phrase.

— Le comte de Franchort ? Où est-il ?

— Oui… où est-il, au fait ? demanda à son tour le capitaine Adam.

Le jeune homme se montra, toujours escorté de très près par Engar. Il s'approcha de l'attroupement en adoptant une démarche digne de son rang. Il avait pour exigence de faire bonne impression auprès de son homologue de Castillon.

— Je suis ici, fit-il en retrouvant l'accent dont il était si fier.

Il s'arrêta devant le chevalier, dont les épaules étaient deux fois plus larges que les siennes. Celui-ci le dévisagea, puis au bout de quelques secondes, il lui adressa un sourire des plus courtois.

— Oui, effectivement, vous devez être le fils du comte Edward de Franchort, vous avez le visage de votre père. Sachez que je connaissais bien vos parents. Leur perte a été tragique…

— Hélas, je ne suis héritier que de son titre, car les écorcheurs ne m'ont rien laissé.

— Ils ont aujourd'hui été punis. Sachez que ce sont eux que nous venons d'occire. Nous les traquions depuis plusieurs semaines déjà…

Gérald regarda Scorsia d'un air revanchard.

— Je vous annonce que la guerrière qui vous sert de pisteuse était avec eux lors de l'attaque de Franchort. Je l'ai vue de mes propres yeux.

— Effectivement, intervint Gorferst. Elle était là pour vous protéger !

— Je l'ai vue tuer au moins cinq des écorcheurs, intervint Louis de Castillon. Ce n'est pas l'une des leurs, d'autant que c'est une sauvage warreng.

— Elle est ma garde du corps personnelle, reprit Gorferst. C'est moi qui l'ai envoyée pour vous protéger. Mais vous lui avez échappé, ce qui est une réelle performance.

— Peu importe, fit Gérald après une brève réflexion, je savais que la Cassandrie saurait réagir…

— J'obéis au culte d'Émania avant tout, le corrigea le comte de Castillon. Mes actions sont guidées par Camélia Marienthal et non par le roi Philippe. D'ailleurs, pour sa part, le roi n'a donné aucun ordre de mouvement à ses armées. Il n'a malheureusement plus le soutien de personne, si ce n'est celui du culte de Vulcania…

— Et où allez-vous donc ? se troubla Gérald.

— J'emmène mon armée à la passe de Karaz-kaz défendre les intérêts du culte d'Émania. Nous avons l'entrée d'un temple à protéger.

— Cela vous importe-t-il plus que le devenir de notre royaume ? s'indigna Gérald.

Le seigneur de Castillon ne répondit pas à cette question. Son regard se porta sur Lynn. Elle restait sagement derrière Gérald, encore un peu honteuse d'avoir fait parler d'elle.

— Je vois également que vous possédez une ravissante domestique, dit-il au jeune homme. Une Montagnarde, je dirais.

Gérald regarda Lynn. Il lui fit un discret clin d'œil.

— Elle n'est pas ma servante, répondit-il devant la stupéfaction de ses compagnons. Elle est bien plus à mes yeux. Je vous présente Lynn Svenguard, ma promise. Elle est montagnarde, effectivement…

Louis changea radicalement de comportement vis-à-vis d'elle. Au préalable hautain, il lui adressa soudainement un grand sourire. Il fit à la jeune fille un geste, lui demandant d'approcher. Légèrement gênée, elle obéit en gardant la tête baissée. Gérald lui prit la main, ce qui la fit rougir encore davantage. Ce n'était pas le jeune homme qui lui faisait cet effet mais la prestance du comte de Castillon, dont le charme ne la laissait pas tout à fait indifférente.

— Je vois, s'exclama le fier chevalier. Bienvenue, madame ! Le fait de vous avoir sauvé la vie offre une importance considérable à cette victoire…

Lynn rougit de plus belle. En une phrase, elle était passée du statut de servante à celui de dame de la cour. Elle ne sut ni quoi dire ni comment réagir. Elle sourit timidement au seigneur cassandrien.

— Veuillez excuser ma franchise, mais je trouve étrange qu'une dame de votre rang porte ce genre d'accoutrement.

— Pour le voyage, c'est mieux ainsi, intervint Gérald. Nous ne voulons pas nous faire repérer.

Louis de Castillon acquiesça.

— C'est juste, avec tous ces brigands qui rôdent. Je conçois parfaitement qu'il est plus aisé parfois de passer inaperçu. Soit, dame Lynn, sachez que même en étant dans une contrée étrangère, je me dois de respecter la coutume cassandrienne et de vous rendre hommage. Demandez et j'exaucerai !

Lynn fut troublée par cette annonce. Elle regarda Gérald sans trop comprendre ce qu'elle devait faire.

— La politesse cassandrienne veut que lorsqu'un noble fait la connaissance d'une dame, il lui accorde une faveur, expliqua-t-il posément. C'est à vous de jouer désormais, lui chuchota-t-il dans l'oreille.

La jeune fille comprit soudain pourquoi il l'avait fait passer pour sa compagne. Il ne profitait pas de la situation, au contraire, il agissait pour le bien du groupe. Elle sut alors ce qu'elle devait demander au seigneur.

— Nous désirons nous rendre, moi et mes compagnons, à Mitralianos, pour une audience avec la princesse Alicia Hannigen.

— Pourquoi donc voulez-vous vous entretenir avec la princesse ? répondit le comte de Castillon intrigué.

— En réalité, nous sommes une ambassade, intervint Gérald. Après la destruction de Franchort, nous avons trouvé refuge à Vinaledad. J'ai donc accepté de mener cette ambassade au nom du roi Antonio Rimez de la

Rivera pour que l'empire théranien sauve la ligue de défense des cités nyssaliennes de l'invasion de Kasdalar.

— Kasdalar ?

— Oui, intervint Ricardo Ramenez, le royaume de l'Est est en train d'isoler l'empire. Il attaquera également la Cassandrie, à coup sûr ! Il nous faut les prévenir.

— Vous n'êtes pas un serviteur du comte de Franchort, vous non plus.

L'archer lui fit un signe négatif de la tête.

— Qu'êtes-vous donc alors ? Un mercenaire ?

— Non, juste un spadassin, serviteur du roi de Vinaledad, répondit-il simplement.

— Acceptez-vous de nous escorter jusqu'à Mitralianos ? demanda Lynn.

— Je dois pouvoir faire quelque chose pour vous. Je vais vous confier une escorte pour que votre voyage se passe pour le mieux.

— Lynn, intervint Gorferst, je doute qu'aller à Mitralianos soit une priorité.

— Merci beaucoup, répondit la jeune fille ignorant superbement l'avis du magicien.

— Soit ! conclut Louis de Castillon. Vous partirez donc demain, car la nuit s'abat déjà sur nous.

Il s'adressa ensuite au capitaine Adam.

— Quant à vous, capitaine, je ne vous ai pas oublié. Il est évident que votre poste n'est plus défendable aujourd'hui avec votre effectif. Aussi, dès demain, nous enverrons un émissaire en direction de Rotburg afin que le duc vous envoie des renforts. Je resterai ici jusqu'à ce qu'ils arrivent.

— C'est très aimable à vous.

— Oui, et il serait également très aimable à vous de nous faire préparer un bon repas pour ce soir. Je tiens à inviter à ma table le seigneur Gorferst ainsi que le comte de Franchort et son étonnante ambassade. Je suis sûr que tout ce petit monde a énormément de choses à raconter. Vous êtes bien entendu convié vous aussi, mon cher capitaine…

Chapitre 24

Tous étaient attablés avec, en invité d'honneur, Louis de Castillon qui s'installa en bout de table, de manière à pouvoir garder une vue d'ensemble sur tous ses convives. Ils ne voulaient rien perdre de chacune de leurs paroles, même celles qui se voudraient discrètes. Persuadé que cette ambassade originale lui cachait des choses, l'instant était propice pour percer les différents secrets que chacun voulait garder. Le festin qui leur était réservé était destiné à amenuiser leur méfiance et à les pousser à être un peu plus bavards. Dans cette optique, il avait ordonné au capitaine Adam de sortir le grand jeu. Les meilleurs mets furent donc servis, dignes des plus grandes cours royales.

En face du seigneur, à l'autre bout de la table, était assis Gorferst. Un mystère planait au-dessus de la tête du magicien. Nul doute que cette jeune fille ne l'avait pas accusé sans raison. Il attendit que tous les plats soient servis pour lancer une conversation qu'il espérait très constructive.

— J'ai entendu dire que vous avez perdu un compagnon aujourd'hui, dit-il en pesant ses mots.

Aussitôt, il remarqua la grimace de Lynn qui s'efforçait néanmoins à n'afficher aucune tristesse lui faisant comprendre qu'il venait de toucher un point douloureux. De toute évidence, une relation d'amitié unissait cette ambassade.

— Il est toujours difficile de perdre un être cher, continua le seigneur. Croyez-moi, votre peine est légitime, mais elle me conduit à une autre question. Quels événements ont pu rassembler ainsi autant de peuples différents ? Le comte de Franchort m'a affirmé qu'il avait trouvé refuge à Vinaledad. A priori, vous vous êtes tous rencontrés là-bas. Le capitaine Burgald, paix à son âme, était montagnard, tout comme votre compagne, seigneur Gérald. De plus, je constate qu'elle porte le nom de votre prédécesseur, seigneur Gorferst. Ne serait-elle pas la fille de Boback ?

— On ne peut rien vous cacher, répondit le magicien du bout des lèvres.

— Soit ! Alors, ma question est la suivante : quel lien vous unit tous ?

Gérald se fit le porte-parole de toute l'assemblée.

— Il semble que je vous ai déjà répondu, seigneur Louis. La même menace nous réunit tous. Les légions de Kasdalar attaquent par le sud. L'empire a cet intérêt commun avec nous tous de devoir engager la révolte.

— On ne s'est pas compris, reprit le comte. Bien sûr, la question de Kasdalar sera à débattre, mais je m'étonne de la présence d'un isard parmi vous. Un isard pas comme les autres, si j'en crois son pelage d'un blanc étonnant. Aussi, j'ai l'impression que ce n'est pas un hasard si le seigneur Gorferst est ici présent dans ces murs. Beaucoup de mystères et d'étrangetés dans un si petit endroit, vous ne trouvez pas ? Aussi, continua-t-il comme personne ne répondait, un autre point m'interpelle. Vous parlez d'ambassade, mais nous savons tous qu'une ambassade officielle se doit d'être visible. Il y avait d'autres routes bien plus sûres et moins longues pour atteindre l'empire depuis Vinaledad. Or, vous semblez au contraire chercher à être le plus discret possible. Je crois bien que vous essayez de me dissimuler des informations.

— Il n'en est rien, se défendit mollement Gérald.

— Ne vous méprenez pas, reprit le seigneur en gardant une attitude chevaleresque, je n'essaie pas de confondre un quelconque complot ou une ambition personnelle. Je cherche seulement à vous aider. Nous sommes ici tous fidèles à Émania, n'est-ce pas ? Et qui le serait davantage que moi, alors que je dirige une de ses armées ?

— Une armée ? s'étonna Ricardo Ramenez. N'exagérons pas, je n'ai compté qu'une soixantaine d'hommes avec vous. Que croyez-vous faire avec si peu de chevaliers ?

— Vous doutez de la valeur de mes hommes ? s'offensa le comte. Si tel est le cas, à quoi bon vous offrir une escorte jusqu'à Mitralianos ?

— Ce n'est pas ce que je voulais dire. Pardonnez-moi, monseigneur, mais nos ennemis semblent être si puissants. J'ai vu leur armée, et moi-même, j'en viens à douter que l'empire puisse rivaliser avec les légions de Kasdalar. Il a été divisé et affaibli par cette guerre absurde contre les Montagnards.

— Guerre absurde, oui, et j'en suis sûr, provoquée par le culte de Vulcania. Je partage votre avis, monsieur Ramenez, mais n'est-il pas de notre devoir de nous battre ? Il est vrai que vous n'êtes pas chevalier, alors peut-être ne comprenez-vous pas…

Le Nyssalien préféra ne pas relever et garda le silence.

— En parlant d'ennemi, ajouta Louis de Castillon, je pense qu'une personne ici présente est en mesure de nous en parler. N'est-ce pas, seigneur Gorferst ? N'êtes-vous pas originaire de Kasdalar ?

— Il y a bien longtemps que je n'ai plus aucune affinité avec ce royaume, répondit le magicien d'un ton sec.

— Aussi, j'espère que vous nous dévoilerez ce pour quoi nous vous retrouvons si loin de Mitralianos, là où est censée se trouver votre place pour protéger la ville de lumière de nos ennemis.

Ce reproche toucha le magicien en plein cœur, car le comte parlait sans savoir. Le temps était peut-être venu de raconter tout ce qu'il avait vécu jusqu'à maintenant et de révéler à chacun le but de ses actes.

— Comme beaucoup le savent, commença-t-il en regardant son assiette, j'ai infiltré nos ennemis. Aujourd'hui, je suis effectivement dans la capacité d'évaluer leurs forces. Le culte de Vulcania est puissant, mais alors que nous sommes affaiblis par les guerres, lui aussi est divisé. Elle est peut-être là, notre chance...

— Divisé, vous dites ? releva le seigneur cassandrien.

— Oui, c'est ce que j'ai dit. À l'heure où je vous parle, j'ai débusqué trois grands puissants parmi nos ennemis. Le premier, vous le connaissez tous. Il est à la tête d'une puissante armée et fond à travers les terres nyssaliennes en asservissant les peuples à sa volonté. C'est un puissant sorcier nommé Traghard. Même s'il n'est pas officiellement à la tête de cette armée, croyez-moi, c'est bien lui qui la dirige. Il fut jadis le conseiller de mon père, le roi Uras Marienthal. Je l'ai affronté il y a quelques années, mais il s'est révélé beaucoup plus fort que moi. Je doute même qu'il y ait aujourd'hui un magicien capable de rivaliser avec lui. Peut-être ton père l'aurait-il fait, dit-il à Lynn en portant son regard sur elle, mais malheureusement, nous ne le saurons jamais. J'étais son élève, mais j'ai toujours été loin d'atteindre son niveau.

Lynn ne répondit pas, pas certaine de vouloir en savoir plus.

— Et où se trouve ce sorcier, aujourd'hui ? demanda Louis de Castillon avec grand intérêt.

— Actuellement, il se cache à Formurail, dans la demeure du roi Philippe. Il a bien l'intention de faire de la capitale cassandrienne sa base arrière pour sa future invasion de l'empire. Il a fait tout ceci sous votre nez, et vous n'avez rien vu...

Si Louis fut touché par cette pique, il n'en laissa rien paraître. Il possédait la force nécessaire pour rester maître de la discussion.

— Poursuivez, je vous prie, je crois que vous n'avez pas fini de parler de nos ennemis...

— La seconde puissance qui nous fait face est une femme, reprit Gorferst. Il s'agit de la sorcière de Gisors. Cette nécromancienne est dangereuse à cause de sa connaissance de puissantes incantations que beaucoup ont oubliées. Ce n'est pas d'elle dont il faut avoir peur mais de sa cruauté et de ce qu'elle a la capacité de faire apparaître. Le brouillard d'aujourd'hui, c'était elle. Le chevalier de foudre des montagnes grises, c'était également elle. Une chose est sûre, elle te suit, Lynn, et elle veut te détruire. Sans doute sait-elle qui tu es. Mais une question me tourmente : comment a-t-elle su que tu étais ici ?

Lynn se mura dans le silence, effrayée.

— Elle l'a rencontrée à Raskhardlight, dit gravement Rawg. Dans un rêve…

— Je vois, fit le magicien. Tout s'explique… Vous devez savoir que jamais plus elle ne vous lâchera désormais. Mais nous avons une petite chance de lui échapper, car elle ne sort presque jamais de sa forêt. Ses pouvoirs ont leurs limites, et à partir de demain, elle ne pourra plus nous nuire que si elle se décide à te poursuivre physiquement. Je doute cependant qu'elle le fasse pour le moment…

— Une minute, intervint Louis de Castillon. Pourquoi cette sorcière voudrait-elle sa mort ?

— Car cette fille, monseigneur, comme vous l'avez si bien remarqué, n'est autre que la fille de Boback Svenguard. Et c'est elle qui a été choisie pour mettre un terme au culte de Vulcania. Elle en a le pouvoir. Ce pouvoir réside dans le médaillon qu'elle porte autour de son cou. Mais avant tout, il nous faut comprendre comment l'utiliser. Et pour cela, nous devons nous rendre…

— Au temple de Karaz-kaz, souffla le seigneur cassandrien. Seulement, je dois vous rappeler plusieurs choses, à tous autant que vous êtes. Le temple est un domaine interdit. Boback Svenguard a enfreint cette règle et a été pourchassé pour cela. Je ne peux vous laisser y aller… Mon devoir en tant que chevalier d'Émania est de vous en empêcher.

— C'est pour cela que nous n'irons pas, mentit Gorferst. Depuis ici, il nous faudrait traverser la région sarianne. C'est là que sévit une révolte nommée la griffe de sang, et indirectement dirigée par Agnès de Gisors en personne. Traverser une région en guerre est trop dangereux à mon sens. Et puis, n'oublions pas que sans l'héritier d'Émania, il ne nous sert à rien d'y entrer. Rassurez-vous, comte de Castillon, pour le moment, notre ambition est de rejoindre Mitralianos.

Tous acquiescèrent. Le magicien servait à merveille leurs intérêts. Il prenait bien soin de ne pas se mettre le seigneur cassandrien à dos. Rejoindre Karaz-kaz restait bien entendu dans ses projets prioritaires, mais avant, une affaire qu'il jugeait tout aussi importante le forçait maintenant à faire route vers la ville de lumière.

— Aussi, continua le magicien, je tiens à vous dire qu'il n'est pas la peine de nous offrir une escorte jusqu'à Mitralianos. La demande de Lynn partait d'une très bonne intention, mais comme vous pouvez le comprendre maintenant, nous devons être discrets. Moi et ma pisteuse, nous les conduirons nous-mêmes jusqu'à la ville de lumière. J'ai des affaires à y régler, notamment celle de notre troisième ennemi.

— Qui vous dit que nous désirons votre compagnie ? intervint Rawg toujours méfiant envers lui.

— Réfléchissez, isard, qui d'autre que moi pourra vous obtenir une entrevue avec la princesse ?

Rawg ne trouva rien à répondre.

— Et qui est donc ce troisième ennemi ? reprit Louis de Castillon.

— Il s'agit du grand prêtre Redrus Albrecht. Il siège à la tête du haut conseil de Mitralianos et à ce que je sais, son influence grandit de jour en jour. Je me dois d'agir avant qu'il ne soit trop tard, car si la ville de lumière se retrouve sous sa totale domination, ce sera la fin de tous nos espoirs. Il est dangereux, car sa force de persuasion peut endoctriner n'importe qui. C'est lui, et personne d'autre, qui a fait de Charles Bordemer l'homme qu'il est devenu. Je prie chaque jour pour qu'il n'ait pas fait la même chose avec Alicia Hannigen.

— Bien, fit le comte, mais je ne comprends pas bien en quoi ce culte est divisé. Au contraire, j'ai l'impression qu'il attaque sur de nombreux fronts…

— Vous avez tout à fait raison, souligna Gorferst. Le culte de Vulcania nous attaque sur plusieurs fronts, mais c'est là sa faiblesse justement, ces fronts ne communiquent pas. Pire encore, ils ne sont pas guidés par les mêmes idéologies. Je vais tâcher d'être le plus clair possible. Pour commencer, une petite question : qu'est-ce que Vulcania, selon vous ? demanda-t-il à la cantonade.

— Pour moi, Vulcania est à tous ces sauvages warrengs ce qu'Émania est à nous. Une divinité priée par ses fidèles, répondit Louis de Castillon. Les Warrengs la vénèrent…

— C'est une religion basée sur la destruction de toute chose, fit Rawg.

— Pour moi, il s'agit seulement du nom de la montagne de flammes, ajouta Ricardo. Une prétendue créature serait endormie à l'intérieur. Une vieille légende raconte que le jour où elle se réveillera, le monde tombera en ruine…

— Vous voyez, nous avons déjà trois versions différentes, reprit le sorcier. Et chacun de vous a en partie raison. Au départ, Vulcania est effectivement une montagne. Elle crache parfois le feu et renfermerait, selon les anciens écrits, une puissance occulte capable de détruire notre monde. Nous avons oublié le réel nom de cette puissance, et n'avons d'ailleurs jamais osé la renommer de peur de la faire rejaillir un jour sur la surface de la terre. Une rumeur dit que les Calisards nous en ont débarrassés, mais vous savez ce qu'il en est aujourd'hui. La nature reprend ses droits et nous avons tous peur qu'elle ne se réveille un jour. Les Warrengs vénèrent cette montagne, et c'est grâce à eux si nous n'avons jamais oublié cette légende. Ensuite sont venues bon nombre de séries d'évènements qui ont engendré l'évolution et la croissance de ce culte. La principale cause en reste la guerre. Pour des raisons qui me sont inconnues, ces sauvages ont été considérés comme ennemis d'Émania. Au fil du temps, une haine a pris naissance entre nos deux peuples, ainsi que nos deux croyances…

— Votre pisteuse est une Warreng, fit remarquer Louis de Castillon.

— Bien sûr, il y a des exceptions partout, et vous êtes bien placé pour le savoir. Bref, continuons ! Il y eut ensuite la conquête des terres arcaniennes par le prince Khulem de Kasdalar, mon demi-frère. Là aussi, les haines entre les sauvages de l'Est et les fidèles à Émania se sont développées. Toutes ces tribus sont adoratrices du feu, mais en aucun cas il n'y avait de rapport entre elles et le culte de Vulcania. Seulement, voilà, ils ont en commun leur désir de vengeance. Sans le savoir, nous nous sommes fait deux ennemis redoutables. Traghard et Redrus sont entrés en jeu et ont cultivé ces haines pour les réunir sous une même bannière. Vous voyez, la guerre qui s'étend autour de nous est bien plus compliquée que l'on pourrait le croire.

— Je ne vois rien de positif dans tout cela, conclut le seigneur cassandrien.

— Au contraire. Redrus est un disciple invétéré, mais contrairement à Traghard, il est resté très modéré au niveau de sa haine. Son ambition, la seule, est de convertir le monde à sa religion, tandis que Traghard est en guerre sainte contre Émania. Quant à Agnès de Gisors, elle ne croit en rien, si ce n'est en la haine qu'elle cultive envers notre culte. C'est nous qui avons fait d'elle ce qu'elle est aujourd'hui, et c'est par défaut qu'elle est leur alliée. Mais elle demeure incontrôlable et pourrait finir par devenir un danger pour tout le monde. Traghard ne l'apprécie guère et aimerait s'en débarrasser. Seulement, l'affronter affaiblirait considérablement le culte de Vulcania lui-même. C'est là notre chance. Si nous parvenons à les dresser les uns contre les autres, alors nous pourrons peut-être vaincre par la force des armes…

Tous restèrent perplexes.

— Bien beau discours, magicien, admit Louis de Castillon, mais comment comptez-vous vous y prendre ?

— Pour ma part, j'ai réussi à nouer le dialogue avec Agnès de Gisors. Elle me croit disciple de Vulcania et me laisse donc le droit de passage dans sa forêt. J'ai eu l'occasion de lui parler quelquefois. Il est très difficile de la manipuler cependant, et je suis loin de pouvoir la contrôler. Mais je garde l'espoir de la voir un jour s'allier à nous.

— Je n'y crois guère, répondit Louis de Castillon. Sa haine contre Émania semble inébranlable, tout comme celle de Traghard.

— Je crois avoir compris qu'une partie d'elle est abordable, confessa le sorcier en regardant Lynn du coin de l'œil. Pour ne pas être démasqué aux yeux de l'ennemi, je n'en dirai pas plus, car nos actions doivent rester discrètes. Cela prendra le temps qu'il faudra, mais je jure qu'un jour, je retournerai Agnès de Gisors contre Traghard. Alors sonnera le déclin de nos ennemis. En attendant, tout ce que nous avons à faire, c'est de leur résister. C'est ce que je vais faire à Mitralianos, et ce que vous allez faire à Karaz-kaz, seigneur Louis de Castillon !

— Par ma foi, déclara-t-il solennellement, j'en fais le serment…

Le dessert fut servi. Par politesse, Gérald avait attendu patiemment la fin de la discussion entre Gorferst et son homologue de Castillon pour aborder un sujet qui lui était cher.

— Magicien, dit-il en s'adressant à Gorferst, seriez-vous capable de me dire pourquoi Franchort a été attaqué par ces écorcheurs ?

— Oui, bien sûr, c'est tout simple. À cause de vous !

— Pourquoi, qu'ai-je donc fait ?

Le magicien soupira de déception. Il pensait vraiment que le jeune homme aurait pu trouver la réponse par lui-même.

— Vous ne comprenez donc pas. Vous êtes un obstacle aux plans de Traghard qui consistent à mettre un disciple de Vulcania sur le trône de Cassandrie. Dois-je vous rappeler que vous êtes le fils du comte de Franchort, le propre frère du roi ? La mort de Charles Bordemer n'était pas prévue, car il devait tenir ce rôle. À l'heure actuelle, et par le simple fait que Marianne Bordemer n'est pas mariée, vous serez l'héritier légitime de Cassandrie à la mort du roi. Ils veulent empêcher cela. En d'autres termes, le culte de Vulcania vous a condamné à mort !

— Mais je, je... n'ai n'ai... jamais eu une telle ambition, bégaya le jeune noble de frayeur. D'ailleurs, il suffirait que la princesse Marianne se marie, je ne suis en aucun cas sur leur chemin.

— Mais ils supposent que vous pourriez l'être un jour, cela suffit…

Le visage de Gérald devint très pâle. Cette annonce jeta un froid dans l'assistance.

Quand le repas fut terminé, et tandis qu'une nuit étoilée dominait le ciel du poste frontalier, Lynn partit se recueillir sur la tombe de Burgald, et ce, sans doute pour la dernière fois. Elle souffrait d'être aussi faible, car alors la mort du vieux soldat aurait été vaine. Elle ne voulait pas lui faire cet affront, mais ce qu'on lui demandait était au-dessus de ses forces. Le médaillon qu'elle portait autour du cou n'avait jamais été aussi lourd. Un long frisson la parcourut. Affectée et glacée, elle ne put rester bien longtemps auprès de la tombe de son ami défunt.

Elle revint d'un pas lourd dans l'enceinte de la forteresse, observée par les sentinelles et toujours discrètement par son ange blanc. Alors qu'elle se dirigeait vers le donjon pour s'y coucher, la jeune fille aperçut par la porte ouverte de l'écurie Khulem qui caressait tendrement sa monture. Plus robuste, plus grand et surtout bien plus beau que les autres, ce cheval attisa sa curiosité. Elle s'approcha. Il émanait de lui une étrange magie que Lynn ressentit au plus profond de son âme.

— Puis-je le caresser ? demanda-t-elle au guerrier.

Khulem hocha la tête.

— Oui, mais attention, la prévint-il néanmoins, il est nerveux avec les gens qu'il ne connaît pas.

Elle le toucha et à son contact elle se sentit immédiatement mieux.

— Vous avez un cheval magnifique. Comment s'appelle-t-il ?

— Kingsroad…

— C'est joli. D'où vient-il ?

— Des terres nyssaliennes… Je l'ai trouvé là-bas, alors que j'étais à ta recherche.

Les réponses de Khulem étaient brèves mais pas hostiles envers la jeune fille. Elle en oublia le froid, surprise que ce court instant avec le guerrier lui fasse autant de bien. Peut-être n'était-il pas si mauvais que son attitude parfois détestable le laissait croire.

— Pourquoi ne dire à personne qui vous êtes réellement, monseigneur ?

Il fut aussitôt gêné d'être appelé ainsi. Son premier réflexe fut de lui adresser un regard de mécontentement. Puis, il regarda autour de lui et à l'extérieur de l'écurie pour s'assurer que personne n'avait pu entendre. Hormis les compagnons de l'ambassade, personne ne devait connaître sa véritable identité.

— S'il te plaît, appelle-moi Élios. Il y a des gens ici auxquels je n'accorde aucune confiance. Que s'est-il dit lors de votre repas ?

Lynn réalisa seulement à cet instant que le guerrier n'y avait pas participé.

— Pour faire court, annonça-t-elle, on est mal ! Nos ennemis semblent plus puissants et plus nombreux que nous. Et je crois que personne ne pense réellement que l'empire est de taille à nous aider. Je dois même avouer que je ne sais pas ce que je fais ici.

Khulem s'approcha très près d'elle. En d'autres temps, elle ne se serait pas laissé faire. De deux doigts, il se saisit du collier qu'elle portait autour du cou. La lumière qu'il dégageait les éclaira, rendant l'ambiance légèrement intime.

— C'est le secret que ce médaillon renferme qu'il nous faut découvrir. J'ai sur moi la clé du temple de Karaz-kaz. Si tu le désires, nous pouvons oublier Mitralianos et ce que tes amis veulent y faire. Abrégeons nos souffrances et allons découvrir ensemble ce que ces artefacts nous cachent. Nous serons fixés, et alors, nous pourrons savoir si c'est réellement notre devoir de nous mêler de cette histoire…

— En ce qui concerne cette histoire, j'ai peur d'avoir déjà pris ma décision, révéla piteusement la jeune fille. Je ne me sens pas la force de continuer. Trop de gens meurent autour de moi, et je veux que cela s'arrête.

— Nous le voulons tous, confirma Khulem.

Lynn fronça les sourcils.

— Pourquoi tenez-vous tant à vous mêler de cette quête ?

Le guerrier inspira profondément. Il ne savait pas s'il pouvait lui révéler le principe même de sa quête personnelle. Lynn avait partagé ses craintes avec lui, alors il décida finalement d'en faire de même avec les siennes.

— Je ne saurais comprendre comment j'en ai la conviction, mais j'ai l'impression que cette histoire est en lien direct avec ce qui est arrivé à ma mère. Un jour, mon père est revenu me rendre ce médaillon en m'annonçant sa mort. Il n'a jamais voulu me dire ce qu'il s'était passé. Il a prétexté une attaque d'écorcheurs, mais je ne l'ai jamais vraiment cru. Les réactions de mes proches à ce sujet ne faisaient qu'amplifier mes doutes. J'ai bien compris, au fil des années, que c'était le culte d'Émania qui cachait la vérité. Étrangement, j'ai l'impression que c'est pour me donner une réponse qu'Émania a guidé mes pas vers toi et vers ce temple…

Lynn compatit devant le mal-être évident du guerrier.

— Je ne sais pourtant pas si j'aurai la force de réaliser tout ce que l'on me demande, murmura-t-elle d'une petite voix.

— Dans ce cas, donne-moi ce médaillon et j'irai découvrir moi-même ce qu'il a à nous révéler.

L'idée était tentante, mais un détail l'empêchait d'accepter.

— Comme vous, quelque chose en moi que je ne saurais décrire me donne la conviction que j'en saurai plus sur mon père en me rendant dans ce temple. Mais j'ai peur d'y aller. Louis de Castillon m'a dit que c'était interdit d'y pénétrer.

— Braver les interdits, c'est une chose que je sais faire.

Cette remarque fit rire doucement Lynn. Il parlait comme un enfant, mais elle n'oubliait pas qu'elle avait en face d'elle un prince bien plus âgé qu'elle.

— Oh, je n'en doute pas. Mais nous parlons aujourd'hui de braver la mort. N'y voyez aucune offense de ma part, mais si je devais découvrir le secret du temple, je préférerais le faire avec Rawg. Il est mon guide en ce monde, et jamais je ne l'abandonnerai.

— Soit ! Dans ce cas, je te demande juste de me laisser vous accompagner.

— Vous serez des nôtres, confirma-t-elle, mais sachez seulement qu'en premier lieu, et selon les conseils de votre demi-frère, nous allons nous rendre d'abord à Mitralianos. Seulement après, nous nous rendrons à Karazkaz.

Il acquiesça. Elle lui sourit timidement, signe d'une confiance en passe d'être retrouvée. Puis elle s'en alla, sans dire un mot de plus. La nuit était déjà bien entamée, et il lui fallait recouvrer des forces avant d'entreprendre le long voyage qui le mènerait jusqu'à la ville de lumière. Selon le magicien, encore trois semaines les séparaient d'une entrevue avec la princesse Alicia Hannigen. Rien que d'y penser, elle était découragée. À cet instant, rien ne saurait effacer la tragédie qu'elle avait vécue dans la journée. Tous ces morts la hantaient et l'idée que d'autres pourraient s'ajouter à la liste alourdissait ses funestes pensées.

Ses pas la guidèrent vers les escaliers menant à la porte du donjon. Là était assise Scorsia. Son trident meurtrier posé contre le mur, elle s'occupait à tailler un morceau de bois inoffensif pour en faire sans doute une nouvelle arme redoutable. Son âme ne vivait que par les armes et le sang, et le simple fait de s'approcher d'elle rendait la jeune fille fébrile. Elles se croisèrent sans échanger un mot. L'idée de devoir partager son voyage avec elle ne la rassurait guère. Elle ne lui inspirait aucune confiance et la seule certitude qui se dégageait d'elle était sa capacité à faire couler le sang.

Chapitre 25

L'initiation de Lynn n'était pas terminée. Rawg n'avait plus grand-chose à lui apprendre, mais il devait s'assurer qu'elle maîtrisait bien tout ce qu'il lui avait modestement enseigné jusqu'à maintenant. Son manque de motivation évidente depuis la bataille du poste frontalier ne lui facilitait pas la tâche. La jeune fille semblait totalement désintéressée par la magie, et pire encore, elle semblait plus démoralisée que jamais. Une seule idée lui occupait désormais l'esprit, celle de fuir une tourmente qui l'oppressait un peu plus chaque jour. Elle n'avait malheureusement pas les moyens de le faire, car ses compagnons la surveillaient continuellement. Elle ne les blâma pas pour cela, car ils croyaient bien plus qu'elle en leurs chances. À leurs yeux, elle était l'espoir, et encore à ce jour, elle cherchait à comprendre les raisons d'une telle foi en elle. Peu importait, elle n'avait guère d'autre choix que de rester avec eux. Fuir en douce lui était impossible, autant moralement que physiquement. Elle était donc coincée ici, condamnée à poursuivre un chemin qu'elle ne voulait pas suivre.

Cet état d'esprit défaitiste déteignit peu à peu sur son comportement quotidien qui devint exécrable à l'égard de ses compagnons de route. Jamais elle ne leur adressait la parole, si ce n'était pour des reproches. Finalement, la seule bonne nouvelle était pour elle la chance de pouvoir découvrir de ses propres yeux Mitralianos, la ville de lumière dans laquelle elle avait toujours rêvé de se rendre. Scorsia était celle dont elle se méfiait le plus. La guerrière, toujours à l'écart du groupe, lui lançait trop souvent des regards ténébreux à son goût pour être innocents. Sa présence dans Franchort la nuit de sa destruction faisait indéniablement d'elle une suspecte. Gorferst avait beau avoir pris sa défense de manière convaincante, sa nature sauvage et sa dévotion pour Vulcania faisaient d'elle une alliée bien mystérieuse. Deux solutions restaient plausibles. Soit le magicien se jouait d'elle et profitait de sa méconnaissance du langage civilisé pour l'utiliser, ou plus périlleux encore, il jouait encore une fois de sa fourberie pour les embarquer elle et ses compagnons dans un nouveau piège. Inconsciemment, c'était cette solution qui restait prédominante dans son esprit. C'est pourquoi elle évitait le magicien au maximum, prenant bien soin de ne jamais se retrouver seule avec lui.

La dernière personne à laquelle Lynn n'arrivait pas à accorder la totalité de sa confiance était Khulem. Pourtant, il était celui qui lui avait fait la plus belle impression. Son envie de la protéger semblait sincère, mais elle se demandait quel camp il choisirait si son demi-frère s'avérait être un traître. Les sentiments de Rawg à l'égard de ce prince déchu ne faisaient d'ailleurs pas pencher la balance du bon côté. Pour des raisons qui lui restaient inconnues, l'isard blanc semblait l'avoir pris en grippe et n'approuvait visiblement pas sa présence au sein du groupe. Cet énigmatique guerrier affichait une conviction sans faille en la bonne foi de Gorferst. Finalement, tout était question d'interprétation, mais ces interrogations incessantes faisaient passer à Lynn de bien mauvaises nuits.

Le chemin que suivait Scorsia longeait une rivière qui serpentait à travers les longues plaines de l'empire coulant en direction de la grande forêt impériale. Le soir, elle trouva un endroit adéquat pour établir un campement à l'abri d'éventuels passages. Dans le domaine de la discrétion, elle n'avait rien à apprendre de quiconque. Volontairement, et depuis leur départ du poste frontalier, elle avait fait en sorte que personne ne vienne croiser leur route.

Comme à son habitude depuis sept soirs, Lynn s'éclipsa du bivouac. Se sachant continuellement surveillée par son ange blanc, elle s'enfonça dans la forêt sans aucune crainte. Elle n'avait pas l'intention d'aller trop loin, son but étant de rejoindre le cours d'eau qui s'écoulait non loin de leur position. Elle s'agenouilla au bord du faible courant et contempla la surface de l'eau, comme si elle cherchait une réponse à elle ne savait pas encore quelle question. Le jour s'était obscurci, mais lui laissait encore la possibilité de voir son reflet. Un frisson la parcourut, mais cela ne l'empêcha pas de plonger sa main dans l'eau pour brouiller la direction du courant. Il n'y avait aucune magie en œuvre, sa main suffisait à obtenir ce résultat. Elle n'arrivait pas à oublier ce qu'il s'était passé dans le donjon, au moment où elle avait cru que tout espoir s'était envolé. Il y avait de toute évidence une force en elle, mais elle était dans l'incapacité de la maîtriser, et même de la comprendre. Son père lui avait laissé un héritage lourd à porter. Elle ne tentait plus les tours de passe-passe que Rawg avait tenté de lui enseigner. Elle n'en avait plus le cœur. Ce qu'elle voulait, c'était retourner chez elle. Mais c'était impossible au final, car elle ne possédait plus rien.

Soudain, alors qu'elle était perdue une fois de plus dans ses sombres pensées, elle sentit une présence derrière elle qui la fit sursauter. La nuit était maintenant complètement tombée et sans lumière, elle ne parvint pas à identifier immédiatement l'homme qui se tenait à quelques pas. Elle se releva, mais n'osa pas bouger. La silhouette s'avança vers elle.

— Ce n'est que moi.

C'était la voix de Khulem. Il était venu la rejoindre, chose que n'avait pas faite Rawg. Elle sentait ce dernier distant depuis quelque temps, sans doute le résultat de son propre comportement. Elle s'en jugea responsable. Il était sans doute quelque part pas loin, caché dans un sombre recoin. En attendant, c'était à Khulem qu'il fallait adresser le mécontentement d'avoir été dérangée.

— Vous ne pouvez décidément pas me laisser seule quelques instants.

— C'est Gorferst qui m'envoie. Il aimerait s'entretenir avec toi... en privé.

L'idée ne plaisait guère à Lynn.

— Impossible ! Je n'arrive pas à lui faire confiance et je ne veux pas me retrouver seule avec lui.

— Je serai là et nos compagnons sont informés. Crois-moi, tu n'as rien craindre.

Il lui tendit amicalement la main pour l'inviter à le suivre. Elle hésita, mais finit par accepter. Ils ne se tinrent pas la main bien longtemps, mais Lynn accompagna les pas du guerrier en lui accordant une confiance qu'elle ne s'expliquait pas. La manière qu'il avait de s'adresser à elle et ses gestes simples et délicats à son égard en étaient peut-être la raison. Il la conduisit dans la forêt. Ils arrivèrent devant une grotte, visiblement peu profonde, et dans laquelle la lumière d'un feu attira la curiosité de Lynn. C'était également la chaleur qu'il dégageait qui la poussa à regarder à l'intérieur. Elle était prête à s'y engouffrer, mais pas Khulem.

— Je n'entre pas. J'essaie d'éviter le plus possible tout ce qui se rapporte à la magie. Je monterai la garde pour être sûr que vous ne soyez pas dérangés. Maintenant, c'est entre toi et Gorferst…

Lynn fut soudainement réticente. Elle n'osait plus y entrer, craignant subitement un piège. Néanmoins, à bien y réfléchir, Rawg serait déjà intervenu s'il y avait vraiment un danger pour elle. Khulem lui fit gentiment signe d'entrer. Elle lui jeta un regard, puis obéit, espérant qu'elle ne commettait pas une lourde erreur.

La grotte n'était effectivement pas profonde. Lynn ne dut faire que quelques pas avant de se retrouver face au feu qu'avait préalablement allumé Gorferst. Le magicien était assis en face d'elle, de l'autre côté des flammes. Les reflets de son visage affichaient un air sérieux mais en aucun cas sournois. D'un geste du bras, il l'invita à s'asseoir en face de lui. Elle s'exécuta, légèrement nerveuse.

— Bonsoir, Lynn, il ne faut pas avoir peur de moi.

— J'ai pourtant peur, confessa-t-elle sans honte.

— Il n'y a vraiment aucune raison. Si je t'ai fait venir aujourd'hui, c'est pour établir entre nous une relation de confiance. Je sais bien qu'elle ne va pas être facile à obtenir, mais je suis prêt à tenter ma chance. Pour commencer, et te prouver ma bonne foi, comme je suis sûr que tu te poses beaucoup de questions à mon sujet, je t'invite à me les poser. Je répondrai du mieux que je pourrai.

Elle ne se laissa pas attendrir pour autant, et sa première question fut formulée d'un ton très sec.

— Pour commencer, j'aimerais savoir comment vous avez fait pour retrouver une seconde jeunesse. Il y a quelques jours encore, vous étiez à l'article de la mort. Aujourd'hui, je vous vois resplendissant.

Gorferst prit un air amusé.

— Je ne le suis pas tant que cela.

— Mais je ne vois plus aucune marque, comment avez-vous fait ?

— Par la magie.

— Dans ce cas, insista la jeune fille, pourquoi ne l'avoir fait que maintenant et pas avant ?

Il poussa un long soupir. Cette question lui rappela que sa bonne mine apparente n'était qu'une façade que ses maigres pouvoirs restants lui permettaient encore de bâtir. Il avait promis la vérité à la jeune fille, mais celle-ci était pénible à délivrer.

— Tel que tu me vois, Lynn, je suis la même épave que celle que tu as rencontrée plus tôt. Seulement, voilà, le simple fait d'avoir porté ton médaillon durant quelques jours m'a momentanément soulagé du mal dont je souffre. Une chance pour moi. Je suis magicien défenseur de l'empire et d'Émania, et je me devais de retrouver un peu de crédibilité avant d'aller à Mitralianos. Qui suivrait un homme sur le point de mourir ? C'est fou comme l'apparence physique peut diriger nos opinions.

— Et de quel mal souffrez-vous ?

— J'ai été victime de mon imprudence, confessa-t-il.

Lynn resta sans voix.

— Je viens de percer un des secrets de ton médaillon, mon enfant. Il décèle une puissance que personne ne peut suspecter. Je ne sais pas d'où il vient, mais je sais aujourd'hui en quoi il peut nous être utile. Le porter m'a fait le plus grand bien, mais depuis que je te l'ai redonné, je sens ma force s'évanouir de nouveau. Bientôt, les marques vont réapparaître pour me faire redevenir comme avant. En réalité, je suis tout aussi mourant que je l'étais, déplora-t-il avec amertume, j'ai juste bénéficié d'un sursis. Je n'ai plus que peu de temps à vivre en vérité. Je prie chaque jour que ce temps soit suffisant pour que l'on découvre ce que nous cachait ton père. Je crois être sur la bonne voie, mais j'ai besoin d'une confirmation. Ce sera alors à toi de continuer la lutte dont je ne verrai sans doute pas la fin…

Lynn fut bouleversée par une telle confession. L'enjeu de cette discussion était bel et bien son avenir. Elle fut en même temps touchée par le destin tragique que Gorferst s'était choisi. Même condamné, il s'était fixé une ultime mission, et c'était elle qui avait reçu la responsabilité de faire en sorte que cette dernière volonté ne soit pas vaine. Devant un tel courage, son propre comportement ne lui inspira que de la honte, notamment au moment de lui avouer dans quel état d'esprit elle se trouvait.

— Je crains de ne pas être à la hauteur de ce que l'on me demande, murmura-t-elle.

— Tu es la seule à penser cela, rétorqua le magicien. J'ai senti ce que tu as fait dans le donjon du poste frontalier. C'est la preuve d'une grande puissance. Il ne te reste plus qu'à savoir comment l'utiliser. Pour sa part, Rawg a fait du très bon travail. C'est à toi maintenant de lui faire honneur, d'autant que lui non plus ne sera pas toujours là. Sache que toute la force dont tu as besoin réside dans ce médaillon.

— Que voulez-vous dire ?

Gorferst ne voulait pas s'étaler sur un sujet qui risquait de la décourager encore plus. C'était pour parler d'elle qu'il l'avait fait venir en réalité. Il était temps d'entrer dans le vif du sujet. D'un geste de la main, il raviva le feu qui se trouvait entre eux.

— Mon enfant, jamais je ne vis un magicien avec autant de talents que ton père. Je suis si fier d'avoir été son élève. Mais maintenant qu'il a disparu, je n'ai jamais eu aussi peur pour le monde d'Émania…

— Savez-vous ce qu'il lui est arrivé ? s'empressa de demander la jeune fille.

— Hélas, non. Le pire est qu'il est parti avec de trop nombreux secrets. Nous ne pouvons l'en blâmer, aujourd'hui. Il s'était fixé une quête qu'il n'a voulu partager avec personne, même pas avec ses plus fidèles compagnons. Nombres d'entre eux sont morts pour un idéal qu'ils ne connaissaient pas. C'est ce que je veux à tout prix éviter. Notre salut n'est pas à Mitralianos, mais bel et bien à Karaz-kaz. Sais-tu seulement ce que tu y trouveras une fois entrée dans le temple ?

— Non.

— Sache que moi je le sais. Je suis déjà entré dans le temple. Il y a un petit passage en longeant un renfoncement rocheux sur la droite de l'entrée principale scellée. Il y a à peine la place pour laisser passer un homme. C'est par là que tu devras pénétrer dans le temple. C'est grâce à ce qui se trouve à l'intérieur que j'ai appris ton existence…

— Qu'est-ce qu'il y a dans ce temple ? s'enquit Lynn dans un murmure.

— Tu entreras dans une salle, reprit Gorferst. Au centre de cette salle se trouve un autel. Au-dessus de ce dernier se trouve une boule de savoir, la seule en ce monde, et dernier héritage de l'existence et de la puissance des Calisards. Seuls les magiciens peuvent la toucher et lire ce qu'elle renferme. Il te faudra vider ton esprit pour ne garder qu'une seule question en tête. La sphère y répondra. Cela demande énormément de force, chose que je n'ai plus. Lynn, tu n'auras certainement pas l'énergie suffisante pour poser plusieurs questions, alors il ne faudra pas te tromper. Mais attention, il y a une règle à ne pas enfreindre pour utiliser cet artefact unique. Ne jamais avoir recours au savoir qu'elle renferme sans avoir préalablement enclenché le mécanisme de protection que seule une clé peut déjouer.

— La larme d'Émania, comprit aisément Lynn.

— Oui, confirma le magicien. La larme, la dernière versée avant l'oubli. Quoi que tu puisses en penser, les Calisards ont réellement existé, j'en ai l'intime conviction. Ils nous ont laissé cet héritage et l'autorisation d'y accéder. La larme doit être posée sur le socle sur lequel la sphère repose. Tout manquement à cette précaution est très dangereux. J'en suis la preuve vivante. J'ai tenté de lire dans la sphère de savoir, mais je n'avais pas la larme sur moi. J'ignorais que j'en avais besoin. J'ai tenté le coup et j'en subis aujourd'hui le châtiment inéluctable. Mon pouvoir m'a un temps sauvegardé de la mort, mais je me vide de mes forces jour après jour. La voici, l'origine du mal qui me ronge…

Lynn se saisit de son médaillon de flammes. Elle joua avec lui entre ses doigts. L'idée ne lui déplaisait pas de s'en séparer. Elle le jugeait responsable des malheurs qui s'entassaient autour d'elle.

— Pourquoi n'y allez-vous pas vous-même ? Je peux vous le donner, si vous le désirez. Ce n'est pour moi qu'un souvenir d'un père que je ne connaîtrai jamais. À quoi bon me torturer avec cela ? Je n'ai rien voulu de tout ceci, et vous en avez plus besoin que moi. Cela vous donnera la force qui vous manque pour lire dans cette boule de savoir.

Gorferst afficha une mine défaitiste.

— Oui, j'aimerais tant le garder sur moi, mais s'imprégner de sa force ne me servirait aujourd'hui à rien. Je ne serai jamais assez fort… Toi, tu l'as porté pendant des années, imagine la puissance qui doit bouillonner en toi ! Il est là, notre espoir, encore faut-il que tu puisses en faire bon usage. À toi de savoir ce que tu veux réellement !

— C'est trop dur pour moi, finit-elle par dire. Tout ceci est arrivé si vite. Je veux juste vivre sereinement et retrouver le bonheur que j'ai perdu depuis bien trop longtemps.

Lynn ne put s'empêcher de verser une larme. Tout était devenu si difficile depuis la mort d'Ajaj. Elle n'avait jamais pu la surmonter vraiment, d'ailleurs. Ni Rawg ni aucun de ses compagnons n'avaient réussi à combler le vide qu'avait laissé derrière lui le jeune homme.

Gorferst, pendant un temps, avait pensé que sa mort serait bénéfique et ôterait tout obstacle à l'accomplissement du destin de la jeune fille. L'amour était une faiblesse et ne devait jamais interférer dans les plans d'un magicien. Il fut dépité de constater qu'il avait eu tort d'orchestrer l'assassinat du jeune homme. Attaqué par un profond désarroi, il ne pouvait pas s'en excuser, car ce qu'il avait commis était impardonnable, il le savait bien. Paradoxalement, il avait peut-être là le moyen de se racheter.

— Il te manque, n'est-ce pas ?

La jeune fille devina qu'il parlait d'Ajaj.

— Oui, fit-elle avec une voix brouillée par le chagrin, il me manque énormément ! Plus que vous ne pouvez l'imaginer.

Son regard se perdit dans les flammes.

— Que tu le veuilles ou non, tu es magicienne, Lynn. Nos pouvoirs, parfois, nous permettent de réaliser nos rêves. Rawg ne te l'a-t-il pas dit ?

Elle acquiesça tristement.

— Tu as des pouvoirs, Lynn, continua-t-il, et tu as ceux de ton médaillon. Ils pourraient te permettre de le revoir, et tous les jours, si tu le désires.

Lynn jeta un regard surpris au magicien.

— Rawg m'a affirmé qu'il était impossible de ressusciter les morts !

— Je ne te parle pas de cela, mon enfant. L'âme d'un défunt est une chose que l'on ne doit pas contrôler, mais il nous est possible de la rencontrer. Dès ce soir, si tu le veux, je vais t'y aider…

Lynn sentit son cœur s'emballer. Ses yeux brillèrent d'un espoir fou.

— Vous pourriez faire apparaître Ajaj ?

— Bien sûr ! Il est même déjà en face de toi. Ne le vois-tu pas ?

— Ne jouez pas avec moi, Gorferst, lui reprocha-t-elle sévèrement.

Le magicien se pinça les lèvres. Jamais il n'avait eu l'intention de blesser la jeune fille. Au contraire, il était là pour lui redonner le courage qui lui manquait.

— Tu n'y es pas, mon enfant ! Observe bien les flammes devant toi, as-tu vu comme elles s'étirent, se tordent ? En réalité, elles s'expriment. Observe-les mieux ! Que vois-tu ?

Lynn après un bref regard sur le magicien se concentra et observa attentivement les flammes.

— Je ne vois rien, annonça-t-elle au bout d'un moment d'un ton résigné.

— C'est parce que tu ne regardes pas avec suffisamment d'attention, insista Gorferst. Tu ne veux pas y croire. Les adorateurs du feu ont raison de vénérer cet élément. Tu dois savoir qu'il n'est en rien l'allié de Vulcania en vérité. Les rumeurs et les âmes malsaines ont fait de lui notre ennemi, mais pourtant, il se révèle parfois comme notre plus grande source de bonheur. Concentre-toi bien, mon enfant, car pour voir, il suffit parfois simplement de le vouloir !

La jeune femme s'imprégna des dires du magicien. Elle ferma longuement les yeux, songea à ses plus beaux instants de bonheur, puis se laissa guider par les mouvements désordonnés des flammes. Peu à peu, elle crut y deviner une forme humaine. Le visage d'un homme se précisa. Le cœur de Lynn bondit soudainement dans sa poitrine, elle discernait les traits d'Ajaj. Elle eut bientôt l'impression de le voir en chair et en os. Il la regardait avec un sourire chaleureux aux lèvres. Il lui fit signe de le rejoindre.

— Eh bien, mon enfant, qu'attends-tu ? intervint Gorferst. Une telle invitation ne se refuse pas…

Ivre de bonheur, Lynn n'osait pas franchir le pas. Elle ne parvenait pas à y croire totalement.

— Mais je vais me brûler, ce n'est pas réel !

— Tu te trompes une fois de plus, mon enfant. Si tu crois, tu parviendras à franchir tous les obstacles.

Semblable à une flamme, la main d'Ajaj sortit du feu et se dirigea vers celle de Lynn. Elle se laissa saisir et se retrouva contre lui. Plus qu'une simple présence, Ajaj était de chair et de sang. Il se mit à lui parler tendrement.

— Mon amour, j'ai attendu trop longtemps pour voir ton doux visage. Ces jours en ton absence m'ont paru si longs !

— Je t'ai tellement pleuré, mon amour… Mais maintenant, je ne veux plus me réveiller. Je ne veux plus te quitter.

— Ne songe pas à cela, mon amour, tu dois accomplir ta destinée. Je serai là, à chacun de tes pas. Je serai là lorsque tu fermeras les yeux, et je serai là chaque fois que tu auras besoin de moi. Il te suffira de te concentrer en murmurant mon nom…

— Si tu me le demandes, j'accomplirai ce que l'on attend de moi. Je t'aime tellement, Ajaj !

— Je t'aime aussi, mon amour. Mais surtout, n'oublie pas qui tu es ! Quelqu'un doit se dresser contre le culte de Vulcania. Tu es cette personne !

Les traits du jeune homme se dissipèrent progressivement. La magie n'opérait déjà plus et Lynn dut faire face à la dure réalité. Son cœur devint subitement lourd. Cela avait été si court. Elle se laissa tomber sur le dos, pleurant de tristesse ou de joie, elle ne savait plus.

— As-tu compris le message qu'Ajaj a voulu te faire passer, Lynn ? demanda Gorferst comme s'il avait fait partie intégrante de cet enchantement.

— Oui, murmura-t-elle, je ferai tout ce qui est en mon pouvoir pour m'offrir la chance de le revoir.

— Tes pouvoirs te permettront de le faire, mais avant toute chose, il va falloir se battre.

— Oui, je le ferai.

Gorferst, pleinement satisfait, se leva, la laissant se remettre de ses émotions. Khulem l'attendait à l'extérieur.

— Alors ? s'écria-t-il.

— Elle va continuer le combat, lâcha le magicien.

— J'espère que tu ne lui as pas joué un de tes tours. Je ne veux pas qu'elle subisse la même désillusion que moi.

Il fixait son frère avec un air déterminé.

— L'important, c'est qu'elle accepte de continuer le combat. Tu l'as bien fait, toi…

Il s'éclipsa sans rien ajouter, satisfait et fier d'avoir enfin retrouvé la digne héritière de Boback Svenguard.

Chapitre 26

Mitralianos fit jaillir toute sa lumière au détour d'un long chemin. Les arbres aux abords de la route ne suffisaient plus à contenir les rayons éblouissants qui donnaient à la ville son aspect divin. Les hauts remparts incrustés de cristaux laissaient croire qu'il ne s'agissait là que d'une apparition, mais la capitale était bel et bien présente, dressée comme une icône au centre de l'empire. Les tours qui les ornaient donnaient l'impression de vouloir atteindre le ciel. Mitralianos pouvait s'apercevoir de nuit jusqu'aux frontières les plus éloignées de l'empire. La cité était bâtie sur une colline finement dessinée. Les quartiers pauvres se situaient à sa base, et plus on montait vers le sommet, plus la richesse s'affichait. Les quartiers plus aisés étaient séparés du reste de la ville par une deuxième ligne de remparts, encore bien plus belle et imposante. Au sommet de la colline, le palais impérial dominait avec prestige l'ensemble des terres théraniennes. Il se dressait dans un parfait alignement avec l'avenue principale de la ville, elle-même alignée avec la colossale entrée.

Mené par Ricardo et Scorsia, le groupe entra dans la ville pour y découvrir les premiers quartiers. Le marbre blanc et la lumière du soleil qui s'y reflétait les éblouirent. À côté de Gorferst, Lynn était sans conteste la plus émerveillée. Les sculptures qu'elle rencontrait à chaque coin de rue la laissaient béate d'admiration. Chaque maison en possédait, révélant ainsi un train de vie aisé auquel même les plus nobles habitants de Marsigliano ne pouvaient aspirer. Il s'agissait pourtant des quartiers les plus pauvres de la ville. Elle n'osait imaginer quels trésors elle pourrait découvrir en franchissant les remparts qui délimitaient les quartiers fortunés.

Scorsia n'en était pas à sa première visite de la capitale et elle leur fit emprunter un itinéraire qui évitait au maximum les bains de foule. En cette heure de la journée, les rues étaient en ébullition, ce qui multipliait le risque de rencontre avec les éventuels espions mandatés par les puissants de la ville. Ceux-ci étaient nombreux et les tensions qui en découlaient n'étaient pas rares au sein des différentes communautés. L'arrivée d'un tel groupe cosmopolite pourrait attirer des curieux. Il demeurait facile de se retrouver témoin de quelques querelles, souvent dégénérant en combats de rue.

En réalité, seule l'entrée principale de la ville demeurait densément lumineuse et en s'enfonçant parmi les rues, la progression devenait plus reposante pour les yeux. Lynn ne quittait plus le magicien. Depuis leur entrevue aux abords de la grande forêt impériale et sa rencontre improbable avec Ajaj, elle avait noué un sentiment de confiance aveugle à son égard. Cette nouvelle relation déplaisait à Rawg qui se sentait mis à l'écart. La jeune fille qu'il chérissait tant semblait s'être dévouée corps et âme à celui qui paraissait aujourd'hui comme son nouveau protecteur. Toujours suivi de près par Khulem, et précédé par Scorsia, le magicien était finalement parvenu à ses fins.

Jamais Rawg ne s'était senti aussi inutile, et contrairement à la jeune fille, il ne parvenait pas à lui faire confiance, et chaque matin, il rageait de ne pas pouvoir annoncer à Lynn qu'elle côtoyait les responsables directs de la mort de l'homme qu'elle aimait. Une telle révélation la secouerait trop, et il craignait sa réaction. Il restait cependant persuadé que, tôt ou tard, il lui faudrait lui annoncer la cruelle vérité. En attendant, il préférait se faire discret au sein du groupe. Il gardait cependant une oreille attentive tendue vers la conversation que partageait la jeune fille avec le sorcier.

— Comment l'homme a-t-il pu bâtir une telle merveille ? s'écria-t-elle avec enivrement.

— Attention, répondit-il d'un ton mesuré, souvent, ce qui beau est dangereux. Mitralianos n'est pas seulement une ville inégalable en beauté, elle cache aussi des secrets bien sombres…

Il pointa son doigt vers le sommet de la colline. À côté du palais se dressait une tour à l'aspect lugubre, telle une tache indéfectible qui venait enlaidir le paysage angélique que la jeune fille découvrait à chaque instant.

— Qu'est-ce que c'est ? demanda-t-elle avec curiosité.

— Il s'agit du temple du culte de Vulcania, expliqua le magicien sans cacher son dégoût. Il y en a désormais dans toutes les villes de l'empire et de Cassandrie. J'ai appris que d'autres étaient érigés dans le royaume de Kasdalar. Mitralianos ne déroge pas à la règle. Tu as vu ? Il surplombe même le palais impérial. L'impudence de ces moines n'a pas de limite. Cette secte a pris une telle proportion ces dernières années. Espérons que notre divine Alicia ne se soit pas laissé dominer. Les chevaliers d'Émania essaient de la protéger, mais ils sont aussi dans le collimateur de ces diables. Il y en a de moins en moins dans la capitale. Les uns après les autres, et au même titre que le seigneur Louis de Castillon, ils sont tous invités à partir pour Karaz-kaz. Pendant ce temps, l'ordre de Vulcania voit ses rangs grossir par l'arrivée de fanatiques. Ils forment déjà une milice qui se dit protectrice de l'empire. Bientôt, malheureusement, nous ne pourrons plus les contenir, et personne ne fait rien contre cela.

— C'est horrible ! Mais vous ? Pourquoi ne faites-vous rien ? Vous êtes le magicien protecteur de l'empire !

— J'ai beau posséder un titre honorifique, je n'en demeure pas moins seul. Je ne fais déjà plus le poids et la seule chose que je peux t'apporter maintenant, c'est cette entrevue avec la princesse. Ensuite, je crains que tu ne doives partir seule pour Karaz-kaz… J'ai d'autres choses à régler !

Elle ne répondit pas. Une crainte grandissante la gagnait. Elle accrocha fortement son médaillon de flammes de ses doigts et prit une forte inspiration. Il n'était pas temps de flancher.

— Cela ne va pas ? s'inquiéta Gorferst.

— Si, monseigneur, souffla-t-elle, tout va bien. Vous m'avez seulement fait peur en parlant ainsi de ce culte de Vulcania. Il semble si fort.

— Il nous fait peur à tous, concéda le magicien. J'ai moi-même été obligé de leur faire croire que j'étais leur allié, pour survivre... provisoirement.

Lynn baissa la tête, car elle ne trouva rien à dire. Il n'attendait aucun réconfort de sa part, et en aucune façon de la pitié. La vie était ainsi faite et il comptait bien utiliser de manière optimale le temps qui lui restait à vivre.

— Voulez-vous mon médaillon ? Je peux vous le confier volontiers quelque temps, si vous le désirez. Le temps pour vous de reprendre des forces.

— Non, refusa-t-il catégoriquement. C'est le tien… Chacun son destin.

Ils échangèrent un regard profond et empli de compassion mutuelle.

Scorsia s'arrêta sur une grande place, au milieu de laquelle se dressait l'immense statut du défunt empereur Ferdinand Hannigen. Elle adressa un signal discret à Gorferst qui acquiesça avant de se retourner vers les autres membres du groupe.

— Voilà, leur annonça-t-il solennellement, nous y sommes. À partir de ce moment, nos chemins doivent se séparer. Je n'ai pas le droit de vous faire entrer dans le palais sans autorisation. Je m'en vais demander une audience en votre nom. Si tout va bien, demain matin, je reviendrai vers vous pour vous mener jusqu'à la salle d'audience. En attendant, trouvez un endroit sûr pour dormir. Khulem vous y aidera.

Celui-ci acquiesça.

— J'ai un ami qui vit dans la capitale, leur assura-t-il à tous. C'est un homme de confiance et sa maison est assez grande pour tous nous héberger. Du moins, pour une nuit…

— Tu les emmènes chez l'archer ? demanda Gorferst.
— C'est ce qu'il y a de mieux si nous voulons rester discrets.
— Soit ! Je vous dis donc à demain !
Le magicien les abandonna aussitôt, suivi comme son ombre par Scorsia. La jeune guerrière possédait donc des privilèges. Néanmoins, avec son départ, une nouvelle sérénité refit surface au sein du groupe. Sa présence, aussi mystérieuse que peu conventionnelle, les mettait tous mal à l'aise. Personne ne comprenait d'ailleurs pourquoi un magicien tel que Gorferst s'obstinait à s'encombrer d'une telle alliée.
— Alors ? s'écria Ricardo, il paraît que tu as un endroit pour nous faire dormir ?
— J'ai un ami qui n'habite pas très loin, à quelques rues d'ici, dans le quartier modeste. Je sais qu'il nous offrira le logis.
— Qui est-ce ? demanda Rawg qui se méfiait énormément des relations que pouvait entretenir le guerrier.
— Un ancien mercenaire qui a fait fortune en remportant de nombreux tournois d'archers. À ce jour, c'est même le meilleur du monde.
— Grégin Gant ? s'écria le Nyssalien.
Khulem hocha la tête.
— Sais-tu, Lynn que lui aussi fut un compagnon d'Ajaj durant la guerre ? Vous aurez peut-être beaucoup de choses à vous raconter.
Elle fut mal à l'aise. L'idée la tentait, mais se réjouir ainsi à l'idée de parler au passé de l'homme qu'elle aimait lui paraissait indécent.
— Qu'attendons-nous pour y aller ? intervint Gérald, impatient de retrouver le confort d'une vraie maison.
Pour une fois, son désir fut considéré comme un ordre. Khulem guida ses compagnons à travers les étroites rues des quartiers qualifiés de modestes. Sortis de l'avenue principale, ils n'étaient plus en mesure de retrouver leur route, ils devaient compter désormais sur Khulem pour ne pas s'égarer. Le guerrier semblait savoir parfaitement où il allait. Ce n'était pourtant qu'une mascarade, il n'avait jamais mis les pieds dans la ville de lumière et essayait de se souvenir des indications que lui avait fournies Grégin lors de leur dernier entretien. À plusieurs reprises, il eut l'impression de revenir sur ses pas, mais cette impression n'était que la cause de l'architecture de la ville. Derrière lui, des interrogations commencèrent à s'élever, et il ne put y mettre un terme que lorsqu'il fut enfin en vue de la maison de son ami.
Grégin Gant était un homme riche au tempérament modeste. Sa maison n'était pas plus grande qu'une autre, alors qu'il avait les moyens de vivre dans un quartier supérieur s'il le voulait. Néanmoins, sa vaste cour intérieure donnait une impression de grandeur dont il avait bien du mal à

s'habituer. Du haut d'une fenêtre, il aperçut un groupe de cavaliers entrer chez lui. Ce n'était pas les premiers de la journée. Nombreux étaient ceux qui voulaient rencontrer le célèbre archer et profiter de son hospitalité. Il soupira, un peu las de devoir recevoir.

Khulem dut frapper plusieurs fois à la porte de l'ancien mercenaire avant que Grégin ouvre lui-même la porte.

— Khulem ! s'écria-t-il sans contenir sa joie, mais que fais-tu ici ?

Leur poignée de main fut ferme et suivie d'une chaleureuse accolade. Elle ponctuait ainsi plusieurs mois de séparation. L'ancien mercenaire n'avait pas changé depuis ses folles escapades dans la guerre contre les Montagnards. Il avait juste troqué sa tenue de guerrier pour des vêtements plus soignés. Ceux-ci témoignaient de la richesse qu'il avait emmagasinée grâce à ses grandes victoires dans les tournois impériaux.

— Figure-toi que tu me manquais un peu, fit Khulem en souriant. Je ramène du monde, ajouta-t-il en invitant son ami à regarder derrière lui.

Grégin posa un regard curieux par-dessus l'épaule de son ami. Il dévisagea tous les membres du groupe.

— Qui sont-ils ? demanda-t-il simplement.

— Ils m'accompagnent, ou plutôt je les accompagne. Je fais partie de l'escorte du comte cassandrien Gérald de Franchort. Nous sommes venus pour nous entretenir avec la princesse Alicia Hannigen. Nous ne savions pas où dormir en attendant qu'une entrevue nous soit accordée. J'ai pensé que tu pourrais nous héberger.

— Oui, bien sûr, s'écria Grégin avec une grande spontanéité. Ils peuvent entrer, car l'attente risque d'être longue, à condition que vous obteniez ce que vous voulez. Ce dont je doute fort…

— Pour cela, nous avons aussi une aide précieuse. Je ne peux t'en dire plus.

— Soit !

Il invita tout le monde à entrer. Khulem les présenta l'un après l'autre. Engar et Ricardo eurent droit à une franche poignée de main. Gérald, en tant que noble, répondit à la faveur d'une belle révérence. Ce geste respectueux fut apprécié, d'autant qu'il lui assurait un accueil digne de son rang.

Lorsque vint le tour de Lynn, Grégin ne put s'empêcher d'observer avec insistance son visage angélique. Pendant un instant, il crut avoir en face de lui la compagne du duc. Sa tenue d'aventurière lui fit rapidement réviser son point de vue. Un instant troublé, il ne sut comment l'identifier, et par la même occasion, comment lui dire bonjour. Khulem le sortit aimablement de cette désagréable impasse.

— Elle s'appelle Lynn, fit-il simplement.

L'archer fut rassuré. Ce n'était pas une noble, elle eut donc droit à une poignée de main.

— Euh... bonjour. Vous êtes avec eux, je suppose ? demanda Grégin comme Rawg se présentait devant lui.

— Oui, répondit l'isard blanc qui lut beaucoup de bonté sur le visage de son hôte. Merci pour votre gentillesse.

Grégin ferma la porte derrière lui.

— Faites comme chez vous, déclara-t-il poliment. Il y a des chambres à l'étage, installez-vous et ensuite, je vous servirai de quoi manger.

— Merci, s'écria Ricardo, nous avons fait un long et pénible voyage, nous sommes tous exténués.

— En ce qui concerne les chevaux, j'ai une écurie derrière, continua Grégin, nous les y emmènerons juste avant le repas.

— Ne vous donnez pas cette peine ! intervint Gérald. Engar ! Tu sais ce qu'il te reste à faire…

Il obéit sans dire un mot sous les yeux amusés de Grégin. Ce dernier ne se moquait pas du grand Nordique mais plutôt de l'accent du jeune Cassandrien. Heureusement, il parvint à se retenir, évitant de manquer de respect à l'un de ses invités.

— Tu as du bon vin, j'espère ? fit Khulem. Nous devons fêter nos retrouvailles !

— Bien sûr ! Je vais en chercher à la cave. Mettez-vous à l'aise pendant ce temps !

Les compagnons montèrent à l'étage pour poser leurs affaires et se partager les chambres alors que Khulem restait avec son ami, Rawg à leurs côtés. L'expérience avait appris à ce dernier qu'il ne pouvait faire confiance à pratiquement personne. Cependant, l'attitude exemplaire de Grégin le laissait présager qu'ils n'avaient rien à craindre de lui.

— Vous ne prenez pas de chambre ? lui demanda l'archer sans arrière-pensée.

— Non, normalement, je n'ai qu'une nuit à passer ici, et je ne compte pas dormir.

Grégin n'insista pas et partit à la cave. Khulem resta seul avec l'isard blanc. Immédiatement, une tension palpable s'installa entre eux.

Le guerrier fut le premier à briser le silence.

— Tu peux avoir confiance en lui. Il a déjà sauvé la vie d'Ajaj par le passé, et même à plusieurs reprises, d'ailleurs. Il a également sauvé la mienne. C'est un excellent archer, le meilleur de tous... et un homme de confiance !

— Ce n'est pas de lui que je me méfie...

Quelque temps plus tard, ils s'installaient tous à table. Grégin leur servit des plats typiquement théraniens et un vin au bouquet floral.

— Vous n'avez pas de domestiques ? demanda Gérald, surpris de voir un homme aussi riche que lui s'acquitter de toutes ces tâches subalternes.

— Non, je n'en veux pas.

— Et pourquoi autant de chambres ? J'ai cru comprendre que vous viviez seul ici.

— J'ai beaucoup d'amis qui viennent me rendre visite. Ils restent souvent plusieurs jours, afin de se reposer de la durée du voyage. Quel genre d'homme serais-je si je n'étais pas capable de les héberger convenablement ? Mais je pense qu'ils sont surtout intéressés par la ville... Mitralianos est très difficile à quitter, vous verrez !

Lynn lui sourit. L'homme qui les accueillait avec tant de courtoisie lui avait tout de suite inspiré confiance. Néanmoins, la conversation qu'il engagea plus tard avec Khulem la mit rapidement mal à l'aise. Les deux anciens mercenaires se remémoraient leurs exploits durant la campagne contre les Montagnards, devant la jeune fille qui n'osait pas leur reprocher leur manque de tact. Grégin était excusable, car il ne savait rien de sa condition de Montagnarde. Mais Khulem, en connaissance de cause, aurait pu s'abstenir d'aborder le sujet devant elle.

En cette soirée, il n'exprima aucun remords d'avoir commis des atrocités. C'était pourtant ce dont il se plaignait sans cesse à longueur de journée. Les souvenirs de campagnes étaient ainsi, et la consommation sans retenue de vin n'arrangeait rien, mais tous savaient que les mots durs qu'il prononçait en cette soirée seraient oubliés dès le lendemain matin. En face de lui, Grégin en revanche prenait soin de surveiller ses paroles. Lorsqu'il exprima son dégoût face aux horreurs commises et de sa décision de se retirer de ce carnage, l'estime que chacun lui portait monta encore en flèche, surtout chez Lynn.

Les deux amis avaient tellement partagé d'aventures avec Ajaj que ce dernier finit par venir dans la conversation. La jeune fille se crispa aussitôt qu'elle entendit prononcer le nom du jeune guerrier. Ses exploits furent évoqués les uns après les autres.

Grégin posa alors la question légitimement prévisible, mais qu'elle redoutait tant.

— Et qu'est-il devenu ?

Lynn se leva brusquement. Cette question était semblable pour elle à un coup de poignard dans le cœur. Sans trouver la force de s'excuser, elle s'éclipsa sans dire un mot. Gérald se leva spontanément à son tour pour lui apporter son soutien, mais Rawg le retint par le bras, le faisant se rasseoir. L'isard quitta la table devant les yeux gênés d'une assistance devenue silencieuse.

— Qu'est-ce que j'ai dit ? demanda Grégin visiblement mal à l'aise.

— C'est rien, tu ne pouvais pas savoir, le rassura Khulem. Ajaj est mort lors du siège de Marsigliano. Et Lynn est la fille dont il parlait tout le temps. Ils s'aimaient plus que tout…

Grégin compatit aussitôt à la peine qu'elle pouvait endurer. Le mal était fait, et il cherchait déjà le moyen de se faire pardonner. Par ailleurs, il fut très peiné d'apprendre la mort de son ancien compagnon.

Rawg avait rejoint Lynn qui pleurait, couchée sur le lit de l'une des chambres.

— Je suis si malheureuse, Ajaj me manque tant...

— Je comprends, murmura l'isard en lui caressant les cheveux.

— Et Khulem qui se vante d'avoir tué autant de Montagnards, je n'arrive pas à le comprendre. Moi qui commençais à le prendre pour un homme bien. Pourquoi s'est-il réjoui d'avoir tué autant de Montagnards ?

Rawg se réjouit de l'entendre aborder ce sujet. Il perçut cela comme un signe, il était temps de révéler la pénible vérité. Il ne pouvait plus garder ce secret pour lui.

— Tu es loin de savoir à quel point ce Khulem est cruel, murmura-t-il. Il a été un prince sanguinaire, et même dans sa quête de pardon, il a trouvé le moyen de commettre un acte odieux.

— Que veux-tu dire ? demanda Lynn en s'écartant des bras de son ange blanc.

— Khulem est l'héritier de la lignée sacrée d'Émania et nous avons besoin de lui, mais c'est aussi le sale lâche qui a tué Ajaj…

Chapitre 27

Khulem était plongé dans le sommeil. Ses armes négligemment posées à terre, il rêvait de son enfance et de ses innombrables chevauchées à travers les plaines verdoyantes de Kasdalar. Tous ses souvenirs s'entremêlaient. Les songes étaient tels que parfois ils n'offraient aucune occasion de savourer. Dans ce vague à l'âme, il parcourait ses années d'entraînement à Camiras, en se demandant ce qu'était devenu le vieil Aros, ainsi que ses fidèles marchands de mort. Rowald Aergeson, son valeureux général et fidèle compagnon durant la campagne d'Edenbridge, lui manquait tout autant. Étrangement, cette fois-ci, le visage de Sharon ne vint pas hanter ses rêves, comme un mauvais présage.

Sa nuit fut courte. Dès l'aube, une sensation étrange le réveilla brusquement. Une pression menaçante se faisait sentir contre son cou. Il ouvrit les yeux pour apercevoir le visage de Lynn se dessiner devant lui. Le regard ténébreux, elle le fixait, les yeux rouges et les traits tirés. Elle tenait dans sa main une dague qu'elle pressait contre la gorge du meurtrier d'Ajaj. Elle s'était infiltrée dans sa chambre avec la ferme intention de le tuer. Sa main tremblante fit penser à Khulem que jamais elle n'aurait le courage de commettre un tel acte. Il préféra néanmoins ne rien tenter, il pouvait se tromper. Elle s'était allongée en partie sur son corps.

— Pourquoi ? souffla-t-il.

— Rawg m'a tout dit ! C'est vous qui avez tué Ajaj !

— La *guerre* a tué Ajaj. Rawg n'était pas là lors de sa mort, moi, j'y étais…

— Rawg n'a aucune raison de me mentir…

— Il a, au contraire, toutes les raisons de le faire. Mais je t'assure que ce sont des dizaines de soldats qui ont tué Ajaj, pas moi…

— Comment vous croire ? Vous n'êtes qu'un assassin ! Je vous ai écouté hier pendant le repas. Vous n'avez eu aucun scrupule à raconter les horreurs que vous avez commises…

Khulem regretta aussitôt d'avoir trop parlé durant cette soirée arrosée. Il avait une fois de plus trop bu, et il ne se souvenait plus de tout ce qu'il avait pu raconter.

— C'est donc ce que tu penses réellement de moi. Voilà qui est dit, mais j'avoue que je pensais que tu avais une plus haute opinion de moi, surtout depuis ces derniers jours.

— Vous avez tout gâché en une soirée…

— Alors, c'est ainsi. Tu vas tuer un homme qui t'a pourtant sauvé plusieurs fois la vie…

Lynn tenta de rester impassible. Ce n'était qu'une façade pour faire croire au guerrier qu'elle n'avait pas renoncé à lui couper la gorge. Pourtant, c'était un tout autre sentiment qui envahissait son esprit. Le tuer serait lourd de conséquences, Rawg lui-même ne l'avait pas fait. De plus, elle savait très bien au fond d'elle qu'elle était incapable de tuer quelqu'un de sang-froid. Néanmoins, pour l'intimider, elle appuya un peu plus sa lame contre le cou de sa victime. Khulem ne broncha pas, désormais persuadé qu'elle ne franchirait pas le pas.

— Si tu es si certaine de ce que tu avances, qu'attends-tu ? Qu'attends-tu pour venger Ajaj ? Mais prends garde à ne pas te tromper de cible, cependant…

Lynn grimaça, tentant de calmer ses tremblements.

— Si je ne vous tue pas, vous tuerez encore.

— Oui, répondit sincèrement le guerrier. Mais tu dois savoir que, dorénavant, je ne tuerai que pour te protéger. J'en ai fait le serment à Émania. Mais si tu crois que ma mort peut être utile, je l'accepte. Ainsi, j'aurai accompli ma dernière mission avec succès. Rends-moi le salut de mon âme, Lynn !

À cette dernière phrase, la jeune fille lâcha la dague avant de se redresser lentement sur le bord du lit. Khulem resta allongé en gardant son regard fixé sur la jeune fille. Elle luttait visiblement pour ne pas pleurer.

— Peu importe le passé, murmura-t-il, sache qu'aujourd'hui, comme tous les guerriers qui sont avec toi dans cette maison, je suis prêt à mourir pour toi !

— Je ne veux pas que cela arrive, gémit la jeune fille. Je refuse que l'on meure pour moi.

— Pourtant, souffla le guerrier, c'est sans doute là notre destin. Je comprends que tu puisses me détester pour ce que j'ai fait durant les guerres. Ainsi va la vie, et je suis comme je suis. Mais sache qu'un jour, alors que tous tes espoirs seront évanouis dans l'ombre, je surgirai en apportant avec moi cette lueur d'espoir qui nous permettra tous d'avancer et de nous battre. Je suis ton allié, Lynn, ne l'oublie pas !

— Vous m'embrouillez, se lamenta la jeune fille.

— Je sais que c'est difficile à admettre, insista le guerrier avec sincérité, mais dans mon cœur, je reste persuadé que nos destins sont liés. Pourquoi te suivrais-je depuis tout ce temps, si ne n'était pas le cas ?

— Avez-vous tué Ajaj ? murmura-t-elle d'une toute petite voix.

— Non, lui mentit le guerrier pour la seconde fois.

— Mais vous avez tué tellement de gens ! Tellement de Montagnards ! lui reprocha la jeune fille avec amertume.

— Ajaj aussi, dit-il sans intention de froisser sa mémoire. Nous commettons tous des erreurs, et il faut nous donner la chance de nous racheter. Tu l'as fait avec Ajaj, paix à son âme, je te demande de faire de même avec moi…

Lynn ferma les yeux sans rien répondre.

Khulem se leva alors en silence. Un bruit à l'extérieur de la maison se fit entendre. Il se dirigea lentement vers la fenêtre pour en ouvrir les volets. Un corbeau semblait l'observer alors que dans la cour un cavalier avait fait son apparition.

— Le monde est fait ainsi, répondit-il en gardant ses yeux fixés sur ce qu'il se passait dehors. Pendant un certain temps, j'ai cru bien faire. Mon tempérament impulsif a fait le reste. Mais Émania m'est un jour apparue et m'a ouvert les yeux. Je regrette tant de choses aujourd'hui. Ce que j'essaie de faire, c'est de me racheter…

Il vivait avec ce poids sur le cœur depuis trop longtemps. Il jeta un bref regard vers Lynn qui n'avait pas bougé. Elle le détestait, mais en même temps, elle compatissait à sa peine.

— Tout ce que vous voulez, en réalité, c'est savoir ce qu'est devenue votre mère !

— Oui, et c'est la même chose pour toi en ce qui concerne ton père, n'est-ce pas ? Nos deux quêtes semblent se réunir et se joindre pour combattre le culte de Vulcania.

Elle ne put faire autrement que d'acquiescer d'un timide hochement de la tête. Cependant, une interrogation demeurait en suspens et allait sans doute influencer leur futur commun.

— Croyez-vous que la princesse va nous aider ?

— Nous allons bientôt le savoir, répondit Khulem, mon demi-frère vient d'arriver. Viens, descendons, il nous faut le rejoindre.

Lynn n'esquissa pas un geste. Elle restait assise sur le lit, le dévisageant.

— Qu'y a-t-il donc ? demanda-t-il.

Lynn avait pris sa décision.

— Vous feriez donc n'importe quoi pour moi ? demanda-t-elle d'une voix plus ferme.

— Bien sûr, mais où veux-tu en venir ?

— Il reste trop d'incertitudes à votre sujet. Dans mon cœur, je ne suis pas convaincue que vous n'avez rien à voir avec la mort d'Ajaj. J'ai pleinement confiance en Rawg, et c'est sa voie que je suivrai. Je veux que nos chemins se séparent. Comprenez que, désormais, quand je vous vois, je ne vois que le meurtrier de l'homme que j'aimais, et je ne suis pas certaine de pouvoir le supporter…

— Je vois, murmura Khulem. Est-ce vraiment ce que tu veux ?

Elle hocha la tête mollement.

— Nos chemins doivent se séparer. Je suis navrée…

— Dans ce cas, je ne t'importunerai plus, fit-il après un bref silence. Je devais te conduire à Karaz-kaz et te confier la clé du temple, mais tu iras sans moi. Laisse-moi tout de même te céder la clé des secrets…

Il décrocha son médaillon du cou et le tendit à la jeune fille. Un instant déconcertée, elle le récupéra. Elle s'attendait à beaucoup plus de résistance de sa part. Au lieu de cela, il semblait accepter ce choix avec philosophie. Elle avait désormais la clé du temple entre ses mains et cette offrande tirait définitivement un trait sur leur collaboration. Il lui était encore impossible de savoir si elle faisait le bon choix ou non, mais telle était sa décision, et à travers elle, celle de son ange protecteur.

— Prends-en soin ! dit Khulem d'un air faussement affecté.

Elle hocha la tête avant de se lever et sortir de la chambre sans lui porter le moindre regard. Elle n'osait plus le faire, comme le signe qu'elle avait du mal à assumer cette situation. Lui l'observa disparaître de sa vue sans broncher. Tout se passait comme il l'avait souhaité. Il n'avait pas renoncé à la suivre et la protéger, loin de là, mais pour des raisons qui lui étaient propres, elle devait se persuader du contraire. Il la confiait donc pour le moment aux bons soins de son demi-frère.

Gorferst attendait patiemment dans la cour intérieure. Il était porteur d'une nouvelle dont il n'était pas peu fier. La princesse Alicia Hannigen et le haut conseil leur accordaient une audience. Une seule soirée avait été suffisante pour les convaincre d'accueillir et d'entendre ce qu'avait à leur annoncer le groupe d'ambassade. Tous étaient déjà présents autour du magicien, déjà fin prêts à partir. Lynn fut la dernière à arriver, car il avait fallu qu'elle se change. Sous les conseils du magicien, elle avait revêtu la robe de servante d'Émania. Peut-être serait-ce un plus pour persuader le conseil d'agir en ces temps sombres ? En tout cas, à son apparition, Gorferst fut convaincu pour sa part qu'elle était bien la fille de la situation.

— Bien ! Je crois que nous pouvons y aller. Rappelez-vous une chose : une fois là-bas, laissez-moi diriger les débats. À leurs yeux, vous n'êtes pas grand-chose.

— N’oubliez pas nos peuples ! intervint Ricardo. Nous sommes avant tout ici pour leur envoyer de l’aide.

Le magicien acquiesça, puis chercha son demi-frère du regard.

— Où est Khulem ?

— Il ne viendra pas, se contenta-t-elle de dire à la grande surprise de tous ses compagnons. Il m’a donné son médaillon pour que nous puissions continuer sans lui.

— Je vois, finit par dire Gorferst alors que tous se lançaient des regards interrogatifs. Qu’il en soit ainsi ! C’est peut-être mieux ainsi…

Il ne chercha pas à en apprendre davantage. Il savait l’âme de son demi-frère hantée par ses actes passés, et peut-être était-il plus sage pour lui de ne pas les accompagner jusqu’au palais. En tant que prince de Kasdalar, il pouvait être aisément reconnu et mettre en péril tout ce qu’il avait réussi à bâtir jusqu’à maintenant.

Sans plus attendre, ils partirent de chez Grégin non sans l’avoir chaleureusement remercié pour son accueil. Fidèle à sa réputation, il leur offrit également quelques provisions supplémentaires pour leur voyage à venir. En effet, il n’était pas prévu qu’il repasse le voir et personne ne pouvait présager de la tournure que prendraient les événements.

— Sachez que ma maison sera toujours grande ouverte à chacun d’entre vous, assura-t-il. Bonne chance à vous, mes amis !

Lynn lui adressa le plus beau de ses sourires. Elle aurait aimé le connaître davantage, mais elle ne désespérait pas de le revoir un jour.

Quand ils disparurent, Khulem fit son apparition derrière son ami.

— Crois-tu qu’ils vont réussir ? demanda Grégin sans même se retourner.

— J’espère seulement que mon frère sait ce qu’il fait…

Guidé par Gorferst, le groupe traversa les plus beaux quartiers de la ville qui n’en finissaient pas d’étaler leur splendeur. Les murs brillaient encore davantage que la veille. La présence du magicien leur accorda un droit de passage. Une fois les portes franchies, ils furent accueillis et escortés par une garde impressionnante. Près d’une cinquantaine d’hommes était présente pour assurer leur sécurité et les conduire jusqu’à la salle d’audience. Ils traversèrent les magnifiques jardins fleuris impériaux. De nombreux nobles s’y promenaient et jouissaient du beau temps que leur offrait le climat. Le soleil se réfléchissait sur les murs couverts de cristaux et sur les architectures grandioses qui agrémentaient les bâtiments du palais. La ville semblait vouloir atteindre le ciel, telle avait été autrefois l’ambition des anciens Calisards. Ils marchèrent le long d’une immense allée bordée de part et d’autre par des statues représentant les anciens souverains de l’empire théranien. Chacune de ces sculptures faisait deux tailles d'homme et témoignait du prestige de ces personnalités. Lynn et ses amis se tordirent le cou à vouloir observer le visage de tous ces anciens monarques, symboles d'une prospérité depuis bien longtemps disparue. Enfin se dressèrent devant eux les portes immenses de l'illustre salle d'audience. Une fois celles-ci franchies, ils purent admirer de leurs propres yeux la beauté de cette immense salle. Elle faisait plusieurs centaines de mètres de longueur et tout le long de l'allée centrale, une foule de nobles et d'étranges moines habillés de noir les regardaient s'approcher. Tous étaient membres du haut conseil impérial. De nombreuses et colossales colonnes longeaient l'allée centrale et d'autres, moins imposantes mais tout aussi belles, soutenaient le plafond doré de la salle en formant des arcs somptueux recouverts d'or. Devant chaque colonne se dressait un garde à l'allure digne et au regard perçant. Les bannières blanches et bleues des Hannigen se déployaient le long de l'allée formée par la foule avant de disparaître progressivement au-dessus du trône, pour laisser place aux somptueux ornements impériaux.

Être observé par autant de monde avait de quoi intimider. Pourtant, l'allure sûre, Gorferst offrait à ses compagnons une exemplarité qu'ils se forcèrent tous à suivre. Il n'y avait pourtant pas de quoi être serein. Au bout de la pièce, et autour de la princesse, les moines noirs étaient très nombreux. Leur présence se révélait déjà inquiétante, et Rawg eut la désagréable impression de s'être jeté dans la gueule du loup. Il marcha néanmoins vers le centre de la pièce, surveillé de très près, à l'image de ses compagnons, par une garnison attentive. Debout aux côtés d'Alicia Hannigen se tenait un vieil homme au visage inquiétant. Sa longue barbe grise cachait en partie des rides prononcées. C'était un prêtre visiblement usé par l'âge. Redrus Albrecht affichait un mécontentement évident à l'arrivée de Gorferst et de sa suite. Derrière lui, plus en retrait, Scorsia, son trident fétiche toujours en main, adressait elle aussi un regard noir au groupe. La tête légèrement baissée comme à son habitude, elle affichait une attitude arrogante à l'égard du magicien. Gorferst la scruta un instant, se demandant s'il n'avait pas fait une erreur avec elle. Assise sur son trône, la radieuse princesse dévisageait ses invités. Son doux visage, ses lignes parfaites et ses cheveux clairs impressionnèrent l'ambassade qui crut un instant faire face à une divinité à la robe, d'un blanc étincelant et parée de diamants bleus qui renvoyaient les rayons du soleil aux quatre coins de l'immense salle. Tous furent éblouis par la superbe icône de l'empire qui étalait avec prestige la grandeur de sa nation. Cependant, l'atmosphère générale était pesante, un lourd silence accompagnait leurs pas.

L'annonceur officiel fit quelques pas en avant pour prendre position entre le groupe et la princesse. Il s'agissait d'un moine vêtu d'une longue toge noire, loin des belles parures blanches et rouges que pouvaient porter les disciples d'Émania, en sous-nombre dans la salle.

— Ça s'annonce mal, chuchota Rawg à Gorferst.

Discrètement, le magicien lui fit signe de se taire.

Le moine entama son allocution sur un ton solennel :

— En ce jour de la première semaine du deuxième mois du règne du haut conseil, en présence de Son Altesse la princesse Alicia Hannigen et du grand prêtre Redrus Albrecht, chef du clergé de Vulcania, est faite la lecture du vingt et unième décret impérial de ce jour. Dans sa grande magnanimité, Notre Altesse, la princesse Alicia Hannigen, régente du trône, a bien voulu examiner la requête expresse faite par le roi Antonio Rimez de la Rivera, roi de la cité de Vinaledad, et porte-parole de la ligue de défense nyssalienne. Son Altesse Impériale exprime sa souffrance en ces heures sombres où l'empire théranien doit faire face, seul, aux multiples ennemis qui se dressent à ses frontières…

Rawg se détendit. Le discours semblait prendre une bonne tournure. Mais la suite le fit rapidement changer d'avis.

— Sa Magnificence manifeste sa colère devant l'outrecuidance de la délégation nyssalienne qui, sous le couvert de l'ambassade, se permet d'exhiber un membre du peuple isard qui, comme on le sait, a attenté à la vie de notre empereur bien-aimé, Charles Bordemer de Cassandrie…

— Comment peuvent-ils savoir cela ? murmura Rawg inquiet.

Gorferst d'un clignement des yeux lui fit discrètement signe de ne pas bouger.

Le discours continua.

— Et sous le couvert de cette même ambassade, cette délégation a guidé une armée maléfique vers l'empire pour détruire la garnison d'un poste frontalier qui ne dut son salut qu'à l'intervention du comte Louis de Castillon et de son armée. Dans leur fourberie, ceux qui se disent envoyés pour la paix n'hésitent pas à présenter aux pieds de la princesse la présumée fille de Boback Svenguard, magicien que l'on sait déchu de ses titres pour avoir trahi la religion d'Émania. Ne nous y trompons pas, cette ruse ne vise qu'à évincer le culte de Vulcania qui, depuis des années maintenant, protège l'empire, et aujourd'hui, sa noble princesse, des actions rebelles telles que celle-ci…

— Monseigneur, dites-leur que c'est faux ! s'indigna Lynn à Gorferst.

Cette intervention provoqua un léger murmure au sein du haut conseil.

— Silence, Lynn ! chuchota-t-il. J'ai bien peur de ne plus avoir aucun pouvoir ici. Je me suis fait duper, et je sais par qui…

Il lança un regard assassin en direction de Scorsia, et elle lui répondit avec un rictus moqueur. Pendant ce temps, le discours continuait.

— Sa Majesté, la princesse Alicia Hannigen, dénonce donc toute idée de donner quelque aide que ce soit à la ligue de défense nyssalienne qui, ont le sait déjà, accueille nos ennemis, le peuple montagnard et qui, depuis des années, harcèle et ravage nos terres avec des idéologies futiles. Par conséquent, elle ordonne la mise au secret de l'ambassade jusqu'à nouvel ordre ! Gardes, emparez-vous d'eux !

Instantanément, comme si la scène avait été répétée à l'avance, des dizaines de soldats encerclèrent le petit groupe. Comme Rawg et ses compagnons se préparaient à se défendre, une puissante et sourde détonation força les gardes à lever leurs lances en l'air et à reculer. Gorferst se tenait les mains écartées, un champ de défense colossal venait de prendre naissance autour de lui et de ses compagnons d'ambassade. Il s'adressa alors à la princesse, la voix déjà fatiguée par son effort.

— Votre Altesse, les ennemis sont à nos portes ! Si vous ne réagissez pas, ce sera également la fin de l'empire !

Alicia Hannigen ne broncha pas. Redrus était semble-t-il le seul réel maître en ces lieux. À contrecœur, il ordonna aux gardes de cesser leur attaque inutile. Gorferst put lâcher prise et reprendre son souffle en toute discrétion. Juste à côté de lui, seule Lynn remarqua qu'il souffrait atrocement. Chaque recours à la magie l'affaiblissait considérablement, et le sort qu'il venait de réaliser avait énormément puisé dans ses faibles ressources. Elle le sentait au bord de l'évanouissement.

— Alors, s'écria Redrus, comment allons-nous terminer cette charmante réunion ?

— Vous le savez bien, répondit Gorferst. Vous allez laisser partir ces gens…

— Et pourquoi devrais-je faire ça ? répondit Redrus avec assurance.

Gorferst contempla le grand prêtre en lui faisant un sourire malicieux.

— Il me semble que cette jeune fille porte une robe sacrée ! dit-il en montrant Lynn. Puis-je maintenant savoir, et devant témoin, depuis quand le haut conseil peut emprisonner sans procès une servante d'Émania ?

Un silence ponctua cette remarque. Gorferst fut satisfait de son effet.

— Je vois que nous nous comprenons ! reprit le magicien d'une voix de plus en plus faible. Je me permets donc de demander le libre départ de cette personne, ainsi que de son escorte…

Les fidèles à Émania présents dans le conseil, même en infériorité numérique, approuvèrent. Impuissant face à ce droit sacré, Redrus dut à contrecœur céder.

— Soit, allez-vous-en ! s'écria-t-il, le regard haineux.

Gorferst fit signe à Lynn et à ses compagnons de s'en aller. La jeune fille le regarda avec émotion, comprenant qu'il allait se sacrifier pour couvrir leur fuite, car il se doutait que Redrus n'allait pas tenir parole s'il le pouvait. Elle ne sut quoi lui dire pour ce geste héroïque et se sentit honteuse d'avoir douté de lui si longtemps. Rawg dut la tirer par le bras pour l'entraîner avec eux. Ils sortirent de la salle d'audience sous les murmures de la foule. Dès qu'ils eurent passé les grandes portes, celles-ci se refermèrent derrière eux dans un grand bruit. Gorferst avait lancé ce sort pour leur faire gagner du temps sur d'éventuels poursuivants.

— Combien de temps pensez-vous que vous allez tenir, Gorferst ? Aussitôt que vous tomberez, Scorsia partira à leur poursuite… Vous savez de quoi elle est capable, vous qui l'avez côtoyée assez longtemps.

Gorferst ne se laissa pas impressionner.

— Voyons, Redrus, il faudra trouver autre chose pour me faire peur. N'oubliez pas qu'un ange blanc est de notre côté…

Le vieux prêtre gloussa légèrement, de manière à montrer qu'il trouvait cette remarque insignifiante.

— Traghard a eu raison de ne pas avoir eu confiance en vous, dit-il simplement.

— Mais moi, rétorqua le magicien d'une voix à peine audible, je sais que j'ai raison de faire confiance à cette fille…

Après un très long moment, Gorferst commença à donner de sérieux signes de fatigue et soudain, il s'affaissa, rompant le sort. Redrus se retourna alors promptement vers Scorsia.

— Ma jeune enfant, dit-il avec satisfaction, c'est à toi de jouer désormais.

Celle-ci acquiesça d'un vif signe de la tête, révélant ainsi à tout le monde qu'elle comprenait très bien cette langue qui n'était à l'origine pas la sienne.

Chapitre 28

Engar rejoignit Rawg dans la plus grande des discrétions. L'isard blanc s'était mis en planque. Sa position lui offrait une vue d'ensemble imprenable sur une grande partie du paysage. Depuis qu'ils avaient quitté Mitralianos, Rawg avait la désagréable impression d'être suivi. Son flair ne l'avait jamais trompé jusqu'à présent. Plutôt que de forcer ses compagnons à accélérer la cadence dans un milieu hostile et inconnu, il préféra faire une halte et attendre de pied ferme ceux qui remontaient assurément leurs traces. L'arrivée du grand Nordique ne le perturba pas. Il resta concentré, se contentant de lui signaler de ne faire aucun bruit. Sa requête fut comprise d'un simple signe de la main. Invisibles aux regards extérieurs, ils attendirent patiemment.

Des échos de sabots se firent entendre bien plus tard. Un éclaireur fit son apparition sur le petit sentier qui serpentait de l'autre côté de la crevasse, bientôt suivi par d'autres mercenaires. À vol d'oiseau, ils ne se trouvaient qu'à une cinquantaine de mètres de Rawg et Engar, mais à cet endroit, le précipice abrupt qui les séparait faisait office d'obstacle sérieux. Pour trouver une voie praticable pour traverser, il fallait continuer sur le sentier pendant au moins une bonne heure.

L'éclaireur ne porta pas le moindre regard dans leur direction, occupé à scruter le sol. Il lui était impossible de détecter leur présence dans la semi-obscurité. La nuit qui allait tomber se révélait être leur plus fidèle alliée. Le reste de la troupe le rejoignit bientôt. Il y avait là une vingtaine d'hommes... et une femme. Elle était facilement repérable avec son trident. Elle le tenait toujours à bout de bras, sans jamais paraître fatiguée par cet effort. Rawg avait redouté que ce soit elle qui soit lancée à leur poursuite, mais il garda pour lui cette réflexion. Il paraissait évident que nulle autre qu'elle n'était mieux qualifiée pour les retrouver. Ils regardèrent passer la troupe, puis disparaître au détour de la végétation. Engar poussa alors un grand soupir de soulagement. L'isard blanc resta pour sa part concentré et méfiant, car contrairement à son compagnon, un détail troublant ne lui avait pas échappé. Il fit signe d'un geste à Engar de ne pas bouger. De l'autre côté de la crevasse, un bruit de sabot de cheval se laissa deviner. Celui-ci ne s'éloignait pas comme les autres mais revenait en sens inverse. Scorsia apparut de l'autre côté de la crevasse, tous les sens en éveil. Elle descendit de sa monture en regardant tout autour d'elle, puis son regard perçant se porta droit dans leur direction.

— Bon sang ! chuchota Engar, partagé entre la crainte et l'admiration. Comment a-t-elle fait pour nous sentir ?

— C'est une pisteuse, murmura Rawg. Elle est sous le vent. Moi aussi, à sa place, je serais parvenu à vous sentir. Les Warrengs sont très forts dans ce domaine.

Le retour du reste de la troupe ne perturba pas la concentration de Scorsia. Elle restait là sans bouger, sans faire un bruit, le regard toujours dirigé vers eux. Le moindre mouvement de leur part pourrait être fatal et trahir leur présence. Rawg en était conscient, il se savait capable de rester immobile pendant de longues heures. Il espérait qu'Engar puisse en faire autant.

Après un temps qui parut interminable et alors que la nuit était maintenant totalement tombée, la guerrière abandonna soudain. Elle rejoignit ses guerriers et leur ordonna de dresser un campement.

Rawg fut soulagé, car Engar avait tenu bon. Le Nordique fit un signe de la main pour indiquer qu'il était temps de partir rejoindre les autres compagnons.

L'isard, lui, avait une autre idée en tête. Il avait la possibilité d'agir durant la nuit, tel le fantôme qu'il était. L'occasion était belle à saisir. Il fit part de ses intentions à Engar.

— Cette nuit, annonça-t-il d'un air déterminé, je vais m'occuper d'eux. Il faut que tu restes là pour surveiller la zone. On a une vue imprenable. Si jamais ils essaient de franchir la crevasse, que ce soit ici ou ailleurs, tu pourras les voir.

— Et pour les autres ? chuchota-t-il sans oser lui dire qu'il n'approuvait pas cette idée.

— Si tout va bien, je ne serai pas très long. Mais ne t'en fais pas pour eux. Ricardo est là pour les protéger. J'ai entièrement confiance en lui. Si jamais tu en vois qui tentent de traverser la crevasse, va prévenir les autres, et allez-vous-en ! Je peux compter sur toi ?

— Bien sûr…

Rawg lui tapa sur l'épaule avant de se lancer à l'assaut de la crevasse. Sa masse blanche se noya dans la nuit avant de disparaître quelques mètres seulement après avoir quitté le puissant Nordique. Ce dernier le chercha vainement du regard puis se concentra sur la mission que l'isard venait de lui confier.

Rawg s'était enfoncé dans la nuit sans émettre le moindre bruit. Aussi silencieux que la brise nocturne, il se déplaçait avec facilité. Personne ne devina sa présence lorsqu'il parvint aux abords de la troupe. Certains montaient la garde, d'autres étaient occupés à s'installer pour la nuit. Scorsia quant à elle était à genoux, face au feu qui avait été allumé, elle fixait les flammes, comme en prière.

Rawg resta de longs instants à la contempler ainsi. Il était déconcerté par cette attitude étrange. Puis, consciencieusement, elle entama un rituel que Rawg ne connaissait que trop bien. Elle commença par se couvrir le visage de sang. Elle recouvrit ensuite sa peau de cendres récupérées dans le brasier. C'était ainsi que les Warrengs se préparaient au combat, sous un camouflage qui les rendait presque invisibles dans l'obscurité. Déjà, Scorsia ne faisait presque plus qu'une avec la pénombre. Rawg attendit alors avec angoisse l'instant où elle éteindrait le feu. Ce geste signifierait alors son entrée en action.

À sa grande surprise, elle n'en fit rien. Elle désigna deux mercenaires qui s'éloignèrent dans l'obscurité. Rawg avait déjà deviné qu'il s'agissait là de patrouilleurs. Ces hommes allaient partir à la recherche de ses compagnons. C'était une aubaine. L'isard décida de les prendre en chasse en toute discrétion. Il prenait le risque de perdre momentanément de vue la guerrière, mais visiblement, cette dernière ignorait la position du campement de ses amis. Ces deux hommes partaient en éclaireur.

Rawg s'éclipsa sans bruit et ne tarda pas à rejoindre les deux guerriers qui s'étaient aventurés dans la forêt. Tel un fantôme, il apparut derrière eux et fit parler sa hache avec efficacité et discrétion. Aucun cri ne s'éleva dans la nuit. Cette victoire avait été rapide et facile. Il retourna alors vers le campement avec la ferme intention d'en finir avec le reste de la troupe. Leur feu était facilement détectable dans la nuit. Il s'en approcha aisément sans éveiller la vigilance des sentinelles. Perché dans un arbre, il constata alors un fait troublant. Le nombre de mercenaires avait considérablement diminué et Scorsia n'était plus là.

Ricardo était de surveillance. Sur une position surélevée et volontairement éloignée du campement, il veillait sur Lynn et Gérald. La main plongée dans son sac, il se saisit de sa pipe et commença à inhaler sa drogue. À chaque fois, elle l'entraînait dans un bien-être qui, il faut bien le reconnaître, mettait en péril la qualité de sa vigilance. L'absence de Rawg et d'Engar ne l'inquiétait pas outre mesure. Il connaissait l'isard blanc, ainsi que sa vraie nature, et savait qu'en cas de danger, il serait le premier à venir les avertir. Il posa une énième fois son regard vers les deux jeunes gens, ils ne semblaient pas décidés à s'endormir.

La discrétion était une nécessité. En l'absence de feu, Lynn s'était réfugiée dans les bras de Gérald. Elle y cherchait un réconfort bien difficile à trouver depuis leur mésaventure de Mitralianos. Ils y avaient vécu une terrible désillusion, découvrant par eux-mêmes que même l'empire théranien subissait la domination exclusive du culte de Vulcania. Gorferst avait lutté toute sa vie contre, mais il était cette fois-ci tombé sur un adversaire bien supérieur à son pouvoir. Son sacrifice avait ému la jeune fille qui ne cessait de se remémorer le dernier regard qu'il lui avait adressé. Il lui avait indiqué clairement qu'il comptait sur elle pour continuer la lutte. Par la même occasion, il lui avait prouvé qu'il croyait aveuglément en elle.

Lynn ne partageait pas cet espoir fou. Même au milieu de ses compagnons, elle se sentait démunie. Depuis une dizaine de jours, ils marchaient dans le but un peu fou de rejoindre Karaz-kaz et son temple des secrets. Elle avait hérité de la clef, mais se demandait encore si elle aurait le courage de s'en servir pour découvrir enfin ce que tout le monde désirait tant savoir. De son côté, elle redoutait encore une nouvelle grande désillusion. Les yeux dans le vague, elle balançait le médaillon de Khulem devant elle, tel un simple pendule. Il était beau mais ne lui inspirait que le malheur, au même titre que l'homme qui l'avait porté durant une grande partie de sa vie. Muette, l'idée lui vint de le lancer dans la végétation pour s'offrir une chance de ne jamais le retrouver.

— À quoi bon continuer ? murmura-t-elle.

Secrètement, elle attendait une réponse de Gérald. Elle sollicitait son soutien. Elle se doutait pourtant bien que le jeune homme n'était pas la meilleure personne pour endosser ce rôle.

De tous, il était celui qui désirait le plus abandonner cette quête. Encore à ce jour, il ne parvenait pas à comprendre comment il s'était laissé entraîner dans cette folie. Paradoxalement, quitter ses nouveaux compagnons lui faisait également peur. Depuis la terrible révélation de Gorferst, il ne se sentait plus en sécurité nulle part. Le culte de Vulcania voulait sa mort, car il était devenu un héritier légitime d'une couronne qu'il n'avait jamais désirée. À l'image de Lynn, lui aussi se sentait piégé au sein d'une aventure dont il ne voyait aucune issue. L'important selon lui était de ne pas la vivre seule. Dans son malheur, rencontrer Lynn avait été finalement ce qu'il lui était arrivé de mieux. La tenir ainsi dans ses bras lui apportait un réconfort qu'il savait ne pas pouvoir donner en retour à la jeune fille.

— Où pourrions-nous aller ? souffla-t-il. Nous sommes poursuivis et maudits par les héritages qui nous ont été laissés. C'est quand même étrange que, pour des raisons différentes, nous puissions nous retrouver dans la même situation, toi et moi. Tu ne trouves pas ?

— Il est possible de tout arrêter, répondit-elle.

— Mais nos amis ne seront pas de cet avis.

— Dans ce cas, nous pourrions leur donner ces médaillons. Nous ne sommes pas obligés de les suivre dans leur folie. Vous n'avez pas plus envie que moi de continuer cette aventure, monseigneur. Rien ne nous oblige à le faire. Cette destinée, ce sont les autres qui l'ont décidée pour nous. Je crois avoir mon mot à dire, et vous l'avez encore bien plus que moi. En réalité, rien ne vous rattache à ce qui nous conduit à Karaz-kaz. L'ambassade n'a plus lieu d'être. Laissons les guerriers faire la guerre et trouvons-nous un nouveau chemin à suivre…

— C'est ce que tu veux vraiment ?

— Oui. Je veux choisir ma vie… Arrêtons de laisser les autres guider nos pas à notre place… Mon avenir, c'est moi qui dois le choisir.

Gérald entrevit une lueur d'espoir qu'il avait totalement bannie de son cœur.

— Ajaj est perdu pour toujours, je le crains, continua la jeune fille. C'est triste à dire, mais je dois m'en relever.

— Et comment vois-tu ton avenir ?

— Des plus simples. Je m'y vois aimer de nouveau un homme, fonder une famille avec lui et cultiver des terres sur les versants pacifiques des montagnes du Sud. Je n'aspire pas à grand-chose de plus. J'ai beau être la fille d'un puissant magicien, je n'en reste pas moins une jeune fille du peuple, et je tiens à rester à ma place.

Gérald s'imprégna de ces paroles. Bien sûr, ce n'était pas la vie qu'il recherchait. Lui était noble, et son plus grand désir, hormis celui de voir Lynn enfin succomber à ses charmes, était de retrouver la ville de Franchort et de lui redonner une renommée digne de ce qu'elle avait été avant sa destruction. Ces deux vies n'étaient visiblement pas compatibles, mais il ne désespérait pas de voir la jeune fille renoncer à ses maigres ambitions pour venir partager les siennes.

— Et serais-tu prête à nous accorder un avenir commun ? lui demanda-t-il fébrilement.

— Nous deux ? s'étonna-t-elle.

— Oui, se lança-t-il avec entrain. Tu n'ignores pas ce que j'éprouve à ton égard. Je pourrais faire de toi une comtesse. À la place d'une maison, tu aurais un château, notre famille serait la plus enviée de toutes, quant aux terres à cultiver, il y en aurait tellement que des domestiques s'en occuperaient à notre place. Voici la vie que je peux t'offrir, Lynn, et elle serait en adéquation avec mon amour…

Lynn fut troublée. Bien évidemment, une telle proposition était alléchante, et peu de femmes la refuseraient. Seulement, elle n'était pas sûre, elle était un peu perdue, il lui fallait réfléchir.

— Votre persévérance m'honore, monseigneur, se contenta-t-elle de dire en espérant qu'il allait en rester là.

Elle ferma les yeux, prétextant la fatigue pour échapper à une réponse qu'elle ne voulait pas donner. Un refus pourrait le froisser, tandis qu'une acceptation prématurée entacherait la mémoire d'Ajaj. Il n'y avait encore que lui en son cœur, et ce fut dans ses bras qu'elle s'imagina s'endormir. Gérald la sentit désormais à sa portée. Il s'en fallait de peu pour que son cœur soit sien. Heureux d'une victoire qu'il jugeait maintenant presque acquise, il se permit un geste qu'il s'était jusque-là toujours défendu envers elle. Sa main vint tendrement se glisser dans les cheveux de la jeune fille. Porté par un bonheur inattendu, il lui fut très difficile de s'endormir. Sa décision était prise : au lever du jour, il s'en irait avec Lynn et Engar et prendrait la direction de l'ouest pour rejoindre les terres cassandriennes et une cité en ruine qui n'attendait que lui. Déjà, il rêvait de son futur les yeux grands ouverts.

Devant Gérald, tout était sombre, mais lui voyait une immensité lumineuse qui lui appartenait. Les champs fleurissaient pour offrir à sa compagne une merveilleuse bouffée d'oxygène. Sa vie était tournée vers l'avenir, et tel un signe que la réalité était en passe de s'accomplir, une lueur rose vint embellir le ciel nocturne de la forêt. Les yeux du jeune homme se laissèrent guider par cette luciole à la trajectoire biscornue. Pour la première fois de sa vie, Gérald voyait une sacrisse. Il avait l'impression de vivre un rêve que, bientôt, la réalité viendrait rejoindre pour faire de lui le plus heureux des hommes. Il était ravi d'être le seul privilégié à pouvoir observer cette scène inédite. Il hésita cependant à réveiller Lynn pour lui faire partager ce magnifique spectacle. L'attitude soudainement changeante de la petite créature lui ôta cette idée de la tête. Il se concentra sur elle pour la voir stopper net sa course et regarder droit devant elle, tandis qu'une masse sombre se dessinait lentement au travers de la végétation. La sacrisse disparut aussitôt à la cime feuillue des arbres. Gérald la suivit du regard tant que cela lui fut possible. Des bruits de pas se firent alors nettement entendre. Une silhouette humaine se précisa. Une femme armée d'un trident courait à grandes enjambées dans sa direction si rapidement que le jeune homme n'eut pas le temps de crier. Ce fut elle qui poussa un hurlement rageur en visant la tête du pauvre homme avec son arme.

La lame centrale toucha au but et vint empaler le crâne de Gérald contre l'arbre auquel il était adossé.

Lynn se réveilla en sursaut. Elle se tourna et tomba nez à nez avec le visage mutilé de Gérald. Elle poussa un hurlement strident. Debout et solidement cramponnée à son trident, Scorsia lui adressa un regard meurtrier. Elle retira son arme et Gérald glissa au sol, sans vie. À la merci de la barbarie de cette sauvage, Lynn ne dut son salut qu'à la hache qui força la guerrière à réaliser une esquive miraculeuse. Elle vint se planter contre un arbre, tandis que d'autres guerriers faisaient leur apparition dans le campement. Les gestes rageurs et désireux de vengeance, Engar entama à coup de hache un combat sans pitié. La vue du cadavre de son maître avait transcendé le colosse qui, dans une colère noire, n'hésita pas à s'attaquer à une dizaine d'hommes sous les yeux horrifiés de Lynn.

Ricardo déboula de nulle part et agrippa le bras de la jeune fille pour la traîner à sa suite.

— Mais où est Rawg ? s'enquit la jeune fille en peinant à suivre le rythme que lui imposait l'archer nyssalien.

Il ne répondit pas, d'abord parce qu'il ne connaissait pas la réponse, ensuite parce qu'il n'en avait pas le temps, car en tournant la tête derrière lui, il aperçut Scorsia qui les prenait en chasse. Sa rapidité et son aisance à courir en forêt ne leur laissaient que peu de chance de la semer. Les bruits du combat principal s'étaient déjà évanouis dans la nuit, tandis que la menace de la guerrière se faisait plus pressante. Ayant abandonné pour une fois son trident, elle ne s'était armée que d'une hachette afin d'être plus rapide à travers les obstacles de la nature. Difficilement suivie par ses hommes, elle gagnait inexorablement du terrain sur ses proies.

Ricardo ne se donnait aucune chance de la vaincre en combat singulier. Elle était si proche d'eux qu'il n'était pas non plus envisageable de s'arrêter pour tenter de décocher une flèche dans sa direction. Un échec lui serait dans tous les cas fatal et laisserait Lynn sans défense. Dans l'impasse, il pressa le pas en priant pour un miracle. Deux de leurs compagnons venaient de mourir, et c'était envers le dernier d'entre eux qu'il nourrissait ses derniers et infimes espoirs.

Une masse blanche apparut en face de lui.

— Couchez-vous ! leur ordonna Rawg en lançant avec maîtrise son arme en direction de la guerrière.

Ricardo se laissa tomber par terre et entraîna Lynn dans sa chute. La hache passa au-dessus d'eux, sifflant à travers l'obscurité de la forêt. Le jet était si puissant qu'il faillit surprendre la jeune sauvage, l'obligeant à réaliser un bond désespéré sur le côté. Elle fut néanmoins légèrement touchée à la jambe, tandis que l'arme se perdait à travers les arbres. Blessée, Scorsia se releva péniblement. À quelques mètres devant elle, Rawg faisait barrage de son corps pour permettre à ses deux compagnons de s'enfuir. Aucun des guerriers accompagnant la jeune femme n'osa l'attaquer. Conscient de sa force, l'isard blanc recula à petits pas en prenant bien soin de surveiller ses arrières, avant de disparaître soudainement. Scorsia poussa alors un cri strident pour exprimer toute sa rage.

Chapitre 29

Lynn ne pouvait plus avancer. Plus que la fatigue, la douloureuse perte de Gérald lui coupait les jambes. Les yeux rouges et noyés dans une détresse qu'elle ne pouvait plus contrôler, elle se laissa tomber sur le sol, indifférente à ce que pouvait penser Rawg. L'isard blanc s'arrêta aussitôt pour venir la soutenir, mais pour la première fois depuis qu'ils se connaissaient, la jeune fille le repoussa violemment. La rage qui l'animait surpassait son chagrin, et elle adressa un regard froid à celui qu'elle tenait pour responsable de la mort de leurs deux compagnons.

— Où étais-tu ? lui reprocha-t-elle avec une voix tremblante. Tu étais censé veiller sur nous !

Rongé par la honte, Rawg ne trouva rien à répondre. Ces paroles détenaient une cruelle vérité et aucune excuse ne pouvait être valable. La jeune guerrière s'était montrée plus maligne que lui en lui tendant un piège. Depuis le début, elle l'avait repéré et Rawg n'y avait vu que du feu. L'ange blanc avait failli à sa réputation et son échec s'avérait lourd de conséquences. En plus d'avoir perdu deux hommes, il avait réduit à néant la confiance que Lynn lui accordait jusqu'à présent. Il devenait visiblement de plus en plus faible, comme si sa force et sa clairvoyance l'abandonnaient progressivement, signe que son sursis touchait à sa fin. Il resta volontairement seul dans ce tourment, incapable d'expliquer à sa protégée que son étincelle de vie s'éteignait, et que pour elle commençait réellement le destin qui lui avait été choisi.

Ricardo apparut soudainement près d'eux, le souffle court.

— Cette fille est une diablesse ! Même blessée à la jambe, elle continue à nous poursuivre. Je l'ai vue courir devant ses hommes, et elle les guide jusqu'à nous. Nous ne pouvons pas nous arrêter. Si nous restons là, ils seront sur nous dans très peu de temps…

L'archer posa son regard sur Lynn qui, même après avoir entendu ces nouvelles alarmantes, restait de marbre. Elle semblait peu intéressée par le sort qui l'attendait si jamais elle ne se levait pas.

Ses deux derniers compagnons étaient, eux, prêts à combattre et même à sacrifier leur vie pour permettre à la jeune fille de s'enfuir. Tranquillement perché sur la branche d'un arbre, un corbeau les observait. Sa hache à la main, Rawg sentait qu'une autre entité n'allait pas tarder à faire son apparition. Tous les éléments se mettaient en place pour lui faire comprendre que c'était bien ici que devait s'arrêter son périple. Il fallait auparavant mettre ses deux derniers compagnons à l'abri. Sa décision était prise et déjà devenue irrévocable.

— Je vais les retenir, dit-il en s'adressant à Ricardo. Lynn et toi devez rejoindre Karaz-kaz le plus rapidement possible. Pour ma part, mon voyage s'arrête ici…

Ses mots firent sur Lynn l'effet d'une douche glacée. Elle se leva d'un bond, comme si ses forces venaient de lui être redonnées. Elle n'avait pas l'intention de le laisser se sacrifier, et surtout, l'idée de voir leur chemin se séparer lui était intolérable. Elle lui en voulait encore pour ses erreurs, mais sa punition ne devait pas être celle-ci. Elle refusait – ne serait-ce même qu'envisager – de continuer cette quête sans lui. Elle se précipita à ses pieds, s'agrippant à l'une de ses jambes.

— N'y va pas, le supplia-t-elle en laissant échapper de nouvelles larmes. Excuse-moi pour ce que je t'ai dit. Sans toi, plus rien ne sera possible.

Rawg ne doutait pas de la sincérité de l'amour que Lynn lui portait. Le temps était pourtant venu pour lui d'en finir. Devenu faible, il ne pouvait plus rien lui apporter, si ce n'était qu'un gain de temps précieux. Nombre de leurs compagnons avaient déjà succombé, c'était à son tour de se sacrifier pour leur quête. Il fallait préserver les quelques chances qui restaient.

Un frisson étrange parcourut soudainement le corps de Rawg. Il leva les yeux vers la cime des arbres qui se courbait tout à coup sous la force d'un vent malsain. Sur plusieurs branches, il découvrit une multitude de corbeaux qui semblaient les observer. Rawg comprit rapidement la signification de ce message. L'entité ennemie qu'il redoutait le plus était revenue pour le hanter. Il était grandement temps de mettre ses amis à l'abri.

— Lynn, Ricardo saura te guider jusqu'au temple. Il a plus d'une corde à son arc, et je lui fais entièrement confiance. C'est à toi, Lynn, de faire maintenant en sorte que tous nos sacrifices n'aient pas été vains !

— Non, hurla la jeune fille, je ne veux pas partir sans toi !

— Conduis-la, de gré ou de force, fit Rawg d'une voix sourde à Ricardo. Tout ceci n'a pas pu être fait en vain. Je compte sur toi !

L'archer acquiesça. Il empoigna la jeune fille. Elle ne se laissa pas faire et continua à s'agripper à la jambe de Rawg. Pour se libérer de cette étreinte, l'isard se baissa vers elle et lui administra une gifle qui lui fit lâcher prise. Le coup n'avait pas été violent mais la surprise le fut pour la jeune fille. Elle se releva en se frottant la joue, puis elle le gifla à son tour, comprenant soudainement que c'était par ce geste déplorable qu'ils allaient se séparer définitivement. Les yeux inondés de larmes, elle lui adressa un ultime regard. Elle aurait voulu le serrer dans ses bras une dernière fois, mais la distance évidente que voulait préserver Rawg à son égard l'obligea à se résigner à ne pas le faire. Elle s'en alla rejoindre Ricardo et tous deux s'éclipsèrent dans la forêt, laissant seul l'isard blanc dans ses tourments. Il était dévasté de l'avoir chassée de sa vie de cette lamentable manière, mais un adieu dans les règles de l'art lui aurait fait perdre le peu de temps et de courage qui lui restait. Rawg était désormais seul, et c'était une bonne chose, car personne ne devait assister à son dernier combat.

— Adieu, Lynn, murmura-t-il, je suis navré que nous nous quittions de cette manière, mais bientôt, tu comprendras que je n'avais pas le choix…

Les corbeaux n'avaient pas bougé depuis le départ précipité de ses amis. Le doute n'était plus permis. Cet ennemi était donc venu pour lui, indépendamment de la quête qu'ils menaient. Cela le soulagea, conscient que Lynn n'allait plus être inquiétée dans l'immédiat. Il attendit patiemment la suite des événements. Un écho strident se fit entendre et les corbeaux prirent leur envol. Tous étaient guidés par une seule et même personne, encore invisible aux yeux de l'isard blanc. Il comprit tout à coup à qui il avait affaire. Ce n'était pas une surprise en soi, car il se doutait que la sorcière le suivait depuis leur passage à proximité de sa forêt. Il s'était secrètement préparé à cette nouvelle rencontre, mais cela n'ôta rien à son anxiété. Son adversaire dévoila rapidement une partie de sa puissance. Les corbeaux formèrent un tourbillon autour de lui pour empêcher toute tentative de fuite. Bientôt, des paroles cinglantes vinrent accompagner le ballet des volatiles et rendre à cette démonstration de force toute son ampleur. La masse vivante donna le vertige à Rawg, au point de l'immobiliser sur place. Il ne lui était plus possible de comprendre l'incantation que prononçait la sorcière. La langue des anciens n'était plus reconnaissable. Les corbeaux se retirèrent bientôt, formant une masse sombre, comme s'ils ne faisaient plus qu'un. Les animaux fusionnèrent pour dessiner progressivement une silhouette humaine. Certaines plumes se transformèrent en chair, tandis que d'autres se matérialisaient en tissu. Les nombreux yeux qui observaient l'isard disparurent pour n'en laisser que deux. Ils ne cessèrent de le fixer pendant que le reste du corps reprenait lentement sa forme originelle. Rawg assistait impuissant à cette incroyable transformation.

Aux quatre coins de la forêt, des lumières déformèrent une partie du paysage pour lui donner une allure de monde imaginaire. Les éléments se plièrent dans des distorsions aléatoires autour de l'isard blanc. Des formes indécises se dessinèrent et l'encerclèrent en un étau qui ne lui laissait que peu de place pour bouger. Rawg se sentit agrippé par des centaines de mains qui l'immobilisèrent. Il était inutile de se défendre, car la force qui s'était attaquée à lui dépassait de loin la sienne. Il sentit un fluide étrange et froid quitter son corps. Celui-ci devint alors chaud en même temps que ses veines palpitaient de sang. Il devait désormais respirer pour vivre. Il ressuscitait lentement. Une dernière poussée le fit souffrir, l'obligeant à hurler sa douleur, puis le silence retomba autour de lui. Le calme et la tranquillité, c'était ce dont il aspirait depuis très longtemps. Il était libre et de nouveau en vie. Cependant, il ne savait pas encore s'il devait en être heureux ou non. Il éprouvait à nouveau des sensations qu'il pensait perdues à jamais. Il se rendit compte qu'il était à genoux. Il resta dans cette position, le temps de réaliser ce qu'il lui arrivait véritablement. Ses bras lui parurent atrocement lourds lorsqu'il les approcha de son visage pour observer ses mains. Celles-ci avaient changé, c'était des mains de vieillard. Il baissa alors les yeux sur son corps et vit que ses poils blancs étaient maintenant d'un gris terne. En revenant à la vie, Rawg avait visiblement hérité de son vieil âge, le transformant ainsi en un isard approchant dangereusement de la fin de sa vie. Le temps était si vite passé, et sa nature de spectre lui en avait fait perdre toute notion. Il se souvint qu'il avait affronté le dragon des glaces près de vingt ans auparavant. Déjà à l'époque, il était un isard d'âge mûr.

Agnès de Gisors se présenta devant lui. La mine satisfaite, elle lui adressa un sourire sadique, tandis que dans l'une de ses mains, elle ne cessait de secouer sa sphère.

— Que m'as-tu fait ? dit l'isard sans reconnaître le son de sa propre voix.

— Je suis venue te libérer, Rawg !

— Me libérer de quoi ?

Elle entama une marche lente autour de lui. Elle n'avait aucun compte à lui rendre, mais ayant vu en lui un vaillant adversaire, elle accepta de lui faire offrande de quelques explications.

— Je parle de tes années d'errance dans ce monde. Je sais ce que c'est d'être un esprit prisonnier d'un corps et de devoir assouvir les volontés d'un être supérieur sans pouvoir rien y faire. Tu es une âme captive, Rawg. Je l'étais également auparavant, et je comprends ce que tu as pu ressentir durant toutes ces longues années.

— Tu te trompes, sorcière…

— Je me trompe ? gloussa-t-elle. Je crois que c'est toi qui ne réalises pas quel esclave tu es devenu. Tout ce qui t'arrive depuis ton combat contre le dragon des glaces est issu de volontés bien supérieures à la tienne. Est-ce que tu crois que ta rencontre avec Ajaj était liée au hasard ? Non, Rawg, il fallait te faire patienter jusqu'à ce que tu reprennes du service. Il fallait que tu apprennes à éduquer afin que tu puisses ensuite t'occuper de cette fille. Émania avait tout prévu, sauf une chose, que ta quête allait se dresser sur mon chemin. Maintenant que je t'ai reconnu, je suis en droit de te poser cette question. Ton ami Boback Svenguard a-t-il ramené le médaillon de flammes de Jaspalès ?

Rawg entrevit une lueur d'espoir. Effectivement, la puissance du médaillon n'était détectable par personne, pas même par cette terrible sorcière.

Depuis le début, c'était la force qui résidait en Lynn qui avait permis à la sorcière de suivre leurs traces.

— Ce médaillon n'est qu'une légende, mentit-il ouvertement. Nous n'avons rien trouvé à Jaspalès.

— Comment ? s'offusqua la sorcière. Tout ceci est fâcheux, mais pourtant, j'ai peine à te croire. Boback a un secret, je le sais, et j'aimerais savoir de quoi il s'agit.

— Nous l'ignorons encore, révéla l'isard, mais cela n'a rien à voir avec ce prétendu médaillon. Nos réponses se trouvent à Karaz-kaz ! C'est là-bas que Lynn doit se rendre. Et je te supplie de la laisser faire…

— Oh, mon vieil isard, souffla Agnès en regardant furtivement le ciel, il arrive parfois de se trouver des intérêts communs. Contrairement à ce que tu peux penser ou croire, je ne suis pas l'alliée du culte de Vulcania. Au contraire, je veux sa perte, comme toi. Si, comme tu le prétends, Lynn possède les moyens de le vaincre, je n'ai aujourd'hui aucune raison de lui barrer la route. Je ne ferai rien contre elle, je t'en fais le serment, du moins, pas tant que ses intérêts se joindront aux miens…

— Merci, soupira Rawg.

— Oh, mon bon Rawg, ne me remercie pas aussi vite. Il nous reste à parler de ton sort. Tu es un envoyé d'Émania et, de ce fait, tu restes un de mes plus grands ennemis. Il est temps de rejoindre ta maîtresse, Rawg. J'ai un message pour elle. Dis-lui simplement qu'elle n'a plus à se soucier de l'avenir de ce monde. Je vais m'occuper de tout…

Rawg vacilla.

— Que vas-tu me faire ?

— Moi ! s'écria-t-elle avec amusement, rien, j'en ai déjà bien assez fait. Mais souviens-toi d'une chose, dit-elle en se rapprochant du visage de Rawg. Je suis Agnès de Gisors, et je ne suis que cruauté…

Elle l'embrassa sur le front pour lui dire adieu, avant de s'en aller en ricanant. Pour cadencer son pas, elle secoua de nouveau son énigmatique sphère.

Lorsque les échos de sa présence disparurent, d'autres firent leur apparition. Rawg comprit tout de suite contre qui il allait devoir mener son dernier combat. Il leva la tête et reconnut aisément la silhouette de Scorsia. À ses côtés se tenait une dizaine de mercenaires, visiblement prêts à en découdre avec lui. Baissant les yeux, il vit sa hache couchée sur le sol. Il s'en saisit, son poids semblait avoir au moins doublé. Se relever fut une autre épreuve à subir. Il réalisa avec amertume le vieil isard qu'il était devenu et se félicita de ne pas avoir été vu dans cet état de faiblesse par ses compagnons. Il était prêt cependant à livrer bataille. Il fit face avec courage à ses ennemis.

— Alors ! s'impatienta-t-il. Personne n'est assez courageux pour venir m'affronter ?

Scorsia s'avança alors que ses hommes formaient un cercle autour d'eux. Puis elle se mit en garde face à l'isard gris. Elle pointa symboliquement son trident en direction du cœur de son adversaire. Rawg ne se donnait guère de chances, mais il demeurait déterminé à prouver que même un vieil isard était porteur de valeurs guerrières honorables. Soutenu par une volonté qu'il n'avait en rien perdue, ce fut lui qui se jeta en premier dans la bataille. Il frappa deux fois avec sa hache. Cela entama une grande partie de sa réserve d'énergie, mais il espérait que ce serait suffisant pour déstabiliser son adversaire. Scorsia démontra alors son aisance au combat et notamment une maîtrise parfaite de son arme. Elle stoppa aisément les attaques avec son trident, puis enchaîna par un mouvement circulaire pour atteindre son ennemi. Rawg n'avait plus la même agilité. Il n'eut pas le temps d'esquiver complètement. Une lame lui blessa le bras, le forçant à reculer prudemment de deux pas.

Scorsia ne le laissa pas souffler cependant. Faisant tournoyer son arme autour d'elle, elle lança une nouvelle attaque qui obligea l'isard à se laisser tomber au sol. Cette chute volontaire lui sauva la vie, même si elle le mettait en grand danger pour la suite du combat. Maintenant qu'il était vulnérable, il se devait d'être plus attentif. Malheureusement, il n'avait pas matière à répondre à la virtuosité de la jeune guerrière. Il roula sur lui-même pour éviter une nouvelle fois de se faire embrocher. Le trident plongea violemment dans le sol à l'endroit où il se tenait moins d'une seconde avant. Dans son élan, Rawg buta contre les pieds de Scorsia pour lui faire perdre l'équilibre. Elle tomba loin de son arme, tandis que lui se relevait péniblement. Quand il fit face à son ennemie, celle-ci était déjà debout mais désarmée. Il devait profiter de cette chance. Avec une lenteur qui lui fit presque honte, il brandit son arme pour lui asséner un coup. Cette attaque fut facilement esquivée à l'aide d'une habile roulade. Au passage, elle réussit à se saisir de son trident avec adresse et engagea un mouvement circulaire avec celui-ci sans se retourner vers son adversaire. Elle avait déjà deviné sa piètre réaction. Rawg fut cueilli par un coup qui lui ouvrit une longue plaie dans le bas du ventre. Il vit son sang couler pour la première fois depuis de longues années. Il en ressentit une insoutenable souffrance. Il stoppa le combat, perturbé par cette sensation qu'il avait oubliée. Une autre douleur lui traversa alors la poitrine. Scorsia n'avait pas attendu pour frapper une deuxième fois.

Rawg s'affaissa sur les genoux et lâcha sa hache. Il n'était plus en mesure de se battre. Il attendit le coup de grâce, honteux d'avoir offert une si piètre résistance pour son dernier combat. Il regarda Scorsia d'un air dépité, la suppliant des yeux d'abréger son agonie. Son arme en direction du cœur de l'isard, elle se tenait déjà prête à frapper. Le visage dépourvu de la moindre émotion, elle enfonça son trident dans la chair de sa victime. Rawg s'écroula et s'éteignit en jetant un dernier regard vers sa meurtrière. Scorsia resta de marbre. Elle n'exprima aucune joie devant cette victoire, comme si celle-ci lui était indifférente. Elle retira son arme du corps sans vie de l'isard, puis recula.

Un froid surnaturel se fit sentir. Il se propagea rapidement, couvrant de givre toute la végétation. Rapidement, tout fut d'un blanc immaculé. Un battement d'ailes sortit Scorsia et ses hommes de la torpeur qui les avait gagnés. Une peur soudaine et irraisonnée les saisit, et bientôt tous les guerriers s'enfuirent au hasard dans la forêt. Scorsia, elle, qui n'avait pas bougé, se mit à trembler. Une énorme menace blanche vint planer au-dessus d'elle avant de descendre vers le sol. Un grand dragon blanc se posa majestueusement près du cadavre de Rawg. De ses yeux perçants, il observa la guerrière qui restait pétrifiée. Puis son regard se porta sur l'isard. Les ordres de sa maîtresse étaient clairs. Il s'empara du corps sans vie de l'isard et reprit rapidement son envol, emportant avec lui le froid. Rapidement, la teinte blanche qu'avait prise la nature disparut.

Tout redevint comme avant, comme si tout ceci n'avait été qu'un mirage.

Chapitre 30

Les yeux dans le vague, Lynn se laissait hypnotiser par le balancement de la larme d'Émania devant elle. Depuis qu'elle était en sa possession, elle avait totalement oublié qu'elle portait un second médaillon autour du cou. La flamme restait soigneusement cachée en dessous de la robe qu'elle n'avait pas quittée depuis son entrevue désastreuse avec la princesse Alicia Hannigen.

Lynn et Ricardo avaient trouvé refuge dans le premier bastion de civilisation que l'immense forêt impériale pouvait leur proposer. Dressée à la lisière des arbres, une taverne leur apportait une relative sécurité après les dures épreuves qu'ils venaient de subir. Située au détour d'une route commerciale, elle était très fréquentée et servait de point de ralliement à de nombreux marchands. En cette fin de journée, elle était si bondée qu'il leur fut difficile de trouver une table où s'installer.

L'espace de quelques instants, l'archer abandonna la jeune fille pour aller chercher de quoi se désaltérer et ainsi atténuer quelque peu le malheur qu'ils enduraient. L'idée de se fondre dans la foule n'était pas si mauvaise, car elle leur permettait de préserver un anonymat relatif. Ici, personne ne s'occupait de leur présence. Il leur fallait cependant se montrer très prudents, car dans ce genre d'établissement, il était difficile de reconnaître le gentilhomme du brigand, comme l'allié de l'ennemi. De plus, une ravissante jeune fille comme Lynn pouvait rapidement se retrouver au centre de toutes les convoitises. Il était essentiel pour eux de ne pas se faire remarquer. De toute façon, ils ne devaient pas s'éterniser ici, mais juste se donner le temps de retrouver force et courage.

C'était tout ce qui manquait à Lynn depuis sa séparation tragique d'avec Rawg. Déjà deux jours qu'il s'était sacrifié pour leur permettre de fuir. Chaque minute, elle espérait le voir revenir. Ne voulant pas croire à sa mort, elle se préparait à se jeter dans ses bras, mais au fond d'elle-même, elle savait qu'elle s'illusionnait. Son chagrin allait également vers ses autres compagnons. Elle était totalement découragée ; sans l'isard, la quête semblait désespérée. Avec Ricardo comme seule aide, elle ne croyait guère en ses chances de pouvoir réussir à rejoindre un jour le temple de Karaz-kaz. Cela valait-il la peine d'être tenté, d'ailleurs ? Elle en doutait de plus en plus. L'archer ne semblait pas plus motivé qu'elle. Il ne cachait pas que ces derniers jours l'avaient énormément éprouvé. Il veillait sur elle, et elle lui en était très reconnaissante. Cependant, il semblait aussi perdu qu'elle et il envisageait parfois de tout laisser tomber. Pourtant, l'un comme l'autre ne voulaient pas l'avouer, honteux de leurs faiblesses respectives.

Lynn continuait à jouer avec le médaillon d'Émania en le faisant glisser entre ses doigts. Peu lui importait si on l'observait ou non. Ce n'était pas très prudent, car les brigands devaient être légion dans cette partie reculée de l'empire et un tel objet pouvait être source de convoitise. Pour le moment, c'était contre son chagrin que la jeune fille luttait. Durant ces deux derniers jours, elle avait tant pleuré qu'elle n'avait plus de larmes en elle. Elle attendait que Ricardo vienne la rejoindre. Au bout d'un moment, ne le voyant pas revenir, elle le chercha des yeux. Elle le vit qui parlait avec un inconnu à l'autre bout de la salle. Un homme chauve dont la silhouette atypique intrigua la jeune fille. Elle ignorait ce que son compagnon manigançait avec un tel homme. Il lui était également impossible de lire sur leurs lèvres, ils étaient trop loin. Peu lui importait ce qu'ils se disaient finalement, elle avait juste hâte que son compagnon revienne avec de quoi boire. Elle ne se sentait pas réellement en sécurité sans lui, surtout qu'elle avait de plus en plus l'impression désagréable que des yeux l'observaient.

Ricardo quitta finalement l'homme pour se faufiler parmi la foule. Lynn ressentit une sensation de vertige. Les verres se cognaient bruyamment les uns contre les autres et le brouhaha des conversations devint insoutenable. Les rires des ivrognes faisaient un bruit assourdissant. Elle tenta d'apercevoir le Nyssalien, mais elle ne vit que les épaules de ceux qui se tenaient debout à côté d'elle. Tout se mit à tourner et elle manqua de lâcher le médaillon qu'elle tenait fébrilement dans les mains. Alors qu'elle se décidait enfin à le ranger, une main ferme le recouvrit.

— Ce n'est pas très malin ! lui dit une voix familière.

Elle reconnut les gants d'archer que portait Ricardo à longueur de journée. Elle leva la tête et vit le visage du Nyssalien se dessiner peu à peu au-dessus d'elle. Il lui adressait un regard contrarié. Dans son autre main, il tenait les deux verres qui leur étaient destinés.

— Pardon ? demanda-t-elle.

Il s'assit en face d'elle et lui tendit un verre. C'était du lait chaud. Elle remit le médaillon autour de son cou et s'empressa de goûter à ce qui allait assurément lui redonner un peu d'énergie. En buvant, elle écouta d'une oreille ce que son compagnon avait à lui reprocher.

— Tu veux nous faire remarquer ou quoi ? murmura-t-il.

Elle posa son verre sur la table.

— Que veux-tu dire ?

— Ne fais pas semblant de ne pas comprendre. Tu exhibes le médaillon d'Émania à la vue de tous. Je t'ai pourtant dit que ce genre d'endroit n'était pas sûr. Il regorge de gens qui seraient prêts à tout pour s'approprier une telle merveille.

— Désolée, s'excusa-t-elle mollement, mais si tu juges cet endroit dangereux, il ne fallait pas m'y emmener.

— Il fallait bien trouver un endroit où reprendre un peu des forces. Voilà deux jours que nos poursuivants ne donnent plus signe de vie. Je doute pourtant que nous les ayons semés.

— Rawg les a peut-être tous tués. Lui aussi doit nous chercher maintenant. Il va nous rejoindre…

— Je serais toi, je ne cultiverais pas cet espoir, lui conseilla l'archer. Rawg est un pisteur hors pair. S'il les avait tués, il y a bien longtemps qu'il nous aurait rattrapés. Je ne sais pas ce qu'il s'est passé là-bas, et je ne tiens pas à le savoir. Je suis désolé, mais il va falloir faire sans lui désormais. De toute manière, nous ne pouvons pas nous permettre de l'attendre.

Elle baissa son regard pour observer avec dépit son verre. Il était déjà vide, ce ne fit qu'augmenter sa détresse.

— Qu'allons-nous faire, maintenant ? murmura-t-elle.

Ricardo amena les mains contre sa bouche, se lançant dans une longue réflexion.

— Que proposes-tu ? finit-il par répondre.

— J'ai l'impression de porter autour de mon cou le poids du monde, et il est bien trop lourd pour moi. Quand Rawg était là, j'arrivais à supporter tout ceci, mais maintenant, c'est trop dur. J'ai tellement honte, je suis loin d'être la magicienne qu'il a tenté de me faire devenir. Tu l'as bien vu, je ne suis bonne à rien, et je n'ai aucun pouvoir…

— Ce que tu as fait dans le poste frontalier m'a suffisamment convaincu du contraire, la coupa sèchement l'archer.

Elle était loin de partager cette conviction.

— Je n'ai pas fait exprès. Je ne saurais d'ailleurs pas recommencer, je pense… Toujours est-il que je ne pense pas être la personne qu'il faut pour cette mission. D'ailleurs, je ne suis pas sûre qu'il soit sage que tu restes avec moi.

— Et pourquoi cela ?

— Car de ceux qui m'ont côtoyée, tu es le seul encore en vie. Je ne veux pas qu'il t'arrive la même chose qu'aux autres, surtout à cause de moi. Je ne le mérite pas…

— Ne dis pas de sottise, c'est le chagrin qui parle. Je peux t'assurer que tu es bien la seule à ne pas croire en tes capacités.

Elle laissa passer un long silence durant lequel elle n'osa pas affronter le regard de l'archer.

— Je regrette une chose aujourd'hui, c'est de ne pas avoir donné mon médaillon au prince Khulem. Je pense que lui aurait été mieux taillé pour tout ceci. Sa quête de pardon est noble, et je l'ai injustement banni de ma vie. C'est étrange, je devrais le détester, mais je n'y arrive pas. Au contraire, je pense que depuis que Rawg n'est plus là, il est le seul en qui je peux croire… Désolée, mais je ne veux surtout pas que tu le prennes mal, ajouta-t-elle avec un timide sourire.

— Oh, ce n'est rien, fit-il en grimaçant. Après tout, c'est lui l'héritier d'Émania, pas moi. Je ne suis qu'un soldat. Pourtant, je pense avoir tenu mon rôle de protecteur de fort belle manière jusqu'à maintenant, non ?

Lynn s'en voulait d'avoir prononcé ces mots blessants envers Ricardo.

— Je suis navrée que tu le prennes comme cela, je ne voulais pas te blesser.

— Je pense qu'il va falloir que je te prouve ce dont je suis capable.

Lynn afficha sa surprise.

— Comment ? s'écria-t-elle. Que veux-tu dire ?

— Je viens d'apprendre qu'il y a un village non loin d'ici. Nous y trouverons des montures. Je propose que l'on offre ces médaillons à une personne de confiance.

— Tu penses à qui ?

— Je pense à Camélia Marienthal. C'est la sœur de Khulem, elle pourra lui rendre son médaillon. Il faut en terminer avec tout ceci. Sur ce point, je crois que nous sommes d'accord.

— Oui, confirma-t-elle sans enthousiasme. Plus tôt nous y serons, et plus tôt nous pourrons tirer un trait sur tout ceci. Tu as finalement raison. Camélia fera bon usage de ces médaillons. Nos amis ne doivent pas être morts en vain !

Lynn se sentit plus légère. Elle avait l'impression que le poids d'une énorme responsabilité venait de quitter ses épaules.

— Que feras-tu après tout ça ? demanda-t-elle à Ricardo.

— Oh, souffla-t-il, pour ma part, je vais retourner à Vinaledad. La cité doit être entre les mains des troupes de Kasdalar à l'heure qu'il est. Comme nous n'avons pas les moyens de les chasser, nous allons apprendre à vivre sous leur domination. Edenbridge l'a bien fait durant de longues années et elle se porte à merveille. Il n'y a pas de raison qu'il en soit autrement pour la ville de mon roi. Avec le recul, c'est peut-être mieux ainsi, car ce royaume saura nous apporter confort et protection. Comme l'a dit Gorferst, Traghard n'est pas un boucher, il ne veut pas détruire le monde mais l'assujettir, ce qui est différent.

— Tu accepterais d'embrasser la religion de Vulcania ? demanda Lynn d'un air sceptique.

— Bien sûr que non, s'esclaffa-t-il, mais je sais que le culte de Vulcania paye bien. C'est l'idéal pour un homme comme moi…

Elle rit doucement mais s'arrêta rapidement.

— Cela voudrait dire que nous avons échoué.

Il acquiesça.

— Nous aurons essayé. Mais sérieusement, qui sommes-nous pour vouloir décider du destin de notre monde ?

Ils laissèrent passer un court silence.

— Et toi, Lynn, que vas-tu faire ?

Elle ne sut pas quoi répondre. Elle se contenta de lui sourire timidement avant de changer de sujet.

— Nous passons la nuit ici ?

— Non, je ne préfère pas. Le village dont je t'ai parlé n'est pas très loin. Si nous partons maintenant, nous pourrons y arriver avant la nuit. Je pense que nous y serons plus en sécurité.

— Dans ce cas, dit Lynn en faisant mine de se lever, qu'attendons-nous ?

Son nouvel entrain faisait plaisir à voir. Ce n'était pas le moment d'aller à l'encontre de ses décisions. Ricardo l'imita, puis la suivit à travers les gens qui se bousculaient. Sortir de l'établissement fut une véritable épreuve de force que Lynn eut bien du mal à remporter. Marchant devant l'archer, elle se fraya un passage à travers une armée d'ivrognes, plus préoccupés à ne pas renverser leur verre qu'à leur laisser un passage libre. La jeune fille poussa un long soupir de soulagement lorsqu'elle put enfin respirer l'air vivifiant de l'extérieur.

Ils se mirent en marche vers le prochain village sans attendre. La route commerciale était large, facile à suivre et très peu fréquentée en cette heure de la journée. Elle serpentait à travers la forêt, avec de vastes virages, il était facile d'anticiper une rencontre et de voir venir un éventuel voyageur. Cette relative sécurité permit à Ricardo un relâchement qu'il ne s'était plus accordé depuis deux jours et deux nuits. La route du village était donc grande ouverte, et Lynn se voyait déjà échanger sa robe contre une autre en meilleur état et plus digne de son statut de femme du peuple. Elle comptait pour cela sur l'amabilité des villageois qui, la plupart du temps, ne lui avaient jamais fait défaut lors de sa jeunesse. Il n'y avait aucune raison pour que cela change, même en ces temps peu sûrs.

Ricardo marchait devant. Leurs chemins étaient destinés à se séparer bientôt, il le savait.

— Alors, lui demanda-t-il, sais-tu où tu vas aller ?

Elle réfléchit, mais en réalité, se retrouver toute seule lui faisait déjà peur. L'idée d'accompagner l'archer jusqu'à Vinaledad lui avait traversé l'esprit. La vérité était qu'elle ne savait vraiment pas où aller. Rejoindre Marsigliano serait la décision la plus sage à prendre, mais la ville était sans doute toujours abandonnée, et par-dessus tout, elle savait qu'elle serait incapable de trouver la route toute seule. En réalité, elle était un peu perdue.

— Je n'y ai pas encore vraiment songé, mentit-elle.

Ricardo s'arrêta soudainement et lui fit signe de ne plus faire le moindre bruit.

— Qu'y a-t-il ? murmura-t-elle avec appréhension.

La mine qu'afficha son compagnon n'était pas faite pour la rassurer. Sur ses gardes, il regarda loin derrière lui en réclamant une nouvelle fois le silence. Il n'eut pas besoin d'expliquer davantage. Le bruit de sabots se fit entendre. Il annonçait l'arrivée d'une petite troupe à cheval qui ne tarda pas à faire son apparition. Ils étaient cinq et visiblement armés. Peu rassurée par cette rencontre, Lynn se cramponna aussitôt au bras de l'archer. Le groupe de cavaliers arrivait au petit trot, ne donnant pas l'impression de s'intéresser à eux. Lynn reprit espoir et pria pour les voir passer leur chemin sans les aborder.

— Donne-moi tes médaillons, lui conseilla soudainement Ricardo.

— Mais pourquoi ?

— Ce sont des brigands. Il ne vaut mieux pas qu'ils te voient avec ces joyaux autour du cou.

Lynn ne poussa pas plus loin sa réflexion. Anxieuse, elle s'empressa d'obéir tandis que le groupe approchait. Il s'arrêta subitement à quelques mètres d'eux. Un homme chauve mais à la courte barbe très soignée se tenait à l'avant. Lynn reconnut en lui l'un des clients de l'auberge dont ils venaient de sortir. Il paraissait donc normal que ces hommes empruntent cette route. Ils n'affichaient aucune agressivité envers eux. Cependant, leur immobilité était des plus suspectes.

— Ils étaient à l'auberge, murmura Lynn à son compagnon. Il y a l'homme avec qui tu as parlé parmi eux.

— Je sais, confirma Ricardo.

Il se glissa derrière la jeune fille pour lui chuchoter quelques mots.

— C'est ici que tout s'arrête, Lynn, crois-moi, j'en suis le premier navré.

Elle fut stupéfaite de le voir passer devant elle en exhibant les deux médaillons qu'elle venait de lui confier. Il s'approcha tranquillement des cavaliers, tandis qu'elle sentait monter en elle une frayeur peu commune. Alors, elle se remémora furtivement la vision de l'archer en train de discuter longuement avec cet homme avant de venir lui servir son verre. Il lui était difficile cependant d'imaginer que l'homme qui l'accompagnait depuis si longtemps pouvait se retourner aussi facilement contre elle. C'était pourtant la tournure que semblaient prendre les événements. Elle le savait malin et se convainquit qu'il avait quelque chose en tête pour se sortir de cette situation douteuse.

— Voici comme convenu, dit-il en tendant la larme d'Émania. Le médaillon est à vous... tout comme la fille !

À ses paroles, le cœur de Lynn fit un bond dans sa poitrine. Le message que venait de faire passer le Nyssalien à ces guerriers aux allures brutales était clair. Depuis le début, il avait donc trompé son monde. Sans plus réfléchir, elle se retourna et se lança dans une course folle. Elle entendit derrière le son de chevaux lancés au galop avant de sentir une vive douleur à la tête. Elle perdit l'équilibre et tomba à terre.

Sonnée, elle se sentit saisie par deux hommes qui la traînèrent vers leur chef. L'un des mercenaires la força à regarder en direction de Ricardo. Le Nyssalien ne lui accorda guère d'importance. Il monta d'abord tranquillement sur la monture qui lui était offerte. Seulement après, il daigna la regarder en lui adressant un sourire.

— Rawg t'avait pourtant dit de ne faire confiance à personne, dit-il en rangeant soigneusement le médaillon de flammes dans son précieux sac. Traghard sera heureux de retrouver ce qu'il convoite tant !

Lynn lui lança à la face toutes les insultes qu'elle connaissait. Visiblement, elles ne le touchèrent pas, comme une brise glaciale rapidement oubliée.

— Le culte de Vulcania est riche, Lynn. Ce médaillon va me rapporter une fortune, je ne pouvais pas passer à côté d'une telle occasion…

— Comment pouvez-vous trahir ainsi votre roi ?

— Je cède mes services au plus offrant, Lynn. Je sais que tu ne peux comprendre ce genre de chose... c'est tout à ton honneur.

Lynn pleura de rage. Toute son amitié n'avait été que tromperie. Durant de longues semaines, elle s'était confiée à lui et elle lui avait accordé toute sa confiance. Aujourd'hui, elle apprenait à ses dépens qu'il ne s'agissait là que d'un monstre sans cœur, seulement intéressé par l'appât du gain.

— Attention, prévint-il les brigands, c'est une magicienne, ne lui laissez pas la possibilité de faire trop de mouvements, ni de vous toucher. Et n'oubliez pas, vous faites ce que vous voulez avec elle, mais à la fin, elle doit mourir.

Lynn sentit son sang se glacer à cette annonce.

— Comment peux-tu faire ça ? hurla-t-elle.

— C'est ainsi, Lynn, répondit-il froidement. Mais quoi que tu puisses penser de moi, sache que je ne fais pas cela de gaieté de cœur…

Sur ces dernières paroles, il donna un coup de talon à sa monture et s'éloigna au petit galop, abandonnant la jeune fille à son triste sort.

Lynn redoubla de pleurs. Elle était incapable de faire appel à ses pouvoirs pour se défendre. Le chef ordonna aux deux hommes qui la maintenaient fermement de la coucher dans l'herbe sur le bord de la route. Désormais immobilisée sur le dos, un troisième tenta de lui écarter les jambes. Elle résista de toutes ses forces. Ils durent s'y mettre à deux pour y parvenir. Lynn hurla à l'aide à s'en briser la voix, mais ses cris de détresse ne firent qu'exciter davantage ses tortionnaires. Personne n'était là pour lui venir en aide. Elle se débattait dans tous les sens pour empêcher ses bourreaux de lui relever la robe. L'homme chauve s'approcha et la frappa violemment au visage. À la limite de perdre connaissance, Lynn cessa de bouger. L'homme chauve ouvrit son pantalon avant de se coucher lourdement sur elle. Il donna ensuite de puissants mouvements de bassin en lui soufflant l'odeur fétide de son haleine dans le cou. Soudain, il se raidit avant de s'affaler à côté d'elle. Avant de perdre connaissance, Lynn eut le temps de voir qu'un carreau d'arbalète était profondément planté dans le dos de son violeur.

Chapitre 31

Des ombres vinrent obscurcir les rêves de Khulem. Les spectres du passé ressurgissaient pour entraîner le prince déchu vers un précipice sans fond. Les âmes de ceux qu'il avait tués étaient si nombreuses qu'elles recouvraient la totalité de son corps pour le transporter vers un abîme maléfique. Il subissait la sentence méritée en punition des atrocités qu'il avait commises. Il tomba dans un vide obscur, endurant une chute infinie des plus douloureuses. Son corps finit par s'écraser et se démembra pour lui faire connaître le pire des châtiments. La douleur fut si intense qu'elle le força à ouvrir les yeux. Son réveil fut éprouvant, car pendant un long moment, il n'arriva pas à faire la part entre le rêve et la réalité. Il regarda autour de lui, tentant de se rappeler ce qu'il faisait dans cette petite chambre.

Il était assis sur une chaise et à côté de lui gisait une jeune fille étendue dans un lit, le visage meurtri. Son sommeil était très agité, elle ne cessait de bouger en poussant de petits gémissements de douleur. Il attendait patiemment son réveil, partagé entre le remords de l'avoir abandonnée et celui d'être arrivé trop tard pour préserver son intégrité. Les yeux rivés sur elle, il constata néanmoins une amélioration rassurante au niveau de ses blessures. Ses plaies se refermaient avec une rapidité déconcertante, preuve irréfutable qu'il y avait bien de la magie en elle. À défaut de pouvoir lui éviter une souffrance qui s'annonçait très grande, il était là pour lui ôter un poids bien trop lourd à porter. Inconsciemment, il songea à tous ses compagnons tombés récemment, ceux-là mêmes qu'il avait côtoyés durant quelques jours et qui avaient partagé avec lui le périple qui les avait conduits à Mitralianos. Il n'aurait jamais dû les quitter. Cette erreur lui rongeait l'esprit, amplifiant son mal-être. Finalement, il plongea doucement dans un état de somnolence avant de repartir dans des cauchemars incessants.

Cette fois-ci, ce fut une tendre caresse qui le ramena à la réalité. La main de Lynn était posée sur la sienne. Son visage s'était définitivement débarrassé de ses dernières marques pour laisser place à sa beauté d'origine. Elle resta longuement inexpressive, elle ne désirait pas afficher la moindre faiblesse, s'efforçant de montrer au guerrier que le courage ne lui manquait pas. Pourtant, Khulem comprit aisément que ce n'était qu'une façade. Il avait en face de lui une jeune fille humiliée et désespérée.

Lynn fut si surprise et heureuse de le voir lors de son réveil qu'elle ne songea pas une seule seconde à leurs différends.

— Merci d'être là, dit-elle simplement d'une petite voix.

Le ton était empreint d'une grande sincérité qui toucha Khulem au plus profond de son être. Il lui sourit timidement.

— Comment te sens-tu ? demanda-t-il.

Il regretta aussitôt d'avoir posé cette question qu'il jugea maladroite.

— Je suis en vie, relativisa-t-elle.

— Oui, et c'est là l'important. Maintenant, tu n'as plus rien à craindre.

— Ils m'ont violée, murmura-t-elle après un long silence.

Khulem ne trouva rien à répondre à cela, alors il accentua la pression sur la main de la jeune fille, ne serait-ce que pour témoigner de sa compassion. Un mot aurait pu être maladroit, et de toute manière, elle ne lui en demandait aucun. Le regard de compassion qu'il lui adressait suffisait à lui prouver qu'il n'était pas le monstre que son lourd passé pouvait faire croire.

— Ils m'ont également volé les médaillons, ajouta-t-elle. Le mien... et le vôtre. Je suis désolée.

Sa voix se brisa. Khulem fut stupéfait qu'elle puisse s'excuser pour cela après ce qu'elle venait de subir.

— Ne t'inquiète pas, j'ai déjà récupéré le mien, avoua-t-il sans attendre.

— Mais comment ?

Khulem baissa la tête.

— Je ne suis pas sûr que tu aimerais le savoir, confessa le guerrier. Par contre, je n'ai trouvé aucune trace du médaillon de flammes. Je suis navré…

— C'est Ricardo qui l'a. C'est un traître ! Il va le ramener à Traghard. Il faut le retrouver avant !

Il faillit répondre que le plus important était son état de santé, qu'elle devait se reposer car elle était encore faible. Cependant, elle donnait déjà les premiers signes d'une guérison rapide.

— J'aimerais me lever, fit-elle en retirant la couverture qui la recouvrait.

Khulem détourna le regard. Lynn était vêtue d'une légère chemise de nuit qui lui recouvrait l'essentiel du corps. Il ne l'avait pas remarquée auparavant, car jusqu'à maintenant, seules sa tête et une partie de son bras dépassaient des draps. La jeune fille tendit une main au guerrier pour que ce dernier l'aide à se lever.

— Je ne sais pas si c'est une bonne idée, dit-il doucement.

— J'ai besoin de prendre l'air, et surtout, de me dégourdir les jambes.

Khulem fut ravi de la voir reprendre le dessus aussi rapidement. Elle enfila une robe avant de demander au guerrier de la soutenir. Il lui offrit son bras. Lynn n'avait pas eu trop de mal à se lever, mais marcher se révéla une épreuve bien plus difficile. Le solide soutien dont elle disposait se révéla indispensable pour se déplacer. Ils sortirent à l'air libre à pas lents.

Ils se trouvaient dans un petit village très peu peuplé qui jouissait de la proximité d'un cours d'eau qui rendait le lieu naturellement accueillant. Loin de la première grande ville fortifiée et très proche de la forêt, il était cependant une cible idéale pour les compagnies d'écorcheurs qui écumaient la région depuis de nombreux mois déjà. Même si la plupart d'entre elles s'étaient disloquées avec le temps, il demeurait encore de petits groupes faisant régner la terreur. C'était avec l'un d'entre eux que Ricardo Ramenez s'était allié.

Doucement, ils s'éloignèrent du village en longeant le cours d'eau, effaçant à petits pas la courte distance qui les séparait des premiers arbres de la forêt.

— Ce n'est peut-être pas prudent d'aller aussi loin, annonça Lynn avec une légère crainte dans la voix.

— Ne t'en fais pas, ce n'est pas pour rien que je t'emmène là-bas. J'ai quelque chose à te montrer…

Khulem n'en dit pas plus. Lynn en avait marre de tous ces secrets ou... ces trahisons.

— Mais au fait, comment m'avez-vous retrouvée ? demanda-t-elle avec une suspicion à peine masquée.

Khulem grimaça.

— En réalité, je n'ai jamais vraiment été loin de vous. Je n'ai jamais réellement eu l'intention de vous abandonner. Il m'a fallu un moment avant de comprendre que vous étiez sortis de Mitralianos. Sur le moment, le fait que tu m'aies chassé m'arrangeait. Je ne pouvais pas me permettre de me rendre dans le palais impérial, on m'aurait tout de suite identifié comme le prince de Kasdalar…

— Vous vous êtes donc joué de moi.

— J'en suis navré. Mais ma fourberie s'arrête là, je te le promets ! Je suis arrivé un peu tard à ton secours. Les brigands qui t'ont attaquée sévissaient depuis de nombreuses semaines dans la région.

Lynn se détacha de son bras et fit un léger pas de recul.

— Vous parlez d'eux comme si…

— Comme s'ils étaient morts, lui confirma-t-il. Justement, suis-moi, s'il te plaît.

Elle ne fut pas convaincue de devoir le faire. Elle se laissa cependant entraîner derrière les premiers arbres de la forêt, angoissée par ce qu'elle allait y découvrir. Avant de voir quoi que ce soit, elle entendit d'abord des gémissements qui ne firent que l'effrayer davantage. Khulem la conduisit jusqu'à un arbre auquel était sévèrement entravé un homme chauve. Son visage couvert de plaies lui indiquait qu'il avait subi un passage à tabac d'une rare violence. Bâillonné, les mains dans le dos, il était forcé de se tenir sur les genoux et dans une position très inconfortable. Une corde passait autour de son cou et obligeait sa tête à rester collée contre le tronc de l'arbre. Cette cruelle punition parut soudainement insuffisante à Lynn lorsqu'elle reconnut avec effroi le chef des brigands qui l'avaient agressée. C'est lui qui l'avait violée. L'homme parut également la reconnaître, car il redoubla ses gémissements.

— Je les ai tous tués, annonça Khulem, sauf lui. Tu le reconnais, n'est-ce pas ? Je tenais à te le présenter ici, afin que tu puisses toi-même laver ton honneur. Il est à toi !

Il lui tendit une dague que Lynn saisit machinalement. Khulem lui donnait là l'occasion de se venger. Donner la mort à son violeur lui aurait paru le minimum à faire subir à celui-ci quelques instants plus tôt, mais maintenant qu'elle avait l'opportunité de passer à l'acte, cela s'avérait bien plus difficile que prévu. Elle avait même du mal à croiser le regard de cet homme complètement dominé et à la merci de son bon vouloir. Elle eut presque honte d'avoir pitié de lui. Elle s'enfuit subitement en courant, laissant tomber la dague au sol.

Le visage décomposé par une détresse sans nom, elle rejoignit la rivière. Elle s'assit sur un rocher qui surplombait le cours d'eau. La contemplation du courant qui s'écoulait sans fin finit par l'apaiser peu à peu.

Khulem la rejoignit. Comme elle s'en était doutée, la lame de la dague qu'il tenait dans sa main était recouverte de sang frais, ne laissant guère de doute sur le sort que venait de faire subir son ancien tortionnaire. Il ne parla pas et se contenta de nettoyer la lame en regardant lui aussi les flots de la rivière. Plus jeune, il pouvait rester ainsi des heures à contempler les rivières qui s'écoulaient à travers les longues plaines de Kasdalar.

La voix de Lynn le rappela à la réalité.

— Avez-vous des nouvelles de Rawg ?

— Non, répondit-il brièvement.

Sans vraiment s'en rendre compte, Khulem se laissa emporter dans de sombres pensées. Des rivières comme celles-ci, il en avait vu des dizaines jonchées de cadavres, transportant les victimes de massacres sur des kilomètres. À cette époque, des flots de sang avaient suivi son déplacement à travers les terres arcaniennes. Tout ceci était bien loin, maintenant, mais la blessure de son âme était longue à cicatriser. Encore aujourd'hui, même si l'histoire était tout autre, il venait de donner trop facilement la mort.

— Qui êtes-vous, prince Khulem ? demanda Lynn sans détourner son regard de la rivière.

— Comme tu le vois, je ne suis guère plus qu'un vulgaire meurtrier.

Elle se retourna vers lui. Ce n'était visiblement pas la réponse qu'elle attendait. Mais au moins, ces paroles avaient eu le mérite de diriger la discussion dans une direction qu'elle n'aurait peut-être pas osé aborder d'elle-même.

— Qu'avez-vous donc fait ? Vous avez une si basse opinion de vous que je me demande encore dans quel camp vous êtes !

— Je suis avec toi, répondit-il sans hésiter, et c'est tout ce que tu dois savoir sur moi.

Elle se releva pour se rapprocher de lui. Elle resta cependant suffisamment éloignée pour lui montrer qu'elle ne lui accordait pas encore sa totale confiance.

— Vous êtes prince de Kasdalar. Je devrais peut-être vous traiter comme tel, d'ailleurs ? Dois-je vous appeler monseigneur ?

— Je ne suis plus prince. C'est moi qui l'ai voulu, et c'est mieux ainsi…

— Alors, dans ce cas, insista la jeune fille, que s'est-il passé pour que cela vous rende si mélancolique chaque fois que l'on aborde le sujet ? J'aimerais que vous me racontiez ce qui vous a conduit loin de vos terres.

— Je ne suis pas désireux d'en parler.

Lynn se rassit sur son rocher, juste histoire de reposer ses jambes encore faibles. Mais il n'était pas dans ses intentions d'abandonner le sujet. Elle voulait la vérité, afin de se faire sa propre opinion de lui.

— J'ai envie de connaître l'homme à qui je parle aujourd'hui. Du moins, j'aimerais savoir quel genre d'homme vous avez été.

— En espérant que je ne le sois plus, aujourd'hui. Je te préviens, cela ne sera pas facile à entendre…

Elle acquiesça d'un petit hochement de la tête.

— Après tout ce que j'ai vécu ces derniers temps, je crois que je suis prête à tout entendre.

Khulem fut contraint de se replonger dans des souvenirs qu'il essayait en vain d'oublier. Par où commencer ? Pour ce faire, il laissa son cœur prendre la parole et choisir les mots qui décriraient le mieux la sombre histoire de sa vie. Il se dressa face à la rivière, trop honteux pour affronter le triste regard de la jeune fille.

— Disons que quand tu es chef de guerre, tu es amené à prendre de lourdes décisions. Bonnes ou mauvaises, cruelles ou pleines de bonté, elles font de toi le roi du monde, mais il y a toujours un moment où il faut répondre de ses actes. J'étais un prince conquérant, éduqué par la barbarie innée de mon père. Je voulais être le même homme que lui : puissant, craint et respecté. L'occasion m'a été donnée de me faire un nom. Pour conquérir Edenbridge, il m'a fallu ouvrir une route à travers des contrées hostiles à mon passage. J'ai fait de nombreux martyrs parmi les populations sauvages de l'Est. J'ai rasé des villages et réduit des familles entières en esclavage, tout ça pour faire régner la crainte autour de moi. C'était à double tranchant, car mes hommes pouvaient ne plus vouloir me suivre.

— Comme l'armée de l'empereur qui s'est disloquée, commenta Lynn en connaissance de cause.

— Oui, confirma-t-il tristement, mais cela ne s'est pas passé. Au contraire, tous m'ont suivi dans mes choix, et j'ai acquis une confiance aveugle à l'égard de mes généraux. Grâce à moi, l'armée de Kasdalar a atteint une renommée inégalable. Ceux qui étaient mes ennemis n'ont plus osé m'affronter, craignant de sanglantes représailles. Mon armée était puissante et faisait régner la terreur. D'autres peuples, pacifistes et sans danger pour nous, ont également été massacrés pour l'exemple. Voilà ce dont on est capable lorsque l'on a entre les mains un pouvoir que l'on ne sait pas contrôler. Progressivement, j'ai acquis la soif du sang, et une fois que tu l'as, cette soif ne s'estompe jamais…

— Vous ne valez donc pas mieux que ceux qui m'ont agressée, murmura Lynn.

Il ne pouvait pas lui en vouloir d'être sincère, d'autant qu'elle exprimait une vérité qu'il avait longtemps refusé d'admettre. À ce jour, tout était différent et il acceptait volontiers sa critique.

— Je m'efforce à m'ouvrir une voie vers le pardon, mais j'ai l'impression que toutes les portes se referment devant moi. Aujourd'hui, je ne vois plus guère d'espoir quant à mon salut. Tout ce qu'il me reste à faire maintenant, c'est laver l'honneur d'une fille que je me suis juré de protéger, et ce, qu'elle le veuille ou non…

— Autour de moi, gémit la jeune fille, il n'y a que des morts. Si vous restez, cela continuera. Vous êtes ce que vous êtes, monseigneur, mais je ne veux pas que vous terminiez comme mes amis.

— Des morts, s'écria le guerrier, il y en aura toujours. L'idée de combattre, même pour une cause perdue, ne me fait pas peur.

— Je n'en doute pas, car vous semblez être fait pour cela, ce qui est tout le contraire de moi. Vous êtes comme votre frère, et pourtant en même temps si différent. Je trouve d'ailleurs cela étrange. Je n'oublierai jamais le dernier regard qu'il m'a lancé avant de se sacrifier pour nous. Comme je le plains, aujourd'hui. J'ai prié pour qu'il soit heureux dans l'autre monde.

— Gorferst n'est pas mort, la corrigea Khulem en se retournant promptement vers elle. D'après ce que je sais, il est mal en point, c'est vrai, et la magie qui le maintenait en vie s'est estompée, mais elle n'a pas totalement disparu. Le temps lui est compté, cependant. Il a été emmené dans le temple d'Émania d'Innestadt où réside la prêtresse Camélia, notre demi-sœur. Je sais qu'elle prendra soin de lui pour les derniers jours qui lui restent à vivre.

— C'est votre demi-frère, lui reprocha gentiment Lynn. Ne devriez-vous pas également être auprès de lui ?

Il s'approcha d'elle avec une mine amère. Elle ignorait la cruelle vérité concernant Gorferst. Il était bien décidé à la lui révéler, et peu lui importait les conséquences.

— Tu le portes trop dans ton estime. Je sais que, pour toi, mon demi-frère a fait le bien, mais il est aussi, à mon image, responsable d'atrocités. Au nom d'Émania, on peut commettre les pires méfaits, car on se croit protégé de tout. Aujourd'hui, on ne doit pas le plaindre, car il subit la sentence à laquelle il ne pouvait pas échapper. C'est ce qui m'attend aussi sans doute, un jour…

— C'est atroce de dire cela, s'indigna la jeune fille.

— Atroce ? s'écria le guerrier. Sais-tu au moins ce dont il est responsable ? Sache seulement, Lynn, que tu devrais être la première à le détester. Il s'est joué de toi, comme il s'est joué de moi en nous promettant des choses et en nous faisant croire qu'elles allaient se réaliser. Il n'a fait cela que pour nous convaincre de rejoindre sa cause.

— Mais sa cause est juste, le défendit Lynn.

— Peut-être, mais quels mensonges t'a-t-il racontés pour t'en convaincre ?

Lynn se rappela aussitôt sa rencontre improbable avec l'esprit d'Ajaj. Khulem venait de lui révéler subtilement que rien n'avait été réel. La jeune fille s'en froissa bien que, dans son cœur, elle doutait toujours de la réalité de cette rencontre. Gorferst avait su manier ses sentiments pour la convaincre de continuer la lutte. Il avait été habile, mais cette démonstration de sa force de persuasion n'était plus que poussière aujourd'hui. Étrangement, elle n'en éprouva aucune déception.

— Je sais qu'Ajaj est perdu pour toujours, murmura-t-elle.

— Oui, et c'est également de sa faute.

— Que voulez-vous dire ? se troubla la jeune fille.

Khulem ne mâcha pas ses mots pour mettre les choses au clair.

— Contrairement à ce que tu pourrais croire, c'est lui qui a commandité la mort d'Ajaj, et personne d'autre. S'il y a quelqu'un à blâmer, c'est bien lui, et non celui qui l'a tué.

Lynn marqua un temps d'arrêt.

— Est-ce vous ? demanda-t-elle d'un ton glacial.

— Non, mentit-il lâchement une fois de plus après une infime hésitation.

Il le dit avec tant de sincérité qu'il finit par s'en convaincre lui-même, et que Lynn le crut. Elle baissa la tête, attristée de constater qu'elle s'était encore trompée sur quelqu'un à qui elle avait accordé sa confiance. Gorferst gardait encore ses mystères, notamment sur les réelles ambitions de son combat. Il était désormais trop tard pour revenir en arrière.

— Que comptez-vous faire maintenant ? demanda-t-elle simplement.

— Je vais à Karaz-kaz, j'ai des choses à découvrir. Et toi aussi, Lynn.

Elle médita un court instant sur cette affirmation, mais se convainquit que c'était sans doute la meilleure chose à faire. De toute manière, elle n'avait pas l'intention de se séparer du guerrier.

— Vous connaissez la route ?

— Pas vraiment, mais il nous sera facile de la trouver. La passe est le seul passage assez vaste dans les montagnes du Sud pour permettre le passage d'une armée. Il nous suffit donc de rejoindre les montagnes et de les longer jusqu'à ce que le paysage nous montre de lui-même le chemin à suivre. J'ai une monture exceptionnelle et elle est assez robuste pour nous deux. La question est de savoir si, *toi*, tu es prête à y aller.

Cette question fit monter en elle un sentiment de vertige, ses malheurs étaient sans doute loin d'être terminés. Accepter signifiait affronter encore de nombreux dangers. Cependant, et en dépit des lourdes épreuves laissées derrière elle, elle sentait la quête proche de la fin. Elle devait honorer la mort de ses amis en allant percer le mystère de Karaz-kaz.

— Je suis prête, affirma-t-elle finalement.

Chapitre 32

Dans le creux de la vallée, un nombre important de gens avait fait son apparition. Trois colonnes de plusieurs milliers d'hommes, de femmes et d'enfants se dirigeaient lentement vers la frontière, en faisant résonner leurs prières au son d'une clameur commune. Les fidèles de Vulcania s'étaient rassemblés en masse pour franchir la passe de Karaz-kaz.

Installées sur une position surélevée, les légions de Kasdalar n'avaient pas l'intention de les laisser entrer sur le vaste territoire du royaume guerrier. Les troupes de frontières s'étiraient le long d'une crête qui dominait le paysage et rejoignait la plaine en pente douce. De part et d'autre des flancs, les falaises offraient un rempart infranchissable. Cette foule considérable de fanatiques n'avait pour seule opportunité que l'attaque de front si elle voulait rejoindre la montagne de flammes par cet itinéraire.

Sur la crête, les impériaux et les Cassandriens, sous les ordres de Louis de Castillon, se tenaient en rangs serrés, en simples observateurs. De manière pragmatique, ils les avaient laissés passer, car tous ces gens qui quittaient l'empire se définissaient comme une force de moins à affronter.

Les légionnaires frontaliers de Kasdalar se tenaient si près les uns des autres que leurs boucliers formaient une muraille d'acier très dissuasive. En face, et avançant de manière déterminée, les fidèles de Vulcania n'avaient aucune véritable arme à leur disposition. Ce fut pourtant eux qui se lancèrent en avant d'une manière désespérée. L'armée entama les hostilités après trois sommations inutiles. Les flèches commencèrent à pleuvoir dans la vallée, faisant tomber un nombre considérable de gens. La foule, pourtant nombreuse, fut rapidement dispersée, et la cavalerie se lança à la poursuite des fuyards. La bataille fut meurtrière mais brève, mettant tragiquement fin à un exode qui avait pris ses sources à Innestadt même, de nombreux mois auparavant.

Du haut de leur position reculée, Lynn et Khulem avaient assisté à l'affrontement. Même si les victimes n'apparaissaient à cette distance que comme de petits points perdus dans une immensité rocheuse, le fait d'imaginer que chacun correspondait à une vie humaine lui faisait mal.

— Pourquoi ne pas les avoir laissés passer ? s'indigna la jeune fille.

— Parce que tous ces gens représentaient une menace pour le royaume. Ils sont démunis et affamés. Ces légionnaires n'ont fait que protéger le royaume.

Ils ont fermé les frontières aux disciples de Vulcania, songeait-il en même temps, *cela prouve que Traghard ne contrôle pas encore tout...*

— C'est tout de même horrible, insista Lynn. Il y avait des femmes et des enfants !

Contrairement à elle, Khulem resta impassible. C'était une façade pour se protéger de la folie. Il ne comptait plus les batailles auxquelles il avait déjà participé, ni le nombre de fois où lui-même avait failli mourir ou avait donné la mort. Beaucoup d'entre elles avaient été encore plus meurtrières que celle-ci. Il pouvait se réjouir de ne pas avoir été l'auteur de ce massacre pour cette fois. Il n'avait regardé que d'un œil, l'issue était jouée avant même le début des hostilités. Son regard se porta bien plus loin, et au-delà des premières hauteurs.

— Je ne vois pas de temple, affirma-t-il. Il ne va pas être simple à trouver, cette passe est immense...

Lynn se retourna et s'adossa contre une roche pour souffler un peu. C'était surtout un prétexte pour ne plus voir les nombreux cadavres amassés dans la vallée.

— Que fait-on alors ?

— Je ne sais pas... Il va falloir crapahuter dans la montagne, fit-il en souriant. Au fait, qu'y a-t-il dans ce temple ?

— Je ne sais pas, répondit-elle, légèrement étonnée que cette question n'arrive seulement qu'à cet instant. Seul mon père le sait, mais il a emporté ses secrets avec lui. J'espère que le temple m'aidera à percer tous les mystères qui planent autour de moi. Et j'espère surtout qu'après, tout sera fini.

Khulem resta silencieux.

— Alors, que fait-on ? réitéra Lynn.

— Pour commencer, rejoignons Kingsroad. Ensuite, nous chercherons ce temple. Nous n'avons de toute manière pas vraiment le choix. Et surtout, faisons-nous discrets, car cet endroit grouille de patrouilles.

Khulem posa furtivement sa main sur la cuisse de Lynn avant de se lever. Une fois debout, il lui tendit pour l'aider à se redresser à son tour. Elle la prit volontiers, accentuant la nouvelle confiance qu'elle acceptait de lui accorder. Ils descendirent un peu plus bas sur le versant de la montagne pour rejoindre la monture du guerrier. Khulem chercha en vain la trace de son fidèle compagnon.

— Bon sang, ragea-t-il à voix basse, mais où est-il passé ?

Lynn ne répondit rien, peu rassurée quant à l'étrange disparition de l'animal. Elle eut alors un mauvais pressentiment, ressentant une menace. Elle se trompait rarement à ce sujet. Une fois encore, les événements lui donnèrent raison. Une lame se glissa le long de son cou. En face d'elle, le regard de Khulem lui signala la gravité de la situation. Elle sentit une seconde présence derrière elle, puis une troisième sur sa droite. Pétrifiée, elle n'osa pas tourner la tête pour les identifier. D'autres soldats se dévoilèrent, encerclant à son tour Khulem. En tout, ils étaient six. Ils ne portaient aucun signe distinctif pour leur apprendre à quel camp ils appartenaient. Un septième homme se présenta et prit position au milieu du dispositif. Il s'agissait sans erreur possible d'un officier impérial. Il jeta un regard furtif vers Lynn. Il ne porta guère plus d'intérêt à la jeune fille, davantage concentré sur son compagnon et sur l'arsenal conséquent d'armes qu'il possédait. Khulem avait beau ne montrer aucune menace directe, l'officier garda ses distances avec métier, ordonnant à ses subordonnés de le tenir en respect. Deux archers s'en chargèrent. Assuré de l'absence du moindre danger, il s'approcha enfin de son prisonnier en le dévisageant de façon hautaine.

— Qui êtes-vous ?

— Où est ma monture ? rétorqua Khulem de manière aussi sèche.

L'officier s'esclaffa.

— Vous n'êtes pas en position de force, monsieur. Allons, rendez les armes, ou je me verrai contraint d'égorger votre amie, fit-il en pointant Lynn du doigt.

Khulem ne se laissa pas démonter par cette menace.

— Quelle preuve de courage, vraiment ! J'attendais mieux d'un militaire tel que vous…

— En temps de guerre, la vie perd de son importance, souffla l'officier avec une cruelle indifférence. Nous ne serons pas jugés pour nos actes.

Lynn était terrorisée, car Khulem ne semblait pas disposé à céder. Elle chercha son regard, et de ses yeux le supplia d'obéir au militaire. À contrecœur, il accepta et déposa ses armes une à une au sol. Elles furent aussitôt ramassées par deux soldats.

— Allez-vous maintenant me dire qui vous êtes ? insista le chef de la patrouille.

Khulem resta muet, honteux d'être tombé dans un piège aussi grossier. Agacé et visiblement en manque d'autorité, l'officier fut contraint de s'adresser à Lynn. Elle ne lui proposa aucune résistance et répondit à ses interrogations sans même lui faire répéter sa question.

— Nous sommes des amis du seigneur Louis de Castillon, s'empressa-t-elle de lui annoncer.

— Des amis ? s'esclaffa-t-il. Habillés comme vous l'êtes, j'en doute fort. Le comte Louis de Castillon ne rencontre pas les petites gens. Néanmoins, vous avez de la chance, car je suis sous son commandement direct. Je vais donc vous conduire à lui, mais en tant que prisonniers. Allons-y !

Les deux compagnons furent emmenés sous bonne garde à travers les chemins qui longeaient la passe de Karaz-kaz. Rapidement, ils croisèrent d'autres patrouilles de surveillance, toutes postées dans des endroits stratégiques pour protéger le campement impérial. Il était là, dans un renfoncement, au creux d'une vallée cachée et sécurisée. Il était immense. Des milliers de tentes se dressaient les unes à côté des autres, parfaitement alignées en d'innombrables rangées. Escortés par deux colonnes armées, Lynn et Khulem purent voir avec curiosité la vie au sein de ce camp. Leur arrivée passa presque inaperçue, car autour d'eux, il y avait une activité incessante.

L'officier guida ses prisonniers à travers le campement, en suivant ce qui apparaissait comme son allée principale. En face d'eux, au loin, se dressait une tente plus imposante que les autres. Elle appartenait à Louis de Castillon. La jeune fille fut en partie rassurée, espérant grandement que le seigneur cassandrien la reconnaisse.

Chemin faisant, l'officier fit volontairement un léger détour pour passer devant le corral du camp. À son grand soulagement, Khulem y aperçut Kingsroad, bien vivant.

— Voyez, s'amusa l'officier, votre monture se porte bien. Mais je doute fort que vous puissiez un jour la récupérer.

— Et pourquoi donc ? répondit Khulem sans quitter Kingsroad du regard.

— Parce que nous sommes en guerre, et nous avons besoin de montures. Elle est déjà réservée pour notre capitaine, lorsqu'il sera de nouveau sur pied. Il a perdu la sienne, il y a trois jours…

Khulem n'insista pas. Seule la bonne santé de Kingsroad lui importait. Il continua à suivre les pas de la patrouille sans broncher, s'interrogeant déjà sur la manière avec laquelle il allait pouvoir récupérer son compagnon. Lynn demeurait dans un tout autre questionnement. Quel accueil allait leur réserver le comte cassandrien ?

— Vous nous conduisez bien à Louis de Castillon ? demanda timidement la jeune fille.

L'officier s'arrêta brusquement et fit face à ses prisonniers.

— Oui, mais je ne me ferais guère d'illusion à votre place.

— Que voulez-vous dire ? s'inquiéta la jeune fille.

— Pour être honnête avec vous, je pense que vous serez engagés de force dans notre armée.

Puis se tournant vers Khulem.

— Nous avons besoin de guerriers. Vu vos armes, vous êtes un mercenaire, n'est-ce pas ? Ne vous inquiétez pas, l'armée impériale paye bien.

— Je sais, répondit Khulem.

— Quant à vous, mademoiselle, nous avons grand besoin d'aide aux infirmeries. Nous nous battons tous les jours ici…

Les deux prisonniers se regardèrent dubitatifs. Désormais, seul Louis de Castillon pouvait empêcher cela.

Ils continuèrent leur traversée du camp. Lynn posait son regard partout avec curiosité. Elle remarqua un petit chemin isolé qui se perdait à travers les reliefs abrupts de la montagne. Étrangement, il était fortement gardé par un groupe conséquent de chevaliers, appartenant assurément vu leurs tenues au culte d'Émania.

Arrivés devant la tente du comte, l'officier fit signe de s'arrêter. Le comte fut appelé. Il se présenta rapidement hors de ses appartements de toile. Les traits tirés, il mettait tout en œuvre cependant pour ne dévoiler aucun signe de faiblesse à ses hommes, ni à quiconque d'ailleurs. Tous le saluèrent, y compris les deux prisonniers. En apercevant ces derniers, une lueur de surprise passa furtivement dans le regard du seigneur. Il n'eut pas besoin de prononcer le moindre mot pour avoir un compte-rendu de la patrouille.

— Nous les avons surpris observant la bataille depuis les hauteurs, monseigneur. Je ne les connais pas, je ne pense pas qu'il s'agisse de déserteurs. Peut-être des espions.

— Très bien, merci, sergent ! Vous pouvez retourner à votre devoir, je m'en occupe personnellement.

Celui-ci obéit sans discuter et repartit avec ses hommes après avoir salué une dernière fois le comte.

— Décidément, s'amusa gentiment le compte, vous n'êtes pas décidée à porter des vêtements dignes de votre statut, dame Lynn.

Elle fut gênée. Un petit regard sur sa robe déchirée lui rappela qu'elle n'avait effectivement pas fière allure. Elle en rit timidement elle aussi. Visiblement, elle avait été reconnue dès le premier regard. Le seigneur se souvenait même de son nom. Le soulagement de la jeune fille fut total.

— Oui, concéda-t-elle avec respect, mes aventures m'ont coûté beaucoup de robes.

— Mais que faites-vous donc ici ? Ne vous avais-je pas dit de ne pas venir ? D'ailleurs, où est le reste de vos compagnons ?

Lynn eut un pincement au cœur à l'idée d'aborder ce sujet.

— C'est une assez longue histoire, monseigneur, le prévint-elle en essayant de ne rien laisser paraître.

— Dans ce cas, venez, vous allez me raconter tout cela.

Il souleva l'entrée de sa tente, l'invitant à le suivre. Elle dut laisser Khulem ; visiblement, il n'était pas convié. Celui-ci n'osa pas rappeler la jeune fille de peur de lui faire perdre toute crédibilité vis-à-vis de son hôte. Elle semblait d'ailleurs elle aussi avoir oublié son existence.

— J'aurais dû lui dire qui j'étais, marmonna-t-il tout bas.

Il décida de profiter de sa nouvelle liberté. Il s'empressa d'aller rejoindre Kingsroad.

Pendant ce temps, Louis de Castillon invitait Lynn à s'asseoir sur un confortable siège. Il lui servit un verre de vin cassandrien, dernier vestige de la bouteille qu'il avait entamée trois jours plus tôt, juste après sa dernière victoire. Ce n'avait été qu'une escarmouche, mais elle avait néanmoins été fêtée avec les honneurs.

Comme à son habitude, Lynn refusa poliment le verre.

— Ah oui, j'oubliais, s'excusa-t-il, jamais d'alcool.

Elle fut ravie de constater que le seigneur se souvint même de ce petit détail. À la place, il offrit à la jeune fille un verre d'eau qu'elle accepta avec joie. Il s'assit en face d'elle et la regarda longuement.

— Où est le comte de Franchort ? lui demanda-t-il de manière abrupte.

Elle resta courageuse pour annoncer la pénible nouvelle.

— En venant ici, nous sommes tombés dans une embuscade. Tous sont tombés, hormis le guerrier qui m'accompagne aujourd'hui…

— Je suis navré, répondit-il sincèrement. Mais vous, est-ce que ça va ?

Elle acquiesça silencieusement.

Il but une gorgée de son verre. Elle en fit de même.

— Comment s'est passée votre entrevue avec la princesse Alicia Hannigen ?

— Très mal, commenta la jeune fille. Nous avons été considérés comme des hors-la-loi et avons été forcés de fuir la ville. Le seigneur Gorferst s'est sacrifié pour nous sauver. Il semble que la princesse est déjà sous l'influence du culte de Vulcania. Du moins, elle n'a pas le pouvoir de lui faire opposition, je le crains…

Le comte fut profondément contrarié par cette nouvelle.

— Ainsi, c'est bien ce que je redoutais. Nous sommes de plus en plus seuls. Et si je comprends bien, vous êtes venue rejoindre le temple, n'est-ce pas ?

Elle n'hésita pas à répondre, malgré les mises en garde que lui avait auparavant faites le seigneur à ce sujet. Il était préférable de jouer la carte de l'honnêteté.

— Oui.

Le seigneur resta de marbre.

— Vous ne renoncez donc jamais. Vous savez que je ne peux pas vous y conduire, comme vous savez que je vous empêcherai de vous y rendre.

— C'est pourtant le but de mon voyage jusqu'ici, monseigneur. Je me dois de percer le secret de ce temple, car je suis quasiment certaine qu'il nous révélera le moyen de combattre et de vaincre le culte de Vulcania. Vous devriez le comprendre, non ? Après tout, nous sommes dans le même camp…

— Mais qui êtes-vous réellement ? demanda-t-il après un bref silence. Je veux dire, qui êtes-vous pour vous prétendre capable de sauver notre monde ? Croyez-vous qu'il suffit de venir ici et de vous présenter comme l'héritière de Boback Svenguard pour que tout vous soit cédé ? Ce magicien est devenu hors la loi avant de disparaître. Je ne suis pas désireux de vous voir subir le même sort… Renoncez à tout ceci, croyez-moi, il en va de votre sécurité !

Louis affichait des signes de nervosité. Son regard avait changé et on pouvait y discerner comme de la méfiance vis-à-vis de la jeune fille. Une fois encore pourtant, elle prit le risque de lui adresser une réponse qui n'allait pas satisfaire sa volonté.

— Je n'ai malheureusement pas le choix et je me dois de vous demander votre soutien. Nous ne devons pas nous diviser. Je n'aspire qu'à une seule chose, c'est que tout ceci se termine et que je puisse rentrer chez moi… Mes amis sont morts et je n'ai pas d'autre choix que d'aller jusqu'au bout, ne serait-ce que pour honorer leur mémoire.

— Je vois, répondit le seigneur cassandrien en se frottant longuement le menton.

Troublé par ces révélations, il se leva et marcha, visiblement pour entamer une lourde réflexion. La décision qu'il allait prendre pourrait s'avérer lourde de conséquences. Lynn était dans une impasse. Il voulait l'aider, mais son serment envers son ordre ne pouvait lui permettre de venir en aide à la jeune fille. Au-delà de cette règle, son cœur lui dictait d'enfreindre une loi ancestrale. Cette décision était difficile à prendre et le poussait à faire les cent pas. Avant de s'engager dans une quelconque voie, il devait comprendre le fond des ambitions de cette jeune fille pour mieux les approuver... ou y faire définitivement obstacle.

— À votre avis, dame Lynn, pourquoi croyez-vous qu'il y ait la guerre ici ?

Elle réfléchit un instant.

— Eh bien, je sais qu'il y a quelque temps déjà, une invasion des troupes de Kasdalar a été stoppée devant les murs de Mitralianos. Les armées de l'empire ont repoussé les légions ennemies jusqu'ici. Et depuis, l'empire protège ses frontières.

— Et ?

— C'est tout, concéda Lynn. Du moins, c'est tout ce que je sais.

Le seigneur reprit sa marche, les mains dans le dos. Il s'arrêta plusieurs fois pour regarder Lynn.

— Qu'y a-t-il, monseigneur ?

Il s'arrêta de nouveau et la dévisagea.

— Il y a que je suis troublé que vous connaissiez l'existence de ce temple. Il est caché depuis toujours et seuls quelques puissants sont dans la confidence de son existence et de la manière de s'y rendre. Le seigneur Gorferst devait sans doute avoir une bonne raison de vouloir vous y conduire. Je ne sais pas si je dois vous révéler tout ce que vous ne semblez pas encore savoir. Mais vous semblez étrangement liée à son histoire. C'est cela qui me rend si indécis.

— Vous devez savoir que quoi qu'il arrive, je partirai à sa recherche et je percerai son secret, avec ou sans votre aide, annonça Lynn d'une voix décidée.

— Je ne peux vous laisser faire, se résigna le comte. C'est bien trop dangereux. Et de toute manière, le secret autour de ce temple ne doit pas être révélé.

Le comte réalisa soudainement qu'il en avait trop dit.

— Que voulez-vous dire ? demanda innocemment Lynn. Vous connaissez donc ce secret ?

Le seigneur fit un signe négatif de la tête.

— Bien sûr que non. S'il y a autant de chevaliers d'Émania ici, c'est pour préserver ce temple contre toute intrusion, avoua-t-il enfin. Nous avons pourtant échoué, confessa-t-il avec honte.

— Oui, je sais, mon père y est déjà entré, c'est pour cela qu'il a été disgracié.

— Ce n'est pas l'unique raison pour laquelle Boback Svenguard a été disgracié, corrigea-t-il sèchement. Il a fait bien pire que cela…

Lynn resta muette un instant.

— Je ne comprends pas, finit-elle par murmurer.

Louis n'était pas fier de briser son serment en dévoilant une vérité cachée depuis bien longtemps, peut-être depuis trop longtemps à son goût. Mais par éthique, il ne pouvait mentir à la propre fille du magicien déchu. Il jugea que, de toute façon, il en avait trop dit pour s'arrêter là.

— Il a officiellement été pourchassé pour cela, mais c'était pour masquer un acte bien plus grave encore…

— Qu'a-t-il fait ? s'enquit la jeune fille.

— Tout cela s'est passé il y a près de vingt ans, juste avant que votre père disparaisse. Je peux seulement vous dire ce qu'il m'a été rapporté. Vous ferez de ces révélations ce que vous voudrez. Florence de Rouxine, la porteuse du médaillon, s'est fait enlever par votre père et nous n'avons rien pu faire. Nous avons échoué alors qu'elle était sous notre protection. Mais pire, Boback serait le meurtrier de Florence. Il a été accusé par le roi Uras Marienthal en personne. C'était son époux. Il a légitimement réclamé vengeance.

Lynn fut bouleversé par cette révélation.

— Non, murmura-t-elle, je ne peux croire que Boback, le plus fervent protecteur du culte d'Émania, ait pu lever la main sur l'héritière de la lignée sacrée.

— Moi aussi, je trouve cela étrange. Mais les faits m'ont été rapportés ainsi. Ce que je viens de vous dire ne doit en aucun cas être révélé. Officiellement, le temple est resté inviolé et le restera. Boback est un meurtrier. Innocent ou pas, son nom restera à jamais entaché par les accusations de l'ancien roi de Kasdalar. C'est ainsi ! Et sachez que jamais je ne vous conduirai au temple !

Lynn se souvint alors du petit sentier qui avait retenu son attention lors de son arrivée dans le campement. Elle n'eut aucun doute sur le fait qu'il devait mener au temple. Outre la satisfaction de désormais connaître la direction à emprunter pour atteindre le temple, Lynn avait maintenant la ferme intention de combler un énorme vide concernant le drame qu'avait vécu l'ancienne gardienne du médaillon, ne serait-ce que pour innocenter son père. Elle ne pouvait le croire coupable d'un tel geste, surtout après l'éloge que Rawg avait fait de son ami et compagnon d'aventures.

— Dès demain, je vous ferai escorter pour vous rendre loin d'ici, reprit le comte. Je vous laisserai néanmoins le soin de choisir votre destination.

Elle acquiesça, bien qu'elle n'avait aucune intention de respecter cet ordre. Elle décida également de ne pas révéler que c'était Khulem Marienthal qui l'accompagnait. Visiblement, personne ici ne semblait savoir à quoi le prince de Kasdalar ressemblait. Il faut dire que son allure négligée et sa cicatrice en dessous de l'œil le rendaient de toute manière méconnaissable.

— Il serait peut-être temps de connaître la vérité, fit-elle.

— Nous avons prêté serment de protéger ce secret, répondit le comte d'un ton ferme. C'est mieux ainsi, car ce qui est oublié n'est plus dangereux.

— Il peut s'agir de quelque chose de bénéfique, rétorqua paisiblement Lynn.

— Personnellement, j'en doute fort. Durant des millénaires, notre ordre a tout mis en œuvre pour faire oublier l'existence des Calisards.

Nous y étions parvenus, reléguant leur règne à une simple légende qui s'est ensuite transformée en mauvais songe. Aujourd'hui, nous ne savons même plus de quoi il s'agit, et seul leur nom reste.

— Vous ne niez donc pas que ce temple ait été construit en l'honneur des Calisards.

— Depuis le début de tous ces troubles, des rumeurs circulent et se développent sur leur réelle existence passée. Certains se mettent même à croire qu'ils existeraient encore, même parmi nous. Il est malsain de penser cela. Croyez-moi, Lynn, il vaut mieux que tout ceci reste dans le domaine du rêve. Il en sera mieux ainsi pour tout le monde…

— Et si l'héritier d'Émania franchissait lui-même les portes du temple ?

— Nous avons également pour ordre de l'en empêcher, rétorqua-t-il d'un air agacé, quels qu'en soient les moyens. Le caractère sacré de la lignée a ses limites. Cela ne donne aucun droit à quiconque d'enfreindre les lois. S'il vous plaît, je ne sais pas pourquoi vous prétendez pouvoir ouvrir ces portes, et peu importe d'ailleurs, ne m'obligez pas à me mettre sur votre chemin. Ne devenez pas hors la loi comme votre père. D'ailleurs, jusqu'à ce que je vous rencontre, j'ignorais que Boback Svenguard avait eu une fille. Personne ne lui connaît de compagne officielle… Qui est donc votre mère ?

— Je l'ignore, murmura-t-elle.

— Il m'a été rapporté qu'aucune femme ne pouvait lui résister. D'ailleurs, qui vous dit que vous êtes réellement sa fille ?

— Je ne vous permets pas, s'offensa Lynn.

Louis resta de marbre, peu enthousiaste à l'idée de s'engager dans une joute verbale. Il n'avait que faire de se montrer irrespectueux, mais quelque part, il cherchait des réponses qui pourraient peut-être donner un véritable sens à cette discussion.

— Et votre père, savez-vous au moins ce qu'il est devenu ? Où pourrait-il se cacher ? Si toutefois il était toujours en vie…

— Vous le recherchez toujours ? s'écria Lynn.

— Oui, bien sûr, car jusqu'à ce jour, nous n'avons aucune preuve tangible de sa mort. Nous pensons qu'il se cache quelque part. Mais rien n'est sûr… Sachez cependant une chose, Lynn, car plus qu'un magicien, votre père était un disciple d'Émania. Il nous a trahis, et peu importe comment, il devra répondre de ses actes, même vingt ans après. Pour son bien, je souhaite sincèrement qu'il soit mort.

— J'espère qu'il ne l'est pas…

— Lynn, déclara solennellement le comte après un long silence, promettez-moi d'abandonner cette folie de vous rendre au temple !

Lynn ne pouvait pas le lui promettre, car c'était vers ce temple que son destin la guidait. Néanmoins, il lui fallait écarter l'obstacle que pouvait devenir le comte.

— Je ne le ferai pas, mentit-elle. Et puis il faudrait pour cela que je sois en possession de la larme d'Émania…

— Je suis heureux de vous l'entendre dire, rétorqua le comte avec satisfaction. Aussi, demain, il vous faudra repartir. Il est dangereux de rester ici. Un capitaine vous escortera vers une zone sécurisée. En attendant, vous dormirez dans ma tente cette nuit, lui indiqua le comte avec courtoisie.

— Je ne voudrais pas vous déranger, répondit-elle respectueusement. Je vais rejoindre Khulem…

— Khulem ? s'intrigua le comte.

— Le garde qui m'accompagne, corrigea maladroitement Lynn.

Cette nouvelle réponse amusa une fois encore le seigneur.

— Il est plus qu'un garde, n'est-ce pas ?

Elle acquiesça avec un timide mouvement de lèvres, mais sans pourtant dénoncer son compagnon.

— Sachez que cela ne change rien. Je vais dire à mes hommes de lui donner une tente pour la nuit. Vous, vous dormirez ici. Comme cela, je pourrai garder un œil sur vous jusqu'à demain.

Elle le remercia par un geste de noblesse.

— Puis-je néanmoins aller voir mon compagnon pour le rassurer ?

— Bien sûr, vous êtes ici chez vous.

Chapitre 33

Khulem avait bien du mal à contrôler sa nervosité. Il avait veillé toute la nuit en attendant que Lynn vienne le rejoindre. L'aube menaçait déjà sans qu'il ait reçu la moindre nouvelle de la jeune fille. Il ne s'inquiétait pas pour sa santé, car il ne doutait pas qu'elle eut passé une nuit bien plus sereine que la sienne dans la tente du seigneur de Castillon. En réalité, il bouillonnait en ruminant l'idée que, dans son confort, elle puisse avoir oublié leur petite affaire. C'était pourtant elle qui avait fixé le rendez-vous. Ensemble, ils devaient profiter de l'obscurité et de la relative torpeur du campement pour s'exfiltrer en direction du temple. Le plan élaboré en début de soirée était en passe de devenir impossible à appliquer. Le temps était maintenant compté. Le jour allait bientôt se lever. Il décida d'aller voir par lui-même ce qui l'empêchait de sortir de la tente du comte. L'idée de s'en approcher ne lui plaisait guère, car il prenait le risque de se faire repérer. Malheureusement, il n'avait pas d'autre choix que d'agir. Peut-être n'aurait-il aucune autre opportunité.

Lynn n'avait pas oublié Khulem. Installée dans le lit du seigneur cassandrien, elle n'avait cependant pas pu profiter de la confortable nuit qui lui avait été offerte. Louis lui avait gracieusement laissé sa couche pendant que lui avait accepté de dormir à même le sol pour honorer la valeur de son accueil. Paradoxalement, c'était bien lui qui dormait le plus paisiblement. La jeune fille le regardait ronfler. Il n'aurait pourtant pas été très difficile pour Lynn de s'enfuir s'il ne l'avait pas attachée à la poutre qui servait de sommier au lit. Elle maudissait la chaîne qui liait son poignet à cette fichue poutre et la retenait dans cette position. Louis avait pris ses précautions pour déjouer la moindre tentative d'évasion.

Durant toute la nuit, Lynn s'était sentie mal vis-à-vis de Khulem. Il avait dû l'attendre sans qu'elle puisse honorer leur rendez-vous. Elle n'avait jamais songé que son hôte pourrait prendre de telles mesures. De toute évidence, elle l'avait sous-estimé. Elle n'avait plus eu qu'à attendre le lever du jour et à assumer avec amertume l'échec de son plan.

Soudain, Lynn sursauta en entendant un léger bruissement. Une ouverture se fit dans la toile de la tente pour laisser passer une silhouette silencieuse. Armé de son arbalète, un guerrier fit irruption, restant un instant immobile pour analyser la situation. Il aperçut le seigneur Louis de Castillon endormi sur le sol. Il repéra ensuite Lynn qui fut heureuse de voir son compagnon de route venir enfin la chercher. Son soulagement fut rapidement écourté par la mine contrariée qu'il lui adressa. Il était aisé de comprendre qu'il lui reprochait de ne pas l'avoir rejoint plus tôt dans la nuit. Elle s'en excusa aussitôt en exhibant son poignet enchaîné à la poutre. Il grimaça, conscient qu'il aurait pu encore l'attendre bien longtemps. L'heure n'était plus à la réflexion mais à l'action. Il leur restait encore quelques précieuses minutes pour s'éclipser avant que le jour n'annihile tous leurs espoirs. La première chose à faire était de libérer la jeune fille. Il n'avait pas le choix : il fallait réveiller le seigneur Louis de Castillon, il devait avoir les clés.

Khulem pointa son arme dans la direction du seigneur endormi. Il lui asséna un coup de pied dans les jambes pour le sortir de son sommeil. Louis sursauta pour se retrouver nez à nez avec un carreau d'arbalète bien menaçant. Il reconnut rapidement le propriétaire de cette arme. Le compagnon de Lynn avait osé commettre la folie de venir s'attaquer directement à lui. Son agresseur le maintenait habilement en respect.

— Où sont les clés ? chuchota-t-il sévèrement.

— Vous ne savez pas ce que vous faites ! répondit le seigneur sur le même ton.

— Les clés ! insista Khulem.

Louis plongea une main sous sa couverture.

— Attention ! menaça Khulem, pas d'entourloupe !

Louis ressortit sa main très lentement et lui tendit les clés du bout des doigts. Khulem s'en saisit vivement et les jeta avec précision sur le lit de Lynn. Elle les récupéra pour se détacher toute seule. Quand ce fut chose faite, elle se hâta de s'habiller. Louis et Khulem se fixaient du regard sans porter la moindre attention aux agissements de la jeune fille.

— Je suppose que vous allez vous rendre jusqu'au temple, murmura calmement Louis. Vous commettez une erreur ! Le temple se trouve dans une impasse, on ne vous laissera jamais faire route inverse.

— Nous savons ce que nous faisons, rétorqua froidement Khulem. Maintenant, levez-vous !

Louis obéit. Sous l'impulsion du guerrier, il se dirigea vers son lit. Il fut sommé de s'y asseoir.

Khulem s'adressa ensuite à Lynn qui, jusque-là, était sagement restée à l'écart.

— Attache-le à la poutre ! ordonna-t-il à voix basse.

Elle hésita à obéir, puis finalement s'exécuta de mauvaise grâce.

— Je suis navrée, s'excusa-t-elle.

— Vous voilà à votre tour hors la loi, répondit-il froidement. Sachez que mes hommes ne vous laisseront pas sortir de ce camp. De toute façon, je vous pourchasserai...

Khulem en avait assez entendu. Il s'arma d'un morceau d'étoffe et l'enfonça profondément dans la bouche de son prisonnier. Cette précaution était nécessaire pour l'empêcher de donner l'alerte. Il aurait pu l'assommer, mais il se refusa toute violence gratuite envers un membre du culte d'Émania. Il n'oubliait pas qu'ils combattaient dans le même camp, même si, en cet instant, c'était difficile à croire.

La jeune fille adressa un dernier regard désolé vers le seigneur captif avant de se laisser entraîner vers l'extérieur par son compagnon. Deux sentinelles étaient couchées dans un recoin sombre, visiblement inanimées. Khulem écarta ses bras, comme pour lui faire comprendre qu'il n'avait pas eu le choix. Ils s'enfoncèrent dans la nuit, direction le corral. Là aussi, deux sentinelles étaient inanimées, adossées contre des barrières. Khulem refit le même geste de ses bras, ce qui fit sourire cette fois la jeune fille. Kingsroad était déjà sellé et les attendait sagement. Ils le montèrent sans attendre. L'heure n'était plus à la discrétion, car déjà, les premiers rayons du soleil faisaient leur apparition sur la passe de Karaz-kaz. Il fallait désormais affronter les obstacles qui s'opposaient à eux. Un premier soldat qui voulut se mettre en travers de leur route fut violemment bousculé par l'élan de la monture. Il s'écroula sous le regard inquiet de Lynn. Heureusement, le camp était encore en grande partie endormi. Seuls, quelques archers les prirent pour cible, mais trop tard, ils étaient déjà hors de portée.

À l'entrée du passage qui menait au sentier, un petit groupe de lanciers se tenait prêt à leur barrer la route. Les lames érigées contre la charge de l'animal, ces soldats formaient un mur impossible à franchir. Khulem n'avait pas le choix ; pour briser cet obstacle, il lui fallait faire usage de son arbalète. Il la pointa en direction d'une première cible, mais la voix énergique de Lynn dans son dos l'arrêta.

— Ce ne sont pas nos ennemis ! hurla-t-elle pour se faire entendre. Par pitié, ne les tuez pas !

Khulem fut agacé par cette demande, mais il s'inclina.

— Nous ne passerons jamais ! s'enquit-il, tout en pressant sa monture à accélérer son galop.

Le magnifique cheval obéit immédiatement. Les sabots cognaient contre le sol à une cadence qui devint inconcevable. Des étincelles jaillirent, puis carrément du feu. Lynn et Khulem ne se rendirent compte de rien, seuls les lanciers en face d'eux furent les témoins de ce spectacle surnaturel. Apeurés, ils s'écartèrent au dernier moment pour laisser le libre passage au cheval empreint visiblement de magie et aux fuyards.

— Nous sommes passés ! s'enivra Lynn.

Khulem fut beaucoup plus sur la réserve.

— Pourquoi se sont-ils écartés ?

Derrière eux, une lointaine alarme résonna dans le lointain. Le camp impérial était maintenant en alerte, et ils ne pouvaient ignorer que de nombreux guerriers allaient maintenant se lancer à leur poursuite. Cependant, ils ne devaient plus se poser de questions et foncer. Leur seul but désormais était de se rendre dans le temple et de percer son secret avant de se faire rattraper par Louis de Castillon. Anxieux, ils ne préférèrent pas imaginer ce qu'il se passerait ensuite.

L'aube se levait au-dessus de la passe de Karaz-kaz. Comme tous les jours depuis des années, de nombreuses troupes arpentaient les versants de la montagne. Les nombreuses patrouilles ennemies se rencontraient parfois et cela engendrait des combats pour la possession d'une simple parcelle de terrain. Il n'était pas rare d'apercevoir des cadavres oubliés. Des milliers d'hommes se battaient ici depuis si longtemps, sans même en connaître la véritable raison.

Le sentier se fit de plus en plus étroit à mesure de leur avancée. Il devenait dangereux pour un cheval avec tous ces trous et ces rochers. Pour finir, Lynn et Khulem mirent pied à terre. Les passages empruntés n'étaient pas faits pour Kingsroad, mais le guerrier ne voulait en aucun cas se débarrasser de sa fidèle monture. Il tenait fermement ses rênes et avançait lentement, prenant bien soin de regarder où il mettait les pieds. Une fois n'était pas coutume, c'était Lynn qui marchait devant lui pour prévenir d'un éventuel danger. Elle se révéla comme une éclaireuse de choix. Parfois loin devant ses compagnons, elle se retournait pour s'assurer que tout se passait bien derrière elle. Au détour d'une petite crête, Lynn s'arrêta brusquement. Elle tenait en équilibre sur une roche juste assez grande pour soutenir la totalité de son corps. Elle était montagnarde, et ce qui paraissait comme un exercice d'équilibriste pour le commun des mortels était pour elle anodin. Elle se retourna une nouvelle fois vers Khulem et lui lança un regard réjoui. Elle attendit patiemment que le guerrier la rejoigne et lui adressa alors un large sourire de satisfaction. Khulem se figea en découvrant la beauté majestueuse du paysage. Devant eux, en contrebas, se dressait un long couloir dans le prolongement de la plaine.

Les montagnes se resserraient pour former un canyon à peine assez large pour le passage d'une petite armée. C'était pourtant par là que les troupes entraient ou sortaient de l'empire théranien pour rejoindre le royaume de Kasdalar. Ils surplombaient la frontière. À leur niveau, en contrebas, à l'endroit où la plaine se transformait en canyon, un poste frontalier se dressait, seul rempart à toute invasion. Il était visiblement déserté, sans doute conquis depuis peu par les légions de Kasdalar, puis abandonné au profit d'une position plus stratégique. Ce détail mit Khulem sur le qui-vive.

— À partir de maintenant, nous sommes en territoire ennemi.

— C'est ainsi que vous parlez de votre royaume ? se moqua gentiment Lynn.

Il resta bête face à cette remarque, ainsi que par l'insouciance retrouvée de la jeune fille.

— Je ne vois pas ce qui est drôle, lui reprocha-t-il. Je te rappelle que ma propre famille désire ma mort. La vallée entière est sous le contrôle de Kasdalar. Nous sommes en danger ici.

— Voyons, monseigneur, je suis troublée qu'un militaire comme vous puisse se montrer si naïf. Les troupes de Kasdalar contrôlent la vallée. Mais ce versant est encore aux mains de l'empire et du culte d'Émania. Y compris ce chemin, car c'est le seul qui mène directement au temple.

— Aujourd'hui, ils sont aussi nos ennemis…

Lynn ne répondit pas immédiatement. Elle préféra se concentrer sur ce qu'elle avait réellement découvert.

— Venez voir, dit-elle en lui faisant signe de s'approcher davantage.

Elle se tenait debout sur un piton rocheux difficile d'accès. Il s'approcha après avoir lâché les rênes de Kingsroad. Il découvrit alors une énorme sculpture sur la paroi de la montagne. Elle représentait le corps entier d'une créature humanoïde surmontée de deux impressionnantes têtes de reptile. À ses pieds s'arrêtait le sentier sur lequel ils se trouvaient. Entre les jambes du colosse, une porte monumentale se dressait majestueusement. Elle fut immédiatement identifiée comme l'entrée d'un temple. Elle était de toute évidence très ancienne. Le tout était encore à quelques centaines de mètres, mais paraissait déjà démesurément grand. C'était un colosse qui se dressait devant eux, mais l'image qu'il leur offrait laissait planer encore tous ses mystères.

— Je crois que nous sommes arrivés, se réjouit Lynn.

Elle fit mine de s'élancer, mais elle fut stoppée dans son élan par la main ferme de Khulem.

— Attends ! L'entrée doit être surveillée. Allons-y prudemment. À partir de maintenant, je passe devant.

C'était un ordre. Légèrement contrariée, la jeune fille dut admettre néanmoins que la précaution du guerrier était légitime. En cet endroit méconnu par eux, le danger était permanent, et Khulem était un guerrier accompli. Après avoir fait comprendre à Kingsroad de rester là où il était, il prit son rôle à cœur, épée à la main, et prêt à se défendre à la moindre alerte. Ils effacèrent en peu de temps la distance qui les séparait du temple sans faire de mauvaise rencontre. Le lieu semblait étrangement désert. Désormais, seuls deux rochers couchés en travers de leur chemin les séparaient de leur destination et les empêchaient momentanément de contempler son entrée.

Khulem redoubla de méfiance pour passer cet obstacle. Quand il fut franchi, il resta un instant figé. Cette attitude étrange fit naître une crainte dans le cœur de Lynn qui s'imaginait déjà la pire des découvertes.

— Qu'y a-t-il ? s'enquit-elle d'une petite voix.

Il ne répondit pas et fit quelques pas en avant, disparaissant aux yeux de la jeune fille. Elle prit immédiatement peur. Peu désireuse de se retrouver seule, elle escalada à son tour un des rochers et découvrit le spectacle qui avait arrêté Khulem l'espace d'un court instant. Il était maintenant près de l'entrée du temple. Autour de lui gisaient de très nombreux cadavres en état de décomposition avancée, voire des squelettes. Visiblement, une terrible bataille avait eu lieu à cet endroit et l'état des corps indiquait qu'elle ne datait pas d'hier. Le récit de Gorferst prenait ici toute son ampleur. Le sorcier avait forcé la voie pour atteindre le temple et y découvrir ses secrets. Il n'avait pas hésité à s'en prendre à ses défenseurs qui, paradoxalement, appartenaient au même ordre que lui. Sa cupidité avait ce prix, et il était pénible de penser qu'il avait commis cet acte odieux pour le bien de ce monde. Aujourd'hui, tous ses morts ne faisaient plus que figure d'épouvantails pour éloigner les visiteurs indésirables. Cela marcha fort bien pour Lynn d'ailleurs qui fut parcourue de frissons à la simple idée d'avancer parmi tous ces défunts.

D'un pas hésitant, elle s'élança néanmoins pour rejoindre Khulem. Elle évitait de porter le regard autour d'elle. Elle ne voulait pas garder le souvenir de ces visages en état de décomposition avancée. Une fois arrivée, elle se colla à lui. Il était immobile devant la porte. L'émotion qui leur remplissait le cœur était palpable. Beaucoup étaient tombés pour arriver là.

L'entrée du temple était scellée. Khulem regarda la larme d'Émania avec perplexité.

— Et maintenant, comment fait-on pour entrer ? murmura-t-il.

— Je connais un passage, révéla Lynn.

Elle suivit à la lettre les explications que lui avait données Gorferst. Sur la droite de l'entrée principale condamnée se trouvait un petit renfoncement rocheux. Pour y accéder, une crevasse taillée dans la roche laissait à peine la place pour un corps humain. C'était par là qu'il fallait se glisser pour atteindre l'entrée secondaire dont avait parlé le magicien.

Gorferst n'avait pas menti. L'entrée secondaire était bien là. Il suffisait juste de connaître son existence. Ce seuil ouvert ne demandait qu'à être franchi. Ils restèrent néanmoins tous les deux figés de longues minutes devant ce passage qui se révélait un obstacle bien compliqué à franchir au demeurant. À cet instant, ils pouvaient encore reculer.

— Est-ce que cela en vaut finalement la peine ? murmura Lynn. Louis de Castillon m'a prévenue, quiconque entre dans ce temple sera poursuivi et châtié. J'hésite maintenant à prendre ce risque.

— Nous sommes déjà des hors-la-loi à ses yeux, lui rappela Khulem. De toute manière, je ne veux pas reculer si près du but.

Lynn leva la tête pour contempler la majestueuse statue qui ornait la porte du temple. Elle la voyait désormais de profil. De sa hauteur incommensurable, elle donnait l'étrange sensation de les observer. Cela la perturba, car déjà, à quelques centaines de mètres du temple, elle aurait juré avoir ressenti cette même impression.

— En réalité, avoua-t-elle avec une certaine gêne, j'ai très peur d'y aller.

Khulem lui accorda un sourire d'encouragement.

— Je ne peux pas y aller sans toi, fit-il d'une voix douce.

Lynn hésitait toujours.

— Regarde ! Voici une torche, dit-il en se retournant vers elle. Elle était cachée derrière un buisson.

Il s'agissait là de la seule source de lumière dont ils disposeraient pour éclairer leur progression au sein de ce temple obscur.

— Alors ? Ta décision !

— Je viens avec vous.

Chapitre 34

Lynn suivit Khulem comme son ombre à travers les premières galeries lugubres de l'édifice. Ils ne voyaient pas à plus de trois mètres devant eux. Tout ce qu'ils pouvaient constater sans difficulté était l'étroitesse des passages à emprunter. Ceux-ci s'apparentaient plus à un tunnel laissé à l'abandon qu'à un réel lieu de culte. Aucun dessin, ni aucune sculpture ne décoraient cette bâtisse délaissée dans la roche, et rien ne faisait allusion à un temple en l'honneur de quiconque. Dans cette optique, personne ne pouvait savoir ce que représentait réellement la statue présente pour orner les portes de cette construction oubliée. Ils marchèrent longtemps sans trouver trace d'une quelconque réponse. Ils s'engouffrèrent si profondément dans la montagne qu'ils prirent peur de s'y perdre. Par chance, le long couloir qu'ils découvraient progressivement ne s'apparentait pas à un labyrinthe. Un seul chemin principal leur était proposé.

Une lueur apparut finalement devant eux. Lointaine, elle provenait d'une salle. Spontanément, Lynn accéléra son allure et passa devant Khulem pour y arriver avant lui. Il tenta de la retenir, conscient que les dangers pouvaient encore se compter en grand nombre autour d'eux. Mais poussée par son impatience d'en finir, la jeune fille resta sourde à ses appels à la prudence.

Tous deux furent fortement éblouis en entrant dans cette pièce et forcés de s'acclimater durant quelques secondes à ce regain de lumière. Ici, les flammes de la torche de Khulem ne servaient plus à rien. Il la posa pour ensuite se concentrer sur la découverte de ce nouvel endroit. La pièce n'était pas très grande mais incroyablement éclairée. De forme circulaire, des rayons de soleil traversaient la roche à intervalles réguliers le long d'une paroi attaquée par le temps. Il n'y avait rien, si ce n'est une statue étrange dans un recoin de la pièce et sculptée dans la pierre. Elle s'était érodée avec les années, mais elle représentait un homme en position assise. Sa tête de reptile était baissée et reposait entre ses mains, comme pour exprimer un chagrin inconsolable. Cette œuvre, qui ne pouvait être que sculptée de la main de l'homme, restait gardienne de tous ses mystères. À ses pieds se dressait un autel sur lequel reposait une sphère étrange. Sa composition était insolite, à la fois solide et recouverte d'une aura inconnue qui lui donnait un aspect voilé avec des éruptions infimes et discontinues de fumée. Ses mouvements agissaient sur toute sa surface, comme le ferait un bouclier surnaturel. Il pouvait très bien s'agir d'un mirage, mais Lynn identifia aussitôt cet artefact comme étant la sphère de savoir dont lui avait parlé Gorferst. Sombre et lumineuse à la fois, elle transpirait le danger et l'espoir dans un même sentiment ambigu. Tout pouvait être réglé en la touchant. La jeune fille devint fébrile et paradoxalement, elle n'osa pas s'approcher de ce qui l'attirait inexorablement vers elle.

Khulem était subjugué par la découverte de ce trésor spirituel. Il remettait en question toutes ses convictions en terme de magie et de pouvoir. Cette essence inconnue était gardienne de révélations qu'il n'avait jamais su percer par lui-même. Plus lucide que Lynn, il observa avec attention le socle sur lequel reposait cette source de connaissance. Il y aperçut un verrouillage subtil, centralisé vers un moule qui prenait la forme de la larme d'Émania. C'était ici que son médaillon devait servir de clé. Il sollicita l'avis de Lynn pour savoir s'il devait poser son précieux bien à l'endroit que lui indiquait son instinct.

Lynn sortit de sa torpeur pour lui réclamer son médaillon. C'était à elle de le faire. Khulem le lui remit avec confiance. Lynn s'approcha du socle et déposa soigneusement la larme dans son emplacement. Aussitôt, une réaction en chaîne força les deux compagnons à reculer. Une éblouissante lueur s'empara de la sphère. Autour d'elle, des voiles d'énergie prirent naissance pour la recouvrir d'une nouvelle teinte scintillante de la couleur du soleil. Des faisceaux lumineux fusèrent de derrière la statue qui protégeait la sphère. Ils dégagèrent une puissance déroutante pour se transformer finalement en filets de flammes adoptant la forme d'ailes extraordinaires. La tête de la statue se releva et fit mine de les observer. Ses mains saisirent la sphère comme pour se l'approprier. Il n'y eut ensuite plus aucun mouvement. Ce spectacle avait laissé les deux observateurs pantois d'émerveillement.

— Les Calisards ! s'écria Lynn soudainement.

La sphère était désormais prête à être utilisée. Dubitative, Lynn regarda Khulem. Il ne lui suffisait plus que de tendre les mains pour de saisir du savoir qu'elle renfermait. Il lui fallait également faire le vide dans sa tête pour ne lui poser qu'une seule question précise. Ce fut là que se développa toute son incertitude. Gorferst avait farouchement lutté pour la convaincre de venir découvrir le moyen d'utiliser son médaillon de flammes. Elle ne le possédait malheureusement plus. Plus déroutant, sa dernière conversation avec Louis de Castillon avait farouchement cultivé son envie de connaître le fin mot de l'histoire sur la mort de Florence de Rouxine. C'était également ce qu'était venu chercher Khulem, des réponses sur la mort énigmatique de sa mère. Acquérir ce savoir était également le seul moyen d'innocenter son père auprès du culte d'Émania, ou au contraire, de confirmer qu'il était bel et bien l'assassin pour lequel on voulait le faire passer. Elle n'aurait sans doute droit qu'à une question à poser et elle se montrait incapable de prendre la moindre décision à ce sujet. Elle sollicita l'avis de Khulem. Ils avaient le choix entre acquérir le moyen de sauver leur monde ou de connaître la vérité dans une affaire qui concernait leurs deux familles.

— Je ne pourrai sans doute poser qu'une seule question, murmura-t-elle. Mais laquelle ?

— C'est toi la magicienne, déclara-t-il avec une émotion palpable. C'est à toi de faire ce choix. Quoi qu'il arrive, je sais que ce sera le bon !

Lynn ferma les yeux et laissa agir son instinct, faisant le vide dans son esprit. Elle toucha la sphère et, aussitôt, son fluide de savoir vint recouvrir le corps de la jeune fille pour ne faire plus qu'un avec elle. Khulem devint le spectateur muet d'une scène incroyable. Les ailes en feu de la créature figée qui les observait se déployèrent et vinrent recouvrirent l'ensemble de la pièce. Ils furent rapidement enfermés dans un cocon d'énergie angoissant. Autour d'eux, les éléments qui constituaient les parois du temple se dissipèrent pour les faire entrer dans une dimension parallèle faite d'un souvenir qui ne leur appartenait pas. Des formes étranges se dessinèrent, pendant que Lynn se vidait de ses forces à une vitesse vertigineuse. Il lui fallait résister le plus longtemps possible, afin que ce mirage prenne tout son sens et leur accorde une réponse.

Une silhouette apparut dans le dos de Khulem. Elle était robuste et recouverte d'une armure qu'il ne pouvait que reconnaître. C'était son propre père, le roi Uras, qui se présentait tel un fantôme derrière lui. Le prince recula de frayeur avant de constater qu'il ne faisait pas partie de la même dimension. Il ne pouvait le toucher. Visiblement, son père ne faisait que rejouer une scène. Il n'avait plus qu'à observer ce qui allait se passer. Dans l'une de ses mains, Uras souleva un nourrisson ensanglanté. Il le tenait par les pieds, tel un gibier à qui il venait de donner la mort. De l'autre main, il dressait de rage son épée, l'arme responsable de cette abomination.

Lynn était en transe, à deux doigts de s'écrouler. Entre elle et Khulem apparut le visage apeuré de Florence de Rouxine. Sa détresse ne cessait de fixer le nouveau-né mort. Sa dépouille fut jetée à ses pieds avec nonchalance. Elle s'empressa de le récupérer pour le tenir dans ses bras. Meurtrie, elle pleurait en suppliant son époux de ne pas s'approcher d'elle. Le roi, imperturbable, s'avança avec ses yeux assassins. Ses mains étaient déjà pleines de sang. Khulem ne pouvait nier la cruelle évidence. Ses cris d'alerte ne servaient à rien. Il voulut faire barrage de son corps pour empêcher ce qui s'était déjà passé. Uras le traversa comme s'il ne s'agissait que d'un mirage et vint froidement transpercer le corps de sa femme de sa longue épée.

Lynn s'écroula soudainement et l'horrible vision dont Khulem venait d'être témoin prit brutalement fin. Tout autour d'eux reprit sa position initiale, comme s'il ne s'était rien passé. Pourtant, le prince meurtri ne pouvait oublier ce dont il venait d'être témoin. Il s'affaissa sur les genoux, ébranlé par cette découverte. Si jeune au moment des faits, jamais il n'aurait pu deviner que son père avait personnellement mis à mort sa propre femme, ainsi que cet enfant inconnu. Il avait réitéré cet acte bien des années plus tard avec la mère de Camélia. Plus qu'un tyran sanguinaire, il était le pire des assassins. Justice était faite, mais cela ne pouvait en aucun cas pallier le drame dont il venait d'être le témoin impuissant. Se sentant lésé par son propre sang, il s'affaissa davantage de douleur.

— Comment as-tu pu faire cela ? se lamenta-t-il.

En retrait, Lynn reprenait lentement son souffle. Elle n'avait rien raté de cette macabre révélation. Tout avait défilé dans son esprit. Compatissante, elle ne put s'empêcher d'être soulagée de savoir son père innocent du meurtre dont on l'accusait. Il ne pouvait en être autrement. Une réponse avait été donnée. Cela ne l'empêcha pas d'avoir une pensée sincère pour Khulem.

— Je suis désolée, dit-elle en lui touchant le bras.

Khulem ne répondit pas, trop accablé par cette révélation.

— Qui était cet enfant ? s'enquit Lynn.

— Je l'ignore, répondit le guerrier. Je l'ignore vraiment…

— Pourquoi les avoir tués ?

— C'est ce que j'aimerais savoir. Demande à la sphère !

Lynn aurait bien voulu, mais elle se sentait vidée de ses forces. Elle fut assaillie par ce sentiment amer de ne pas être en mesure d'assouvir la requête de Khulem. Elle peinait même à se tenir debout.

— Je ne peux pas, souffla-t-elle.

Khulem se résigna donc à garder ce mystère irrésolu. Il ne lui en voulait pas, car elle en avait déjà bien assez fait. Il leva machinalement les yeux en direction du plafond. Sa tristesse fut alors secouée par un détail anormal. La paroi intérieure du temple n'était pas lisse. Derrière une fine pellicule de roche, il décela une fresque ternie par le temps. Celle-ci se prolongeait sur les parois latérales de la pièce. Comme attiré par ces anciennes gravures, il se leva pour se rapprocher de l'une d'elles. Lynn le suivit péniblement, puis s'extasia devant la découverte de son compagnon. Il frotta délicatement la roche, et apparut alors sous leur regard émerveillé toute l'étendue de cette œuvre ancestrale.

Plusieurs dessins se succédaient sans chronologie apparente. Le premier qui fut découvert représentait une ville assaillie par une énorme vague venant de la mer. Elle s'apprêtait à être engloutie sous le poids de cette attaque improbable. La mer donnait l'impression d'être en vie et de vouloir volontairement s'attaquer aux habitations. Son visage se devinait dans les mouvements de l'eau et représentait confusément celui d'un homme.

— Arguserus, le dieu de la mer et divinité des Cassandriens ! s'écria Khulem, pensant avoir identifié le monstre.

Lynn était catastrophée par la connotation dévastatrice de toutes ces fresques. À côté, elle reconnut la malfaisance des chevaliers de foudre, représentés en train de saccager des champs cultivés autour d'une forteresse malmenée par cette agression. Derrière leur passage, une grande partie du paysage était déjà en ruine et des cadavres gisaient sur une terre noyée. Un autre dessin représentait l'offensive des vents qui formaient des tourbillons aussi insaisissables qu'inquiétants. Ceux-ci semblaient vouloir atteindre le ciel et détruisaient tout sur leur passage. Ensuite, sur un autre tableau, elle reconnut les mystérieux brouillards qui lui avaient tant porté préjudice durant son long périple jusqu'à Mitralianos. Ceux qui étaient dessinés venaient également de la mer et leurs yeux mesquins prenaient un malin plaisir à faire s'échouer les navires sur des côtes bordées de récifs.

— Je connais ces choses, s'effara Lynn.

Bien d'autres encore étaient représentées, mais parmi elles, il en fut une qui retint davantage l'attention de la jeune fille. Elle fut d'ailleurs terrifiée par cette vision qui, pour le moment, n'avait de réel que dans la finesse de l'œuvre. Perdue au sein d'un paysage apocalyptique, une montagne crachait des torrents de flammes. Des rivières de lave s'écoulaient à travers les reliefs et rasaient tout sur leur passage. Même en dessin, cet assaut malfaisant de la nature paraissait terrible. Lynn n'avait aucune envie d'en connaître l'auteur.

Les fresques parlaient d'elles-mêmes, et après les avoir découvertes, Lynn savait que plus rien ne serait comme avant. Khulem semblait avoir compris la signification de tout ceci. Le tragique destin de sa mère ne lui avait pas fait perdre sa lucidité.

— Nous sommes dans un temple dédié aux souvenirs des temps passés, révéla-t-il. Ces fresques représentent des créatures qui ont disparu, chassées par les Calisards, j'en suis certain. Ce n'était donc pas qu'une légende.

— C'est ce que me disait Docker : l'eau qui tombait du ciel, l'océan qui attaquait la terre et les vents meurtriers qui s'élevaient jusqu'au ciel pour former des colonnes dévastatrices. Ils ont été chassés pour rendre notre monde meilleur. Mais aujourd'hui, pour des raisons qui nous sont inconnues, ils reviennent pour nous tourmenter. L'un d'entre eux réside dans la montagne de flammes… Le jour où il va se réveiller, qu'Émania nous protège !

Khulem la regarda. Lynn avait les yeux qui brillaient et semblait effrayée, preuve suffisante pour lui qu'elle croyait réellement à ce qu'elle voyait à travers ces inquiétantes fresques. Après tout, nombre de religions gardaient encore leurs mystères.

— Que dois-je faire ? se lamenta Lynn.

— Tu n'as plus rien à faire, selon moi. Cela nous dépasse, ce combat n'est plus le nôtre.

— Alors, tout ceci pour rien ? gémit-elle.

— Voyons, Lynn, regarde les choses en face, je suis bien loin d'être un héros… et nous sommes seuls. Le peu de partisans que nous aurions pu avoir est contre nous aujourd'hui.

— Et je ne veux pas être une magicienne, ajouta-t-elle avec amertume. Je ne veux pas avoir à combattre ce monstre de la montagne de flammes.

— Plus personne ne te demandera de le faire. Cet endroit est secret. Aujourd'hui, hormis nous, seul Gorferst sait ce qui se trouve ici, et il est mourant. Bientôt, plus rien ne nous obligera à suivre les voies qui nous ont été imposées. J'ai de nouvelles priorités. L'ordre d'Émania a farouchement lutté pour que le secret de la mort de ma mère reste bien gardé. Je dois savoir pourquoi. Ma famille va avoir des comptes à me rendre. Je dois savoir pour quelle raison mon père a sauvagement tué ma mère. Je dois savoir qui était ce nourrisson. Il n'est pas possible qu'Aaron n'ait jamais été mis au courant de cela. Depuis plusieurs décennies, mon grand-père garde ses deux yeux rivés sur le monde et ses espions sont légion. Il va devoir se justifier.

Lynn compatit à la tristesse du guerrier. Malheureusement, elle aussi demeurait tourmentée par d'autres interrogations.

— Et moi, je dois savoir ce qu'est devenu mon père… peut-être est-il encore en vie, qui sait ?

Ils échangèrent un regard perplexe, puis simultanément, observèrent la sphère. Lynn n'avait malheureusement plus les ressources nécessaires pour assouvir leurs volontés respectives de savoir. Il fut très frustrant de devoir ainsi rebrousser chemin alors que la solution se trouvait peut-être devant eux. Lynn commençait à maudire son manque de force et son incapacité à récupérer rapidement. Le temps leur était compté et chacun savait que, sans doute, ils n'auraient plus jamais l'occasion de retourner dans cet endroit mystique. Lynn était maintenant très pâle, au bord de l'évanouissement.

— Viens, sortons rapidement d'ici ! se résigna Khulem. Il n'y a plus de réponse à trouver ici pour le moment.

Il récupéra son médaillon, attrapa Lynn par le bras et se saisit au passage de la torche. Il dirigea la jeune fille vers la sortie avec le désagréable sentiment d'avoir été trompé depuis sa jeunesse. Encore bien des questions restaient en suspens, et ce goût d'inachevé lui laissait un sentiment amer. Mais il leur fallait faire vite avant l'arrivée de leurs poursuivants.

Une fois à l'extérieur, ils furent accueillis par une troupe en armes. Devant eux se dressaient une dizaine d'archers, arcs tendus dans leur direction, et une vingtaine de fantassins. Au milieu du dispositif se tenait Kingsroad, tenu en respect par deux soldats. Juste à côté se trouvait un homme de haut rang dont le casque cachait partiellement son visage, ce qui ne permettait pas encore son identification. Il retira lentement son heaume.

Louis de Castillon était parti en personne à la poursuite des deux fuyards. Avec une trentaine d'hommes, il les avait suivis à la trace. Le seigneur confia son heaume à l'un de ses hommes, s'avança vers eux, puis s'adressa directement à Lynn en ôtant ses gants de combat de manière nonchalante.

— Vous venez de me prouver que je ne peux pas avoir confiance en vous, lui reprocha-t-il froidement. Je vous avais pourtant prévenus de ne pas vous rendre dans ce temple. Que croyiez-vous ? Que nous allions tranquillement vous laisser faire ?

Lynn baissa la tête, déjà prête à se constituer prisonnière.

— Je vous demande de me pardonner, murmura-t-elle.

Louis de Castillon fit comme s'il n'avait rien entendu. Son discours moralisateur n'était pas terminé et il n'avait pas l'intention d'être interrompu.

— Aussi, déclara-t-il en portant son regard sur Khulem, je n'ai pas réagi hier soir lorsque vous avez prononcé le nom de votre compagnon, ni même lorsque vous m'avez demandé quelle serait ma réaction si l'héritier franchissait les portes du temple. Je ne suis pas né de la dernière pluie. Aujourd'hui, il semblerait que le lien soit fait. Me tromperais-je, si je vous identifiais comme étant le prince Khulem Marienthal, héritier légitime du royaume de Kasdalar ?

Khulem était démasqué et n'eut pas d'autre choix que d'acquiescer.

— C'est exact, c'est bien moi.

— Je devrais donc vous appeler *ennemi*. Aussi, me voici dans un embarras dont je ne saurais me sortir seul. J'ai devant moi celui qui pourrait être le chef des armées ennemies, et en contrepartie, il est celui dont je dois honorer le caractère sacré au nom d'Émania et du lien spirituel que nous essayons de préserver avec le peuple du royaume de Kasdalar. Quelle situation originale et grotesque, vous ne trouvez pas ? De la religion ou des intérêts politiques, quel est le plus important ? Que dois-je faire, selon vous ?

— Ce n'est pas à moi de décider, rétorqua Khulem devant le regard inquiet de Lynn. Je crois être aujourd'hui votre prisonnier !

— Effectivement, approuva le comte, vous n'êtes pas en position de force. Ainsi, vous vous rendez, et je me dois d'assumer mes responsabilités. Vous avez donc pénétré dans le temple interdit et découvert des secrets que chacun veut oublier. Je devrais donc vous enfermer dedans pour ne pas voir s'ébruiter cette affaire…

Lynn se pétrifia à l'idée de finir ces jours dans ces lieux.

— Par pitié, supplia la jeune fille, je ne veux pas mourir ainsi ! Ce que vous voulez, mais pas ainsi !

Louis ignora superbement les suppliques de Lynn. Ce fut en s'adressant à Khulem qu'il continua son discours, comme s'il n'avait jamais été interrompu.

— D'un autre côté, je ne vois pas comment je pourrais justifier le fait d'avoir condamné à une mort certaine l'héritier de la lignée sacrée d'Émania, le propre demi-frère de la grande prêtresse de mon ordre. Alors, voici ma décision. Vous allez oublier ce que vous avez vu, et je vais fermer les yeux sur ce qu'il vient de se passer. Je pense que vous comme moi savons qu'il n'y a aucun intérêt à ébruiter ce qui se trouve à l'intérieur. Moi-même, je ne désire pas le savoir.

— Je le conçois aisément, fit Khulem.

— Voici donc mes dernières paroles concernant cette pénible affaire : quels sont vos ordres, monseigneur ?

Il s'inclina devant son maître en affichant un profond respect. Les soldats firent de même.

Khulem resta sans voix, alors que Lynn le regardait avec une lueur d'espoir dans les yeux. Il lui rendit son regard.

— Tout est terminé, annonça-t-il d'un air apaisé. Du moins, pour toi, Lynn, tu as fini ta quête. Pour ma part, je vais devoir continuer la route et aller chercher des réponses auprès des miens. Je te remercie pour tout.

Lynn n'arrivait pas à imaginer que tout était désormais fini.

— Que vas-tu faire, Lynn ? Où comptes-tu aller maintenant que tu es libre de décider de ton sort ?

— Je ne... je ne sais pas encore, bredouilla-t-elle. Je n'y ai jamais vraiment songé. Je pourrais rester avec vous ! proposa-t-elle timidement.

— Non, c'est une mauvaise idée. Je dois continuer mon chemin seul. Là où je vais, le danger sera permanent.

— Je n'ai nulle part où aller…

— Mais contrairement à moi, tu as une chance, Lynn. L'ennemi te croit morte, il cessera donc de te poursuivre. Tu as la chance de décider de ce qu'il adviendra de ta vie, alors saisis-la ! Le monde t'en a déjà trop demandé. Redeviens celle que tu étais avant.

— Vous pourriez faire la même chose, monseigneur !

— Non, je n'ai pas le choix. Pour m'éviter une fuite perpétuelle, je dois aller à la rencontre de mon ennemi.

— Il est le mien également, souligna timidement la jeune fille. Je savais que vous n'alliez pas abandonner le combat. Je tiens à le continuer avec vous !

— Ne te mêle plus de cela, il s'agit de ma malédiction, non de la tienne ! Je dois tout mettre en œuvre pour accomplir la prophétie qui m'incite à mettre un terme au culte de Vulcania. Pour cela, je dois agir seul. Pars à la recherche de ton père si tu es si persuadée qu'il est encore en vie. Retourne voir Grégin, il prendra soin de toi et il t'aidera, je m'en porte garant.

— Est-ce vraiment ce que vous voulez ? murmura la jeune fille.

Khulem ne répondit pas et s'adressa aussitôt à Louis de Castillon.

— Je vais poursuivre ma route, indiqua-t-il au seigneur. Je place Lynn sous votre protection. Faites-la conduire sous escorte là où elle le désirera.

— Entendu, monseigneur. Je m'en porte garant.

— Je ne veux pas que nos chemins se séparent, insista Lynn, les larmes aux yeux.

— Et moi, je ne veux pas que tu m'accompagnes, répondit froidement le guerrier.

Froissée, Lynn comprit qu'elle n'aurait pas gain de cause. L'âme triste, elle se posta devant Khulem et l'embrassa sur la bouche. Un chaleureux baiser de remerciement. Elle se serra ensuite avec émotion dans ses bras. Elle avait cette étrange impression de quitter un proche. Khulem n'était rien de cela pourtant, et il aurait été si simple de le détester. Elle n'y parvint pas, au contraire, elle se surprit à l'apprécier.

— Merci pour tout, monseigneur, déclara-t-elle avec un brin d'amertume. Je ne vous oublierai pas…

— Moi non plus, Lynn. Retrouve le bonheur que tu mérites !

Elle acquiesça d'un geste de la tête, puis se retira tendrement de ses bras en laissant échapper une grosse larme qui coula le long de sa joue. Cette larme était des plus belles, car elle résumait parfaitement l'étendue de leur relation. Cette marque d'affection faillit faire changer d'avis Khulem. Lui demander de l'accompagner lui traversa l'esprit. Il se refusa néanmoins de revenir sur sa décision, préférant une errance solitaire aux inconvénients que susciterait une présence féminine dans son périple. La voie qu'il s'était choisie ne laissait guère de place à Lynn.

Elle rejoignit Louis de Castillon.

Khulem monta sur sa monture en faisant un dernier signe complice en direction de Lynn. Il espérait que ce ne soit pas un adieu, même si, dans son cœur, il savait que les chances de la revoir un jour étaient très faibles. Il partit avec un pincement au cœur, mais néanmoins soulagé d'avoir accompli ce que l'on attendait de lui. Lynn était sauve et pouvait désormais songer à se reconstruire.

Le temple avait parlé. Désormais, pour le prince, place à la vengeance. Khulem allait pouvoir se consacrer à la nouvelle mission qu'il s'était fixée. Pour la mener à bien, il avait refusé de s'encombrer de Lynn, mais c'était bel et bien en son nom qu'il allait agir. Avec la bénédiction d'Émania, il entamerait le périple qui allait le conduire vers l'homme qu'il jugeait responsable de sa chute, de la tragique mort de sa mère et de l'état de santé désastreux de son demi-frère. Khulem portait avec lui la lourde tâche de sauver l'honneur de sa famille en allant défier un être qu'il savait plus puissant que lui.

Les troupes de Traghard avançaient lentement à travers les terres du Sud en prenant pour cible le royaume de Cassandrie. Dressé à la tête d'un puissant empire idéologique, retrouver le sorcier semblait beaucoup moins compliqué que de l'approcher. Plus que tout, l'affronter demeurait une nécessité pour redorer le blason des maîtres de Camiras et rendre à Lynn le seul souvenir qu'elle détenait de son père. Le médaillon de flammes gardait encore tous ses mystères et le savoir entre des mains néfastes ne présageait rien de bon.

Khulem prit la direction de l'ouest, s'apprêtant à traverser un empire en disgrâce, et dont bon nombre de ses seigneurs recherchaient la domination exclusive. C'était le cas de son grand-père, le puissant duc de Sarianheim. Aaron Marienthal était de ce fait à la tête d'une puissante armée. Le patriarche nourrissait de grandes ambitions pour accentuer la renommée de sa famille, mais avant cela, il devrait répondre de l'acte immoral perpétré par l'un de ses fils. C'était en accusateur que Khulem se rendrait en premier lieu dans la ville où tout avait débuté. Il lui fallait des réponses, mais il redoutait par la même occasion la réaction que le vieil homme pourrait avoir lors de leurs retrouvailles. Ce n'était pourtant pas sa seule préoccupation. Un tel périple le rapprocherait dangereusement de la forêt de Lafloral et l'exposerait à l'influence néfaste de la terrifiante sorcière de Gisors, ainsi que de ses énigmatiques âmes captives.

Achevé d'imprimer
sur les presses d'**ICN**
64300 Orthez